小学館文庫

新章　神様のカルテ

夏川草介

小学館

目次

新章　神様のカルテ

プロローグ

春の安曇野は、ひときわ美しい土地である。

厳しい冬を乗り越えた木々は、明るい日差しの下に伸びやかに枝を伸ばし、淡い霞に柔らかな緑を投げかける。見上げれば北アルプスの稜線にはなおまだ残雪が、厳冬の名残りを示して燦然と煌めいているが、足下に視線を落とせば、連翹、山吹、鈴蘭、牡丹とはっとするほど艶やかな色彩が開き始めている。

この土地は春が短い。

季節は、冬から一足飛びに夏へと飛び込んでいく。その束の間のうちに、春の躑躅も夏の菖蒲も一斉に花開いて、文字通り百花繚乱となるのである。

そんな華やいだ春景色の中で、私は額に手をかざして眼前の建物を見上げた。

『長野県立信州こども病院』

日差しの降り注ぐ明るいエントランスの上に、そんな文字が並んでいる。

安曇野のただ中に赤い屋根を連ねて建つこの病院は、緑に包まれたこの季節に眺めると、なにか芝地に積み木のおもちゃを並べたかのように愛らしい作りに見えるのだが、中身は純然たる医療施設で、甲信地方一帯における高度小児医療の一大拠点なのである。

広々とした病院入り口に立っている間にも、子供を乗せた車椅子（くるまいす）を押していく母親の姿や、点滴棒を慣れた手で押しながら石畳を歩いていく二人組の少年の姿などが目に入る。私の半分ほどの背丈もない子供が、野球少年が扱うバットと同じくらいに点滴棒の操作に慣れているということは、それだけ入院期間が長いということの証左（しょうさ）であって、この病院の背負う医療の特異さと困難さとを端的に示した景色であろう。

私も一応医師である。

しかし内科の医師であるから、小児科の病院に仕事はない。仕事もないのに平日の昼間からこども病院の玄関に立っているのは、暇をもてあまして安曇野に遊びに来たわけでもなければ、内科が嫌になって小児科に転職したわけでもない。

もっとはるかに大切な目的がある。

病院前の駐車場からのんびりと視線をめぐらせたところで、ちょうど入り口の大きな自動ドアが開くのが見えた。開いた先から出てきたのは、待ちわびていた我が細君（さいくん）

である。

小柄な細君がすぐに私に気が付いて、大きく手を振るのが見えた。私はすぐに右手をあげつつ、細君の足元に丸々と太った小さな女の子を見つけて破顔した。

女の子の方も、前方の日当たりのよい場所に立つ実直の内科医を確かに認めたらしい。よちよちとまことに頼りない足取りで近づいてくる。

「経過は？」

「順調だそうです」

歩み寄ってきた細君の返答に、張りつめていた空気がゆるんだように肩の力が抜けた。そんな私を見て、細君はくすりと笑う。

「そんなに心配なら一緒について来ればいいのに」

「ついて行ったが最後、私の大事な宝物に、針を突き刺したりX線を浴びせようとする乱暴な白衣の男たちと諍（いさか）いを起こすこと疑いない」

「みんな優しい先生たちですよ」

私の出来の悪いユーモアを、細君はゆるぎない笑顔で受け流す。

私は黙然（もくねん）とうなずきつつ、とことこと足元までやってきた小さな天使を両手でそっと抱き上げた。

「おかえり、小春（こはる）」

「たぁだいま、とと」

我が子、栗原小春は春の日差しに負けない明るい声を響かせた。

私こと栗原一止は、信州松本に住む実直にして生真面目の内科医である。真面目というと、なにやら地味で面白みに欠けると思う向きもあるかもしれないが、これは浅薄な論評で、かの明治の文豪夏目漱石もこんな言葉を残している。

〝真面目とはね、君、真剣勝負の意味だよ〟

いかにも真面目に生きた大文豪らしい言葉であろう。

私もまたかかる意味において真面目に内科医の道を歩んで、現在すでに九年目。年月だけを数えればずいぶん立派に聞こえるかもしれないが、一人前の内科医の道はいまだはるか遠く、ようやく半人前といったところである。

そんな真面目一辺倒の我が人生に、日頃は理不尽きわまりない神様も何事か感じるものがあったらしい。突然私と細君の間に新しい命をもたらしてくれた。今から二年前の話である。

小春と名付けたその小さな命は、父に劣らぬ真面目さで、食うことと寝ることと笑うことに邁進してみるみる大きくなっている。

何一つ憂うことのないその成長に、わずかに気がかりがあったとすれば、この小さな天使は生まれたときから左の股関節に故障を抱えていたということで、生後六か月から今に至るまで、安曇野のこども病院に足を運ぶ生活が続いている。

むろん、人生の目的は百メートル走を全力で走りきることではなく、ただ堅実に日々を積み上げていくことであるから、少々足の動きが不器用で、走ることが苦手であっても何も案ずることはない。

だいたい身体に格別の故障もない父親は絵に描いたようなインドア派で、青空の下を駆け回るくらいなら、自宅に籠って『草枕』を読み返しているのが至福という人間である。屋外を走り回って心地よい汗をかく機会もなく、ただ院内を冷や汗をかきながら落ち着きなく歩き回る毎日だ。

かかる父親が、我が子にだけは俊足を期待するなど、愚の骨頂というべきであろう。

かくして不安も懸念も微塵もなく、ただ三か月に一度のこども病院通いを愉快に過ごしているのである。

「心配でしたか？」

細君の落ち着いた声に、私は一瞬間を置いてから、軽く首を傾げてみせた。

「そう見えるか？」

「そうですね。こども病院の通院日の朝は、当直明けより顔色が悪いですから」

傍らを歩く細君は、ほのかな笑みを浮かべている。

小春はすでに石畳をとことこと歩いてエントランスを抜け、駐車場前に広がる芝地に入っている。なにもない場所でころりと転んでしまうのは、二歳の子供に不思議なことではないのだが、そんなささやかな景色にもドキリとしてしまうのは、何事を見ても足の病につなげてしまう親の性であろう。

「特段心配などしていない」

私は額に手をかざして小春を眺めつつ、

「と自分に言い聞かせているのだが、いまだかつてうまくいった例はない」

「私もですよ」

小さく細君は笑った。

「この二年間は特に、無我夢中で過ごしてきた気がします」

細君の言葉に、私は静かにうなずき返した。

二年前、私の勤務先は市中の一般病院から大学病院へと変わった。変わった先は私の積み上げてきた実績と常識がまったく通用しない特異な世界であり、呆気にとられ右往左往するばかりの日々であった。

かかる落ち着かない日常の中に小春がやってきた。

ひとりでやってくればよいものを、いささか手のかかる病気を連れてやってきた。

帰宅の遅い夫と、一歳を過ぎても立ち上がれない我が子を抱えて、細君の不安がいかほどのものであったか、想像は容易でない。無我夢中という細君の表現は、誇張ではないだろう。

「レントゲンも超音波検査も問題なかったそうです」

細君の声に、私は今度は大きくうなずいた。

「どんどん歩いて、また三か月後に来るようにと」

細君の明るい声に、さらに二度ばかり私はうなずいた。

芝地の中で、小春が何か蝶でも見つけたのか、小さな歓声をあげて手を動かしている。こうして見れば、小春が立っている場所が病院の前だということを忘れてしまうほど活気と活力に満ちている。

「これもイチさんのおかげですね」

ふいにぽつりとつぶやいた細君に、私はおおいに迷惑顔をした。

「それは私が言おうとした台詞だ。先取りしては困る」

いいえ、と細君は笑顔で首を左右にする。

「本当にそう思っています」

細君は、芝地の小春を見つめたまま静かに続けた。

「初めてイチさんとこども病院に来た日を思い出します。紹介状一枚っきりを持ってここに来て、聞いたこともない病気の名前を告げられた日のこと。本当に不安で不安で、昔北アルプスの雪山で初めてひとりでビバークしたときだって、あんなに心細くはなかったと思います」

「あの日はひどいものだったな。世の中の小児科医というやからは、全員鬼か人でなしに違いないと確信したものだ」

細君はほのかに苦笑しつつ続ける。

「でもここからの帰り道、イチさんは素敵な言葉を私にくれました。覚えていますか？」

「さて……」と困惑する私に、細君は急にしかつめらしい顔をして私の口調を真似た。

「〝心配ない。小春はただ、食べて寝て、笑ってくれればそれでいい〟」

「なんだ、それは」

「いい言葉です」

「いい言葉か？」

自分の言葉に自分で呆れる思いである。

「とてもいい言葉です。私はその言葉に救われたんですから」

告げる細君の横顔は単に穏やかなだけでなく、透きとおるように静謐で、ゆるぎない信念とでも言うべき落ち着きに包まれている。

私は無粋な反論をやめて、芝地を転がりまわる小春に目を向けた。

どこからどう見ても病気を抱えているようには見えない。しかしほんの半年前までは全身を装具でくるんで身動きもできなかったのである。おむつも風呂も、食事もことごとく、奇妙なベルトと金具に包まれて、一歳を過ぎても立ち上がるどころか、ハイハイはもちろん寝返りもできない生活であった。

ふいに小春が空を指さしたのは、白い尾を引く飛行機を見つけたからだ。松本盆地の上をゆっくりと旋回していく赤い機体は、おそらくＦＤＡの福岡行であろう。機体の傾斜に伴って太陽光を照り返すのか、時折きらりきらりと煌めくような光が見える。

「親になるって不思議なものですね」

こちらに向かって手を振る小春に、細君もまた手を振り返した。

「子供はただ無事に生まれてくれればいいって最初はそれだけを思っていたのに、生まれたとたん健康でいてほしいと思い、健康であれば賢くあってほしいと思い、どんどん求めるものが増えていきます。そして、少しでも完璧でない結果が出てくると、とてつもなく理不尽な目にあっているような気持ちになる」

小春はバッタか何かを見つけたのか、ふいに歓声をあげてはしゃぎまわっている。

「あの笑顔を見られるだけで、本当に幸せだって、ついつい忘れてしまうことがあります。でも、食べて寝て笑っていてくれれば、それだけでとても楽しいことだと、イチさんが思い出させてくれたから、毎日をやってこられたんですよ」

そんな細君に支えられて私もやってこられたのだが、それを口に出して告げるには春の安曇野は明るすぎるというものだ。

「なにかうまいものを食べに行こう」

私はにわかにそんなことを口に出した。

脈絡はない。脈絡などというものは、あとで考えればよい。

「せっかく平日の昼間に息苦しい大学から出てきたのだ。今しばらく春の陽気を満喫(まんきつ)しても罰(ばち)は当たるまい」

「本当に大丈夫なんですか？　病院を休むなんて大変なはずです」

「問題ない。大学病院には山のように医者がいる。私ひとりが欠けたところで支障をきたすような軟弱な組織ではない。だいたいハルも、小春を抱えてろくに出かけることもできていないはずだ。山登りはできなくとも、安曇野の散策くらいは……」

いたずらに偉そうな口調で語っている間に、これをあざ笑うかのごとく懐中の携帯電話が鳴り響いた。

電話に応じ、二言三言答えてから切ると、細君の微塵もゆるがぬ笑顔が待っていた。

「たくさんお医者さんがいても、やっぱりイチさんは呼ばれますね」

「まだ何も言っていないぞ」

「言わなくても、顔に書いてあります」

私は反論を諦めて嘆息した。

「大町から救急ヘリの要請があったそうだ。呼吸状態の悪い重症膵炎が搬送されてくるらしい」

働く場所が変わっても、人間の星回りというものはそうそう変わるものではないらしい。私は相変わらず〝引きの栗原〟の名をほしいままにしている。

うなずいた細君の方は、格別慌てた様子もなく、芝地の我が子に声をかけた。まことに堂々たる落ち着きぶりだ。

戻ってきた小春を抱き上げると、ほとんど同時に腕の中で〝とと！〟と明るい声を発した。小春の指さす空を見上げると、松本市街地の方角に、小さなヘリコプターの機影が見えた。赤と白で塗装されたヘリコプターは、進路を北にして、青空を悠々と縦断していく。

「あれかな？」

「あれですね」

思わず知らず、私と細君は顔を見合わせて苦笑をかわした。

あとは多くを語ることもない。

車で家へ戻り、細君と小春をおろしてそのまま大学へ戻る。少しばかり時間はかかるが、大学には山のように医者がいる。慌てることはなにもない。

「小春、ととは仕事だ」

威勢よく告げれば、小春が小さな丸い手を振り上げた。

「いてらしゃい！」

舌足らずの無邪気な声が、眩（まばゆ）い日差しの中に溶けていった。

第一話　緑光

朝日に照らしだされた松本の街並が眼下に広がっている。

早朝の澄んだ光を受けて陰影を深く刻んだ町の姿は、それだけで何やら意味ありげな抽象画のような景色だが、そこにうっすらと春霞がかかって、神秘的な情緒さえ帯びて見える。右手に見える松本城は、その黒々とした姿とあいまって、朝もやにうずくまる一頭の巨象のごとしだ。

かかる不思議な景観を私が得ているのは、徹夜明けの寝不足の頭が幻覚を見ているからではない。信濃大学病院のヘリポートの上に立っているからである。ヘリポート上から北側に目を向ければ、外来棟や病棟、基礎研究棟や医局棟など、数々の大学の建物群が視界を遮っているのだが、南側は眺望が開けており、大学病院自体が若干の高台に建っていることもあって、早朝の市街地が一望できるようになっている。

「来ましたよ、栗原先生」

穏やかな声が聞こえて振り返ると、長身の男性医師が歩み寄ってきた。

救急部医師の今川（いまかわ）先生だ。重症、急変の多い救急部を長らく支えてきた人物で、慌ただしく時には怒号の飛び交うこともあるこの部門の中では、物静かな態度がかえって存在感を強めている。

その穏やかな目元と思いのほか色白な細面（ほそおもて）、そして私のような目下の医師にも丁寧語で話しかける柔らかな物腰は、昔中宮寺（ちゅうぐうじ）で見た弥勒菩薩（みろくぼさつ）を彷彿（ほうふつ）とさせるものがある。

「五分もすれば到着ですね」

弥勒様が、女性のように白く細い指を伸ばして西の空を示した。

目を細めれば、北アルプスの上空にわずかに赤い点が見えている。患者搬送（はんそう）の救急ヘリだ。すでにヘリポート上には研修医や看護師たちが、それぞれの役割を確認しながら、待ち構えている。

「それにしても、〝引きの栗原〟というのはどうやら本当のようですね」

まことに不本意な言葉が聞こえた。

「たしか先週の大町から来た重症膵炎（すいえん）も、栗原班が救急当番だったときでしょう」

「そんなこともありましたか」

目いっぱい忘れたふりを試みてみたものの、無論弥勒様の優しい眼力には敵（かな）わない。

「ヘリ搬送というのは、外傷患者や循環器の患者が多いのに、栗原班が当番の日にはちゃんと消化器内科の患者がやってきます。先生もご苦労様です」

気遣いにあふれた有難い言葉が降ってくる。

思わず面と向かって合掌しそうになったが、さすがにこれは遠慮した。

弥勒様は「では」と一礼して研修医のもとへ足を向け、それと入れ替わるように、ヘリポート脇の階段を上って、別の白衣の男が駆け寄ってくるのが見えた。いまどき高校球児でもあまり目にしないほど綺麗に丸刈りにした頭が、さわやかな朝日の下で揺れている。

「ヘリからの二報が入りました。患者は六十六歳、男性、横尾山荘で吐血したとのことで搬送されてきます。血圧は90の52、脈拍１１６」

「それなりに危険なバイタルか」

「三日前に上高地に入り、槍ヶ岳登山を終えた帰りの山荘泊でのことだそうです」

いくらか緊張感のある口調でそう告げる彼の名は、新発田大里、四年目の消化器内科医である。そのまことに思いきりのよい髪形に加えて、生真面目な顔でいつでも医局で茶をすすっている姿から、私は勝手に「利休」と名付けている。

「登山を楽しんだあげく、帰りはヘリか、うらやましいことだな」

いくらか毒を吐いてみると、利休が気遣わしげに眉を寄せた。

「また寝てないんですか、先生」

「ただでさえ実験が予定どおり進んでいないのに、電気泳動の最中に呼び出されると、こんにちはの挨拶を口にするのさえ億劫になる」

「忙しいのにすみません」

「利休が謝ることではない」

「新発田です」

そんな声にかぶさるように、西北の空からゆっくりとプロペラ音が届き始めた。

先刻は針の先ほどに見えた点が、今はもう赤と白とのコントラストが明白な機体となっている。全長十メートルを超える鉄の塊が、音と風を巻きながら、悠々と旋回しつつ舞い降りてくる。

ヘリポート上にいたスタッフたちは、順にすぐそばのタラップを降りてポート下の待避所に移動していく。私と利休もそれに続いた。

「そういえば北条先生への連絡は？」

「PHSがつながりませんでした。またどこかで二日酔いで倒れていなければいいですが……」

「北条先生も心配だが、あれも十分に心配だな」

私が利休の背後に視線を投げかけると、そこには空を見上げてさかんに歓声をあげている青年がいる。

一年目研修医の立川栄太である。研修初日に完全に遅刻して医局に現れ、あまつさえ謝罪の最中に教授の名前を間違えたという武勇伝の持ち主だ。以来、医局員たちからは親しみと畏怖の念を込めて「番長」と呼ばれている。番長は、急速に風が逆巻き、轟音がとどろき始めたヘリポートの隅で、無邪気な笑顔を振りまいている。

「すげえ！　ヘリだよ」

「番長、着陸前だ、はやく退避した方がいい」

「え？　なに？　うるさくってよく聞こえ……」

わあっと間の抜けた悲鳴が響いたのは、にわかに風圧が強くなり、顔面にまともに風を受けた番長が、あやうく非常階段から転げ落ちそうになったからだ。そんな馬鹿騒ぎを少し離れた場所から弥勒様がにこやかに見守ってくれている。

私は片頭痛の気配を覚えて、軽く額に手を当てた。

九年目の栗原、四年目の利休、一年目の番長、この三人に、班長の北条先生をくわえた四人が、消化器内科、第三班「栗原班」の概要である。ちなみに指導医の北条先生は、神出鬼没で連絡がとれないことも珍しくないから、実働部隊は基本的に三人だ。第三班が北条班ではなく、栗原班と呼ばれる所以である。

その栗原班の若手二名は、ヘリの着陸と同時にポート上に飛び出していく。むろん今川先生のもとにいる救急部のスタッフたちも同様だ。

「お疲れ様です、お願いします」

風と音をまき散らしていたプロペラの回転数がさがると同時に、ヘリから飛び降りてきた壮年の医師の声が響いた。

ほとんど同時に患者をのせたストレッチャーが押し出されてくる。真っ先に駆け寄った利休の声が応じた。

「バイタルはどうですか?」

「血圧は現在110台。輸血と昇圧剤にて維持できています」

ヘリから降ろされたストレッチャーには痩せた男性が横たわっている。明らかに顔色は悪く、呼吸も弱い。両腕に点滴のラインが確保され、ぶらさげられたいくつもの点滴ボトルが爽やかな青空を背景にきらきらと軽快に揺れている。

取り囲んだ医師と看護師たちによって、ストレッチャーはヘリポート脇のスロープからエレベーターへと速やかに移動し始めた。

「収容時は血圧120台でしたが搬送中90程度まで低下したためカタボンを時間5ミリリットルで開始しています。酸素はマスク3リットルでSpO2 96%、意識は清明」

「ご家族は?」

「奥さんがあとから自家用車で来られる予定ですが、何分横尾から下山して駆けつけますので時間はかなりかかると思われます」

搭乗医師と利休が手際よくやり取りをしているうちにも、大勢のスタッフに取り囲まれたストレッチャーは完全に見えなくなった。

利休のほかにもスタッフは山のようにいる。ゆえにヘリポートの上では、私がやるべき仕事はなにもない。なにもないのだが、ただ気楽に眺めていればよいというものでもない。

気詰まりな仕事がひとつある。

私は黙然（もくねん）とＰＨＳを手に取った。


救急病棟は大変な活況を呈（てい）していた。

元来が急性期患者や重症患者が多く、慌ただしい感のある救急部だが、その日はいつにもまして医師、看護師、研修医、学生たちが入り乱れ、ほとんど修羅場（しゅらば）の様相である。

それもそのはず、救急部は一般病床十六にくわえて重症病床四を有しているが、そのほとんどが患者ですでに埋まっているのである。今しがた吐血患者が収容されたことで、最後にひとつ残っていた重症病床も埋まって満床になった勘定だ。

今も、採血スピッツを握りしめた看護師や、心電図をとりにいく検査技師、レントゲン装置を押していく研修医などが右往左往し、モニターのアラーム、PHSの呼び出し音、ナースコールに、指導医の怒鳴り声まで入り乱れて、通勤ラッシュ時の松本駅改札口よりやかましい。

そのやかましい喧噪をものともしない大きな声が響いて、私は額に手を当てた。

「今日も忙しそうだなあ、一止！」

額に手を当てたまま、背後に一瞥を投げれば、病棟の奥の方から白衣の大男が片手を振って歩いてくる。たぐいまれなる巨漢で、日に焼けた真っ黒な顔をした異様な風貌の男だ。

「今のヘリは消化器内科だったのか。相変わらず〝引きの栗原〟は健在みたいだな」

大きな声でろくでもないことを口走っているこの巨漢は、砂山次郎。私の学生時代からの同期である。

私は内科で彼は外科と、歩む道は違えども、学生寮では隣室で過ごし、市中病院でも机を並べ、現在この大学病院でもまた職場をともにしている。まことに付き合いは長いが、望んだ付き合いではない。単なる腐れ縁である。

「お前、先週もここで重症膵炎を受けていなかったか？」

そんなことを言いながら横に並んだ次郎は、すぐ目の前で吐血患者を囲んで右往左往している利休と番長に「よお、がんばれよ」などとまことに気楽な声をかけている。

この巨漢は、広大な大学病院の中で驚くほど人脈が広い。私と違って研修医時代を大学病院で過ごしたという理由もあるだろうが、ところかまわず旧知の仲のごとく親しげに声をかける奇行の産物でもあろう。専門の消化器領域だけでなく、眼科や歯科、リハビリテーション科など、院内に無数にある科のそこかしこに知人を有している。のみならず、その威圧的な外見とは裏腹に、妙に面倒見が良いため、後輩たちからの人望も厚い。大学病院七不思議のひとつである。

「お前こそ、こんなところで何をしている。そのいかつい顔でうろうろしていたら、ただでさえ重症の患者たちが不整脈で具合が悪くなるだけだぞ」

「多発交通外傷が来てるんだよ。脾破裂で手術になるかもしれないってさ」

私の毒舌など馬耳東風と聞き流して、次郎は奥のベッドに目を向ける。なるほど、そこでは外科医五、六人が集まって何やら難しい顔で話し合っているのが見える。

「俺は早めに手術しないと血圧が落ちてくるんじゃないかって言ってるんだが、話がまとまらなくてさ」

「お前が黒い顔とでかい態度で皆を圧迫するから、まとまらんのではないか？」

「俺ってそんなに態度でかいかなぁ」

困惑顔でそんなことを言う。相変わらず冗談の通じない男である。

「砂山先生、お疲れ様です」

言いながら、利休が駆け寄ってきた。

血圧、脈拍、ＳｐＯ２に続いて、来院時の血算の結果を私に報告する。さらに点滴や確保する輸血量などを整然と述べる利休の姿に、次郎は主治医でもないのに満足げにうなずいている。

「立派立派。四年目でそれだけ的確に指示が出せれば立派だぞ、新発田先生」

「ありがとうございます」

「一止は、気難しい顔で気難しいことばっかり言うが、ただ夏目漱石が好きなだけの変人じゃない。頭はいいし、情けもあるし、しっかり鍛えてもらえよ」

「勝手なことを後輩に吹き込むのはいいが、そんな余裕があるのか？　お前の予測があたったようだぞ」

私が奥のベッドへ視線を投げかけたのは、患者の血圧低下アラームが鳴り響いていたからだ。奇しくも次郎が危惧したとおりの事態になっているらしい。「やべえ」と巨漢は慌てて持ち場に戻っていく。

大きな黒い背中を見送りつつ、利休がつぶやいた。

「砂山先生と栗原先生って同期なんですね」

「残念ながらな」

「残念ながら？」

「独り言だ」

投げ捨てるように応じたところで、ポケットのPHSが鳴り響いた。手に取ったPHSを覗き込んでため息をついたのは、発信者がまことに気の重い相手だったからだ。

〝さっきの件だがね、栗原先生〟

通話ボタンを押したとたん、前置きなしで抑揚のない低い声が聞こえてきた。

〝色々連絡をとってみたが、やはり消化器内科病棟は、ベッドの確保が難しくてね〟

「難しいと言われても、患者はすでに来ているのですが。宇佐美先生」

〝もちろん承知している。しかしうちの病棟が大変混雑していることも事実だ。明日の予定入院の患者を数にくわえると、ここで緊急患者にベッドを割くわけにはいかない。そのまま救急部のベッドを使わせてもらうのはダメかね〟

あくまでも淡々とした声が聞こえてくる。電話の向こうの能面のような顔まで目に浮かぶようだ。

相手は私の所属する第四内科の准教授、宇佐美先生である。消化器内科と腎臓内科で構成された第四内科において、教授に続くナンバー2がこの先生だ。単に准教授の肩書きをぶら下げて威圧的なだけではなく、病棟のベッド管理者でもあり、宇佐美先生の機嫌を損ねては患者を入院させることもできない。驚くべきことに、すでに患者が目の前に来ていても、入院させることができない。

私はすぐ眼前で、吐血患者を囲んで右往左往している利休と番長を眺めながら、

「先生にご負担をおかけすることは申し訳なく思っていますが、救急部も十分大変なことになっています」

〝しかし今川君に頼めば、しばらくベッドを借りることくらいできるだろう〟

「どうでしょうか。先週も重症膵炎患者のために三日間もベッドを貸してもらったばかりです。二週連続、四内の重症患者で他科のベッドを占領し続けるのは、あまり穏当な選択肢ではないと思いますが」

〝まあ君の気持ちもわからなくはないがね〟

のらりくらりと意味のない返答がかえってくる。頗る腹立たしいのだが、それでも慌ててはいけない。いつものことなのである。とにかくベッドがなければどうにもならない。私はできる限り穏やかにもう一度ベッドの確保を依頼して電話を切った。

「またベッド確保に手間取っているんですか？」

吐血患者のそばから戻ってきた利休が気遣わしげに口を開いた。

「ここのところ消化器の緊急入院が増えているからな。すでにほかの病棟にもベッドを借りている有り様だ。我らが准教授も苦労されているのだろう」

「だからって、もう搬送されてきた重症患者の行く当てがないなんて無茶な話です」

「同感だ。同感だが、だからといって私のポケットから追加のベッドが出てくるわけではない。すべては医局の奥にいる宇佐美先生の采配しだいだ。現場から遠く離れた居心地のいい医局でのんびりとコーヒーを飲みながら、嫌味と皮肉ばかりを口にしている宇佐美先生の采配しだいだ」

「わかりにくいこと言っていますけど、要するに〝やってられねえ〟って言ってるんですよね」

「オブラートというのを知っているか、利休」

「僕は新発田です」

苛立ちを隠せない利休の声を断ち切る形で、再びＰＨＳが鳴り響いた。

通話ボタンを押し、二言三言をかわしてから、私は深々とため息をついた。

「また宇佐美先生が嫌味でも？」

「違うな。外来からだ」

「外来？」

「今度は救急車だ。四賀村から三十分後」

一瞬の沈黙ののち、利休はそのまま天井を振り仰ぐ。どうかしたんすか？　と陽気な声を発する番長を一瞥して私は続けた。

「とりあえず輸血の指示を早く終わらせたまえ。救急車が来る。八十二歳、急性胆管炎疑い」

「マジで？」

「残念ながら……」

私はＰＨＳを白衣のポケットに押し込んで答えた。

「マジだ」

大学病院という場所は、まことにもって不思議な空間である。

日本の医療において、技術と知識と人事の頂点に君臨しているこの巨大な組織は、実に奇怪な様相を呈していて、あらゆる意味で一種の迷宮を形成している。

まずもって患者より医師の数の方が多い。それだけでも一般的な医療機関ではありえない。教授、准教授、講師に助教、医局員、大学院生、研修医、非常勤にアルバイトと、肩書きだけでも無数にあるこれらの立ち位置に、それぞれ大量の医師たちが配されている。

六百床のベッドに対して千人を超える医師がおり、それぞれが事細かく専門に分かれて、内科だけでも第一から第五内科までの五科があり、病院全体では三十を超える科が存在する。さらには第四内科や第一外科などという表記では、どんな科なのかわかりにくいという声に応じて、最近では、「内分泌代謝内科」や「心臓血管外科」など、各科を構成する詳細な専門科名が記されるようになっているから、来院した患者はまず最初に、正面玄関に並んだ無数の表札の中から、自身の受診すべき科を探し出すという大仕事から始めなければいけない。

かかる組織の複雑さもさることながら、敷地内の構成もなかなかに混沌とした有り様だ。広大な土地に、主な建物だけでも外来棟、病棟、検査棟、医局棟、基礎研究棟などが立ち並び、それぞれが小道や渡り廊下や地下道で複雑怪奇に結び付けられて、まさしく迷宮そのものを成している。

一方で、これほど巨大な組織に無数の医師がいるなら、検査や治療がさぞかし迅速に進むであろうかと思えば、まったくそうではない。山のようにいる医師たちは様々な都合に引き回されて、いたずらに院内を右往左往しているのが現実だ。都合と義理と建前と矜持とが、網の目のように張り巡らされ、からめ捕られた医師たちは日々ため息と悪態をつきながら駆け回っているのである。

元来が医療というものは、人が人の命を左右するという無茶な使命を負わされている。かかる乱暴な礎石の上に、理不尽と不条理と矛盾の三本柱を立て、権威という大きな屋根をかけたのが大学病院だ。もとより基礎も柱もゆがんでいるのに、屋根だけは格別巨大であるから、様々なところにひずみが生じて、まことにいびつな建造物と化しているのである。

そんな大学病院で私が働き始めたのは今から二年前。

医師になって最初の六年間を松本市街地の急性期病院で働いた私は、紆余曲折を経て、現在、信濃大学医学部付属病院の大学院生という立場である。

〝大学院生〟

要するに学生である。学生である証拠にちゃんと学生証が発行される。

しかし実態は、朝から晩まで外来、病棟、検査と院内を駆けずり回る生活で、肝腎の学業の方は、業務が終わった夜半の時間が当てられる。くたびれ果てた身を実験室に引きずっていって試験管を振りつつ、薄給からたっぷりの授業料を差し引かれるという、理不尽を絵にかいたような立場だ。たまには胸中で〝やってられねえ〟とぼやいたところで、罰は当たらないであろう。

「なにが、やってられねえって？　栗ちゃん」

ふいに聞こえた声に、私は軽く眉を寄せて視線を動かした。

すぐ隣の机に突っ伏した茶髪の医師が、突っ伏したまま腕の隙間から片目を当方に向けている。

「何か聞こえましたか？」

「さあて、日頃は寡黙で穏当な栗ちゃんが、怖い顔してなんか悪態をついていたように聞こえたけど」

「空耳ではないですか。二日酔いでしょう?」

「二日酔いは認めるけど、聴力は確かなものさ。栗ちゃんもストレスたまってるねえ」

北条先生は軽く右肘をついて手首の上に顎をのせたまま、くしゃくしゃと茶髪を掻きまわした。

第四内科の総合医局に隣接する小講堂である。

普段は学生の講義に使われている階段教室だが、毎週木曜日の朝八時からは消化器内科医と腎臓内科医あわせて三十人近くが集まるカンファレンスが開かれている。階段状の教室には、教授、准教授から医局員や、四内を研修中の医学生までがずらりと集まり、正面のスクリーンを見上げながら、研修医のプレゼンテーションを見守っている。

冷や汗をかきながら懸命に症例を提示している医者の卵に向かって、階段上の上級医たちからは、「検査が不十分ではないのか」「最新の診断ガイドラインは確認したのか」などの質問が、威圧的な語調で投げかけられ、まことに殺伐とした空気を演出している。大学ならではの光景というものであろう。

私と北条先生がいるのはそういう戦場を見下ろす最後列であるから、冷めた声でぼやいていても、大勢に影響は与えない。

「で、朝から吐血がヘリで来たってのに、一時間後には胆管炎の救急車？ 栗ちゃんってほんと働き者じゃん」

「ヘリの方はつい先ほどなんとかベッドを確保できました。問題は救急車の方です。あとひとつ、ベッドが足りません」

「なるほど」とのそりと半身を起こした北条先生は前方を眺めたまま目を細める。

「それで宇佐美先生への直訴を、俺に頼みにきたわけね」

居並ぶ医師たちの最前列には、教授の水島先生とともに准教授の宇佐美先生の姿もある。小柄で恰幅がよい水島教授とは対照的に、ひょろりと背が高く血の気が薄いうえに真っ白な髪をしている宇佐美先生の姿は後ろから眺めてみても不気味の一言に尽きる。

医局の事務的な運営を一手に取り仕切っており、第四内科の御家老とも恐れられる人物だ。

「しかし今日は、パン屋の機嫌があまり良くないように見えたけどなぁ」

北条先生の言う〝パン屋〟とは宇佐美先生のことである。

医局の御家老に向かって〝パン屋〟呼ばわりはひどい話であるし、なにより当の宇佐美先生はパン屋の生まれではない。パン屋でない人間をパン屋呼ばわりしていることにはそれなりの理由があるのだが、今の私にとって重要なのは、ベッドの確保であって、パン屋の解説ではない。

「先生は宇佐美先生と仲が良かったでしょう。私が頼むより話が通りやすいかと思いまして」

「嫌味かい？」

「被害妄想ですよ。感謝しています」

やれやれと茶髪を掻き上げながら、

「吐血と胆管炎の二人の状態は、大丈夫なのか？」

「現在救急部で利休と番長が対応してくれています。ヘリの吐血患者は、まだ血圧が不安定ですので、とりあえず輸血でもう少し状態をよくしてから内視鏡をやります。ショック状態の八十二歳のＥＲＣＰ（内視鏡的逆行性膵胆管造影）が先です。しかしそのＥＲＣＰ患者のベッドがありません」

「ＥＲＣＰは何時から？」

「三十分後の九時ちょうどから」

「了解、九時半には東七階病棟に入れるようにしておくよ」

さらりとした応答である。

当方がのらりくらりの電話対応で散々苦労していたことが阿呆らしくなるほど、さらりとしている。

一礼して立ち上がると、北条先生が呼び止めるように口を開いた。

「あんまり気難しい顔してると角が立つよ、栗ちゃん」

肩越しににやりと笑う。

「大学医局にはいろんな人間がいて、誰が敵か味方か容易にはわからない。そういう場所じゃ、愛想と笑顔が最大の武器になる。下手にぶつかると、あとで何を言われるかわからないぜ」

「〝汝は汝の道を行け、人々には言うに任せよ〟」

端然として応じると、北条先生は一瞬沈黙してから肩をすくめた。

「また夏目漱石かい？」

「ダンテです」

私は一礼して小講堂をあとにした。


〝汝は汝の道を行け〟

かの歴史的大作『神曲』に、そんな魅力的な言葉が刻まれている。

ただ威勢がいいだけの文句ではない。政治的陰謀の中で失脚させられ、祖国から追放され、あてもなく流浪し、それでも『神曲』を書き続けたダンテの言葉と思えば、その重みも響くものがある。

しかし、と私は足を止めて眼前の細い路地を眺めやった。

日はすでに暮れかかって、辺りは夜の気配である。曇天に月は見えず、街灯の明かりがときどき思い出したようにまたたいて景気の悪い光を小道に投げかけている。

まことに私の歩む道は、この人気のない路地のように頼りなく、薄暗く、先が見えない。良心と矜持に従って日々を働いているものの、大学病院での膨大な業務のうちで実際の診療に費やす時間はむしろ少なく、雑用と調整と根回しに明け暮れている感がある。

やれやれと、ため息をついた私が、軽く目を細めたのは、路傍に青紫の艶やかな花を見つけたからだ。

ムスカリーと呼ばれるその花は、一見するとブドウの房のように見えるから、ブドウヒアシンスなどと呼ばれることもあるが、素性をたどれば完全な外来種で、産は地中海沿岸であるらしい。たおやかな印象の割に害虫にも強く、今では日本の土壌にも適応して、そこかしこに春の訪れを告げる花として広がっている。ちょっとした民家の軒先にでも群生することがあるから、いつもの曲がり角の先ににわかに澄んだ青を見とめて、はっとさせられることも稀ではない。

私は、なにやらくたびれた背中を軽く押してもらったような心地で、再び歩き出した。

結局、その日は朝から緊急ERCPに続いて緊急止血処置を行い、一息ついたところで、今度はICUの膵炎患者が高熱を発し、病棟と内視鏡室とICUとを往復しているうちに日も傾いて、ようやく医局で、遅まきながらの昼食にありついたのが午後四時という有り様であった。

〝「引きの栗原」のジンクスは、やはり事実だと思います。一度お祓いをした方がよくありませんか？〟

普段は軽口を叩かない利休が、いつもの急須で淹れた茶をすすりながら不機嫌そうにつぶやいたくらいだから、よほどくたびれていたのであろう。

「大学病院はチーム医療が原則だ」

私は、敢えて悠々とした口調で、二人の後輩を眺めつつ、

「第三班が当番のときに急患が来るからといって、私個人が引いているとは限らん。利休が引いているのかもしれんし、番長が元凶かもしれん」

「百パー言いがかりだよ。俺、栗原班に入ってまだ一か月だけど、ほかの診療班より絶対忙しいし……」

番長が口をつぐんだのは、私が無言のままひと睨みしたからだ。

そんな不毛なやり取りをしつつも、遅い昼食が終われば、すぐに病棟回診である。

入院患者といっても大学病院は、医者の数に比して、受け持ち患者はけして多くはない。四、五人一組の診療班が担当する患者はせいぜいが七、八人。しかし病状は複雑怪奇な患者ばかりだ。

心不全、糖尿病、脳梗塞など多数の合併症を持った胃癌患者や、一般病院で手をつくしても血便が止まらず転院になってきた潰瘍性大腸炎患者、原因不明の腹水の患者など、ひとりひとりの存在感はまことに大きい。

よって回診ひとつとっても気が抜けないのが実情だが、それでも日暮れ頃には帰路につけたのは、人手の多い大学病院ならではの強みと言えば言えなくもない。今は利休がＩＣＵに泊まり込みで対応に当たってくれている。

人は石垣、人は城。

信玄公のおっしゃる通りだと胸中独り言をこぼしたときには、閑静な住宅街のただ中に建つ、幽霊屋敷のような陋屋にたどり着いていた。

『御嶽荘』

古看板に記した三字は、もはや読み取ることも困難なほどにかすれているが、その向こうに梅の古木とともに佇む堂々たる古民家が、住み慣れた我が家である。

かつては旅館を営んでいたというこの古風なつくりの建物は、それだけに破風だの欄間だのに風格があるが、いかんせん流れる年月の重みまでは支えきれない。傾いだ軒先は、傍らの梅の古木とあいまって、古写真の趣である。

からりと引き戸を開けて入れば、見慣れた薄暗い廊下と居間へとつながる古びた襖だ。

灯りの漏れる襖に手をかけた途端、内側からそれが開き、明るい声が飛び出してきた。

「とと、ただいま！」

声とともに転がるように出てきたのは、ピンクのパジャマ姿の小さな天使だ。まん丸に肥えた天使は、私のズボンをつかむと、精一杯の力で引っ張ってもうひと声を発した。

「ただいま！」

「こういう時は〝おかえり〟だ、小春」

天使の足元には、最近古参の風格を持ち始めた三毛猫のブロニカの姿がある。小春の小さな手に引かれる私の足元を、まるで先導でもするかのように悠々と居間からキッチンへと歩んでいく。ちょうど我が細君が夕ご飯の支度をしているところだ。

「おかえりなさい、イチさん」

細君のハルが、穏やかな声と笑顔で迎えてくれた。持っていた菜箸を置き、両手を拭きながら、読み古した『草枕』が放りこまれただけの私の鞄を受け取ってくれる。

「今日も忙しかったみたいですね。朝からヘリコプターが見えました」

「たいしたことはない。患者が山ほど押しかけてきたところで、医者も山ほどいるのが大学病院というものだ」

「山ほどいても、イチさんはなぜか楽にならないから不思議です」

苦笑する細君に私は敢えて悠々と応じる。

「不思議というなら、どんなにくたびれていても、こうしてハルと小春の笑顔を見ればたちまち元気が戻ってくることこそ不思議だ」

「まぁ……」

口元に手を当てて笑った細君の足元で、小春も同じ仕草を真似して「マァ」とやっている。

まったく、無邪気と愉快でできたこの小さな生き物は、なにをやっても面白い。

「小春はちゃんとかかの言うことを聞いていたか？」

「聞いた！」

「それは結構」

「ととはちゃんとかかの言うこと聞くか？」

「聞くとも」

「それは結構！」

明るい声に和して笑声が響き渡る。まったく愉快の極みである。

我が細君は、もともとは世界を股（また）にかけて活躍していた写真家である。

世界を股にかけていたということは日本にはいなかったということであり、私が医師であることとあいまって当然二人がともに過ごす時間は多くはなかった。しかし小春が生まれてからは、細君は活動を一旦（いったん）停止し、今はときおり東京から出版社の編集者がやってくるくらいだから、多くを家で過ごしている。結果、かかる愉快な笑声が御嶽荘をにぎやかなものにしているのである。

ひとしきり栗原一家が和やかな団欒（だんらん）を満喫していると、ふいに居間の襖が開いて、背の高い男が顔を見せた。

「久しぶりに早い帰宅だな、ドクトル」

にやりと笑ったのは、御嶽荘『桔梗（ききょう）の間』の住人、絵描（えか）きの男爵である。たちまちとことこと駆けていった小春を、男爵は悠々と肩に抱え上げつつ、

「金も時間も人権もない大学院生が、日暮れ前に帰ってくるとは珍しい」

「自室に閉じこもって歴史的名画に取りかかっている男爵が、こんなにすぐに出迎え

てくれることも珍しい」

「友の声が聞こえれば、筆を置いて迎えるのが、貴族の礼というものだ」

いたずらに悠々と応じる男爵の視線は、しかし目の前の友よりキッチンの細君にある。

「貴族の目当ては友の声ではなく、夕食の方であろう」

「さすがは大学病院の偉い先生だ。的確な洞察、痛み入るね」

食のためには平然と開き直るのが、男爵という男である。

御嶽荘の最長老たる男爵は、私が研修医として『桜の間』に来たときにはすでに長老であったから、居住歴はゆうに十年は超えている。いつでもスコッチとパイプを手放さずに絵筆を取っている御仁は、今もってなお正体を現さない。当方とて今さら探偵をやる気はないから、リビングに腰をおろした男爵の酒杯に純米吟醸『豊賀』を注いでやる。

「学生生活はどうなのだ？　会うたびにやつれていくようで、いささか心配になるが」

「やむをえまい。金も時間も人権もないが、入院患者と当直だけは、充分な数が保障されているのが大学院生だ。そこに実験と論文がくわわれば、体重の二、三キロはたちまち蒸発してしまう」

「前々から思っていたのだが」

男爵が、さすがに呆れた顔で応じる。

「医師というのは、変態の集団なのか？　本庄病院での貴君の働きぶりにも驚いたが、大学に行けば行ったで、理解のしがたい環境にある」

「言うまでもない。人間の命を人間がなんとかしようと考えるのが医師という存在だ。常軌を逸しているのでなければ、変態以外のなにものでもないだろう」

「なるほど。では、謙虚な男爵と変態のドクトルの未来を祈念して、ひとつ乾杯といこう」

頗る納得のいかない掛け声に、しかし私は反論するより飲む方を選んだ。

「うまい」と先につぶやいたのは、男爵だ。

「秘蔵の一本だ。久しぶりに男爵の顔を見て持ち出してきた」

「そう返されては、変態呼ばわりは取り下げざるをえない」

にやりと笑った男爵は、そのまま残りを一息に干して満足げに息をついた。

『豊賀』は信州小布施の蔵で、しっかりとした甘みと豊かな香りのある酒だ。甘みも香りも華やかな割に、切れ味がよく、爽やかさを失わない逸品である。私もまた一杯飲めば、たちまち胸中に愉快が横溢し、些細なことはどうでもよくなる。

「男爵とこうして飲むのは久しぶりだが、学士殿に至っては久しく顔も見ていない。

今日も不在なのか？」

「そうですね」

答えたのは、うどんの煮立った土鍋を運んできた細君である。

「三年生にもなると、進路の問題もあるみたいで、最近は帰りが遅い日が多いです」

学士殿というのは『野菊の間』の住人で、信濃大学の学生だ。学生なのに学士であるのは順序が不当であるが、そこには複雑な訳があるからここでは語らない。順序が違っても、頭脳が明晰であることは疑いなく、現在、信濃大学の人文学部哲学科の三年生である。

「最近では、皆で集まる機会もなかなかないな」

思わず嘆息すれば、男爵が酒杯を眺めつつ、

「寂しいといえば寂しいが、始終皆が閉じこもって集まっているよりは、はるかに健康だ。水は流れている限り美しいが、一旦堰きとめられれば、たちまちに澱んでしまう。来たる人があり、旅立つ人がいる。御嶽荘はいつでもそうやって回ってきた」

穏やかな声音で告げる男爵に、箸と碗とを並べる細君は静かにうなずいている。

「変わりゆくのは人ばかりでなく、御嶽荘もまたしかり、だ」

淡々と続けたその言葉に、私は思い当たることを得て口を開いた。

「例の話は進んでいるのか？」

「そのようだ。どうしたものかと思案している」

「御嶽荘取り壊しの件だな？」

「御嶽荘取り壊し回避の件だ」

男爵が、眉を寄せて低く答えた。

そういう話が出ている。

ごく最近のことだ。

御嶽荘は、すでに築何年だか判然としない、傾いた陋屋（ろうおく）である。おまけにそこには、年齢も身分もちぐはぐな、得体の知れない住人たちがいるわけだから、近所の評判はけして良くない。おまけに幽霊屋敷のような陋屋から、ことあるごとに酒宴の声が漏れだせば、それだけで天下の評判は地に落ちるのである。この際だから取り壊してしまってはどうかという、まことに良識にあふれた話が、近所一帯から出始めたのは、一年ほど前のことだった。

それでも老齢の大家さんは、いつでもにこにこ笑っているだけで、具体的な話が進むことはなかったのだが、最近、息子にあたる男性が実家に戻ってきたことで、風向きが変わり始めたのだ。

「なにか具体的な話が出ているのか？」

「まだわからんが、御嶽荘を取り壊して、新しいアパートに建て替えようという話があるらしい。それに昨日、ポストにこんなチラシが入っていた」

男爵がどこからともなく取り出したのは、最近近隣に建ち始めた賃貸住宅のチラシだ。〝空室あり〟だの、〝即日入居可〟などの文字がこれ見よがしに躍っている。

「おそらく大家さんの息子とやらが、投函したと思われる」

「あからさまだな」

「あからさまだ」

力強く男爵がうなずく。

父親の体調不良を理由に早期退職して帰郷してきたというこの息子は、東京でながらく勤め人をしてきたというだけあって、なかなか手堅い人物であるらしい。

「しかしこういうあからさまな作戦も、貴君ら夫妻には影響があるのではないか？」

言葉の意味をはかりかねて、私は思わず細君と顔を見合わせる。

男爵の方が呆れ顔になった。

「貴君らは、子持ちの一家だ。ただでさえ妙な噂の立ち上るこの陋屋からは、そろそろ出ていきたいと思ってもおかしくはあるまい。むしろ出ていきたくなるものだろう」

「そんなものなのか？」

と問うたのは細君に対してだ。

首をかしげる細君は、小春の碗にうどんをよそいながら、かえって問い返した。

「イチさんは出ていきたいのですか？」

「そう思ったことは一度もないが、私はひとりで暮らしているわけではない。考えてみれば、日中のほとんどを病院で過ごしている私より、御嶽荘で多くを過ごしているハルの心持ちの方がはるかに大事だ」

「それなら心配はいりません」

さらりと爽やかに細君が笑う。

「昔も今も、私はここが大好きですよ」

「ということだ、男爵」

私の言葉に、しばし思案顔をしていた男爵は、やがてチラシをくしゃりと潰してゴミ箱へと放り投げてからにやりと笑った。

「忘れてくれたまえ。迂闊な勘繰りであったようだ」

「問題ない。これだけ酒が旨ければ、一夜が過ぎたときにはもう記憶は残っていない」

「小春のことも心配いりませんよ。この子も御嶽荘の皆さんが大好きですから」

「それはおおいに心配だ」

眉を寄せた私に男爵の方が笑っている。

御嶽荘という空間が、小春の心に何をもたらすかはわからない。
しかし不在の私に代わって、学士殿は小春に様々な絵本を読み聞かせてくれている
し、始終パイプをくわえていた男爵は、いつのまにか居間やキッチンでは煙を吹かす
姿を見せなくなった。
こういった、大仰でなく、ごく自然に互いを気遣う御嶽荘の空気は、きっとこの目
の前の小さな心にも温かなものを育んでくれると思うのである。
私は酒杯を手にしながら、我が子を顧みた。
「小春は男爵と学士殿が好きか？」
顔をあげた少女は、二度ほど瞬きをしてから満面の笑みを浮かべた。
「好き！」
不安がなくはない。
けれども御嶽荘が残ってくれればよいと、心から祈るのである。

大学院生の本来の仕事は、言うまでもなく学位を取得することである。
わかりやすく言えば、実験をして論文を書くことである。
実験と言っても、私は特別な修練を受けているわけではない。一般病院でただがむ

しゃらに患者と相対してきたただの内科医である。ただの内科医に突然、ＰＣＲだのシークエンスだのサイトカインアッセイだのと言われてもどうにもならないのだが、そのどうにもならないことをどうにかするのが大学院の不可思議さと言ってよい。

医局倉庫にある大型冷凍庫から何百というＣ型肝炎患者の血清を集めてくる。それをできるだけ迅速(じんそく)に分注し、温度と時間を事細かに調整してくれる機械に放り込む。その間にアガロースゲルを固めておいて、出来上がった検体を中に流し込んで今度は電気泳動……。

自分で説明している間に、自分でわけがわからなくなるようなことを、延々と休日の朝から実験室に閉じこもってやるのである。

基礎研究棟の五階にある実験室の窓からは、古びた医局棟が見え、その向こうには白くそびえる九階建ての病棟が見える。病棟には、膵炎やら吐血やら血便やらの患者たちがいるのだが、とりあえず今の私の関心ごとは、患者の血圧ではなく手元のフラスコの方だ。

「大丈夫ですか、一止先生」

ふいに声が聞こえて振り返ると、隣の実験室につながる扉があいて、すらりと背の高い女性が立っていた。分厚い黒ぶち眼鏡(めがね)に、Ｔシャツ、ジーンズ姿という、見事なまでに飾り気のない装いだ。左手で器用に文庫本を開きながら、右手にビーカーを握っている姿は、彼女のいつもの実験スタイルだ。

「おはよう、双葉先生、土曜日の朝から実験とは相変わらず勤勉だな」

「勤勉でもなんでもいいですけど……」

投げやりな私の態度に、双葉佐季子は軽く肩をすくめてすぐ隣の電気泳動機を目で示した。

「時間すぎてるみたいですよ、いいのかしら？」

言われて私はあっと小さく口を開いた。慌てて機器の中を覗いてみたものの、過ぎ去った時間が戻ってくるわけではない。規定時間を二十分以上も過ぎてしまった電気泳動は完全に失敗に終わっている。

「またやっちゃったんですね」

「そうらしい」

軽く額に手を当てる。にわかに片頭痛の気配だ。

「徹夜明け？」

「徹夜というほどではない。深夜の二時に膵炎の患者の血圧が下がって呼ばれたことと、朝四時から実験を開始しているくらいで、たっぷり二時間は眠っている」

「ご苦労様」

あくまで淡々とした口調で告げた双葉は、左手の文庫本をすぐそばの机に置くと、流しに置いてあった洗い立てのビーカーを手に取って、自分の手元のビーカーの中身を半分ほど移した。

「飲みますか？」と差し出されたその中身がコーヒーであることは知っているのだが、いまだになかなか慣れるものではない。

「コーヒーはありがたいが、相変わらずビーカーで飲むのか？」

「いやなら、検尿コップに変えますけど」

「ビーカーでいい」

私はありがたく黒い液体の入ったビーカーを頂戴（ちょうだい）した。

双葉は、私の一年後輩の医師であるが、第四内科の所属ではない。医学部卒業後病理学教室に入局し、そのまま基礎研究の世界に入ってその道ひとすじに今日まで来ている。つまり後輩とは言いながら、実験、論文といった事柄については、私など足元にも及ばない実績と経験の持ち主だ。

「もう少しタイマーをかけるとか、決まった時間にやるとか工夫しないと、一止先生の実験って効率が悪すぎるんじゃないですか？」

淡々とした口調で、仮借（かしやく）のない論評を口にするのが彼女の特徴である。

「忘れないようにタイマーをかけるということを忘れてしまう」

「重症ですね」

双葉は失敗した検体をゴミ箱に放り込むと同時に、卓上に出しっぱなしにしてあった血清を冷凍庫に戻してくれている。手際よく卓上を片付けていた双葉がふと手を止めたのは、机の向こうのソファに人影を見つけたからだ。頭から白衣をかぶった男が横たわっている。白衣の端から茶色い髪がのぞいていることに気付いて、私を顧(かえり)みた。

「北条先生？」

私はビーカーの中身を傾けながらうなずいた。口中に心地よい苦みと香りが広がっていく。

「今日の午前中は久しぶりに二人とも時間が空いたから、二人で百六十検体のＰＣＲを一気に終わらせようという話になった」

「それで朝の四時から？」

「とりあえず九十検体が終わったところで北条先生は、気を失った。そこから三十検体を進めたが、私もそろそろ限界らしい」

「ほんとによくやりますね、先生たち」

あまり表情を出さない双葉もさすがにいくらか呆(あき)れ顔だ。

その呆れ顔の向こうの窓外には朝日を受けた常念岳(じょうねんだけ)が見えている。基礎研究棟は特段眺望を考慮して建てられているわけではないが、五階の西の隅にある第四内科の実験室からは北アルプスがよく見えるのである。

「少し寝たほうがいいですよ」

「そうしたいのは山々だが、今夜は今夜で、私も北条先生も当直バイトが入っている」

「滅茶苦茶な話ですね」

コーヒーを飲み干した双葉は、卓上の実験ノートに目を向けて、

「いいですよ、あと四十検体なら、私がやっておきます」

「そんな迷惑はかけられない」

「言っていることと、目つきが正反対です。助けてほしいならそう言ってください」

「助けてくれ」

恥も外聞もない台詞を吐いて、私はそばの椅子に腰をおろした。

すぐ横の遠心分離機の横に双葉が伏せた本が見えて、手に取ってみる。

スタニスワフ・レムの『完全な真空』。

「相変わらずSF好きだな」

「ただの気晴らしです。実験って意外と単純作業が多いですから」

「たしかにレムの『ソラリス』は面白かった。『華氏451度』には及ばんがね」

「『451度』はレイ・ブラッドベリです」

「レムでもレイでも良いが、本が焼かれる話には胸が苦しくなったものだ」

「一止先生って漱石専門じゃないんですね」

「漱石は敬愛しているが、崇拝しているわけではない。鷗外でも芥川でもアシモフでもホーガンでもなんでも読むし、読めば読むほど漱石の魅力が際立つというものだ」

そうですか、と双葉は右から左に私の演説を聞き流している。聞き流しながらも、散らかった実験机を手際よく片付けて、四十検体のＰＣＲをすでに始めようとしている。

まことに持つべきものは友であろう。

私は北条先生が寝ているソファの向かいのソファにごろりと横たわった。少し部屋の明るさが落ちたのは、双葉が南側の窓のブラインドを下ろしてくれたからである。無愛想なわりに細かいことに気が付く女性である。

私は目を閉じた。

と同時にコンコンとドアをノックする音が聞こえた。

来客など滅多にある場所ではない。

がちゃりと開いた扉に目を向けて私は嘆息した。

運命の神様はあくまで私に休息を与えてはくれないらしい。

「せっかくお休みのところにお邪魔してすみません」

実験機器のはざまに立ったまま、利休が丸刈り頭をさげた。

「心配ない。お休みなど、はなから存在しないのが大学院生の宿命だ」

とりあえず椅子に腰かけて、偉そうに意味のわからないことを言ってみる。

ソファでは相変わらず北条先生がすーすーと心地よさそうな寝息を立てているし、利休にくっついてきた番長は双葉がコーヒーを淹れなおすのを楽しげに手伝っている。

まことにのどかな景色の中で私と利休だけがやたらと気詰まりな空気を演出している。

「で、宇佐美先生と衝突したと言ったが、どういう意味だ」

「今朝、医局で宇佐美先生に偶然お会いしたのですが……」

遠慮がちに口を開いた利休は、かいつまんで状況を説明した。

朝、病棟回診前に医局に寄った利休はそこで御家老こと宇佐美先生に行きあったのだが、通りすがりに宇佐美先生からなにやら手厳しい忠告を受けたことがきっかけであったらしい。

要するに入院患者のベッド確保の問題だ。

「ベッドがいっぱいだから、余計な患者を早く退院させなさい、というのが宇佐美先生の主旨です」

「余計な患者？」

「先週私が入院させた園原今朝雄さんの件です」

私は軽く眉を寄せた。

第三班には現在八名の入院患者がいるのだが、園原さんというのは、誤嚥性肺炎で一週間ほど前に紹介入院となった寝たきりの高齢患者である。

「宇佐美先生が言うには、園原さんは大学病院で治療をするような患者ではないということです。そういう余計な患者がいるから病棟が回らなくなる。とにかく早めに退院させなさいと言われました」

「で、なんと答えた？」

「患者に、余計もなにもないはずです、と」

ブラインドの隙間から眩しい日差しが線状に伸びている。外はまことに心地よい日和のようだ。一方で、我が身を包む実験室の空気は重く澱んで、息苦しい。

卓上のビーカーに自然に手が伸びたが、すでにコーヒーは飲み干していたことを思い出してそれを止めた。

「なにかまずかったでしょうか？」

「誠実な一医療人としてなら回答に問題はない。しかし御家老が相手となると、疑問の余地もなく赤点だな」

「意味がわかりませんが」

「利休の答え方では、医局の御家老は気を悪くする一方だということだ。事態は一層悪化することになる」

「気を悪くするって、僕らは上司の機嫌をとるために働いているんじゃありません。患者さんを治すために働いているんじゃないんですか」

ぱちぱちぱち、とまことに軽薄な拍手が突然響いて、利休は口をつぐんだ。見れば、隅のソファで寝ていた北条先生が、いつのまにやら目を開けて面白そうな顔で手を叩いている。

「大学病院でここまで非の打ちどころのない正論が聞けるってのは嬉しいことだね。いい後輩がいるじゃない、栗ちゃん」

「正論は結構ですが、角を立てるなと言ったのは先生ですよ」

「まあまあ。御家老には御家老の立場があるとしても、新発田のまっすぐな気持ちだって大事だと僕は思うよ」

まるでひとりだけ常識人のような態度でそう言って、北条先生はひとつ大きく伸びをした。

「で、園原さんって誰だっけ？」

園原今朝雄さん、八十四歳、男性。

一週間ほど前に、諏訪の病院からの紹介で、胃瘻造設を目的とした入院であった。

『重症の心不全があり、一般病院で胃瘻を造設するのは危険なため』

紹介状の記載はいかにもそんなもっともな理由であったが、検査をしてみれば心不全と言っても知れている。特に問題になるほどではない。

「それがなんでわざわざ大学紹介に？」

「娘さんがやや大変な方でして……」

いつでも語調の揺るがない利休が、いくらか困惑顔をした。

園原さんの娘さんという人物が、なにかしらの理由をつけてとにかく入院期間を少しでも延ばそうと試みているのである。胃瘻ができたあとも、事細かな検査を希望し、認知症の評価からリハビリ内容、爪白癬の管理にいたるまで、まことに要求が多い。

「要するに、度を越した娘の態度に、諏訪の主治医が手に負えなくなって、大学に押し込んできたってのが真相か」

北条先生の発言は遠慮がない分、正確である。

かかる患者を偶然、外来で紹介された利休が不運であったと言えなくもないが、この律儀のワイシャツに真面目のネクタイを締めたような四年目は、持ち前の正義感を発揮して、二つ返事で受け入れたのであろう。

「処置が終わって術後も安定しているのに退院の話が進まず、ずるずると入院が長引いている。御家老の目につくわけだな」

「しかし入院時に、宇佐美先生からベッド確保の了解を取っています。それを今になって〝胃瘻の患者など大学に入院させること自体がおかしい〟などと言われては……」

「先週はベッドに余裕があったからな」

私はやんわりと遮った。

「それが一昨日(おととい)、二人立て続けの救急搬送だ。予定外の入院で、風向きが変わったのだろう」

しかも、その二人ともが第三班である。三班に、寝たきり患者がいることを思い出せば、平然と前言を翻(ひるがえ)すのが御家老である。

「しかしベッド状況が変わったからといって、患者の病状が変わるわけではありません。一度は受け入れた患者を、家族の思いも考えずに退院させろなどと……」

「もちろん理屈は通らない。しかし、その理屈は世人の理屈であって、大学の理屈ではない」

「栗原先生は本気で言っているんですか？」

利休は明確に険のある目を私に向けた。

ただでさえ息苦しい実験室の空気が、いっそういびつに硬くなる。

厳しい利休の視線が顔面につきささるから、私は無意味に窓の方に顔を向けたが、先方がそれで納得するはずもなく、後頭部に鋭い視線が刺さり続けている。

先刻まで部屋の隅でコーヒーを淹れていた双葉はいつのまにか隣の自分の研究室に退避したようで姿は見えない。のみならず番長まで隣室に避難したようだ。

しばしの頑な沈黙ののち、「なあ新発田」と口を開いたのは北条先生であった。

「大学ってのは君の常識が通らない場所だぜ。たとえばまだ半人前の君が一人前の月給をもらっているのに、君を指導し、その診療の責任まで負っている九年目の栗ちゃんは月給十八万円で、そこから月五万の授業料まで差し引かれている。こいつは君の言う理屈には適うのかい？」

「それは……」

「ここは六百床のベッドに千人以上の医者がついている大学病院だよ。院外の常識は通じない。〝パン屋〟の宇佐美先生から一個のパンの話は聞かされなかったのかい？」

北条先生の言葉に、利休は苦い顔で応じる。

「一個のパンがあり、十人の飢えた子供がいる。さて君はどうするか、という話ですね」

「そう。パン屋の十八番だよ」

君はどうするか。

私もまた医局に入った当初、宇佐美先生に問われたことがある。

〝君なら十人の子供のために、一個のパンを十等分するかね？　しかしそんなことをすれば一人も助かるまい。では早いもの順にするかね？　それとももっとも弱っている子供に与えるかね？〟

とがった顎をそっと撫でながら、淡々と宇佐美先生は続けた。

〝私なら、助からないと判断した子供にはパンを与えない〟

淡々としているだけに、より苛烈な響きをもった言葉であった。

〝そして、まだ余力のある子供にも与えない。今そのパンによって確実に今を生き延びられる子供だけを選びだしてパンを与え、明日に備える。そういった、非情な選択眼が、我々大学病院の医師には必要なのだ。ここは一般の病院と異なり、特別なパンを与えられた特別な施設だということを忘れないように〟

それは六年間がむしゃらに、あらゆる患者を受け入れる医療に従事してきた私に対する、ある種の警告であったのかもしれない。

「大学病院は特別なパンだそうだ」

私のつぶやきに、利休はあからさまに不快の念を表出した。

「だから胃瘻の患者など引き受けるべきではないと？　だいたい飢えた子供の中から、特定の子供だけを選び出すなど、理屈にもなりません。宇佐美先生は神様にでもなったつもりですか？」

「神ではなく鬼になったつもりでやっていると言っていた。鬼のパン屋というわけだな」

「神でも鬼でも、人間でないのは確かです。そんな傲慢な態度を先生方は鵜呑みにしているんですか？」

「鵜呑みにはしない。ただどうしたものかと、考えている」

「考える必要などありません、行動すればいいんです」

利休の強い語調が実験室に響き渡った。

「栗原先生なら、私の気持ちをわかってくれると勝手に思い込んでいました。残念です」

短く告げたのち、「まだ回診が終わっておりませんので」と一礼して、利休は実験室を出ていった。

あとには再び沈黙が戻り、息苦しい空気の中を、ブラインドの隙間から差し込むいたずらにまばゆい日差しが、光の帯を刻んでいた。そんな室内がふいに明るくなったのは、いつのまにか戻ってきた双葉がブラインドを上げたからだ。

同時に隣室から番長が、ビーカーに入れたコーヒーを運んできて、私と北条先生に手渡してくれる。仕事ができるのかできないのかよくわからない男である。

「新発田って、あんなに熱い奴だっけ？」

「元来が真面目な性格です。思い通りにならない毎日に、不満をため込んでいるのでしょう」

「そういう栗ちゃんも不満そうに見えるけど」

「気づいていただいて恐縮です。外来語が苦手な私にとっては、御家老の言うルールやガイドラインやプロトコールやフローチャートが、いちいちストレスに感じます」

「いいねえ、栗ちゃんのひねりの利いた毒舌はじんわりあとから効いてくるよ」

ビーカーに口をつけながら面白そうに言う北条先生に、私は遠慮なく冷たい視線を返した。

「まあそう不機嫌になるなよ。実際、パンは限られた数しかないんだ。胃瘻の患者で大学のベッドを埋められたら困るんだ」

口元には笑みを浮かべたまま、北条先生の目元には、刹那の異様に冷ややかな光が走り抜けた。

「理想と現実は違う。若者は理想を叫ぶのが仕事だけど、それを優しく握りつぶしてあげるのが、僕ら先輩の仕事だ。そうだよね、栗ちゃん」

声は朗らかでも、目は笑っていない。もう慣れてきたはずの私でさえ、背筋に妙な寒いものを感じずにはいられない空気だ。とぼけた言動が多いのだが、ときどきふいにこういう目をする先生なのである。

「ま、とりあえず」と北条先生は、何事もなかったようにビーカーを掲げた。

「熱い理想に燃えた後輩を、しっかりサポートしてやってくれ」

「無論そのつもりですが、先生の助力は必要です」

わかったよ、と笑った北条先生は、そのまま首をめぐらして陽気な声を番長に向けた。

「番長、その胃瘻の患者って、新発田はあとどれくらい入院させるつもりでいたの？」

唐突に声をかけられた番長は、慌てて首をひねりながら答えた。

「処置は終わってるんで、週末には退院できそうだって言ってたんだけど……」

「娘が納得してないってわけか。じゃ、あと四、五日稼げれば、退院の話まで持っていけるかな？」

「たぶん……。でも宇佐美先生は週明けまでには退院させろって……」

「いいさ、僕がパン屋にお願いしてみるよ」

大変なことをさらりと言う人である。

そのかわり、とやおらソファから起き上がりつつ、私に目を向けた。

「例のC型肝炎PCR、追加の二十検体を今日中に片付けておいてよ、栗ちゃん」

「今日中？」

「ここんとこ実験止まってるだろ。予定より遅れているんだから、たまには気合い入れて進めないとAASLDの締め切りに間に合わないよ」

私は眉を寄せて額に手を当てる。

「念のため確認しておきますが、AASLDというのは、アメリカ肝臓学会のことですか」

「ほかに何があるんだよ。あのサイトカインの研究は、データさえそろえば充分アメリカの学会でも通用する。つまり、ポスターの二、三枚はすぐ書ける。しっかり頼むよ」

呆気（あっけ）にとられたままの私に「じゃ、がんばってね」といつもの能天気な声をかけて、実験室を出ていってしまった。

あとには台風一過の静けさがある。

しばし立ち尽くしている私に、番長の無遠慮な声が届いた。

「あんなこと言って、北条先生、大丈夫なのかな？」

視線を向ければ、肩をすくめて番長が続ける。

「宇佐美先生、結構本気で苛立ってたから、いくら北条先生でもベッドの確保は難しいんじゃないかなって」

「問題ない。〝鬼切の北条〟が相手なら、第四内科の御家老もそうは勝手に振る舞えない」

「鬼切？」

首をかしげる番長に、双葉がコーヒーをすすりながら告げた。

「知らないの？　平家物語の一条戻橋の話」

「なんすか？」

「渡辺綱が、鬼を叩き切った話」

ぽかんとしている番長に、双葉がさらに語を継いだ。

「渡辺綱って侍が、一刀で鬼の片腕を切り落とした天下の名刀が鬼切。その鬼切みたいに、とんでもなく〝切れる〟から、〝鬼切の北条〟で通ってるのよ」

へえ、と番長が目を丸くした。今一つどこまでわかっているのか判然しないが、そこまで気を配ってやる理由はない。

北条先生は、一見あくまで明朗で磊落な人柄である。しかし臨床、研究双方で、ずば抜けた実績を上げ、第四内科医局において、最年少で助教になった人物だ。一筋縄でいくはずもないのである。

「そんなことより」と私は番長に目を向けた。

「今日は暇か?」

「まあ別に……」

「ではPCRに付き合え」

「げっ、実験の手伝い? 俺が?」

あからさまに嫌そうな顔をする番長を、私はあっさり黙殺した。

助けを求めるように番長は双葉の方に目を向ける。肩をすくめた双葉は黒い液体の入ったフラスコを持ち上げた。

「心配しなくても、コーヒーだけは飲み放題よ」

大きなフラスコの中で、たっぷりと黒い液体が揺れていた。


土日の日当直アルバイトは、大学院生にとっては生命線である。

平日の業務では薄給な上に授業料を差し引かれるから、残金は甚だ心もとない。もちろん平日にも外勤という収入源があり、私の場合は水曜日の更埴総合病院での仕事が貴重な生活費を発生させてくれるのだが、一人暮らしであるならまだしも、家族を支えていくという意味では土日の臨時収入が欠かせない。

よって院生たちは土日になると、家族を置いて長野県中に散っていく。散り行く先は、雪中の飯山（いいやま）であったり山中の木曽（きそ）であったり、県庁所在地の長野であったり、かつての宿場町の辰野（たつの）であったりとそれぞれだ。

バイトの内容も病院によって異なり、収入が良いとは言えないが、ほとんど患者の来ないいわゆる寝当直から、大金を渡されて二十四時間ほとんど休みなく働く地獄のような救急部まで様々である。

土地も仕事も給料も、様々であるから、そこには悲喜こもごものドラマがある。ドラマはあるが、ここでそれを詳細に述べると本筋から逸脱する。重要なことは、バイト先によっては院生の間でも有名な美人看護師に会えることや、夜食に特上の寿司（すし）を出してくれる病院があることなどではなく、ようやく当直を終えた両小野（りょうおの）病院からの帰路、松本にも戻らぬうちから呼び出し電話がかかってきたことなのである。

朝九時過ぎ、心地よい日曜日の日差しの下、塩尻（しおじり）峠を越えるころ、容赦のない携帯電話の呼び出し音が車内に鳴り響いた。

「すんません。新発田先生は、栗原先生を呼ぶほどのことじゃないって言ったんだけど……」

病棟入り口で出迎えた番長の第一声がそれだ。

珍しく困惑顔の番長について病棟に入っていく。広々としたスタッフステーションの前を通り、日当たりのよい廊下を歩いて案内された先は病棟奥のある病室である。途中、すれ違う研修医たちが興味深そうな目を向けてきたから、騒ぎの概要が聞こえているのであろう。『園原今朝雄』の名札が下がった病室の前に、病棟長の古見看護師が立っていたことが、厄介な事態が起きていることを如実に表していた。

古見病棟長は、大学病院の病棟長を務めるだけあって、落ち着いた物腰の印象だが、むろん落ち着きがあるだけの人物ではない。口元には始終薄い笑みを浮かべているが目は笑わず、看護師への厳格な指導はもとより、研修医に対しても遠慮なく叱声を浴びせかける。研修医たちからは、〝七階の毒蛇〟などと言われているが、もちろん本人には秘密である。

「日曜日にお疲れ様です」

無駄を嫌う古見病棟長は短く一言述べただけで、そのまま病室の中を目で示した。ほとんど同時に穏やかならざる口調が聞こえてきた。

「何度も言いますが、明日の転院の件はお断りいたします」

こっそり個室の中を覗き込むと、険のある顔つきの背の高い女性が見えた。今朝雄老人のベッドの前で仁王立ちに立ちはだかっている。

「園原富子さん、今朝雄さんの娘さんです」

背後から番長が説明を加えた。珍しく丁寧な語調で告げているのは、番長もその娘さんの圧迫感にさすがに気圧(けお)されているのかもしれない。

その娘さんに対する利休は、いつものように律儀に耳を傾けている。律儀に対応しているが、すでに一見して娘さんの圧力に押され気味の感がある。

「胃瘻ができてしまえば、リハビリはリハビリ病院に、なんて、無責任すぎると私は申し上げているんです」

「入院前にすでにお話ししたはずです。大学病院では、急性期の処置を終えた患者さんを長期で入院させることは困難で、処置が終わって落ち着けば早めに退院をお願いしたいと……」

「大学の都合を聞いているんじゃありません。医者として恥ずかしくないのかと聞いているんです」

富子婦人の威圧に対して、生真面目一本の利休ではいかんせん役者が違う。ひいき目に見ても分が悪い。

とうの今朝雄さん自身は、そばのベッドの中から、眠そうな目を眼前のやり取りに向けている。がっしりした体格の娘さんとは対照的に、小柄なお爺(じい)さんだ。

「今朝雄さんの転院の日は決まっていたのか？」

そっと背後に問いかければ、番長がうなずいて応じる。

「昨日の時点で明日の月曜日と決まって、転院先の療養型病院も了解してくれていたんだけど、今日突然やってきた娘さんが〝転院なんて納得できない〟、〝大学病院でリハビリを続けてくれ〟の一点張りでさ……」

傍（かたわ）らの毒蛇の古見が、静かに口を開く。

「もう三十分以上もやり取りが続いていますが、折れる気配はありません。どうしますか？　娘さんのご希望どおり、リハビリのために入院を継続しますか？　ベッド係の宇佐美先生が黙っているとも思えませんが」

相変わらず口元は微笑のまま、飛び出す言葉は容赦がない。

昨日、四、五日の入院継続を北条先生がなんとか工面すると応じてくれたところだ。ここでいたずらにリハビリ継続などということになったら、パン屋とて承知はしないだろう。そのまま三百度のオーブンに放り込まれて丸焼きにでもされかねない。

その点はさすがの利休も理解している様子で、気圧されつつも懸命に応じているが、いかんせん分が悪い。なるほど諏訪の主治医が手を焼いて送り込んできた理由はこのあたりにあったのだろう。

「どうしますか、栗原先生」

いまひとつ緊張感のない番長と、無表情で佇立（ちょりつ）している私を見比べて、七階の毒蛇は冷ややかに続ける。

「こういうタイプの患者さんは珍しいことではありません。もともと大学病院で引き受けたこと自体に問題があったのではありませんか？」

またこの話である。察するに、利休は宇佐美先生だけからではなく病棟の看護師たちからもこんな嫌味のひとつやふたつは言われていたのであろう。いささか同情の余地がなくはない。

「完全に俺たち、悪者ですね」

番長の素朴なつぶやきが、なにやらじわりと胸に響いてかすかな苦笑が漏れる。

「嘆くことはない。悪者をやるのも医者の仕事のひとつだ」

端然（たんぜん）と答えたところで、私はかくれんぼをやめて病室内に足を踏み入れた。

失礼します、と一声かければ睨み合っていた二人が同時に振り返った。

少し驚いた様子の利休には目でうなずき、「同じ診療班の栗原です」と一礼すれば、先方も形ばかりの会釈をしつつ、

「こんな状態で転院なんて、栗原先生もよく許可なさいましたね」

いきなり第二ラウンドのゴングを鳴らしてきた。

今の今までさんざん利休と殴り合っていたというのに、インターバルは不要らしい。

「大学病院の偉い先生方は、よほどお忙しいんでしょうか。寝たきりの年寄りの治療に時間を割いている暇なんてありませんか？」

肉付きの良い腕を組んだまま、睨みつける富子婦人の態度は、なかなか迫力があって堂に入ったものである。たしかに利休や番長の手に負えるものではない。

私は敢えて淡々と応じた。

「大学病院という場所は、基本的に長期のリハビリ入院ができない施設です。胃瘻の経過がいい以上、転院せざるを得ないのが、今の医療の現実です。お気持ちはわかりますが……」

「それは違うと思います」

あっさりと全否定される。

あまりにゆるぎない応答に、にわかに私の方が当惑する。格好良く選手交代と登場したつもりが、繰り出す前に返り討ちにあった格好だ。

「父は、脳梗塞で動けなくなり、そのままご飯も食べられなくなって、あっというまに胃瘻が必要になったような人です。今後、何が起こるかわからない以上、人も設備も充実した大学病院でしっかりリハビリをしていただかなければ、娘としてとても安心できません」

「大学病院を信頼していただいて、光栄です」

「別に信頼しているわけではありません」

一矢だけでも報いんと皮肉の矢を放ったが、自信に満ちた鼻息の前にあっさり吹き飛ばされる。

「一般病院よりは大学病院の方が、人手も多くてまだしも安心だという意味です。誤解はしないで下さい」

「ずいぶん医療にお詳しいようですね」

「私も昔、看護師をやっていましたから」

皮肉を言えば一蹴（いっしゅう）され、嫌味を言えば藪蛇（やぶへび）である。

傍らの二人の後輩はすでにして心配そうな視線を向けているし、背後からは古見病棟長の冷ややかな視線を感じるが、ここで慌ててはいけない。こういう乱暴な人物は、むしろかつては医療関係者だったという人にこそ多い。充分に予測のうちである……、ということにしておきたい。

「こちらとしても先生方の方針に、勝手なことは言いたくありませんが……」

なおも追撃の手をゆるめない富子婦人は、予想以上に戦慣れしているらしい。

「私は娘として、父のために全力を尽くしたいと思っているだけです。おかしいでしょうか？」

「まったく見上げた心がけです」

「では、転院は一旦取り消しということでお願いします。どうも若い先生方は、ご自分の都合ばかりを述べられて、医療の本質というものを見失っていらっしゃるようですから、栗原先生にお会いできて良かったですわ」

満足げな笑みで、勝鬨（かちどき）をあげるようにそう言い放った。

一瞬、傍らの利休が何か言いかけたのを、私はそっと手で制した。

利休は特に、今回の胃瘻造設において細かく心をくだき、意志疎通の容易ではない今朝雄さんにも絵を描いて説明し、再三娘さんにも電話して、調整をすすめてきた当事者である。それがこれほどの扱いを受ければ、容易に了解はできまい。

しかし了解できないと大声で叫んだところで、目の前の体格のいい乱暴者が、華奢（きゃしゃ）で聞き分けのよい貴婦人に変じるわけではない。

私は一呼吸をおいてから、ゆっくりと切り出した。

「あなたのお考えは、よくわかりました」

「わかっていただければ安心ですわ」

満足げにうなずく相手に対して、利休の方はひときわ苛立った空気を発している。

しかし私は敢えて気づかぬふりで、淡々と語を継いだ。

「ご本人のためにできるだけのことをしてあげたいというあなたの意見に感服いたしました。その覚悟がおありなら、我々も転院ではなく在宅介護へ向けて、全力で準備を始められるというものです」

「在宅？」

にわかにぽかんとした顔で問う。

我ながら、いささか意地の悪い奇襲部隊だが、本隊が全滅した以上、抜け道を通って後背から回り込むしか法はない。

「今朝雄さんはこういう半寝たきりの状態になってからも、毎朝のように〝家に帰りたい〟とおっしゃっています。もちろん、頻繁にお見舞いに来ていらっしゃるであろう娘さんに、あえて言うまでもないことだと思いますが……」

「それはもちろん知っていますが、でも家だなんてそんな……」

「ご心配には及びません」

風向きが妙だと気づいた富子婦人の言葉を、問答無用で押し戻す。押し戻したまま静かに見据えれば、先方は返答もなくかすかに頬をひきつらせた。

この手の人は、他人には厳格きわまりないが自分には存外に甘い。要するに、患者の面倒をちゃんと見ろと騒ぐわりに、自分で面倒を見るつもりは全くない。介護の世界は口で言うほど簡単ではないから、いちいちあげつらうような問題ではないが、これほど栗原班の精鋭を虚仮(こけ)にされては、遠慮も穏便も返上するしかないのである。

「今は昔と違ってリハビリ療法も多様化し、特に在宅リハビリの受け皿が非常に大きくなっています。往診医のバックアップ体制も整った介護支援施設も増えてきました。父親のために力を尽くしたいというご希望なら、一連の制度を最大限に活用し、自宅退院の上、在宅リハという選択肢がもっともよろしい」

この手の品のない論法は信条ではない。だが今は信条よりも、三文芝居と屁理屈（へりくつ）の出番である。

「早々に介護認定、往診、在宅リハビリの調整を開始します。諏訪の病院とも連携して介護支援施設の検討を依頼しましょう。可能な限り早い段階で、自宅退院を目指そうではありませんか」

「ああ、先生、それは……」

「いや、あなたが看護師であったということが、何より心強い。胃瘻の管理もお手の物でしょう。無論介護は大変でしょうが、全力を尽くすとおっしゃったその強い意志があれば間違いはありません。お父さんにもきっとあなたのお気持ちは伝わると思いますよ」

相手の反論を許さず、一気呵成（いっきかせい）に述べ立てた。

後に残るのは、しばしの沈黙である。その沈黙の中を、いつのまにやら眠っていたベッドの上の今朝雄さんの穏やかな寝息が流れていく。

ふと目を向ければ、窓からは、燦々（さんさん）と明るい日差しが差し込んでくる。

「なにかご質問はありますか？」

いつのまにやら間に入ってきた古見病棟長が、絶妙のタイミングで口を開いた。こういう動きはいかにもベテランの毒蛇殿だ。

先方は「ああ、いえ、そんな」とつかみどころのない音を発している。

「では、予定通り明日、地元の病院へ転院とするか、それとも自宅介護の準備のためにもう数日ここにいるか、どちらでもご希望に応じられるようにしておきます。看護師たちと十分に検討してください」

私は軽く頭を下げて娘さんに背を向けた。

まったくなにをやっているのか……。

胸中の苦い自己嫌悪を噛（か）み締めつつ、病室をあとにした。


双葉の実験室に流れる空気は、私が使っている実験室の雰囲気とはまったく違う。ここには急患と急変に忙殺されている臨床医の、切羽詰まった緊張感や慌ただしさはない。かわりに独特のゆったりとした時間の流れと、押しこめられたような静けさがある。時の流れは激流ではないが、悠揚（ゆうよう）たる大河のごとき揺るぎなさがあり、沈黙のうちにすべてが押し流されていくようなある種の底知れなさがある。研究という、表には見えにくい世界の無言の厳しさの気配なのだろう。

実験器具は整然と並べられ、清潔で手入れが行き届き、室内に二つある時計は、秒針までぴたりと一致している。机の隅にル・グウィンとダン・シモンズが無造作に積まれていることが、わずかに部屋の主の個性を主張しているかのようだ。

私はその片隅のソファに寝転んだまま、『闇の左手』を手に取ってぱらぱらと眺めやった。

「お疲れみたいですね」

遠心分離機にコニカル管をセットしながら、双葉がそんな声を発した。

双葉の問いはもとより返答を期待したものではない。

私は普段、双葉の実験室に足を踏み入れることはない。研究者たちの目に見えぬ激烈な闘争社会に、半端者の院生が不用意に入り込むものではないということくらいは私も自覚している。しかしこの部屋は、私にとって矛盾と不条理に満ちた臨床現場からの避難先になることもある。扉ひとつくぐったところでPHSの電波が届かなくなるわけではないのだが、心が鬱々（うつうつ）として楽しまぬときに、異なる世界の空気に身を置くという感覚はありがたいものなのだ。

双葉もそれを知ってか知らでか、いきなり部屋に入り込んできてソファに転がっても文句の一つも言わない。のみならず、手が空くと大きなフラスコをバーナーにかけてコーヒーを温めてくれている。

「病棟ではずいぶんな活躍だったって聞きましたけど、ひどく冴えない顔ですね」

双葉がフラスコからビーカーにコーヒーを移しながら口を開いた。

差し出されたビーカーを受け取りながら、いかにもくたびれた態度で私は応じた。

「活躍？」

「さっき検体を取りに第四内科の医局の前を通ったら、研修医たちが噂しているのを聞きました。諏訪から送り込まれてきた刺客を、我らが〝漱石先生〟が見事に討ち取ったって。四内の漱石先生って一止先生のことでしょ？」

私は黙然とコーヒーをすする。

双葉は気に留めた様子もなく向かい側の丸椅子に腰を下ろして、ジーンズの長い足を組む。

「相手の反論を許さず、一方的にぺらぺらと舌先三寸で丸め込んだ、と番長先生が喜んでいました。実際に一止先生そっくりの口真似までやってみせて、皆、大喜び。あの物真似はなかなか秀逸ですね」

当方がげんなりしたのは言うまでもない。

「その大変な患者さん、無事、退院が決まったんでしょ？」

「当然だ。そのための茶番だ」

「うまくいったのに、不満そうですね」

「私は医者だ。噺家(はなしか)ではない。舌先三寸で患者を丸め込む仕事より、聴診器と内視鏡で患者を喜ばせる仕事をしたいものだな」

「なるほど、そういうこと」

さして気にした風もなく双葉は小さく肩をすくめた。

「一止先生って苦労性だわ」

「苦労性？」

「そうでしょ。大学病院の矛盾を肌で感じて知っているから北条先生の言っていることに反論はできない。でもまっすぐな性格の新発田先生が苛立っている気持ちも理解できる。どっちかに自分の立場を決めればいいのに、両方に共感して宙ぶらりんのまだから憂鬱なんでしょ。そういうの苦労性って言うんですよ」

「別に苦労することはやぶさかではない。ただ……」

私は少し考えながらビーカーを傾ける。

「いつのまにかずいぶん格好の悪い医者になったものだと、自分で自分に幻滅しているだけだ。これなら利休の方がはるかに医者としては誠実だろう」

「意外と新発田先生のこと、評価しているんですね」

「ひとりひとりの患者に全力で対応するという彼の態度は基本的に間違ってはいない。

間違っていないことが、しかし通用しない世界というものが確かにある」

　フラスコのコーヒーがふきこぼれそうになって、双葉がバーナーの火を止めた。

「それに利休は、あれこれ悩みながらも、あの複雑な状況の患者への説明責任をきっちり果たし、トラブルなく胃瘻を造設して退院できる状態まで改善させている。四年目の医者としては十分に優秀だから、よくやったと褒めてやっても良いくらいだが、私がフォローしてやれるのは意地の悪い噺家程度の仕事だけだ。不快を通り過ぎて滑稽なくらいだな」

「へえ、新発田先生を褒めてやりたいんですか」

　双葉が小さく微笑する。

　妙に意味ありげな空気をつくるから、私は敢えて鷹揚にコーヒーを飲み干して傍らの実験机の上にビーカーを戻した。戻したとたん、新たなコーヒーをそこにこぽこぽと注いでくれる。

「すまん」と言いかけて、ぎょっとしたのはコーヒーを淹れてくれたのが双葉ではなかったからだ。双葉は眼前に座ったままだ。首をめぐらすといつのまにやらすぐ背後に、噂の渦中の利休が立っていた。

「ありがとうございました、栗原先生」

　フラスコを持ったまま、利休が一礼した。

そのどことなくぎこちない態度に、私は無意味に眉を寄せるしかない。

「先生のおかげで助かりました。やっぱりまだまだ一人ではどうにもなりません」

「部屋に入るときはノックをするのが礼儀だ」

「したんですが……」

利休は慌てて隣の私の実験室に一瞥（いちべつ）を投げて、

「聞こえなかったようで」

隣の部屋の扉のノックはさすがにここまで届かなかったらしい。私としては話頭を転じるしかない。

「用件はなんだ？」

「ＩＣＵの膵炎の青島（あおしま）さんの件です。利尿もよさそうなのでもう少し点滴を減らしてそろそろ一般病棟への移動を……」

「結構」

「はあ？」

「任せる。存分にやってくれたまえ」

あくまで不機嫌な顔の私に、一瞬沈黙した利休はそれでも深々と頭をさげた。

「ありがとうございました。またよろしくお願いします」

なにやら殊勝な態度でそう言うと、そのまま身をひるがえして実験室から出て行った。

その背を見送ってから、私は視線をゆっくりと眼前の病理医に戻す。

「いつからいたんだ？」

「さあ」と小さく肩をすくめただけの双葉だが、かすかに目は笑っている。

それ以上問うてもどうせ何も答えないのが双葉であるから、私はひとつため息をつくと、利休が注いでくれたコーヒーをありがたく味わって飲むことにした。

ふわりと風が吹いて、生垣の躑躅（つつじ）の花が揺れる。

と同時に、軒先に下がった『蕎麦屋（そばや）しんどう』の古い板看板が小さな軋（きし）みとともに揺れ、私はその音に誘われるように昼下がりの明るい庭先を眺めやった。

縁側から見渡す二十坪ほどの庭は、躑躅に囲まれたごく質素なものだが、縁先に根を下ろした桜の木は、花が散った季節でも堂々たる存在感をもった老木である。

時折、路地の方から吹いてくる風を受けて、老木の若葉が揺れ、それに合わせてかすかに喧噪が聞こえて来るのは、松本城が観光客でにぎわっているからであろう。快晴の休日の昼下がりであるから、国宝の城下はさぞ多くの人出を迎えているに違いない。

「王手」

ぱしりと小気味良い音とともに、言わずもがなの不快な宣言が聞こえた。

庭先から眼前の盤上に目を戻せば、精強なる歩兵部隊が足止めしていたはずの敵の飛車がいつのまにやら陣中に入り込み、我が軍を内側から掻きまわしている。

強力な一手を指した旧友たる進藤辰也は、いつもながらの涼しげな顔で、庭先の躑躅へと視線をめぐらした。

「大学は、大変らしいね」

私は顔もあげず盤上を睨み付けたままだ。

「この前、久しぶりに砂山が来たんだ。あの陽気な男が愚痴をこぼしていたよ。大学は決まり事とそれにまつわる雑務が多くて大変だって。その大変な砂山から見ても、あちこち走り回っている〝引きの栗原〟の大変さは自分以上だって」

「懐かしい名前を聞いた。そういえばそういう男もいたな。この前救急部で、黒くてでかくて怪しげな外科医がうろうろしていたが、あれがそうだったのかもしれん」

「同じ大学にいても、なかなか会えないみたいだね。本当に忙しそうだ」

「会えないのではない。会わないだけだ」

憎まれ口をききながら、私は辰也の飛車を追い出すべく金将を一歩前へと進めてみる。

これはなかなか良い手であったのか、辰也は腕を組んで動きを止めた。

進藤辰也は私の同期の血液内科医である。

付き合いは学生以来の腐れ縁で、研修医時代は別の病院で過ごしたが、その後松本駅前の本庄病院で一年間をともに働いた。「24時間、365日対応」というろくでもない看板をかかげた第一線の病院であったから、まさに修羅場をともに過ごした戦友ということができる。

その戦友の実家が、松本城のほど近くにある『蕎麦屋しんどう』であって、学生時代はよく足を運んだこの店に、今でも私は、細君と小春を連れて訪れるのである。

「砂山が言っていたよ。ひたすら患者のためだけに走り回っていた本庄病院時代が懐かしいって」

「あの修羅場が懐かしいとは物好きな奴だ。相変わらず巨漢の単細胞は言うことが型破りで理解に苦しむな」

「大学が疲れたなら、いつでも本庄病院に戻って来ればいい。本庄のみんなは、いつ逃げ出してくるか楽しみにしているくらいだよ」

「冗談ではない。山のように医者がいて、わずかばかりの患者を診る。あれほど気楽な病院もないのだから、わざわざ地獄に出戻る理由などありはしない」

「地獄は地獄でやりがいはあったはずだ。大学はどうなのかな？」

再び動いた辰也の手が鋭い一手を進ませた。

「相変わらず、言うこともやることもいやらしい男だ」

私は急所を突いてきた桂馬を睨みつけたが、いくら睨んだところで飛び込んできた桂馬が恐れをなして逃げ出してくれるわけではない。やむなく受けに回りつつ、

「大学というのは、理不尽と矛盾が無情な網の目を張り巡らして、真摯に駆け回る医者たちを片端からからめ捕ってやろうとしているような世界だ。心ある多くの医師たちが、身動きもできず、良心を痛めてのたうち回っていて、市中の病院では目にすることができない奇観を呈している。実に興味深いから、お前も一度眺めに来るといい」

「どうひいき目に受け取っても、大学がつらい場所だという風にしか聞こえないよ」

苦笑とともに遠慮のない追い打ちをかけながら、辰也が「栗原」とつけくわえた。

「いつでも本庄に戻って来なよ」

穏やかな声が穏やかな風に乗って流れていく。

私は一瞬沈黙したが、やがて、

「遠慮しておこう。せっかく行かせてもらった大学で、何も学びもせずに戻っては、指導医たちに合わせる顔がない。汝は汝の道を行け、だ」

なかば自分に言い聞かせるように、ぴしりと駒を打ち付けた。

と同時に明るい笑声が庭先から聞こえて、私は首をめぐらせた。

こぢんまりとした庭の片隅に、山吹(やまぶき)の鮮やかな黄色があふれている。その美しい色彩を、二人の幼児が無遠慮にまき散らしながら駆け回っているのだ。小さい方が我が子小春で、大きい方が辰也の子夏菜(なつな)である。五歳が二歳を引き回して、なにやら盛んに歓声をあげている。

「夏菜ちゃんもずいぶん大きくなりましたね」

いつのまにか座敷の奥から戻ってきた細君が、そっと話にくわわった。そばに膝(ひざ)をつきながら、盆に載せた湯飲みを一つずつ、私と辰也のそばに置いてくれる。すみません、と辰也が恐縮するのに対して、細君はにこやかに会釈した。

「夏菜ちゃんって、みるみる背が伸びていく気がします」

「幼稚園では女の子の中でも一番上だよ。もう百センチを超えている」

辰也もまた庭先に目を向けながら、

「小春ちゃんの足は大丈夫なのかい？」

「順調です。心配がないと言えば嘘(うそ)になりますけど、ああして笑っている姿を見ていると、私たちが忘れてしまうくらい」

日差しの下、夏菜のあとを追いかけて歩き回る小春を、細君はそっと目を細めて見守っている。

「案ずることはない。賢明な父と心優しい母のあふれんばかりの愛があるから、万事すべてが順調だ」

「そうだね。あの学内一の変人と言われた栗原が、ちゃんと父親をやっているんだ。それだけでも順調そのものだよ」

涼しい顔で毒を吐きながら、辰也は茶をすすっている。

「そういうタツの方こそ、〝心優しい母〟はちゃんと帰ってきているのか？」

意趣返しを含んだ私の無遠慮な問いに、さすがに辰也は苦笑する。

この場合の〝母〟とはつまり、辰也の妻のことである。進藤千夏（ちなつ）は、辰也の妻であるとともに学生時代の私の後輩でもある。訳あって家族とともにはおらず、今も東京で小児科医をやっている。昨年から月に数回は松本へ戻ってくるようになっているらしいが、私はまだ会う機会がないままだ。

「来週末にはまた帰ってきてくれるよ。栗原家には及ばないけど、順調の部類に入るんじゃないかな」

「そうか、どうも行き違うな。まるで避けられているようではないか」

「まるでじゃなくて、避けてるんだよ」

おい、と私は眉を寄せる。

辰也はあくまで悠々と茶をすすりながら、

「千夏なりに思うこともたくさんあるんだ。僕としてもがんばっている妻を、君の遠慮のない論評にさらすのは忍びない」

「まるで私が空気の読めない乱暴者のようではないか」

「そうだね、今度戻ってきたときは、栗原は昔と変わらず空気の読める優しい友人だと伝えておくよ」

この話題については、辰也にも相応の覚悟があるためか、返答に普段以上の切れ味がある。私としても、無闇と深入りはできないから、口を閉じるしかない。

「とと！」とにわかに叫ぶ声が聞こえて私は首をめぐらした。

愛らしい笑みを満面に浮かべた天使が、縁石の上を危なっかしい足取りで歩いてくる。こうなれば、いつまでも気鬱な話題に時間を割くこともない。

「どうした、小春」

「とと、お昼ご飯は？」

「もうそんな時間か。小春は何が食べたい？」

「おうどん！」

我が家の天使は、大のうどん好きなのである。

「うどんだそうだ、タツ」

「ここは一応蕎麦屋なんだけどね……」

苦笑を浮かべつつも、辰也はゆったりと立ち上がり店の方へと向かう。『蕎麦屋しんどう』はうどんも出す。蕎麦がうまいから滅多にうどんは出ないのだが、小春が来たときはちゃんと準備をしてくれている。

「おうどんだね、すぐに準備するよ、小春ちゃん」

そんな言葉に、小春はわっと歓声をあげた。追いついてきた夏菜とともに靴を脱ぎ、家の中へ辰也を追いかけていく。

その小さな背を眺めながら、気が付かぬ間にずいぶんな時が流れているのだと、思わぬ感慨が胸の内に去来した。

つい先日まで学生生活を満喫していたかと思えば、いつのまにか医者になり、いまでは父になっている。気付かぬうちに多くの事柄が変化している。職場も立場も家族も、何もかもがゆったりと、しかし確実に動いているのだ。

再び風が吹いたのか、城の方から喧噪が聞こえてきた。なにかの祭りか、海鳴りのように聞こえてくる低い響きは太鼓の音だ。

頭上を見上げれば、風に揺れる葉桜を通して、眩い光がきらきらと縁先に落ちてくる。生き生きと茂る濃緑色の葉桜が、心なしか満開の桜以上に色鮮やかに見えるのは、この土地の明るい日差しの賜物であろう。

私は葉桜から躑躅へ、躑躅から山吹へと、簡素な庭の豊かな春を見回しつつ、さて、と口を開いた。

「蕎麦屋のうどんを食べにいくかな」

「はい」と応じる細君の声とともに風が居間まで吹き抜けて、かすかに甘い香りが流れた。隣家の戸口を飾る鈴蘭(すずらん)の香であろう。

蕎麦屋の軒先も、まもなく夏であった。

第二話　青嵐

堂々たる三角錐（さんかくすい）を描いた常念岳の山容は、松本平から眺める北アルプスの象徴である。

そのすぐ南方には穏やかな曲線を表した蝶（ちょう）ヶ岳（たけ）が鎮座し、常念とともに悠々と安曇野を見下ろしている。五月の半ばころまではその山肌にいくらか残雪を見ることができたのだが、さすがに六月も半ばを過ぎれば青々とした緑一色となる。

つい先日まで淡く山々をかすませていた春霞（はるがすみ）も、今は清爽（せいそう）な夏風が勢いよく吹き払い、豪壮な常念坊も優美なお蝶夫人も燦（さん）とした初夏の光に煌（きら）めいている。

そんな明るい山々を眺めやる私の心持ちは、しかし豪壮とも優美とも程遠く、まことに荒（すさ）んでいる。

「来ましたね」

ヘリポートの中央で、救急部の弥勒様が白い指を伸ばして北の空を指示した。

まるでそちらに極楽浄土でもあるかのように有難いのだが、北の空から飛来するのは救いの手ではなく、救急ヘリである。

「本当に栗原先生は引くんですね」

「実験室にばかりこもっていないで、日の光を浴びなさいという仏様のご慈悲でしょう。有難いことです」

常念坊に向かって合掌する私に、弥勒様は穏やかな笑みを向けている。

「荒れておられますね、大学院生は大変でしょう」

「電気泳動が始まるたびに呼び出しを受けます。おかげで実験の手際は日ごとにレベルが上がっていきますが、実験そのものは一向前に進みません。医療の神様はどうあっても私を卒業させたくないようです」

「きっと神様は、あなたのような優秀な人を、大学にとどめておきたいと思っているのかもしれませんね」

弥勒様の目に見える世界は、ことごとく慈愛にあふれているらしい。

「栗原先生！」と呼ぶ聞きなれた声は、背後のタラップを駆け上がってきた利休のものだ。

「ヘリから二報が入りました。患者は十歳の男児、百円玉を誤嚥したとのことです」

「百円玉？」

「母親の証言ですが……」

手元のメモを取り上げながら、血圧、脈拍、その他のバイタルサインを読み上げる。ことごとく良好、安定だ。

「ヘリで運ぶほどの状態とも思えんが？」

「僕もそう思いますが、白馬病院の医師の話では、ひどく苦しがっていて重篤感があるとのことでした」

「日頃の小遣いが少なくて、苦しんでいるのではないか？」

はあ、と利休はまともに困惑顔だ。

「食道損傷でも起こして穿孔していなければよいのですが。とにかく、採血と並行してすぐにCTを撮影します」

「そうだな。結果によっては外科に連絡が必要だ」

了解です、と応じた利休はついてきた番長と細かな手順のやり取りを始める。いつもながら冗談は通じないが、優秀であることは間違いない。

「外科といえば……」と、ふいに傍らの弥勒様が口を開いた。

「砂山先生が先生のことを探していましたよ。なにか相談事があるとかで、今朝も早くから救急部に来ていました」

「救急部にですか？」

「第四内科の病棟や医局に行くより救急部に来た方が、先生に会える確率が高いから、と言っていましたが」

ろくでもないことを吹聴する男である。

なんの用件であろうかと考えている間に、すでにヘリの爆音が届き始めていた。


マグカップの中に大量のコーヒー粉末を放り込む。その上に今度はコーヒー粉末に負けないほどの大量の砂糖を放り込んで、最後に熱湯を注ぎこむ。すると、とんでもない飲み物ができあがる。

砂山ブレンドである。

ただひたすらに濃厚で、甘いのか苦いのかもはや誰にもわからない。

天下の珍味、仙界の猛毒、冥界の秘薬、様々に形容されるこの奇怪な飲み物を、美味だといった者は皆無ではないが、きわめて稀である。少なくともまともな味覚の持ち主は、一口嚥下してたちまち悶絶すること疑いない。

その伝説の砂山ブレンドが、二百ミリリットルビーカーにたっぷりと注がれて、我が眼前に差し出された。

むろん差し出したのは黒い巨漢の砂山次郎で、当人はステンレスの丸椅子(まるいす)に腰かけたまま、難しい顔を私に向けている。

場所は基礎研究棟の五階にある実験室で、時間は夜の十一時である。

その日は午前中に到着した十歳児の緊急内視鏡からスタートし、外来、内視鏡、夕刻にはイレウス患者のステントと、相変わらずの盛り沢山であった。

最大の懸念材料であった十歳児の方は、ひどく苦しがって到着した割にCT上大きな合併症はなく、内視鏡で無事百円玉も回収できた。術者として処置をした利休が、若干食道粘膜を傷つけて出血させてしまったために、少なからず冷や汗をかいたのだが、処置が無事終わったことは事実だ。念のため二、三日入院で経過を見ることになり、またしても四内の御家老(ごかろう)に頭をさげねばならなかったことはご愛敬(あいきょう)というものだろう。

そんな愉快な日中の業務を終え、ようやく実験を開始して軌道に乗り始めたタイミングで、突然黒い外科医が訪ねてきたのである。院生でもない外科医が、わざわざ基礎研究棟まで訪ねてくるのは珍しい。

「頼みがある」

「頼みがあるなら、まずそれを引っ込めろ」

私は四連ピペットを握りしめたまま、黒い液体がなみなみと注がれたビーカーに一(いち)

瞥を投げかけた。次郎は困惑ぎみに首をかしげる。

「一止は、大のコーヒー好きじゃなかったか？」

「コーヒーは好物だ。だからそれは引っ込めろ」

「なんでだ？　これは俺流にアレンジはしているが……」

「やかましい。いまさら議論する気はない」

「先生たち、仲がいいのは結構ですけど、少し静かにしてくれませんか」

ぽんと投げ込まれてきた声は、扉の脇に顔を見せた双葉のものだ。

「おう、佐季ちゃん、元気か？」

能天気な次郎の声に、双葉は軽く黙礼しつつ、こちらの実験室の中を見て吐息を漏らす。

「また時間がきてますよ、一止先生」

示したのは電気泳動装置だ。

私が虚脱して天井を見上げている間にも、双葉は装置の電源を切り、アガロースゲルを取り出してくれている。

「で、用件はなんだ、次郎」

ため息交じりに問えば、次郎が珍しく険しい顔をして、小脇に抱えていたファイルを取り出した。

「相談したい患者がいるんだ」

二木美桜、二十九歳、女性。

次郎の示した患者サマリーの記載である。

「膵癌の患者だな」

私が即答したのは、すでに面識のある患者だったからだ。

二木さんは二週間前に、近くの病院から腹腔内腫瘤の精査目的で外科に紹介されている。本人はいたって元気だが、一か月ほど前から体重減少と食欲不振が徐々に目立つようになり、近くの診療所を受診したのがきっかけであった。

外科での検査ですでに進行膵癌が疑われており、確定診断のために私が内視鏡検査を依頼されたのがつい先週のことである。

私の記憶に鮮明に残っているのは、言うまでもなく、患者が二十九歳という稀に見る若年であったからだ。私としてもＥＲＣＰの説明を自分より年下の患者にするのは初めてで、脅し文句だらけの説明内容を、静かに聞いていた芯の強い女性という印象が残っている。

「それで、手術の是非はどうなった？」

問うた私に、次郎は手元の画像に視線を落としたまま首を振った。

「やはり無理だという結論になったよ。放射線科とも検討したが、大動脈周囲のリンパ節は転移という読影だ。MRIでは小さいながら肝転移の可能性まで指摘された。診断はステージⅣの膵癌。切除は不可能だ」

「ひどいな」

切除ができなければ抗がん剤だが、薬で闘ったところで、相手が膵癌となるとどれほどの余命があるか、残念ながら前向きな答えはひとつも出てこない。

私はもう一度患者サマリーに目を落とした。

二十九歳。

あまりにも過酷な現実だ。

「どうしようもなく辛い症例だな」

私は眼前の巨漢に視線を戻した。

「だが、だからといってここに相談に来る理由にはなるまい。私が睨みつけたからといって、癌が小さくなるわけではない。愚痴や弱音を聞いてほしいなら、実験室に来るよりは、『九兵衛』で合流する方がまだ気も紛れるというものだ」

居酒屋『九兵衛』は、松本市街地の一角にひっそり佇む名店だ。酒と肴とマスターと、ことごとくが一級の店である。

「『九兵衛』に行くのは賛成だ。しかし用件は愚痴や弱音を吐きだすことじゃない」

次郎が冴えない顔のまま続けた。

「この患者を内科で診てもらえないかって相談なんだ」

私は黙って眉を寄せる。次郎は慌てて語を継いだ。

「きつい症例だから自分で診たくないって話じゃないんだ」

「気力と体力の有り余った外科医としては、手術ができない症例に興味を持てないか？」

「それも違う」

次郎は身を乗り出して語調を強める。

「手術適応がない患者だって、外科でケモをやることは珍しくない」

ケモというのは、ケモセラピーの略で、抗がん剤を用いた化学療法のことだ。つまり、今この患者にもっとも必要な治療である。

「症例によっては、ケモが効けばあとから手術に持ち込むことだってある。つまり手術ができないから内科に頼むってことじゃない」

「ではなぜ、わざわざ内科医に頼みに来る」

「患者の希望なんだ」

意外な返答であった。

次郎はしばし沈黙してから、言葉を選ぶようにゆっくりと口を開いた。

「二木さんは、大学に来るまでにも診療所や病院をあちこち受診して、いろんな医者に会ってきてる。そして本人が言うには、あまりいい医者には出会わなかったそうだ。皆、ちょっとした検査のあとにはすぐ別の病院へ紹介するってことになって、話も聞いてくれなかったんだと」

「それは医者の問題ではないだろう。二十九歳の膵癌疑いなら、一般の診療所や小さな病院ではとても対応できん。しかも時間がないとわかっている以上、のんびり話を聞いているより一刻も早く大学へ紹介するのが医者の責務だ」

「それもあるんだが、大学に来たら来たで、うちの教授もあまり愛想(あいそ)がいい方じゃない」

私は思わず口をつぐんだ。

次郎の属する第三外科の間宮(まみや)教授は、〝サイボーグの間宮〟と言われるほど手術の腕が卓越した人物だ。圧倒的メス捌(さば)きにくわえて、十時間でも二十時間でも一貫して疲れを見せずずば抜けた技術をふるい続けることからサイボーグの名がついている。そのサイボーグの唯一の弱点は、愛想や社交辞令が完全に欠落しているという点であろう。

長年ともに働いている外科の医局員たちでさえもサイボーグが笑うところを見たこ

とがないという。

「あの間宮教授から手術は不可能だと無表情で言われて、患者はずいぶんショックを受けている」

目に浮かぶ光景である。

「ところがそういう状況下で、先日珍しくいい医者に会えたんだそうだ。それが内科の医者だったらしい」

「それは何よりだ。世の中は、私のように実験をしながら片手間で臨床をやっているようなろくでもない医者ばかりではない。いい医者もいるだろう」

「その内科医は、たった一度の内視鏡検査について実に丁寧に説明をしてくれて、検査後も何度も病棟まで足を運んでくれたんだそうだよ」

ん、と思わず私は眉を寄せる。

次郎が、あまり見たこともないほど生真面目(きまじめ)な目を向けてきた。

「二木さんは、ＥＲＣＰをやってくれた栗原先生に、診てもらいたいそうだ」

「ちょっと待て」

「勝手な話だってのはわかってる。けれども大変な患者なだけに、できるだけ本人の満足がいくようにしてやりたい」

告げてのち、次郎は突然「頼む」と頭をさげた。

その背後では、双葉が蛍光検出器を覗き込んでいる。私の実験の残りを片付けてくれているのだろう。まことにありがたい隣人だ。

かたかたと実験器具の音が聞こえてくる間も、次郎は身じろぎひとつしない。

私もしばし沈黙ののち、なかば無意識のうちに卓上の砂山ブレンドに手を伸ばした。

一口を飲む。

言うまでもなく、ひどい味であった。

医師にとって、患者から信頼を寄せられるということは喜ばしいことである。光栄なことであり、活力にもつながる。けれどもいついかなる条件においても信頼が喜ばしいかといえば、けしてそうではない。

医療現場というものは、余人が思うよりはるかに不条理に満ちている。

心優しい医者が一生懸命に力を尽くしたおかげで患者が元気になっていく、などというメロドラマは完全なる幻想であって、個人の努力の有無で結果が変わるほど医療は甘いものではない。医師ががんばった分だけ患者が助かるなら、これほど気楽な商売もないのである。

ゆえに、医師が身を削るほど努力したあげく、患者の期待には遠く及ばぬ結果となることも珍しくない。そんなときしばしば信頼の感情は、負の感情に切り替わる。益体もない話であるが、医師が患者からの信頼を受け取って素直に喜べるときというのは、治療の見込みが立っているか、治療が終了したとき、ということになるであろう。かかる見地に立ってみれば、二木美桜という患者の主治医になることは、重圧以外のなにものでもない。

「そうやって相変わらず、茨の道を行くわけだねえ、栗ちゃんは」

小講堂の最後列の席に、北条先生の緊張感のない声が流れた。

時は木曜日の朝八時、いつもの第四内科の総合カンファレンスが始まっている。

「引きの栗原のジンクスは、救急患者だけの話じゃなかったわけだ」

「カンファ中ですよ、北条先生」

私は正面を睨み据えたまま、低い声で上司の皮肉を遮った。

小講堂内は、すでに多くの医師たちで埋め尽くされている。三十人近い消化器と腎臓の専門家が集まって、微に入り細を穿つ質疑が行われるカンファレンスが、しかし今日に限って微妙な静けさに包まれているのは、正面スクリーンに件の二木美桜さんのカルテが表示されているからだ。

プレゼンテーションしているのは、我が第三班のエース利休と番長である。

スクリーン上に、血液検査やＣＴ画像、ＭＲＩやＥＲＣＰ画像が表示されるたびに、室内が軽くざわめいている。難病、奇病も多い大学病院でも、二十九歳の進行膵癌はさすがに衝撃的だということだ。

「で、今日の栗ちゃんの外来に来たわけね、この患者」

頭の後ろに手を組んだまま、北条先生が告げる。

「どんな様子だった？」

「どういうことはありません。外科の砂山先生からすでに大方の厳しい話は聞いているのでしょう。落ち着いたものでした」

私の脳裏に、外来で深々と頭をさげた患者の姿が思い出された。

〝突然の勝手なお願いを受けてくださってありがとうございます〟

そう告げた二木さんの態度は、進行期の膵癌患者とは思えぬほど落ち着いたものであった。

いささか緊張した面持ちではあるが、焦りや絶望は感じさせない。

家業が農家というわりに色白に見えるのは、日に焼けていないというより貧血のためであろう。病状に対する不安は尋常なものではないはずなのに、背筋を正して挙措が乱れない姿は、よほど芯の強い女性であると思われた。

心ここにあらずという様子の御主人と並ぶと、二木さんの落ち着きが一層際立つ印象であった。

「こういうのを引き受けちゃうところが栗ちゃんなんだよね」

症例の緊張感などどこ吹く風といった様子で北条先生が言う。

「こんな患者、引いたもん負けなんだから、外科にそのまま押し付けておいたっていいのにさ。治療内容なんて、内科でも外科でも同じだろ」

「治療は同じでも患者の心持ちは違います」

「そんなふうに思っちゃうところが、栗ちゃんの不器用なところであり、いいところなんだな」

だけどさ、と鬼切の北条が面白そうな顔をしたまま、前の方へ視線を投げかけた。

「栗ちゃんのいいところを、みんながわかってくれるとは限らない。それが大学だ」

小講堂の最前列で白い髪の初老の医師がゆらりと立ち上がるのが見えた。第四内科の御家老、宇佐美先生である。

「この患者のカルテを見るに、安曇野病院から当院の外科に紹介になっている。その外科からわざわざ今度は内科に回されているようだね。紹介先の外科ではなく、敢えて内科で治療を開始する理由は何かな？」

そらきた、と北条先生は他人事のように笑っている。

むろん笑いごとではないし、利休に答えられるような質問ではない。私はすぐに立ち上がって口を開いた。

「患者本人から内科で診てほしいとの希望がありました。一部の外科の先生とあまり相性が良くなかったようです」

私の含みのある応答に、講堂内がかすかな苦笑に包まれた。外科のサイボーグの愛想のなさは、内科でも有名な話なのである。

むろん医局員が苦笑してくれても、御家老は微塵も表情を動かさない。のみならず遠慮のない怜悧な視線を向けてくる。

「患者の希望をできるだけ聞くという態度は結構だが、これだけリスクもあり大変な症例を、カンファにもかけずに引き受けるというのはあまり感心しないね」

「カンファにかけりゃ、文句を言われることがわかってるから黙って受けたんだよなぁ」

小さくつぶやいたのは傍らの北条先生である。聞こえないと思って、ずいぶん勝手なことを言っている。

「年齢や病態、治療経過を考えれば、入院期間も長くなることは目に見えている。ベッドの確保も余裕はないのだがね」

能面のような顔に冷ややかな眼光が光っている。たちまち講堂内の気温がすっと低くなる心地がした。誰も口を開かない。

すぐ隣に腰かけている水島教授は、常と変わらぬ福々しい笑顔のまま、超然とスクリーンを眺めているだけだ。第四内科の大黒様と呼ばれるかの教授は、満面笑みがトレードマークのまことにつかみどころのない人物である。

束の間の息苦しい沈黙は、別の声に破られた。

「しかし宇佐美先生」と、私の前の席に座っていた人物が立ち上がったのだ。

第一班の班長、柿崎先生である。

医局の中で、教授、准教授に続く講師の肩書きを持つ先生だ。

「たしかに二十九歳の膵癌患者の対応は大変です。けれどもそれだけに、若い医局員たちにとって貴重な経験になると思います。まして患者自身が我々の診療を希望してくれるのなら、四内の面目躍如というものじゃないですか」

張りのある声が沈滞した空気を一掃していく。そういう力のある先生である。

膵臓の専門家としては学外にまでその名を知られた先生だが、それだけではない。専門家にありがちな気難しさとは無縁の快活な人柄で、実務家の宇佐美先生とは、あらゆる意味で対極に位置する人物だと言える。

その柿崎先生が、講堂内に爽やかな声を響かせる。

「確かに大変な症例だとは思いますが、外科には普段から借りもあります。ここらで返しておくとあとの仕事もやりやすくなるんじゃありませんか」

前半の熱意にあふれた言葉より、後半の打算的内容の方が、御家老の説得には有効である。そのことをわかったうえでの柿崎先生の発言だ。宇佐美先生はわずかに眉を動かしただけで、それ以上は何も言わず着席した。要するに了解したということであろう。

思わぬ援護射撃を放ってくれた柿崎先生は、座りながら肩越しににやりと笑ってVサインを送ってくれた。まったく大学には、いろいろな人間がいるのである。

ようやく動き出した空気の中で、利休がすぐにプレゼンテーションを再開する。

「若年のお元気な方です。最初から最大限の治療を行うという意味でも、化学療法はFOLFIRINOXを選択します。かなりの副作用も覚悟しなければいけませんが……」

利休の緊張した声を聞きながら、北条先生がちらりと私に視線を投げかけた。

「気休めの抗がん剤で時間を稼ぐ治療じゃなくて、本気で膵癌と闘うってわけかい？」

「今回は手加減なしでです。体力があるうちに、使える薬はすべて最大量で使います」

「しかしあのレジメンは、四剤併用の悪名高い奴だよな」

北条先生の専門は肝臓であって膵臓ではない。それでも今回使用する薬剤の評判の悪さは知っている。

「副作用はかなり過酷です。ジェム、アブラキサン二剤併用と比べても、辛い治療ですが、膵癌診療ガイドラインでも、体力のある患者の第一選択です」

「ガイドラインは大事だ。御家老も喜ぶ」

どこまで本気か冗談か判然しない台詞を吐きながら、北条先生は自慢の茶髪を軽く掻き上げる。そのまま、スクリーン前に立つ利休と番長に目を向けて、

「たしかにあいつらにとってもいい勉強になるよな。一般病院じゃ、二十代の患者を看取ることなんて、滅多にあるもんじゃない」

「まだ看取ると決まったわけではありません」

できるだけ穏やかに私は遮った。

一瞬口をつぐんだ北条先生は、片手でくしゃりと茶髪を掻きまわしてつぶやいた。

「そうだった。こいつは失言だったぜ」

鬼切と言われる男にしては、いささか切れ味の悪い返事であった。

小春がすやすやと眠っている。

小さな両手を万歳の形にして、丸いお腹をさかんに上下させ、すーすーと心地よさそうな寝息を立てている。夏とはいえ六月の信州の夜は、ほどよく涼しく、日によっては肌寒いこともある。布団を蹴飛ばし、腹を丸出しにして、なお有り余る熱を発散している小春は、立派に豪傑の貫禄だ。

普段なら眺めているだけで愉快を覚えるこの景色も、今は妙に気重に感じるのは、そこに二木さんの子供の姿を重ねてしまうからであろう。

「二十九歳ですか」

小春の寝巻をなおし、丸いお腹の上にタオルケットをかけなおしていた細君は、その手を止めて形のよい眉をひそめた。

「子供はまだ七歳だ」

その言葉に、細君の視線は自然我が子の寝顔に流れた。

「なんとかなるのですか？」

「一般的な話をすれば、なんとかなる可能性は限りなくゼロに近い。しかし何もしなければ、可能性は、完全にゼロになる」

細君は、私の過酷な言葉を聞いて束の間沈黙し、やがてそっと卓上のポットを手に取ると、カップにコーヒーを注いでくれた。

「では何もしないことは許されませんね。進むしかありません」

細君の率直な言葉が、不思議なほど活力を与えてくれる。と同時に、私に大切なことを教えてくれる。

医者という存在は、多くの事柄を知っている。むしろ知っているがゆえに、未来に対して必要以上に虚無を見ることがある。膵癌の五年生存率も、化学療法の奏効率も、確かに重要なデータだが、あくまでデータであって目の前の患者の出来事ではない。進むべき道が明らかであるのなら、悲愴感にのまれて立ち尽くしているのではなく、まずは足を動かして前へ進むということが、我らの務めということであろう。

私は大きくうなずいて、コーヒーカップを傾けた。

今必要なのは、ガイドラインでも生存率でもない。前に進む気概と勇気と一杯の美味なコーヒーだけなのである。

しみじみと一杯を味わう私に、細君がふと思い出したように告げた。

「そういえば、今日の昼間、大岡さんの息子さんが来られました」

「大岡さん？」

「御嶽荘の大家さんですよ」

すっかり忘れていた名前である。忘れていたと言えば聞こえはいいが、要するに大家さんの名前など、言われてもわからぬほど記憶のかなたに消え去っていた。

「そのときは、私と小春だけしかいなかったんですが、一度御嶽荘の住人皆が集まったところで話したいことがあるとのことです」

「話したいことというのは？」

「はっきりとは聞けませんでしたけど、やっぱり……」

細君はいくらか気遣わしげに眉を寄せた。

「御嶽荘取り壊しの件か」

小さく細君がうなずいた。

先日も男爵が口にしていた一件である。

古い旅館を改築した御嶽荘は、雨戸は外れ、瓦は浮き上がり、情緒ある住宅街の中でも特異な威容を誇っている。おまけにいたずらにたくさんある部屋も、今は私と細君の『桜の間』と男爵の『桔梗の間』と学士殿の『野菊の間』の三部屋が埋められているだけだ。

大家さんとしては、いっそ綺麗なアパートに建て替えてもう少し効率よく管理したいということであろう。

「いよいよ具体的な話が始まるかな」

「かもしれません。とりあえずまた近いうちに伺いますとのことでした」

「これはこれで気の重い話だ」

「そうですね。男爵さんには伝えておきましたが、今回はさすがに何か考え込んでいる様子でした」

何も考えていないようでいて色々考えているのが男爵の真骨頂だ。逆に、無闇と男爵が考え込むというのは、いい兆候ではない。

「ここを出ていかなければならないとなると、新しい家を探さないといけないか」

「そうかもしれませんけど……」

細君が、再び腹を丸出しにしている小春にタオルケットをかけながら、

「今は急ぐことはないと思います。大岡さんから具体的な話を聞いたわけでもありません。ちょっと気難しそうな様子はありましたけど、東京で長く勤め人をしていたとおっしゃっていましたし、突然明日出ていけなんて無茶なことは言わないと思います」

「そうだな。勝手に先走って逃げ支度をしていては、かえって敵に乗ぜられるというものだ」

「敵ではありませんよ、大家さんです」

にこりと細君は微笑んだ。

まことにゆったりとしたその微笑に、私に反論のあるはずはない。

私もまた笑い返しながら、世界一うまいコーヒーを飲みほした。

パチリと小気味のよい音がデイルームに響いて、私は意味もなく大きくうなずいた。

「よい手だ」

告げた眼前には、古びた将棋盤がある。

そこは東七階病棟の入り口にある広々としたデイルームで、朝日が差し込む開放的な空間は、七階ということもあって、眺望もよい。エレベーターホールに隣接したその一角で、将棋盤を挟んで向き合うのは一人の少年だ。

小波拓也というその少年は、先日百円玉を飲みこんでヘリで運ばれてきた十歳の患者である。小学生だというのになかなか堂に入った指し方をする。

「栗原先生の番だよ」

明るいその声は、病棟のデイルームには不似合いなくらいだ。

「調子は大丈夫そうだな」

「だいぶいい。でもまだ時々苦しくなるときがあるかな」

あっけらかんとした口調でそんなことを言う。

ヘリ搬送されてきたのは四日前のこと。内視鏡で百円玉は回収したが、その後もしばしば断続的な胸痛を訴えているのである。利休が施行した緊急内視鏡で若干の出血があったことから、念のため入院させただけであったのだが、その後数日を経ても時折胸痛が出現して、まだ退院にこぎつけていない。元気そうに見えて、意外に栗原班にとっては心配の種である。

「食事は食べられているのだろう」

「お粥はね。でもそれ以上は無理な気がする」

「痛むのか？」

「時々ね。急に痛くなるんだ」

怖いことをあっさりとした口調で言いながら、ぴしりとまた遠慮のない一撃をくわえてくる。私もまた存外、真剣に指し返す。

「すごいね、お医者さんの先生って将棋も強いんだ？」

「皆が強いとは限らないし、少しばかり強くても、私くらい腕が立つ医者はけして多くはない」

どうでもいいことを力説する私に、真顔で少年はうなずく。まことに素直な反応だ。

「でも僕と将棋なんかしていていいの？　忙しいんじゃないの？」

「今日は日曜日だからな。たいした仕事はない。ひとり寂しそうに詰将棋をやっている少年の、対戦相手をするくらいはなんとかなるものだ」

「別に寂しくないよ。むしろいっぱい人がいるここの方が家より楽しいくらい」

なんとも気楽な態度である。

晴れた休日に朝からひとりで小さな将棋盤を開いている姿を見かけて心配したのだが、どうやら杞憂(きゆう)であったらしい。

「しかし問題はその胸の痛みだな。原因がよくわからん」

「新発田先生と立川先生もそんなこと言ってた。百円玉で傷ついた場所もさすがにもう治ってるはずなのにって」

「そうだろうな」と応じる私も、正直なんとも言えない状況なのだ。

「あんまり心配だから、今日もCTを撮ってみるって新発田先生が言ってたよ」

慎重な利休らしい対応だ。こういうときは楽観的であるよりは悲観的にかまえて注意を怠らないのが良い。

しばし将棋盤を眺めながら考え込んでいた私が、ふいに顔をあげたのは、エレベーターの扉が開いて、話題の新発田先生こと利休が出てくるのが見えたからだ。

利休はデイルームの私に気付くと、足を止めてうなずいた。私もうなずき返して立ち上がる。

「お仕事？」

すかさず少年が問うた。

「たいした仕事ではないが、一日中気楽に美濃囲いを組んでいるわけにもいかん」

「また将棋できる？」

いくらか寂しそうな顔をする少年にすぐに告げる。

「今日は勝負がつかなかったからな。また日を変えて再戦だ」

「約束だよ」

「約束だ」

私は手をあげてデイルームをあとにした。


その日は二木さんの入院日であった。

日曜日に入院し、月曜日から化学療法を開始する。そのためには日曜日の昼間に今後の方針について説明をしなければいけない。かくして休日の朝から、北条先生を除く第三班が病棟に集まったのである。

こういう慌ただしい予定を立てたのは、ほかでもない利休である。

患者の年齢や家庭環境を知った利休が、一日でも早く治療を、と主張して、かかる流れを構築したのである。本来なら日曜日は、私にとって貴重な実験日か、アルバイト日か、もしくはもっと貴重な家族と過ごす日なのだが、状況が状況だけに、利休の方針を承認した次第だ。

「本当にいろいろ細かくありがとうございました」

明るい日差しの差し込む病室で深々と二木さんが頭をさげたのは、すべての説明が終わったあとであった。

一時間に及ぶ病状や薬剤の説明のあと、今は、利休と番長がカルテ記載をしている。

手持無沙汰(ぶさた)の私はその間に、なんとなく様子を見に病室に立ち寄ったのである。

「説明内容はおおよそわかりましたか？」

控え目に問う私に、ベッドに腰かけていた二木さんは傍らに立つ御主人と一度顔を見合わせてから、困惑気味に苦笑した。

「正直、なにを聞いたらいいのかもわからない状態です。なにもかもあまりに急すぎて」

そうして行くあてのない視線をそっと窓の外にさまよわせる。

もともと色の白い頰に血の気はなく、意思の強そうな瞳には隠しきれない憂いをたたえている。控え目に言っても、美しい人である。美しい桜と書くその名が、まことによく似合う。

「私たちがわかったことは、ただただ、大変な治療が始まるのだということだけです」

「十分です、我々が伝えたかったことも、集約すればその一言に尽きるのですから」

私のそんな応答に、二木さんは静かな目を私に向けた。

説明内容は、化学療法の投与方法、その副作用、入院期間の見込みから、今後予測される経過に至るまで多岐にわたる。

二木さんは、ほんの二週間ほど前に手術のできない膵癌だと言われたばかりだ。おそらく次郎から、放置すれば予後数か月以内という恐ろしい事実まで聞いているだろう。その混乱した頭で、専門家の我々でさえしばしば頭を抱える複雑怪奇な化学療法の説明を、十全に理解するなど土台無茶な話なのである。

「ひたすら大変な治療なのだということが伝わっていれば、今はそれで十分です。考えすぎてはいけません。少なくとも治療について考えるのは我々の仕事です」

改めて告げる私に、二木さんはかすかに微笑んだ。

「やっぱり先生は変わった方ですね」

「変わっていますか」

「変わっています。こういうとき、普通は〝大丈夫だ〟とかって、もっと前向きな言葉を言うものじゃありませんか？　それなのに、ひたすら大変だなんて」

「すみません、しかし気休めを口にしてもすぐに事実は明らかになります。我々に必要なことは、厳しい現実から目をそらすことではなく、覚悟を決めて闘うということなのですから」

大学病院では、医療者と患者とが十分な信頼関係を築く時間を与えられないことが多い。

出会う患者の多くが、複数の医療機関を経て、すでに検査や診断を終えている。つまり人間関係を構築する時間も対話も、十分に確保されないまま、いきなり二木さんのように大がかりな抗がん剤治療を始めるということなのである。

信頼は、治療と並行して築いていくしかない。きわめて難しいことであるが、やり直しはきかない。

「不安や疑問についてはいくらでもお答えします。しかし気休めや慰めは省略させてください。冷たい医者だと思われるかもしれませんが、必ずご理解いただけるときが来ます」

ふふっ、とふいに二木さんがかすかな笑みをこぼした。

怪訝に思って見返すと、思いのほかに爽やかな視線にぶつかった。

「やっぱり先生に主治医をお願いして良かったと思います」

「高い評価をいただけるのはありがたいことですが、私はＥＲＣＰの説明を行ったくらいで、格別気に入られるようなことは何もしていません」

「内視鏡の説明もとてもわかりやすかったです。でもそれだけじゃありません」

御主人の足元からそっと歩み寄ってきた七歳の娘の頭を撫でてやっている。

こざっぱりと短く髪をカットした少女は、一見少年のような風貌で、いかにも利発そうなまっすぐな瞳を持っている。なんとなく一家の抱える巨大な問題の気配は感じ取っている様子だが、今は遠慮のない視線に、どこか興味深そうな明るい光をたたえている。

「私が先生にお会いするのは、今回が初めてではないんですよ」

ふいの言葉に私は困惑するしかない。

娘に微笑みかける二木さんに代わって御主人の方が語を継いだ。

「美桜の父が、くも膜下出血で亡くなったとき、看取ってくれたのが栗原先生でした。今から八年前、本庄病院でのことだそうです」

これは不意打ちであった。

むろん唐突な一撃に応じる言葉もない。

「すみません、こういう場合、格好よく思い出せればよいのでしょうが……」

「いいえ、覚えていなくて当然です。八年も前のことで、しかもいきなり救急車で運びこまれた父は、三日後には亡くなりました。私はまだ大学生でしたし、先生にお会いしたのも数えるほどです」

「お話を伺う限り、私はあまり医者として役に立てたようにも思えませんが……」

すっかり当惑している私に、二木さんはゆっくりと首を左右に振る。

「急変してから、あっというまに亡くなるまで、先生は何度も病室に足を運んでくださいました。ベッドで眠っている父より、ずっと顔色の悪い先生が、母や私の体調を気遣いながら声をかけてくださったことを、今もよく覚えています」

八年前というと、私もまだ研修医だ。

本庄病院の大狸先生の下で、ただ必死に毎日を駆け回っていた時期である。数えきれないほどの死亡診断書を書いたが、その一例一例に対してしっかりと満足のいく対応ができていたかと問われれば、甚だ心もとない。

ゆえに私は、ただ恐縮するしかない。

「やまない雨はない。明けない夜はない」

ふいの二木さんの言葉に、私は顔をあげる。

「先生が言ってくださった言葉です。辛いことがあっても、それがずっと続くものではないと」

「若気の至りです」

「いいえ、素敵な言葉です」

そう言って二木さんは傍らの御主人に目を向けた。

「先生のおっしゃる通り、父が亡くなったあと、私は結婚し、そして子供にも恵まれました。先生の言う通り、やまない雨はないんです」

優しげな風貌の御主人は、二木さんを見返しながら静かにうなずく。

「だから、今度もきっと乗り越えてみせます。どうか……」

二木さんの明るい瞳がまっすぐに私に向けられた。

「どうか、よろしくお願いいたします」

若い夫婦が並んで深く頭をさげた。

母親の膝に手を置いていた少女も、何かを悟ったのか、小さく頭をさげてみせた。

窓から差し込む夏の日差しが、小さな家族を優しく照らし出している。

私もまた黙って深く一礼した。


「結構、美人ですよね」

昼下がりの第四内科医局に、番長の能天気な声が響いた。

日曜日であるから、広々とした医局にほかに人影はない。缶コーヒーを傾ける私と、急須でわざわざ茶を淹れている利休と、モニターに向かってカルテの記入をしている番長の三人だけである。ときどき廊下を歩きすぎていく音がするのは、回診を終えた他の班の医師か、当直医であろう。いずれにしても今日はのどかだ。

「不謹慎なことを言ってないで、早々にカルテを書きなさい。それが終わったら今日は解散なんだから」

手際よく急須を揺らしてから湯飲みに注いでいる利休がそんなことを言う。

「説教じみたこと言ってますけど、新発田先生だって、二木さんを外来で見たときすごい美人だって喜んでたじゃないですか」

「喜んでなんかいない。驚いただけだ」

揺れた急須から茶がこぼれる。絵に描いたように狼狽している利休に、マジすか？と笑いながら番長が布巾を手に取って渡している。

生真面目の利休と不真面目の番長では、どこまでも反りが合わないかと懸念していたが、この二人は存外仲が良いのかもしれない。

「そんなことより立川先生。ＦＯＬＦＩＲＩＮＯＸは、きわめて高確率で副作用が出現するレジメンなんだ。なにがどれくらいの確率で起こるのか、ちゃんと勉強しておきなさい」

「りょぉかいっすよ、新発田大先生」

「普通に返事をしなさい」

「了解！」

ぴしりと敬礼などしてみせる番長は、すぐにカルテの記載を再開した。

第三班に来た二か月前は、本当にこんな男が医者になれるのかと案じていたが、カルテ記載は安定し、患者への対応もずいぶん落ち着いたものになってきている。おちゃらけた雰囲気は相変わらずだが、時にはこういう空気に救われることもある。人間というものはまことに不思議なものである。

「それにしても、結構難しい症例が増えてしまいましたね、栗原先生」

ようやく茶をすすりながら、利休が水を向けてきた。

「二木さんはもちろん言うまでもありませんが、先月運ばれてきた重症膵炎の青島さんは、仮性膵嚢胞が増大して感染が心配されますし、潰瘍性大腸炎の岡さんは、今日もまた血便が出ているようです。結構気が抜けない状況が続いています」

「そんな中でもひときわ気にかかるのは、あの少年だな」

「小波拓也君ですね」

利休が軽くため息をついた。

「昨夜もあの妙な胸の痛みが出現して、CTを確認したのですが……」

「問題なしか」

利休はうなずく。

医者にとって、患者が重症であることはもちろんストレスだが、それ以上に重圧がかかるのは原因がわからないことである。

重症患者は経過の予測が立つ。しかし原因不明であれば予測の立てようがない。

「もう入院して四、五日になるが、ご両親は何か言ってきていないのか？」

「父親は単身赴任で遠方です。母親は入院時に一度会っていますが、共働きのようで、意外に顔を合わせる機会がないままです」

「どこかで一度IC（インフォームド・コンセント）を組んだ方がいいかもしれないな」

「そうですね。もう一度母親から問診をとって、余病がないかを再確認してみます」

利休は生真面目にうなずいた。

そんな利休の丸刈り頭になんとなく、年に似合わぬ白髪が目立って見えたのは気のせいだろうか。ここのところ難しい患者が立て込んで、さすがに疲れがたまっているのかもしれない。

「あまり心配するな、利休。やるべきことはやっている」

「ありがとうございます」

「もとはと言えばただの食道異物だ。お前が内視鏡で出血させなければ入院もしなくて済んだくらいなのだからな」

利休がかすかに頰をひきつらせる。

「冗談だ、笑うところだ」

「笑えません」

ひきつったままの利休が応じたところで、ばたばたと廊下を足早に歩く音が聞こえてきた。振り返ると同時に、背の高い人影が飛び込んでくる。

「お、栗原か」と陽気な声で告げたのは、第一班班長の柿崎先生であった。

「急患ですか？」

「冗談、引きの栗原班とは違うんだよ。白馬病院で緊急ＥＲＣＰだ」

眉を寄せる私の横で、白馬？と番長が不思議そうな顔を利休に向けた。

「白馬病院のＥＲＣＰに、柿崎先生がどういう関係があるんですか？」

「白馬にはＥＲＣＰができる医者がいないんだ。だからあそこに胆管炎が運び込まれると、大学に電話がかかってくることになってるんだよ」

「かかってきた電話に、柿崎先生がひとりで対応を？」

「ほかにいないのだ」

私が静かに応じた。

その間にも、柿崎先生は鞄の中に白衣を押し込みながら笑う。

「研修医にはまだわからんだろうけど、医局には明文化されていないややこしい仕事がいっぱいあるんだよ。勤務表に書かれてある仕事は、ほんの一部さ」

戸惑いながら、番長が私に顔を向ける。

「でもわざわざ白馬までなんて……」

「緊急ＥＲＣＰというのは、成功すれば患者は劇的に回復するが、胆管が確保できなければそのまま死亡させることもある極めて危険な処置だ。その危険な処置を、設備も道具も限られた地方の病院で対応しなければいけない。おまけに患者は高齢で複雑な合併症を抱えていることが多い。ただでさえＥＲＣＰができる医者は限られている上、これほど厳格な条件下で確実に対応できる医師となると、大学内にもほとんどいない」

「栗原先生はダメなんですか?」

「惜しいんだよな、栗原は」

歩み寄ってきた柿崎先生は、私の缶コーヒーを取り上げてあっさり一息に飲み干す

と、

「栗原なら、九十五%の患者は問題ない。だけどそれじゃ困るんだ。残りの五%を死

なせていいわけじゃないからな。あと五年も修羅場を経験して九十八%くらいにまで

なれば、頼めるんだがね」

「五年も大学にいたら、心が腐ってしまいます」

「相変わらず毒吐いてるなぁ」

じゃあな、と明るい声で手を振って、柿崎先生は飛び出していった。

白馬病院まで国道経由で約四十キロ。高瀬川沿いのオリンピック道路ができて、か

なり交通の便は改善しているものの、高速道路もない下道を走って一時間近くはかか

る。日曜日の昼間に当たれば、休日が丸々消えてしまう勘定だ。

「結構、滅茶苦茶な体制じゃないですか?」

「非常識の番長にしては、珍しく常識的な見解だな」

「講師の柿崎先生にわざわざ出向いてもらうくらいなら、患者さんを救急車で運んで

もらう方がまだ融通が利くんじゃないですか」

「そして大学病院の貴重なベッドを高齢者の胆管炎で埋めてしまうわけだ。ベッド確保のための御家老との駆け引きも大変だが、そんな風にベッドを使っていれば、二木さんの入院が数週間は遅れるだろうな」

番長が毒気を抜かれたような顔になった。

私が空になった缶コーヒーを机の上に置くと、利休が気を利かせて新しい湯飲みを取ってきてくれた。茶を注ぎながら軽くため息をつく。

「結局、宇佐美先生の言うパンの話になるわけですね」

「パンの数は限られている。それは事実だ。残念ながら、九十歳の胆管結石と二十九歳の膵癌なら、我々は後者を優先せざるを得ない」

何か急に医局の中に重い空気が沈滞したようであった。

窓外に目を向ければ、室内のどんよりした空気など我関せずと、夏の日差しがどこまでも眩(まぶ)しい。

「まあ、柿崎先生の身を心配するのなら、我々がしっかり腕を磨いて、内視鏡医として一人前になるしかない」

「それも、ほどほどの腕じゃなくって、本気で技術を極めるってことですね」

「そういうことだ。今のところ、白馬や飯山のＥＲＣＰに対応できるのは、柿崎先生と宇佐美先生くらいしかいないのだからな」

私の何気ないつぶやきに、利休と番長が同時に目を丸くした。

しばし室内が沈黙に包まれる。その沈黙の中、かすかにサイレンが聞こえてくる。きっと今頃、救急部の弥勒様が動き出していることだろう。その大きくなってくるサイレンを背景に利休が戸惑いがちに口を開く。

「宇佐美先生がＥＲＣＰ？」

「昔はそうだった。今はほとんど柿崎先生がひとりで対応しているようだがな」

「……宇佐美先生って、ひとりしかいないですよね？」

「当たり前だ。二人もいてたまるか」

「でも」と今度は番長が恐る恐る問う。

「あのパン屋の宇佐美先生がＥＲＣＰなんてできるんですか？」

「阿呆(あほう)め」

私はいくらか乱暴な口調で遮った。

「パン屋ではない、准教授だ」

医局で堂々と暴言を口にする番長を、じろりと睨みつけた。

結局その日、私が病院から出てきたのは、夏の眩(まばゆ)い太陽が中天を過ぎた午後であった。

月曜日から始まる二木さんの化学療法は、四種類の抗がん剤を二日間かけて使用する複雑なレジメンである。利休と番長と三人で、薬剤量、種類、投与方法とそのタイミングについて複数回のチェックをするだけでも一仕事であったのだ。

晴れた日曜日である。

古びた医局棟から外に出ると、まことに日差しは鮮やかで、半袖でも汗ばむほどの陽気が満ちている。休日ということもあって、医局棟の周囲に人影は少なく、ちらほらと大きな書籍を抱えた医学生か研修医らしき白衣の姿が見えるくらいだ。そこから隣に立つ基礎研究棟を抜けていくと、今度は辺りの空気が一転する。

そこはもう、信濃大学のキャンパスである。

病院の敷地の北側には広大な信濃大学が隣接している。

信濃大学松本キャンパスには、医学部以外にも理学部、工学部、人文学部があり、経済、教育、農、繊維という各学部の一年生もここに通う。頗(すこぶ)るにぎやかな土地だ。

二年前、大学病院での勤務が始まった当初は、修羅場の臨床現場に隣接して、モラトリアムの象徴のような大学キャンパスがあることに、ずいぶん戸惑いを覚えたものである。

生と死について過酷な出来事が語られる病棟のすぐ足元で、健康の意味について考えもしない学生たちが、歓声をあげて駆け回っている。これを皮肉と笑うか、救いと感じるかは人それぞれであろう。

私にとっては、そのギャップの如何（いかん）はさておいて、信濃大学図書館まで病院から徒歩三分でたどり着けることが重要であった。目的は、むろん医学論文をあさることではない。

図書館の正面入り口に入ると、さっそく受付にいた初老の男性がにこやかに笑いかけてきた。

「お疲れ様です、先生。この前言っていた福田恆存（ふくだつねあり）の『太宰と芥川』がようやく入りましたよ」

そう言って、奥の書棚から大きな箱入りの書籍を引っ張り出してきてくれる。

彼は大学図書館の有能なる司書殿で、二年間足しげく通う私に対して格別の親近感を覚えているらしく、しばしば細やかな配慮を見せてくれる。

ちなみに司書殿は、漱石や鷗外などの文学書籍ばかりを借りていく私のことを文系学部の先生だと思いこんでいるらしい。一度だけ、必要に迫られて病理学の書籍を求めたときは、「頼まれ物ですか」などとにこやかに問われたものである。あまりにこやかであったから、今さら内科の医者だと自己紹介を述べるのも仰々（ぎょうぎょう）しいと考えて黙っている。もちろん、司書殿が貸し出しカードのIDを検索にかければ、私の所属など数秒で明らかになることであるが、先方が調べぬことを当方から申し出る理由もない。

かくして今日もいつものごとく、ごく穏やかな口調で「お世話になります」と述べて、待ちかねた書籍を受け取るのである。

明日からは二木さんに対する強力な抗がん剤治療が始まる。FOLFIRINOXは私もまだわずかな経験しかない治療であるから、学ぶべきことも多い。にもかかわらず私が手に取るのは『化学療法ガイドライン』ではなく、『太宰と芥川』である。評論の巨人が記した貴書である。それが栗原一止という人間である。

「また、こんな場所まで本探しですか、ドクトル」

ふいに背後から爽やかな声が聞こえて私は振り返った。

立っていたのは、清潔感あふれる白いワイシャツ姿の青年だ。銀縁眼鏡（めがね）の奥には涼しげな瞳が光っている。

私は『太宰と芥川』を胸に抱いたまま笑い返した。

「大学図書館は実に興味深い場所だ。探していた本が見つかるだけでなく、探していた友人も見つけることができる」

私の返事に、哲学科三年生の学士殿が、楽しそうに肩を揺らして笑った。

学士殿は、御嶽荘『野菊の間』の住人である。

御嶽荘で私は実に様々な住人と出会ってきたが、もっとも長い付き合いが絵描きの男爵で、二番目が学士殿となる。

学士殿は一時期御嶽荘を出て実家の島根に帰っていたときがあったのだが、今はこの地に舞い戻り、信濃大学人文学部の学生をやっている。あだ名に過ぎなかった学士殿があと二年も経(た)たぬうちに、本物になるわけだ。

その学士殿が、にこやかに笑いながら告げた。

「大学病院の内科の先生が、福田恆存ですか。相変わらずですね」

そこは大学図書館の一階にある小さなカフェテリアである。こぢんまりとした作りながら、木造りの落ち着いた空間だ。日曜日ということもあって、学生だけでなく、近所からの散歩帰りか、子連れの女性の姿もある。

「そういう学士殿は、ドゥルーズの『ニーチェ』か。学業に邁進(まいしん)しているようだな」

「学ぶことは限りがありませんからね。数年後には、学士殿から修士殿になっているかもしれませんよ」

ほう、と私は目を細める。

「大学院への進学を考えているのか？」

「学ぶことの楽しさ、というと柄にもないかもしれませんが……」

柄にもないどころか、いかにも学士殿らしい選択だ。

いくらか照れたようなその微笑は、しかし、数年前の学士殿の苦難を思い出せば十分に重みがある。彼もまた、波乱の人生を乗り越えてきた人物なのだ。こうして日曜日も図書館に出てきているのだから、今もたゆまぬ努力を続けているのであろう。

ただ感心するばかりの私に、学士殿はそういえば、と続ける。

「御嶽荘の話ですが、次の金曜日の件は聞いていますか、ドクトル」

「大家さん、来訪の話であろう。いよいよ、厄介ごとが動き出しそうだな。男爵も珍しく悩んでいたらしい」

「それは良くない兆候ですね。男爵をひとりで考え込ませると、問題をいたずらに複雑化させかねません」

学士殿が微笑とともにさらりと髪を掻き上げてそんなことを言う。まことに絵になる男である。

「学士殿も最近は男爵に会っていないのか？」

「ここのところゼミの課題が多いのと、読みたい本が多いのとで、どうしても帰宅が遅くなりがちなんです」

「それはいけない。豊かな学びは、心身のゆとりから生じるものだ」

「心しておきますが、ドクトルが言うと説得力がありません。もう少し家に帰った方がよいですよ。この前、男爵が小春ちゃんに向かって、〝あまり寂しいようなら俺様のことをパパと呼んでもよい〟などと説いていましたから」

私は思わず額に手を当てる。

無意味に不敵に笑う男爵が目に浮かぶようだ。

「今日は早めに帰宅する」

それが良いと思います、と言う学士殿の声に重なるように私の携帯電話が鳴り響いた。電話を取れば、飛び込んできたのは利休の慌ただしい声だ。手短に状況を確認して、私はため息交じりに電話を切る。

「早めの帰宅は難しいようですね」

「男爵がパパと呼ばれる事態だけは、是が非でも避けたいのだがな」

私のため息に、学士殿は苦笑とともにうなずいた。

「行ってらっしゃい、ドクトル」

温かな声に送り出されて、私は立ち上がった。

小波拓也君がまた胸が苦しいと訴えている。

それが利休からの連絡であった。

小波少年と対局を持ったのは、つい今朝のことである。東七階病棟のデイルームに差し込む眩い朝日の中で、手堅く歩を進めてくる有り様は、なかなか堂に入ったものであった。

調子が悪そうには見えなかったが、少年が〝まだ時々苦しくなるときがある〟と答えたこともはっきりと覚えている。

「すみません、日曜日なのにまたお呼びして」

「無用な気遣いだ。十歳の少年が苦しがっているのに、指導医を呼び出さない方がはるかに問題だ」

病室に駆けつけた私が、いたずらに恐縮する利休にそう応じたときには、幸いにも少年の症状はすっかり治まっていた。

「今はなんともないのか？」

「うん」とうなずく小波少年の態度は今朝とさほど変わりはない。

診察をしつつ病状を問えば、「苦しいような、痛いような」と困惑ぎみに述べたのち、結局よくわからないという応答であった。実際、少年自身がまだ混乱しているのか、なんとなくまとまりのつかないことを言う。

「いつもは数分で症状が消えるのですが、今回は十分近く続いたもので、耐え切れず先生をお呼びしたしだいです」

　スタッフステーションまで戻りがてら、利休がため息をつきながらそう述べた。

「かなり苦しそうだったのか？」

　問えば隣の番長がすぐに口を開く。

「そりゃもう、なんか胸を抱えて苦しいとか痛いとかって、見ている方が胃がぎゅっとなるくらいですよ」

「これまで何度か見かけた症状の中でも特に辛そうな印象でした」

　ステーションで電子カルテを立ち上げ、検査項目を確認する。症状が長く続いたということは、症状が出ている間に検査することができた、ということだが、利休が的確に指示をした採血、心電図、レントゲンはいずれも異常所見がない。

「不気味だな」

　私は電子カルテを睨みつけたまま嘆息した。

「何か見落としているのでしょうか？」

「その通りだ、と偉そうな顔で指導してやりたいところだが、私も今のところ途方に暮れている。一度小児科に相談してみるか」

「明日は月曜日ですから、朝いちばんで小児科の医局に行ってきます」

そうだな、とうなずきつつ検査をもう一度見直すが、やはり何も得る物はない。

「今日の午前中に施行したCTはまったく問題がなかったので、とりあえずいったん退院にして外来で様子を見ようかと考えていたくらいだったのですが……」

「それも保留にせざるを得ないくらいの様子だったのだな」

今度は私と利休のため息が重なった。

まったく救いのない空気である。

「とりあえず母親を呼んで、現状について説明しておく必要があるだろう。なんといっても十歳の少年だ」

「そのつもりで連絡をとっているのですが、母親の携帯がまだつながらない状況です。留守電に切り替わって、今運転中だとかなんとか……」

いちいち腹立たしい経過である。

一瞬の沈黙のあと、とうとう三人のため息が同時に吐き出された。


小春が生まれて、ひとつ大きく変わったことがある。

世界の価値の中心が、大人から子供に移ったということだ。この場合の子供とは何も我が子に限った意味ではない。街中で集団登校中の児童たちを見ると無闇と心が温かくなり、道端で泣いている子を見かければ何か一大事ではないかと心がかき乱される。ニュースで子供が交通事故にあったと聞けばたちまち動揺し、たくさんの荷物を抱えて買い物をしている妊婦を見れば、にわかに社会福祉の潤沢ならざる世の有り様に憤りを覚えてしまう。こういう心持ちは、以前は全くなかったとまでは言わないが、小春とともに暮らすうちに明確になってきたものだ。

人の価値観や哲学なるものがいかに当てにならないものかということを、我ながら実感しているくらいである。

かかる価値観の中では、小波少年の経過は、百人の高齢患者を抱えているより気がかりとなる。肺炎患者も心不全患者も、胃瘻も胃癌も脳梗塞もことごとく余事のごとく思えて、少年の臨床経過の何を見落としているのかばかりを考えてしまう。

要するに行き詰まっている。行き詰まっているときは例によって私は、我が心のバランスを取り戻すべく、細君に向かって患者の個人情報を漏えいするのである。

「十歳ですか……」

私の説明に、細君もまた大いに眉を寄せた。

「二十歳ではなく？」

「正真正銘の十歳だ」

「それは本当に大変ですね」

率直に細君がそう答えてくれるだけで、胸中のさざ波が少しずつ収まっていく。

眼前では、細君が、ナイフとフォークを使って白い皿のチーズハンバーグを小春のために小さく切り分けている。そこは松本の駅前に近い小さな洋食店で、小春が生まれてからしばしば足を運ぶようになった店だ。こういう店に出かけてくるということも、我が子が生まれて変わったことのひとつであろう。

「そのお子さん、普段は元気なのに、大変なときはよほど苦しくなるのですか？」

切り分けたハンバーグを小春の取り皿に運びながら、細君が問うてきた。問われて改めて私は軽く首をかしげた。

「幸か不幸か、私自身は少年が苦しんでいるタイミングに出くわしていない。今日も私が駆けつけたときには症状はなくなっていた」

「それだけすぐ消えてしまう、ということですね」

「そうらしい」

私からしてみれば、少年の姿は、受診時の具合が悪そうなときを除けば、生き生きと将棋を指している方が印象的だ。ほとんど病人の感がない。

「でもイチさんと将棋が指せるなんて、その子はとても強いんですね」

小春の口にハンバーグを運びながら細君が言う。

小春の方は、普段は暇さえあれば奇声歓声をあげて沈黙を破壊する子だが、食べている間だけは没我の世界に突入し一言も発しない。

「だってイチさんとまともに勝負ができるのはタツヤさんだけでしょう」

「タツの腕前は置いておいて、確かに拓也君は腕が立つ。十歳という年齢でひとりで詰将棋をやっているくらいだからな」

「ではその子にとってはイチさんに会えたことは幸運でしたね」

「それは微妙だな。私は子供相手でも手は抜かない。いまのところ三戦してことごとく私の圧勝だ」

「まあ」と細君は口元に手を当てて笑った。それを見た小春が同じ動作で「まあ」とつぶやいている。相変わらず何気ない動作のそばに愉快の二字がついてくる。見ているだけで、自身の病院での気苦労が、日差しを受けた朝霧のように晴れていく。

「でも不思議ですね」

細君がまたハンバーグにナイフを入れながら続ける。

「そんなに将棋が強いなんて、きっと頭のいい子でしょう。それなのに、まちがって百円玉を飲みこんでしまうなんて」

「そうか、もともとの搬送理由はそれだったな」

予想外の症状が続いていて、当初の受診理由を忘れかけていたところだ。

「そんなにしっかりした子でも、百円玉を飲みこんでしまうなんて、小春だったら何を飲みこむか想像もできません」

「そうだな、きっと小春なら……」

苦笑まじりに応じかけた私は、ふいにそこで言葉を止めていた。

何かがふいにどこかで引っかかったような気がしたのだ。

その引っかかったものを探すように私は視線を宙に泳がせたが、洋食店の天井に答えが転がっているわけではない。さてと小首をかしげるまでもなく、にわかに眼前の小春が、ハンバーグを求めて暴れだした。

まるで世界の終わりのような悲愴な顔で泣き出しかけていた小春は、しかし細君の手際のよい対応で、たちまち太平楽の笑顔に戻っていく。

もぐもぐと満足げに咀嚼する小春を前に、私はしばし声もなく沈思していた。


便器の中が真っ赤である。

もちろん私が用を足したトイレではない。

第四内科病棟の個室にあるトイレである。

私は軽くため息をついて、背後のベッドを振り返った。

「大丈夫ですか？」

「いや、たいしたことはないんですけどね。久しぶりの血便でして」

ベッドの上で苦笑を浮かべつつそう言ったのは、潰瘍性大腸炎で入院中の岡さんだ。

潰瘍性大腸炎は比較的若い男性に多い、原因不明の疾患である。大腸に潰瘍ができて、しばしば血便や腹痛を起こす。二十代で発症する患者も多いが、岡さんは昨年、四十二歳で診断された。半年ばかり、近くの病院で治療を受けていたが病状が安定せず、二か月ほど前に大学病院に紹介されてきたという経緯である。

もともと長身痩軀といった体型のようだが、栄養状態もあまり良くないためさらに痩せて、一見すると五十歳は越えているように見える。

「痛くもかゆくもないんですけど、立川先生も心配してくれまして」

立川先生というのが番長の本名だと思い出して私は傍らに目を向けた。

「すみません、ご本人は元気なんですが、結構赤いもんで心配になって……。月曜日の朝からすみません」

番長が頭を掻きながら殊勝に頭を下げた。

月曜日の午前中は、私にとって外来の日である。普段は能天気な男が、珍しく恐縮しているのは、外来が始まったとたんに私を病棟に呼び出したからだ。

「バイタルは大丈夫か？」

私の問いかけに、番長は慌てて看護師が持っていた血圧計を受け取り血圧を測りだす。

「血圧は126の76、頻脈はありません」

「大丈夫そうだな。血液検査は取ったか?」

「まだです。すぐオーダーします」

血圧計をそのままに、慌てて病室を飛び出していった。

まことに頼りないが、一年目の研修医というのはそういうものだろう。やたらと落ち着いて本ばかり開いているよりは、心配になって無闇に上級医を呼ぶ方がはるかにまともである。

「いい先生ですよ、立川先生は」

ふいに岡さんがそんなことを言ったのは、番長を見送る看護師の呆れ顔に気づいたからだろう。

「ああいう明るい性格の人ってのは、意外にこっちも気分が楽になるもんです」

岡さんは、大学に来てからの二か月間も大量の血便が出るたびに入退院を繰り返しており、病院という環境にも慣れてきているためでもあるだろう。研修医を見守る岡さんの目には、不安やわずらわしさよりは親しさがある。ありがたい存在だ。

「患者さんに気を遣わせていては、まだまだ半人前ですが、一応あとで伝えておきます。励みにはなるでしょう」

苦笑交じりに応じながら、一通りの診察をする。

血圧は落ち着いており、貧血は目立たず、腹部所見もない。

「ステロイドを減らすとすぐに症状が増悪してきます。やはり免疫抑制剤を使わなければいけないかもしれません。明日にでも大腸カメラで確認の上、追加の治療を考えます」

「また薬が増えるんですか？　こいつは厄介ですね」

乾いた笑い声は、ここ半年間の闘病生活の間に身につけたものであろう。

潰瘍性大腸炎自体は、改善と増悪を繰り返すことは珍しくはない。少なくとも病状のちょっとした変化に一喜一憂していては、やりきれない疾患なのだ。

「まあ、前の病院でも、ステロイドを増やして良くなったと思ったら、減らした途端に悪くなりましたからね。先生の言うことを聞きますよ」

「採血を確認して貧血が目立つようなら輸血も考えます。まず今日は絶食にして明日のカメラに備えましょう」

「了解です」

岡さんは痩せた肩をすくめてそう応じた。

途端に白衣のＰＨＳが鳴り響いて、当方も胸中ため息が漏れる。確認するまでもなく外来からの呼び出しである。すでに三十分以上、外来を止めている。

私は担当の看護師に、何かあればすぐ連絡するように告げて再び外来に足を向けた。

私にとって、月曜日は鬼門である。

先にも述べたように、月曜の午前中は外来を担当しており、大学病院の外来である以上、診断や治療に難渋している症例が他院から紹介されてくるのであるから、大変でないわけはないのだが、しかし紹介してくる医者が普通の町医者であるのに対して、紹介を受ける側もまた、ただの医者だということを忘れてはならない。

もちろん教授、准教授の特別な名札を下げた人物もいることにはいるが、外来枠の多くがそんな肩書きもないただの医者である。つい二年前まで一般病院にいた私のような医者が、名札を変えて、ただそこに座っているだけなのである。

二木さんのような若年の癌患者や、岡さんのように治療がうまくいかない患者はもちろん大変だが、それだけではない。「しゃっくりがなかなか止まらないから止めてほしい」とか「最近おならが臭くなったから、原因を調べてほしい」などの訴えは、すでに地元の病院で全身の検査を終えているだけに、なしうることは何もないのが現実である。

要するに、普通の医者が困った症例を、場所だけ変えて普通の医者が受け取るのであるから、問題は何ら解決するわけではなく、ただ一途に複雑化するだけの話であった。

しかも、この厄介な外来の日に限って、利休が外勤で大学内にいない。

自然、病棟で何か問題が起これば外来に直接電話がかかってくることになり、私は外来棟と病棟とを無闇と往復する一日を過ごすことになるのである。

宇佐美先生からの突然の呼び出しの電話がかかってきたのは、かかる困難な午前中をようやく乗り越えた午後二時過ぎのことだった。ほっと一息ついて気が緩んだ瞬間をとらえた絶妙のタイミングであったのは、いかにも一流の策士である宇佐美先生らしいやり方だ。着信を目にした途端に強烈な疲労感を覚えた私は、すでにしてパン屋の術中にはまっていたと言えるかもしれない。

「少し疲れているようだね、栗原先生」

准教授室に入ってきた私に、御家老はそんな第一声を投げかけた。

こういうとき、「おかげさまで」とでも言えば良いのだろうかと思案しつつも、とりあえず沈黙を守る。状況が読めない時に余計なことは言わないに越したことがない。

鬼切の北条は、大学で無難に過ごすためには愛想と笑顔が大事だと言うが、その二つとあまり縁のない私は、沈黙という三つ目の武器に頼るしかないのである。

「実は君の第三班にいるある班員について、いくらか私は困っている」

御家老が、まことにわずらわしい物の言い方をした。

「先日の胃瘻の患者の件のときも手数を要したが、今回も例の十歳の子供を早く退院させるよう指示したものの、まだ無理です、の一点張りだ。彼は大学病院のルールというものを理解していないようだね」

なにが〝君の第三班にいるある班員〟だと私は胸中悪態をついた。

本日朝方、利休が宇佐美先生から呼び出しを受けたという話は、こっそり柿崎先生から聞いている。また入院ベッドの関係で何か言われたようだが、あの生真面目な四年目は、適当にごまかしておけばよい内容に真っ向から対立するような発言をしたらしい。お茶の淹れ方には精通しているのに、お茶を濁すのは不得手な男である。

「すみませんでした」

私はとりあえず一礼した。

一礼して、あとは模範的な医局員として宇佐美先生の意を汲み、こちらから利休の不手際を謝罪しておけば話は済んだのだが、残念ながら私は模範的医局員ではない。模範的でない上に、午前の外来でくたびれている。

「しかし宇佐美先生。なにせ第三班は、班長の北条に、生真面目の新発田、非常識の立川と曲者ぞろいです。誰が先生に失礼をなしたか、もう少し明確にご教示いただけると幸いです」

はっきりと告げると、さすがに御家老はかすかに眉を動かした。

「買いかぶりすぎたかな。君はもう少し鋭敏な人間かと思っていたのだが」

「光栄です。未熟な後輩の失態に気付かぬふりをしてやるのも先輩の心遣いかと配慮した次第です」

まったくひどい態度だと我ながら痛感する。

北条先生が聞けば怖いもの知らずだと笑うだろうし、双葉に話せば呆れられるだろう。利休の融通の利かなさを私は笑えない。

胸中自嘲気味に笑っているうちに、しかし無表情であった御家老までほのかに微笑をもらしたことに驚いた。

「君は面白い男だね」

短いフレーズであったのに、背筋が一瞬冷たくなる心地がした。透徹した瞳が私の頭蓋内まで見透かすように注がれている。これは、地雷を踏んでしまったかと、ひやりとしたが、しかし微笑は一瞬で消えて、御家老はいつもの無表情に戻った。

「私が言いたいことは、とにかく大学病院の役割というものを見失わないでもらいたいということだ」

骨ばった細い手が、卓上の書類をそっと撫でている。目の前に立つ向こう見ずな大学院生をどうやって痛めつけてやろうかと思案しているのであろうか。

私の脳裏には、嫌味や皮肉の一言も浮かんでこない。奇妙な圧迫感の中で、なかなか余裕がない。

「病棟の古見病棟長からも、第三班の患者の平均在院日数が長すぎるのではないかという提言が来ている。新発田君の手にあまる状況が続いているのなら、君がもう少し指導して退院を早めるべきではないかな」

張り付けたような笑顔を浮かべたまま、目は少しも笑っていない病棟長が思い出された。

いかにも生真面目に我が道を行く利休と、巨大な組織の中で有能な歯車として回転する病棟長とでは相性は悪かろう。しかし相性の如何にかかわらず、病棟長と准教授を敵に回しては、まともな仕事ができるはずもない。

「あの進行膵癌の女性患者についてはやむをえない。潰瘍性大腸炎の患者も仕方がないだろう。しかし重症膵炎の患者は熱が出ていても全身状態は良いはずだ。紹介元の病院に戻しなさい。十歳の少年についても、診断がつかず退院が難しいなら小児科に転科を依頼しなさい」

淡々とした声が、反論を許さぬ圧倒的な存在感を伴って響いてくる。

冷房の利いて涼しい准教授室で、額になぜかかすかに汗が浮かんでくる。

「明後日には、第一班に肝移植予定の患者が、第二班に重症の自己免疫性膵炎の患者が入院してくる。ベッドに余裕がない」

パンの数が足りないということだ。

「聞こえたかな、栗原君」

「努力します」

「努力の有無は問わない。結果が全てだ」

わずかな逃げ道を、一瞬でふさぐ的確な追撃だった。

会見はそれで終わった。

「いよいよややこしいことになってるみたいだなぁ、栗ちゃん」

実験室に、北条先生の能天気な声が響いた。

私は目の前で景気よく回転する遠心分離機を眺めたまま返事をしない。返事をする気力もない。窓外は夕刻を迎えて若干の茜色。とはいえ暦も六月の末にさしかかって、まだ頗る明るい時間帯だ。

御家老との和やかな会談を終えてのち、実験室に逃げ出してきた私を、まるで待ち受けていたかのように北条先生が迎えた。

「午後のお仕事さぼって、実験なんか始めてていいのかい？」

「大学病院には山のように医者がいます。院生がひとり現場から消えたところで大勢に影響はありません」

そんなことより、と私は茶髪の班長に目を向ける。

「先生こそこんなところで昼寝をしていても良いのですか？　今日の午後は医学部の講義があったはずですが」

「休講にした」

　ぽんと投げ出すような応答がかえってきた。

「だって俺、具合悪いんだもん。今日の朝までロンドンにいたんだぜ」

「それはお疲れ様です」

「冗談だよ、ロンドンってのは駅前のキャバクラのことだよ」

「知っています。馬鹿馬鹿しいので聞き流しただけです」

　冷然たる口調で応じれば、北条先生はさすがに鼻白む。

「手厳しいなあ」

「顔色が悪いのも、二日酔いのせいでしょう。たしかに医学生たちのためにも、そんな顔では出て行かない方がいいですよ」

「言っとくけどただ飲んでただけじゃないんだぜ。新しいプロジェクトの立ち上げがあってさ。薬屋といろいろ話を詰めてたんだ。そしたらえらい盛り上がってさ」

「盛り上がるのは結構ですが、ほどほどにしないとアルコール性肝炎で入院することになりますよ。もちろんベッド確保については先生ご自身で手配してもらうことになりますが」

「やっぱり容赦ないなぁ……」

苦笑交じりで身を起こした北条先生は、卓上に置いてあったペットボトルの水を景気よく飲んでいる。

「要するに、散々パン屋にいびられた栗ちゃんは、とてもストレスがたまっているわけだ」

私は遠心分離機を止めて、中のスピッツを取り出しながら答える。

「一生懸命やっている利休が、医局でも病棟でも評判が良くない状態です。ああいう若手の評判が悪いということは、痛ましいことです」

「真面目に自分の意見を言う医者ってのは大学じゃ歓迎されないからなぁ。ここじゃあ、愛想がよくって、周りの空気を読んで、ほどよく周囲に合わせる医者が一番人気だ。新発田はその意味だと真逆だな。正しいと思ったことは譲らない」

「では我々は、後輩に向かって、倫理や良心ではなく、愛想と迎合を教える必要があるわけですね。これは難題です」

「怒ってるなぁ、栗ちゃん」

北条先生の呆れた口調を聞きつつ、私はなるほどと胸中首肯（しゅこう）した。

私はおそらく怒っているのであろう。

大学病院という場所は、まことに奇妙な空間である。「病院」の二字がついてはいるものの、明らかにただの病院ではない。それは、実に多くの突出した才能や技術が集まっているから、というだけの意味ではない。

この「病院」はただ来院する患者を治療するだけの病院ではない。

院内の患者に対応しつつ、アルバイトや外勤の名のもとに、普段から恒常的に他の病院の診療にもかかわって、多くの医師たちが院内と院外を往来している。かかる体制だけでも特異であるのに、その間に研究を行って論文を書き、学生や研修医に対する教育を行い、しかもベッド数の管理などという事務仕事まで医者が行う。

鬼切の北条は、第三班の班長でありながら、いくつもの実験プロジェクトを抱え、学会に参加すべくあちこち駆け回り、その足で学生講義まで受け持っている。

パン屋の宇佐美先生は、准教授という立場で、診療班を統括しつつ、病棟のベッド数の勘定に余念がない。

柿崎先生など、せっかくの休日に他の病院のＥＲＣＰに呼び出されているし、私とて多忙な合間に安月給に悪態をつくのが関の山だ。

あまりにも多くの都合が交錯し、しかもその複雑な体制を維持するための目に見えないルールが張り巡らされて、誰もががんじがらめになっているのである。

「おかしいよな、こんな環境は」

ふと零（こぼ）れ落ちた北条先生のつぶやきに、私は視線を向けた。

鬼切の北条が、茜に染まる空を見上げている。その目に、鬼切らしい鋭い光がある。

「おかしいんだけどさ。それでも大学ってすげえ所なんだよ」

「この流れで、まさか褒め言葉が出てくるとは思いませんでした」

「何言ってんだよ。俺はなんだかんだ言っても大学に敬意を払ってるんだぜ」

にやりと笑ってそんな摑みどころのない返答をする。鬼切は相変わらず鞘に収まったまま、実際どれほどの切れ味があるのかは測れない。

外の廊下をぱたぱたと誰かが通りすぎていく足音がする。別の科の大学院生が、実験中に病棟に呼ばれたのかもしれない。

「まあとにかく」と口調を切り替えたときには、北条先生はいつもの呑気な笑顔に戻っていた。

「ここはひとつパン屋の顔を立てて、患者の退院を急がせるってもんだな。例の長引いている膵炎をもとの病院に転院させるか、十歳の子供をとりあえず退院させるか、それだけでも、パン屋は静かになるだろう。正義感にあふれた利休先生の方は、宇治の抹茶でもプレゼントして慰めてやってくれよ」

「お気遣いは不要です」

ふいに聞こえてきた声に、北条先生はぎょっとした様子で顔を動かした。振り返ると、実験室の戸口に件の利休の姿がある。見るからに不機嫌そうだ。

「おや、いたの？」

さすがにきまり悪そうな顔をする北条先生に代わって、私が口を開いた。

「わざわざ実験室までどうした」

「夕方の病棟回診の時間ですので、先生を探しに来ました」

「なにもここまで来なくてもＰＨＳを鳴らせば……」

言いかけてふと気付き、白衣のポケットからＰＨＳを取り出してみると、案の定画面が消えている。

「電池切れだ。すまん」

「構いません。立川先生も病棟で待ってますので、行きませんか？」

淡々としたその態度が、かえって気がかりだ。

「怒ってるのかい？」と、妙に優しげな声で水を向けたのは、北条先生だ。

利休は表情を変えぬまま続けた。

「怒ってなんていません。僕が怒ったくらいでは何も変わらないのですから」

怒ってもらった方がよほどやりやすい、と感じたのは私だけではないようであった。


基礎研究棟と病棟の間には一本の小道がある。

ただの小さな石畳の道だが、基礎棟、病棟のほか、すぐ近くには医局棟、外来棟もあり、各建物への裏道が交差する場所であるから、大学病院の裏街道などと言う者もある。

裏街道は、格別茶屋があるわけでもなく、ベンチのひとつもなく、普段は二台の自動販売機が並んでいるだけでまことに殺風景だが、この時期に限っては誰が世話をしているのか、道沿いに濃い紫色のラベンダーが咲き乱れて雰囲気が一変する。

色も香りも艶やかで、これを目当てに医学生のカップルなどが立ち止まってまことに不届きな空気を漂わせていることもあるのだが、非人情を地で行く大学病院の一角ということであれば、暑苦しい男女の姿もひねりの利いた借景として面白みがあるというものだろう。

「栗原先生は納得しているんですか？」

小道を渡り始めていた私に、背後から利休の鋭い声が追いついてきた。リラックス効果十分なはずのハーブの香りも、この生真面目な四年目の緊張を解いてくれるほどの効果はないらしい。

「こういう状況に満足しているんですか？」

「こういう状況とは？」

「医局の都合で患者の治療内容が変わることです。ベッドが足りないからって、原因のわからない胸痛を訴えている拓也君を早めに退院させるんですか？　それも本当に足りないならまだしも、実際は大学病院の中にはたくさんベッドがあるんです。第四内科や救急部は満床であっても、ほかの科の病棟が空いていることは多々あります。緊急用に空けているとか、他科の患者を入れるのはリスクが高くなるとか、皆がもっともらしい建前を言いあって、使えないことにしているだけなんです」

「裏事情をよく知っているな」

私は率直に応じた。利休もここ一年でずいぶん揉まれてきたということであろう。

実際これだけ大きな病院が常時満床であるはずはない。科によってベッド状況は千差万別で、比較的余裕のある病棟も少なくはない。

しかし大学における科の壁というのは、ほとんど別の病院といってよいほど高い。各科ごとに堅固な守備範囲を保ち、隣の科のベッドがいっぱいだからといって、容易にベッドの貸借が進むことはない。これは医師だけの問題ではなく、看護部の影響も大きい。巨大な組織になればなるほど、各部門が自己の保身と安泰に汲々とするようになるのは、医療の世界も同じである。そして大学における看護部はその所属人数の大きさもあいまって、絶大な影響力を持っているのである。

大学とはそういう世界だ。

「栗原先生は、黙って働いていますが、納得しているようには見えません。どう思っているんですか」

なお食い下がる利休の問いに、私は一瞥を投げつつも、ゆっくり足を進めていく。

「そういう難しい質問は私ではなく、北条先生や柿崎先生に聞いた方がいい」

「栗原先生だから聞いているんです」

思いのほかに強い口調が返ってきた。

「ずっと医局の内側でやってきた北条先生たちとは違って、栗原先生は六年間、外の病院で働いてきたと聞きました。しかも前の病院での先生は、患者さんのためにいつでも病院中を駆け回っていたと聞いています。そういう先生の本音が聞きたいんです」

「誰だ、そんな無責任なことを言う奴は」

「外科の砂山先生です」

にわかにろくでもない名前が飛び込んできた。

あの黒い巨漢は、大学で研修医をやっていたこともあり、医学生や若手の医師たちとの付き合いの幅が広い。

「砂山先生は宴会のときなんか、栗原先生が本庄病院でどれほど患者さんのために働いていたかを話してくれます。しかしその話と、今の先生の姿があまり一致しません」

「期待に添えなくてすまないが、黒い巨漢の妄言を真に受ける方が問題だ」

「砂山先生はいい先生です」

「あまり驚かせるものではない。心臓に悪いだろう」

「その砂山先生が、栗原先生はとてもいい先生だと言っていました。お前たちもああいう医者になれ、と」

さすがに私は足を止めた。

極力波風立たぬようにとあしらっている私に対して、どこまでもまっすぐな槍(やり)を突き立ててくる男である。まことにやりにくい。やりにくいのは先方の心根が悪いのではなく、当方の態度が歪(ゆが)んでいるからである。

「大学という場所は」と私は、ため息交じりに口を開いた。

「実に複雑な構造の組織だ。正しく見えたことが、間違いであることがあり、理不尽に思われたことに、もっともらしい理屈がついてくる。しまいに何が正しくて何が間違っているのか、わからなくなってくる」

「だから何もせず見ているんですか」

「違うな、考えているんだ」

私は道の真ん中に立ったまま、西の空を眺めやる。

「大学が居心地の良い空間だとは言わない。だがずば抜けた医師が多くいることも確かだ。膵臓の柿崎先生や救急部の今川先生などはその代表格だろう。そういう先生たちがいる場所が、ただ息苦しいだけの理不尽な空間だとは思えない。この大学で自分はどうあるべきか、考えながら答えを探している。今はその最中だ」

背の高い建物で切り取られた細長い空に、赤い夕日がよく見える。その夕日を背後に従えて、常念の三角錐は黒々とそびえている。見事な茜色を背景に、医学生らしき数人の集団が向こうを横切っていく。なにやら一幅の北斎画のごとき趣だ。

「だからあまりせっつくな。さんざん上から弄（もてあそ）ばれているというのに、下からも突き上げられては片頭痛がますます悪化する」

私は額に手を当てながら、これ見よがしにポケットから取り出した頭痛薬を口中に放り込む。実際、ここのところ痛み止めの数が増えている。困ったものである。

しばしの沈黙ののち、ふいに利休が口を開いた。

「あとでオトギリソウ茶を淹れます」

聞きなれぬ言葉に目を向ければ、相変わらず愛想のかけらもない顔が当方を見つめている。

「なんだそれは？」

「頭痛に効くんです。淹れ方を工夫すれば、結構おいしく飲めます」

思わぬ言葉に、意外の感を禁じ得ない。

「どういう風の吹き回しだ？」

「なんとなくです。珍しく先生が真面目に答えてくれたから、かもしれません」

「私はいつも真面目だぞ」

「どうもそうらしいということが、最近わかってきたばかりです」

かすかに苦笑した利休が、ふいに首を動かして短い声を発した。視線の先を追うと、病棟の裏口近くの芝地に、車椅子の少年とそれを押す白衣の青年の姿が見えた。

一瞬誰かと目を細めると、誰あろう、少年は拓也君で、白衣の方は番長であった。

「立川先生、なにをしてるんだ」

さすがに驚いた利休に、番長が手を振りながら車椅子を押してくる。

「いやあ、拓也君がどうしても外を散歩してみたいって言うもんだから」

まことに能天気な態度の番長とともに、車椅子の上では、百円玉の少年がにこやかな笑みでぺこりと頭をさげた。

「回診の時間になっても先生たち全然来ないし、どうしようかと思ったら、拓也君が一緒に探しに行こうって言ってくれたんですよ。それで、いくら〝引きの栗原〟でも当番じゃない日に救急部に呼ばれることはないから、実験室の方に行ってみようって話になったんです」

引っかかることを淀（よど）みなく告げる番長である。

「自分で歩けるって言ったんだけど、立川先生はどうしても車椅子じゃなきゃだめだって」

「当たり前だろ、またあの変な症状が出たらどうするんだよ」

「そりゃ困るけど……」

拓也君と番長は、なにやら年の離れた兄弟のようなやり取りである。さすがに私も苦笑するしかない。

「たしかにひとりデイルームで詰将棋をやっているよりは、散歩の方が気も晴れるだろう」

「でも先生と一緒にやった将棋は楽しかったよ」

少年が快活な声で応じた。

「またやろうよ」

「やってもよいが、いつまでも病院で将棋ばかり指しているわけにもいかない。お母さんも心配しているだろう」

「心配なんてしないよ」

ごくあっさりと少年が答える。

「いつも仕事仕事で家にだってほとんど帰ってこないし……」

寂しそうな顔になる拓也君の横で、利休が控え目にうなずく。

「病状説明のために連絡を取っているのですが、病院にもなかなか来てくれない状況です。よほど仕事が忙しいのか……」

「僕のことなんてどうでもいいんだよ、ママは」

私が軽く目を細めたのは、子供らしい投げやりな声の片隅に、子供らしくない諦観(ていかん)が垣間(かいま)見えたからだ。

父親不在の家庭で、一家を背負う母親に、我が子と十分な時間を取れというのも無理な理屈かもしれないが、どうやら外部から見えるもの以上に、家庭の中の空洞が大きいようだ。その大きな空洞が、拓也少年の笑顔に淡い影を落としている。

「だから明日も将棋やろうよ、先生。どうせ僕が帰りたいって言ってもママが来なけりゃ退院できないんだし」

「妙なことを言う。退院の可否を決めるのはママではない。我々だ」

私の声に、少年は一瞬、間を置いてから「退院できるの？」と不思議そうな顔をする。

「家に帰ったとたん、百円玉を飲みこんだりしなければ、問題ない。もちろん五百円玉もだめだ」

「先生」と利休がいくらか険のある声で口を挟む。

しかし退院の話が出ても、私が絶妙のユーモアを投げかけても、少年の様子は今一つ冴えない。

「帰りたくないのか？」

「帰りたいけど、先生たちがいいって言ってくれても、ママはダメだって言うよ。ちゃんと問題ないことがわかるまで病院にいろって。昨日だって電話で大ゲンカしたばっかりだもん」

「大ゲンカ？」

「そうだよ。ママは僕が病院にいた方がいろいろ楽なんだ。家にパパじゃない男の人を連れてくることもできるからね」

少年が突然投げ込んだ爆弾に、利休はぎょっとした顔になり、番長もさすがに目を丸くした。

「いくらなんでもそんな……」と苦笑する番長に、拓也君が向けた目は、年に似合わぬ冷ややかなものであった。

「根も葉もない話……、じゃないわけだ」

利休が慎重に言葉を選びながら吐き出した。

十歳の子供が入院しても、母親がろくに病院に顔を見せないことを考えれば、単純な仕事の忙しさだけで片付けられない理由があるのだろう。それもあまり愉快ではない理由だ。

気楽な散歩の景色が唐突に息苦しい空気に早変わりし、美しい夕日さえにわかに不吉に見えてくる。

すぐに気を取り直した番長がまあまあと、いつもの気楽な声で拓也君の肩を叩き、利休もまた車椅子の横に膝をついて、他愛のない話題を振っている。二人とも的外れな対応だが、心持ちは通じるのか、少年も落ち着いた様子で答えている。十歳児の方が大人に見えてくるくらいだ。

そんな景色を眺めていた私は、しばし沈黙してから、

「……なるほど」

大仰にうなずいてみせた。

「それで百円玉を飲んだのか」

唐突なその言葉に、少年とともに利休と番長も顔をあげる。と同時に、にわかに勢いのある夏風が、ざっと吹き抜けてラベンダーの群生を揺らしていった。

色が躍り、香りが立つ。

まことににぎやかな景色の中、利休も番長も、意味を汲み取れずに当惑顔だ。

ゆっくりと静寂が舞い戻ってくる中、黙って見返す少年に向けて、私は静かに語を継いだ。

「ろくに家に帰ってこない母親の注意を引きたくて、騒動を起こしたわけだな」

返事はない。

返事がないということが、この場合は答えである。

私は黙って並木道の方へ目を向ける。行き交う学生たちが、車椅子の少年を囲む奇妙な取り合わせの我々に不思議そうな眼を向けながら通り過ぎていく。

学生たちが十分に通り過ぎたのを見計らってから、私は口を開いた。

「十歳にしては、なかなかの知恵者だ」

視線を戻せば、少年は身じろぎもせず私を見上げている。

ややあって、沈黙を破ったのは少年ではなく、傍らの利休だ。

「先生、いくらなんでも……」

戸惑いがちのその声に、かぶさるように小さな「ごめんなさい」が聞こえて、さすがに利休も口をつぐんだ。

「……ごめんなさい」

車椅子に座ったまま、少年は消え入りそうな声でもう一度そう告げた。

しばしの間を置いて私はうなずいた。

「結構。少年は素直であるべきだ」

再び夏風が吹き抜けて、ラベンダーがさわさわと揺れていった。

違和感は最初からあった。

ヘリ搬送のときだ。ヘリから降ろされたストレッチャー上で、少年はやたらと胸を抱えて痛みを訴えていた。たかだか百円玉を飲みこんだくらいでそれほどの症状が出るのだろうか。鋭利な異物であるならいざ知らず、丸いコインひとつである。もっと大きな異物を飲みこんでけろりとしている子供もいる。

その後にしばしば出現した奇妙な胸の症状にも違和感があった。

「いつも症状が出るのは、利休や番長がいるときだけだ。私はそれを見たことがない」

「つまり」と利休が恐る恐る答えた。

「先生に見られるとさすがに嘘がばれるかもしれないから、僕や番長がいるときだけ苦しそうにしていた、と？」

引きつる利休の横で、番長の方は「やられた！」と一声あげて笑っている。こういう状況下ではお気楽男の存在は救いと言って良いかもしれない。

私は車椅子の正面に立って、少年を見下ろした。

しばしの沈黙ののち、拓也君がぽつりとこぼすように問うた。

「怒ってる？」

「怒りはしない。怒りはしないが、言っておきたいことがある」

私の静かな言葉に対し、少年は身じろぎもせず見上げている。

傍らの利休は何を言い出すのかと案ずる様子だが、さすがに口を挟まない。

「確かに母親は、自分の勝手な都合で君を放置しているのかもしれない。しかしだからといって、君が君の都合でたくさんの人に迷惑をかけてよいわけではない。少なくとも今の君には母親を非難する資格は微塵もない」

「先生、相手は十歳ですよ」

「だから怒っていない。もう少し年を食っていたら、遠慮なく怒鳴りつけるか、平手打ちくらいは進呈していただろう」

私の声に、少年は二度瞬きをした。

だが目をそらしたわけではない。しっかりと当方を見上げたままだ。

「君が百円玉を飲んだことで、何人もの救急隊員が早朝から叩き起こされ、ヘリが飛び、医師や看護師が駆け回り、新発田先生や立川先生は肝を冷やし、私は実験を失敗した。そういうことがやむをえないときもあるが、今回はやむをえなくないときだ。君の自己中心的な行動は、実にたくさんの人に迷惑をかけた。そのことだけは肝に銘じておきたまえ」

私の小難しい長広舌に、しかしなお少年は目をそらさない。

「世の中は難しいことが多い。だがだからといって、君が難しくなっていいわけではない。どんな理由を述べたところで、嘘と卑怯(ひきょう)と小細工は恥ずかしいことだ。君の好きな将棋もフェアプレイが基本ではないか」

言葉が途切れたところで、ちょうど背後を学生の乗った自転車が数台通り過ぎていった。気楽な話し声が近づき、遠ざかっていった。

しばしの沈黙ののち、少年は、小さく、しかし確かにうなずいた。

「もうこんなことしない」

「結構だ」

手前勝手に満足げな態度で話を切り上げた私を、少年は、まことに不思議なものでも見るような顔で見上げている。

傍らでは利休が、小さく安堵のため息をついたようであった。

「ママに言う？」

少年のか細い声に、私はかすかに目を細めてから応じた。

「ろくに病院に足を運びもしない母親に、細かいことを説明してやるほど大学病院の医者は暇ではない」

少年は張りつめていたものが緩んだように肩の力を抜いた。

色鮮やかな夕日が、山際に降りて光が柔らかになりつつある。

おそらく明日は快晴であろう。

翌日の朝のステーション前に、見慣れぬ女性がひとり立っていた。

カウンター越しに看護師とやり取りをしている女性は、三十代半ばであろうか。若作りの服装の割に、目元に生活疲れのにじみ出た、くたびれた雰囲気のある女性だ。背後の廊下には、落ち着かない様子できょろきょろと辺りを見回している拓也少年の姿もある。

朝のもっとも忙しい時間帯ということもあって、ステーション内は申し送りをする看護師や、朝のカンファレンスを開く各診療班の医師たちが勢ぞろいし、ひときわの活況を呈している。

そんな騒がしいステーションの奥から、女性と少年を眺めながら利休が感嘆したようにつぶやいた。

「どういう手を使ったんですか？」

朝の回診を終えて、三班の三人で電子カルテを囲んでいたところである。端末の前では番長が軽快にカルテを入力しているのだが、その横に立つ利休の注意はカルテではなく、ステーションの入り口にある。

「あれだけ多忙を連呼して病院にもほとんど顔を見せなかった母親が、昨日の今日でいきなり子供を迎えに来るなんて、電話一本でどういう説明をしたんです？」

「たいしたことは言っていない。ただ拓也君が家に帰りたがっていることを説明した上で、〝二人もパパがいるとお忙しいでしょうが、お子さんを迎えに来る暇はあるでしょうか〟と問うてみただけだ。あとは先方が明日連れて帰りますと応じてくれた」

番長が手を止めて私を見る。

「それって、ほとんど脅迫じゃないですか？」

「何を言う、私はむしろ、家庭内の事情もおありでしょうから、退院は二、三日後でも良いですと配慮をしたくらいだ」

苦笑する利休の横で、番長はほとんど呆れ顔だ。

「結構、栗原先生って怖いっすね」

「というか、拓也君にあれだけ厳しく当たったわりに、母親に対して相当怒っていませんか？」

「当たり前だ」

短く応じた私が、軽く手を挙げたのは廊下の拓也少年がこちらに気付いたからだ。

カウンターで退院の書類手続きを進めている母親から少し離れた廊下の隅に、少年は立ったままである。その距離が、親子の距離を暗示しているようで、いくらか気分は憂鬱(ゆううつ)だが、拓也君自身の表情は暗いものではない。

小柄な割に大きな手を振って、ぺこりと頭をさげた。

「いい少年だ」

「嘘と卑怯と小細工は恥ずかしいことだ」

ふいに傍らの利休が小さな声でそうつぶやいた。

ちらりと目を向ければ、利休がほのかに笑っている。

「いい言葉です」

「なんの話だ」

「やっぱり先生は砂山先生の言うとおりの人ですよ」

「コケにしているのか？」

「どうしていつもそうやってひねくれた応答ばかりするんですか」

ため息をつく利休の頬には、しかしいつにない余裕を含んだ笑みがある。その笑みを廊下に向けながら、

「拓也君、大丈夫ですかね？」

「大丈夫かどうかは彼次第だ。少なくともここから先は医者の出る幕ではない」

大学病院がどれほど優秀な医療技術を持っていても、家庭の事情の処方箋は見当たらない。我々はただ、こうして精一杯、少年の未来を祈って見送るだけである。

ふいに「先生！」と明るい声が聞こえて私は顔を上げた。

母親とともに歩き出しながら、拓也君はもう一度勢い良く手を振った。

「今度の将棋は、きっと僕が勝つよ！」

明るい瞳と同じくらい輝いた声がステーション内に響いた。

番長が両手を振り、利休が一礼する中、私は柄にもなく、大きく開いた右手を頭上に掲げてみせた。

第三話　白雨

ぽん、と細君が私の胸を叩いて明るい微笑を振りまいた。

「これでいいと思います」

私はくるりと首を回してすぐ隣にある全身鏡に目を向ける。

御嶽荘の居間に立てかけられた大鏡は、どう見ても不似合いな紺のスーツに縞柄のネクタイを締めて、当惑顔で立っている私を、堂々と映し出してくれている。

「様にならない」

「そんなことはありませんよ、とても似合っていますよ、イチさん」

窓外は夏七月の快晴だが、その日差しに負けぬくらい、細君の笑顔はどこまでも明るい。

当方普段は絶対に着ることのないスーツ姿で、どうひいき目に評しても不自然以外の何ものでもないのだが、細君の声を聞いていると息苦しいスーツがしっくりと体に合ってくるような気がしてくるから不思議である。

「とと、変なカッコ」

ささやかな自己満足を一撃で粉砕する可愛らしい声が聞こえた。

足元から小春が目を真ん丸にして見上げている。

「変かね？」と前かがみになれば、「へん」と小春が、伸ばした右手で無遠慮にネクタイを引っ張る。

つんのめる私の姿に小春が愉快げに笑い、細君が慌てて制止の声を上げている。

夏も盛りの日曜日、私は朝から暑苦しいスーツ姿で信濃大学へ出勤する。目的は、昨日と本日の二日間、大学で開催されている消化器病学会地方会なのである。

「休日というのに仕事ですか」

『野菊の間』の学士殿が、襖をあけて顔を出した。

昨夜はよほど遅くまで本を読んでいたのか、いくらか目が赤い。

「すまない、起こしてしまったかな」

「僕も午前中に図書館に行くつもりでしたから、ちょうどよかったです。ドクトルのスーツ姿もなかなか新鮮ですね」

にこやかな笑顔の学士殿のもとへ、とことこと小春は駆け寄って、さっそく抱っこしてもらっている。段々動きが巧妙になってきた。

「なんだ、なんだ、朝から賑やかではないか」

続けて現れたのは、ランニングシャツ姿に歯ブラシをくわえたままの男爵だ。

「今日は朝からまたずいぶん暑いと思ったら、万年新婚夫婦の貴君らのせいだったか。ただでさえ暑い季節を、これ以上暑苦しくしないでくれたまえ」

「万年二日酔いの男爵にしては、さっぱりした顔をしている。昨夜は飲まなかったのか？」

「飲んでなどおられん。大家さん対策に日夜知恵をしぼっているのだ。ドクトルも、患者を助けるばかりではなく、御嶽荘を助けることも少しは考えたまえ」

勝手なことを言いながらキッチンに入り、湯を沸かし始めている。

「コーヒーを飲むかね」という声に、学士殿が「いただきます」と爽やかな返答だ。

ごく当たり前の日常が久しぶりな気がしたのは、最近家を空けている日が多いからであろう。

山のように患者を抱えているというわけではない。しかしひとりひとりの患者は重症で症例検討会やカンファレンスも多く、拘束時間が長い。くわえて研修医のレポートチェックや大学院の実験などの診療以外の業務も多く、土日は、生活費を稼ぐためにアルバイトで長野県中の病院を飛び回っている。

朝からこうしてゆっくりと御嶽荘で過ごせるのは、思わぬ学会の恩恵と言って言えなくもない。

何気なく窓の外に目を向ければ、隣家の槐（えんじゅ）が今年もさりげなく庭先を彩（いろど）り、そのまま視線をあげれば、豪壮な入道雲が晴れ渡った青空を占拠している。しばし激務に追われているうちに、季節は確実に進んでいるらしい。

「では、行ってくるかな」

傍（かたわ）らを顧（かえり）みれば、細君がそっと歩み寄って、小春が引っ張りまわしたネクタイを整えてくれる。

「行ってらっしゃい」

心の疲労も一瞬で吹き飛ぶ澄んだ声に送られて、私は出発するのである。

『ソナゾイド造影超音波を用いることで確実な局所治療が施行できた再発性肝細胞癌（かんさいぼうがん）の一例』

それが私の発表演題である。

やたら長たらしいお題の中に、お経か何かのように漢字が並んで頗（すこぶ）る読みにくい文章だが、別に聴衆に対する嫌がらせを企（たくら）んでいるわけではない。演題というものは元来がそういうものである。もちろん私の発表内容そのものについては、ここで触れる必要はないし、その気もない。

わずか四分のプレゼンテーション時間と三分の質疑応答に、淡々と応じて規定の時間が過ぎれば、あとは演台上で一礼して退出とともに終了となる。退出している間にも、すぐに次の演者が壇上にのぼって話し始めており、延々とベルトコンベアー式にこれが続くのが地方会というものだ。

「マメな仕事してるじゃないか、栗ちゃん」

会場の外に出てきた私は、ふいに背後から聞こえてきたよく知る声に振り返った。

「よっ！」と片手を上げた恰幅のいい人物を見て、一瞬戸惑ったのは、その人物のスーツ姿があまりに新鮮であったからだ。

一拍を置いてから私は深々と一礼した。

「ご苦労」

にやりと笑って腹をぽんと叩いたのは、本庄病院の大狸先生こと板垣先生であった。

大狸先生は、私が医師になってからの六年間、たゆまず指導してくれた偉大なる恩師である。教わったことは知識と技術にとどまらない。医師としての魂も哲学も、倫理も礼儀も、病棟の空気の読み方から酒の飲み方に至るまで、すべてを指導してくれた人生の師である。

　その大狸先生は、臨床ではいつも内視鏡の術衣を着ていたから、スーツ姿というのはずいぶん意外であったのだ。一見すると邪気のない笑みを浮かべた恰幅のいいおじさんといった印象だが、現場で内視鏡を握れば、目元には凄みのある光が宿り、不敵な笑みと堂々たる貫禄を備えて、ほとんどヤクザの親分か何かのような圧倒的迫力を漂わせることになる。

「栗ちゃんも立派になったなぁ。もうすっかり大学の偉い先生か」

「ただの下働きです。先生は、今日はどうされたのですか？」

「そりゃ、天下の栗ちゃん先生の発表があるんだから、地の果てからだって駆けつけるさ」

　にやにや笑ってそんなことを言う。

　このわかりきった狸芝居は、大狸先生のもっとも得意とするところだ。

「私の発表のときには、先生は会場内にいらっしゃらなかったように思いましたが」

「よく見てるなあ、栗ちゃんは」

　あははと笑いながら、廊下の奥の小さな人だかりを指さした。

「俺はあっちの方の見学さ」

　日当たりのよい窓の並んだ廊下の先に、数人の男性に囲まれて、すらりと背の高い女性の姿がある。長い黒髪を首の後ろで束ね、紺のパンツスーツを隙なく着こなし、年配の男性医師たちを相手に悠々と対話をしている。いかにも颯爽という形容が似合うその人物もまた、私が本庄病院時代にお世話になった先生だ。

「小幡先生も来ていたんですね」

「あっちは、夕方のセミナーの講師に呼ばれたんだよ。超音波内視鏡関連で、おじさんたち相手に一時間ばかりしゃべるらしい。始まる前からモテモテだな」

なるほど、などと訳知り顔でうなずきつつ、胸中思わずため息をつく。

自分の発表準備に追われていて、学会抄録をろくに確認していなかったのだ。セミナーの講師が小幡先生だと知っていれば是非もなく申し込んでいたであろうに、迂闊というしかない。

胸の内のため息が聞こえたわけではなかろうが、人ごみの向こうから小幡先生が軽く片目をつぶる様子が見えた。

「相変わらずすごい人ですね、本庄病院の激務をこなしながら、こういう活躍も続けている」

「たいした奴だよ。ときどき、栗ちゃんはいつ戻ってくるんだってぼやいているけどな」

「恐縮です」

「しかし栗ちゃんだってがんばってるじゃねえか。ＥＲＣＰ関連での発表かと思ったらまさか肝臓を攻めてくるとは思わなかった。専門に固執せず、手広くやってるってわけだな」

「しっかり勉強してこいと言われた先生の言葉を、実行に移しているだけです」

端然と応じれば、大狸先生は満足げに笑ってうなずいた。

明るい日差しの廊下を、発表を終えたらしき若手の医師が足早に通り過ぎていく。生真面目な顔で携帯電話を耳に当てている様子を見るに、勤務先の病院から呼び出しがあったのかもしれない。

「大学はどうだ、面白いだろう」

「残念ながら、まだ面白さがわかるほどの余裕がありません」

大狸先生はわずかに苦笑しながら、窓に沿って歩き出した。

「医者の仕事ってのは多岐に渡る。ただ患者を診察して治療することは、いくつもある仕事のうちの一つにすぎない。実験をして病気の原因を探り出すのも仕事、頭がからっぽの学生や研修医を教育するのも仕事、医局の人事を動かして小さな地方病院が医師不足にならねえように手配するのも仕事」

話しながら廊下の途中にある自販機で、缶コーヒーを二本買い、私に一本を手渡しつつ、

「そして、大学病院の入院ベッドの数を数えながら、勝手に患者を入院させようとす

る若い医者たちを威圧するのも医者の仕事だ」

缶コーヒーを傾けかけたところで、ちらりと視線を向ければ、大狸先生がにやりと笑う。

「宇佐美ちゃんと楽しくやっているようじゃねえか」

「いろいろお詳しいようですね、大学の内部事情に」

「当たり前だろ、俺だってここの出身だし、何より宇佐美ちゃんは俺の同期だぜ」

ぎょっとして、コーヒーを吹き出しそうになる。

「そんなに驚くなよ。本庄病院のヘボ内科医と、大学の准教授が同期じゃ、釣り合わねえかい？」

「釣り合う釣り合わぬの話ではありません。あまりに対極にいる先生方が同期と聞いて驚いているのです」

「バカだな、だからうまく回るんじゃねえか」

大狸先生は笑いながら悠々と缶コーヒーを傾ける。うまそうに飲むその姿を見ていると、ただの缶コーヒーが生ビールに見えてくるから不思議だ。

頭の中に、真っ白な髪をした陰気で痩せた御家老と、目の前の血色がよく恰幅のよい大狸先生を並べてみる。

なるほど、年齢を考えれば同期であることはおかしくないだろうが、どう並べてみても嚙みあうとは思えない。

「大学ってのは、いろんな患者がいるだろうが、それと同じくらいいろんな医者がいる。考え方も生き方も価値観も全く異なる医者たちが、それぞれの正義のために働いている。いい刺激になるだろ？」

「刺激が強すぎて、しばしば胃が痛くなります」

「結構結構、困ったらいつでも胃カメラをやってやるぞ、栗ちゃん」

愉快そうに笑いながら、ぽんぽんと腹を叩いている。大狸先生が心底楽しんでいる証拠である。

ゆっくりとコーヒーを飲み干してから、ふいに大狸先生が笑みを抑えた。

「二十九歳の膵癌がいるんだってな」

にわかに話題が重くなって、私は軽く眉を寄せた。

「早いですね、情報が」

「狭い世界だからな。医者の世界なんぞ」

意味もなく飲み干した缶の中を覗き込みながら、「きついと思うがな」とさらに声を低めて続ける。

「目の前のできることに力を尽くせ。後悔しねえようにな」

気休めや慰めはない。ただ、修羅場を知っているからこそ出てくる静かな激励だ。

「ま、栗ちゃんのことだから心配ねえだろうが、万が一がんばりすぎて参ったときは、いつでも本庄に顔を出せ。教えてやれることは何もねえが、酒の一杯くらいは付き合ってやる」

思わず知らず、胸の内が熱くなって、言葉は出なかった。

私は黙って深く頭をさげた。さげた頭をあげたときには、空になったコーヒーの缶が優雅な放物線を描いてごみ箱に投げ込まれていた。

「じゃあな。俺は小幡大先生の講義を聞いてくるわ」

片手をあげて歩き出そうとする大狸先生の大きな背中を見れば、とにかく適当な理由をつけて呼び止めたくなるのが人情というものだ。

「先生」と私は無闇に口を開いた。

振り返った大狸先生に向けて、私はふわりと胸中に浮かんだどうでもよい言葉を口にした。

「先生は宇佐美先生とは、仲が良かったのですか？」

脈絡のないその問いに、肩越しに振り返った大狸先生は、いつもの悠揚たる笑みのまま応じた。

「いいわけねえだろ」

ぽん、と腹を叩く心地の良い音が響いた。

二木さんの存在は、狭い医者の世界でそれなりに伝わっているらしい。

無論医者たちが、暇に飽かして患者の噂話(うわさ)を広めて喜んでいるわけではない。長野県がいくら広いといっても、各病院の消化器内科医の多くが、第四内科の医局とそれなりにつながっている。生まれたときから本庄病院で働いているように見える大狸先生でさえ、大学で下働きをしていた時代があるのだから、老いも若きも医師たちは、目に見えないパイプを持っているということである。

そのパイプを伝って広がるほどに、二十九歳の膵癌という存在は、十分に衝撃的なインパクトを持っていたということだ。

「先週の学会でも少し話題に出てましたよ」

電子カルテの前に座ったまま、利休が告げた。

消化器病学会地方会が終わった翌週の水曜日である。

水曜日は、私は朝から更埴総合病院の外勤が入っている。大学の先輩から譲り受けた中古の日産、フィガロに乗って、片道一時間、千曲(ちくま)川のほとりの病院まで出かけて内視鏡をおこなってくる業務だ。

その日の忙しさによっては大学に戻ってくるのが夜になることもあるのだが、予約が少ないときは、今日のように昼過ぎに帰って来られる日もある。

「更埴の牛山先生も、二木さんの話を知っていた。ずいぶんな有名人だな」

「しかしそれだけ注目されていながら、治療はうまくいっていません」

利休がモニターを睨みつけたまま、遠慮のない言葉を口に出した。

「すでに1クール目の化学療法が終わって三週間が過ぎていますが、まったく骨髄抑制から立ち直って来ません。白血球も赤血球も血小板も、軒並み最低値を更新しています」

利休の悲痛な声が、二木さんの治療が暗礁に乗り上げていることを如実に語っている。

六月下旬、四剤併用の強力な化学療法FOLFIRINOXを開始したが、本来なら2クール目を開始していなければいけない三週間目に入っていながら、副作用の骨髄抑制のために治療が中断しているのである。

骨髄抑制は、抗がん剤治療における代表的な副作用のひとつで、血液をつくる骨髄の機能が大きく低下し、白血球や赤血球の数が減少する病態だ。白血球が減れば免疫力が下がる。赤血球の減少は貧血を引き起こし、血小板減少は出血の危険性が高まる。

そのすべてが二木さんに出現している。

「本人の様子は？」

「今のところお元気です。食欲良好、熱もなく、普通に旦那さんとも話をしています。骨髄抑制以外の副作用は何も出ていません」

「よりによってか……」

FOLFIRINOXは、抗がん剤四剤を同時併用するだけあって、吐き気、嘔吐、食欲不振に倦怠感、脱毛、めまい、下痢などなど、あらゆる副作用が高率に出現する。しかし、そのすべてが二木さんには出現していない。ほとんど奇跡的といってもよい経過の中で、唯一の副作用として骨髄抑制が出現し、それが決定的に重症なのである。

私はため息とともに窓外に目を向けた。

夏の青空はどこまでも明るく、腹立たしいほど堂々たる入道雲が天の一角を埋めている。そのまま東側に目を向ければ、美ヶ原の青々とした稜線が見え、王ヶ頭の電波塔まで今日ははっきり視認できる。

ステーション内に視線をめぐらせれば、大学病院ならではの大きなスタッフステーション内に、看護師、医師、研修医、薬剤師など、あまたの職種の男女が行きかってなかなか賑やかだ。

今日は病棟全体が落ち着いているのか、看護師の申し送りをする様子も穏やかであるし、駆け回るスタッフもいない。廊下には第二班のメンバーがのんびりと回診する様子が見え、少し離れたモニターの前では第一班が今夜の飲み会の話で盛り上がっている。一班班長の柿崎先生がアメリカの膵臓学会で不在であるため、班員も常になくのんびりとくつろいでいる。

そういう気楽さの中で、唯一暗澹たる空気を漂わせているのが、我々第三班である。そこだけ夏の日差しも避けて通るのかと思われるような暗い雰囲気の中、ふいに、

「別のお薬に変えてしまえばいいんじゃないですか？」

そんなことをおっとりとした声で告げたのは、私と利休の背後に立っていた研修医の鮎川めぐみであった。

思わぬ場所からの意見に、私と利休が同時に背後を顧みると、小柄な女医が頬に手を当てて首をかしげている。

「変えてはだめなんですか？」

「気楽に言うけどね……」

水筒を握りしめたまま、利休がため息交じりに応じる。

「お嬢が言うほど簡単な問題じゃないんだよ」

お嬢、というのが鮎川先生の呼び名である。

決めたのは私ではない。教授の発言から出たものだ。

彼女が研修に来た初日、総合医局で自己紹介の折に教授が静かに告げたのだ。

〝その大きなイヤリングは外しなさい、お嬢さん〟と。

指摘されても仕方がない。彼女の耳には直径三センチはあろうかという金色の輪っかが、やたらきらきらと揺れていたのである。

一瞬医局内の空気が凍り付いたが、彼女は少しきょとんとした顔をしてから、持ち前の無邪気な笑顔で応じてみせた。

〝先生、これ、ピアスなんです〟と。

医局内の空気が水を打ったように静まり返ったまま、しばらく時間が止まったことは言うまでもない。それ以来、医局内では〝お嬢〟というのが彼女の通り名となっている。

奇抜なデビュー戦を飾っただけあって、彼女は、しばしば独特の感性にもとづいて発言し、利休や私を当惑させてくれる。

「最近の研修医というのは妙なのばかりだな」

こっそり利休に囁けば、

「先週までいた特別変な研修医のことを思えば、彼女はあれでも、ずいぶんまともですよ。自分の空気が読めないところを自覚しているそうです」

「自覚?」

「現場に出ると患者さんを困らせるだけだから、臨床には出ずに病理医を目指す。そういう結論みたいです」

病理？　と思わず背後を振り返ると、お嬢がにこやかに笑っている。耳元でまことに控え目なピアスが二つきらりと光る。

「私、人と話をするのが得意ではないんです。でも病理だったら、きっと患者さんに迷惑はかかりませんよね」

「絵に描いたような浅慮だな」

私の言葉に、お嬢は軽く首をかしげる。おそらく意味が伝わっていない。仕方がないから語を継いで言う。

「医者というのは、どの科に入ってもコミュニケーション能力は必須の職業だ。病理に行ったら行ったで、患者と話す機会は少なくなるが、多様な科の医師たちと議論をしなければいけない」

「それは困ります」

「その程度で困るようでは、何科の医者も務まるまい」

お嬢の情けない声を、私は冷静に遮断する。

「だいたい君の目の前にいる茶ばかり飲んでいる四年目も、患者とのコミュニケーションが得意というわけではない。見た目はいかついし、愛想もないし、無駄に真面目すぎて、ときには患者とぶつかることさえある。それでも内科医は務まるのだから、口を開いて言葉が出てくる人間なら誰でもなんとかなるものだ。必要なのは、コミュニケーション能力ではなく、コミュニケーションをあきらめない能力だ」

「僕をバカにしているんですか。それとも内科をバカにしているんですか」

「聞くまでもないことだろう、利休」

「新発田です」

本題からあっさり逸れていく二人のやり取りを、お嬢は困惑顔で見守っている。

変人の栗原や茶人の利休にでも内科医は務まるのである。教授の名を誤る青年や、イヤリングとピアスの違いにこだわる女医に、できないはずはない。要するに論ずべきは、能力の有無ではなく気概の有無であろう。

「いずれにしても抗がん剤の話です」と、茶を飲み終えた利休が強引に話を引き戻した。

「FOLFIRINOXは、膵癌にもっとも効果があるとされているレジメンなんだ。膵癌診療ガイドライン上も第一に挙げられている。そう簡単に捨てるわけにはいかないんだよ」

利休が視線をお嬢から私に移して告げた。

「もう少し様子を見て、判断をしましょう」

私もまた小さくうなずいた。

うなずいたものの、少なからず胸中に迷いがある。

どれほど強力な抗がん剤でも、使えなければ意味はない。骨髄抑制のために次の投与がいつまでも延期されてしまうくらいなら、効果はいくらか低くても継続的に使える薬に変更した方が良い可能性もある。だが、頼りのガイドラインも、かかる匙加減についてては何も答えてはくれない。

やれやれと、小さくため息をついたところで、ふいに机の陰に何か動くものを感じて、私は視線をめぐらせた。見れば、机の向こうから、ショートカットの女の子が窺うような顔をこちらに向けている。

おや、と軽く目を見張ると、ぺこりと頭をさげて「こんにちは」と返ってきた。なかなか礼儀正しい子である。

「すみません、先生」

そんな言葉を発しながら、ステーションの入り口から駆け寄ってきたのは、看護師の木月さんだ。チームリーダーを務める木月さんは、二木さんの担当看護師でもある。

「ちょっと目を離した隙に、いつのまにかこっちに来ていて……」

「二木さんのところの理沙ちゃんだな」

私はまっすぐな瞳を見返した。

「道に迷ったのか？」

「大丈夫」

はっきり首を左右に振ってみせる。なかなか度胸が据わっている。

この三週間、何度か病室で行き会っているが、いかにもあの芯の強い母親の血を引いているらしく、挨拶も受け答えもしっかりしたものである。

「そうか、看護師さんが怖い顔ばかりしているから、逃げだしてきたのだな？」

「なにを吹き込んでいるんですか、先生」

目をぱちぱちさせている少女の肩に手を置きながら、木月さんが私を睨みつける。

「二木さんが極度の免疫不全状態だから、数日はお子さんとの面会も禁止だと言ったのは先生ですよ」

「そうだった」

「おまけに今日は造影ＭＲＩの検査があって、御主人もそちらに付き添っているから一時間ほど理沙ちゃんをスタッフで預かってくれと言ったのも先生です」

「それもそうだった」

「先生たちの方がお暇そうですから、少しくらい理沙ちゃんと遊んであげてください」

その言葉に重なるようにちょうどナースコールが鳴り響いて、木月さんはＰＨＳを取り上げる。手短な返答とともに、さっそく〝しばらくお願いしますね〟と告げて、そのままステーションを出て行ってしまった。いささか乱暴な展開とはいえ、この場合、多忙な看護師より、暇そうに議論ばかりしている医師三人の方が子供の相手に適していることは言うまでもない。

少女に目を向けた利休がおもむろに水筒を取り出す。

「とりあえずお茶でも飲みますか？」

「怖がっていますよ、新発田先生」

丸刈りのいかつい医者の接近に、表情を硬くした理沙ちゃんは、お嬢が間に入ったことで、ほっとしたように肩の力を抜いた。先輩に対しても遠慮がないお嬢の振る舞いが、役に立つこともあるようだ。

利休が不本意そうな顔で丸刈り頭を掻いているうちに、別の看護師がステーション内に足早に入ってくるのが見えた。

「先生、岡さんがまた血便です」

「またですか」と速やかに立ち上がる利休の反射神経はなかなかのものだ。

「すぐ行きます」

看護師に答えつつ利休が当方を顧みる。

「潰瘍性大腸炎の岡さんですが、今週末に退院の予定だったんですが、昨日から微妙に血便が増えてきているんです」

「明らかに出血があるなら、退院は難しくなるか」

「そういうことになりますが、退院延期となると、またパン屋の嫌味を聞かされることになります」

「准教授だ、利休」

「了解です」

利休は卓上の聴診器を首にかけると、お嬢を伴って足早にステーションを出て行った。

フットワークの軽い後輩がいることは頼もしい。ただ気楽な返答をしながら、事の成り行きを眺めていれば良いのである。ただ問題があるとすれば、いつのまにか、私と七歳の少女のふたりだけが居残る形となっていたことだ。

三十二歳の変人内科医と七歳の女の子では会話の成り立ちようもない。

思わず知らず、助けを求めるように人影を探してみたが、ステーション内にいた看護師も、新たなナースコールに呼び出されて、忙しそうに駆け出していく。ほかにも何か急変があったのか、第二班の研修医が廊下を走っていく様子も見えた。

当たり前と言えば当たり前だが、病棟ステーションという場所は、子供とのんびり過ごす空間としてはきわめて不適切である。空気は殺伐としているし、クッキーやキャンディのひとつもない。

しばし沈黙ののち、私は傍らを顧みた。

理沙ちゃんが黙ってこちらを見上げている。

私はしばし黙考し、それから静かに立ち上がった。

「明るいうちから可愛らしい彼女を連れてデートですか？」

いつものTシャツにジーンズという飾り気のない服装の双葉が、いくらか不思議そうな顔とともにそう告げた。

右手で三角フラスコを振りながら、左手で『時間封鎖』の上巻を器用に開いてこちらの実験室を覗き込んでいる。

「大学病院は医者がいっぱいいるからな。こうして勤務時間内にデートをしていても特に問題なく業務は進行する」

私は実験室隅のソファに理沙ちゃんを座らせて、売店で買ってきたリンゴジュースを卓上に置いた。

「ありがとう」としっかりとした声が返ってくる。

コーヒーメーカーに残っていたコーヒーをカップに注いでいるうちに、双葉が面白そうな目を向けてきた。

「先生のお子さん？」

「患者さんのお子さんだ。母親が骨髄抑制がかかっている状態で、一緒に過ごせない。今しばらく預かってくれと言われた」

勘のいい双葉は、それだけで最近話題に出ている二木さんの子だと悟ったのであろう。多くは問わず、お疲れ様、と短く告げて自分の実験室の方へ戻っていった。

私はカップの中に無闇と角砂糖を放り込み、冷蔵庫から取り出した牛乳をたっぷり注ぐと、理沙ちゃんの正面に腰を下ろした。

「ここなら静かだ。しばらく待つとしよう」

「おじさんって、いつもそんなにお砂糖入れるの？」

歯切れの良い声が飛んでくる。

母親によく似た形のよい眉(まゆ)を寄せて、理沙ちゃんは私の手元のカップに目を向けている。

「いつもはコーヒーはブラックだ。しかしこのイノダのアラビアンパールには、たっぷりの砂糖とミルクが合う。まことにクラシカルな名品だ」

「意味わかんない」

「わからなくてもよい。大事なことは私はおじさんではなく、お兄さんだということだ」

「もっと意味わかんない」

格調高い私の文言は一撃のもとに粉砕される。

女の子というのは七歳にして、こうもしっかりとした応答をするものなのか。天下泰平そのものの笑顔で何かを食べてばかりいる小春が、あと五年でこうも巧みに人語を操るようになるとは容易に想像できない。

言葉の接ぎ穂を失って沈黙しているうちに、いつのまにかフラスコを置いた双葉が戻ってきて、カントリーマアムを載せた小皿を卓上に置いてくれた。

「どうぞ」

「ありがとう、お姉ちゃん」

実に腹立たしい格差である。

「でも、ママからはあんまり人から食べ物もらって食べちゃいけないって言われてるの」

思わず双葉が私に目を向ける。

私はやんわりと告げた。

「かまわんさ」

「ママの主治医が良いと言っているのだ。こんなときくらいクッキーの一枚二枚、好きに食べたまえ」

「いいの？」

「もちろんだ」

ちょっと考え込むように首を傾けた理沙ちゃんは、すぐに「じゃ、ちょっとだけ食べるね」と嬉しそうに卓上に手を伸ばした。

「北条先生はいないのか？　今朝は実験をする予定だと言っていたが」

「さっきまでそこでPCRかけていましたけど、明日、東京で研究会があるからって出ていきましたよ。厚生労働省の研究班がどうとかって」

のらりくらりと遊んでいるように見えて、そうではない。飄然たる空気をまといながら、大学内にとどまらない大きな舞台で働いている先生なのである。

ふいにPHSが鳴り響いて出てみると、かけてきたのはお嬢だ。岡さんの血便が予想より多かったため採血検査を進めていくという連絡である。結構だ、とえらそうに応じてしまえば、たちまち実験室は静かになる。

「鮎川先生は、元気にやっているみたいですね」

双葉の口から出てきたその名が、お嬢を指していると気が付くのに二秒ほど必要であった。

「知り合いなのか？」

「彼女、病理希望ですから」

なるほど、双葉は病理医である。病理希望のお嬢とつながっていないはずがない。

「ちょっとずれたところはあるけど、学生のころからときどき検査室に顔出すくらい真面目な子だったから、ちゃんと引っ張ってあげれば、いい研修医をやると思いますよ」

「真面目は大切なことだ。知識や常識はいくらでも教えてやれるが、真面目というのは容易に伝えられるものではない」

「未来の貴重な病理医です。大事に育ててあげてください」

「内科医になってくれるなら、熱意をもって教えてやれるのだが」

「そういう態度をとるのなら、もう実験を手伝いませんよ」

「全身全霊をもって指導に当たろう」

無闇と大きな声で応じつつ、再びコーヒーカップを手に取った。

目の前では理沙ちゃんが、嬉しそうにカントリーマアムを頬張っている。

うまいか、と問えばうんと素直な返事が返ってくる。

「おじさんってお医者さんなの？」

「その通りだ。三十歳を過ぎて、手取り十六万円でこき使われている、医局の底辺に位置するただの内科医だ」

「あんまり偉い先生じゃないの？」

「偉いかどうかはものの考え方による。少なくとも給金で人を判断するものではない」

「じゃあママを、治してくれるの？」

すっと冷たい風が流れた。

不意打ちであった。

取り上げたスプーンの先端が大きく揺れてカップを叩き、硬い音が辺りに響いた。わずかに遅れて視線を上げれば、あらゆる物を駆逐するほどまっすぐな瞳がこちらを見つめていた。

「ママ、治るの？」

幼い声が、一息に胸の奥まで飛び込んできた。

私は束の間逡巡し、なんとか口を開いていた。

「お医者さんは、魔法使いではない。だから絶対に治すと約束することはできない」

理沙ちゃんは真剣な目のままだ。

「しかし治すために全力を尽くす。それだけは約束する」

なんとか応じたその言葉に、理沙ちゃんは少し考えてからうなずき、それからまるで何事もなかったかのようにリンゴジュースのパックに手を伸ばした。

ゆっくりと肩の力が抜けていく。

子供相手の応答として、自分の言葉が正しいものであったかわからない。しかし模範解答のあるはずもない。これぱかりは膵癌診療ガイドラインにも正解は書いていない。

ため息交じりにそっと窓の外に目を向ければ、今の一瞬の緊張が嘘であったかのように夏晴れだ。

私は黙ってカップのコーヒーを飲み干し、もう一杯を注ぎに立ち上がる。

「お母さんのそばにいたいんですね、きっと」

コーヒーポットを持った双葉が、理沙ちゃんを眺めつつ小さくつぶやいた。その目に柔らかな光が浮かんでいる。

「しっかり振る舞って見えますけど、きっと寂しいんだと思いますよ」

その自然な指摘に、今さらながらはっと気が付くところがあった。

二木さんが入院してすでに三週間。

最初の一週間はふつうに母親の膝に乗って遊んだりもしていたが、二週間目から急激に白血球が減少し免疫力が低下したため、御主人以外の面会はすべて遮断しているのだ。特に子供の場合、思わぬ感染症を持ち込むことがあるため、病室には原則入れないようになっている。

「寂しいのか」

思わず知らずつぶやいた自分の言葉に、私はいまさらながら理沙ちゃんの気持ちに気付かなかった己の迂闊さを自覚した。

おいしそうにクッキーを頬張る少女を見つめつつ、私はそっと双葉に問う。

「まだカントリーマアムはあるか？」

その言葉に、双葉は微笑を浮かべてうなずいた。


『御嶽荘取り壊し回避緊急対策本部』

帰宅してみると、そういう仰々しい文字が目に飛び込んできた。居間の入り口にひっかけられた三号程度の白いキャンバスに、無駄に優雅な字体で書き記されている。

時間は、夜の十時を回るころ。

居間の灯りはついているが、人の声はしない。そっと襖を開けてみると、ちゃぶ台に向かって大きな本を開いていた学士殿が、爽やかに振り返った。

「お帰りなさい、ドクトル」

「緊急対策本部というのはここかな？」

「ここですよ」

笑って学士殿が、ちゃぶ台の反対側を目で示す。

『桔梗の間』の男爵が、大の字になっていびきをかいている。

「対策本部の激論が、先ほど終わったところです」

「私には飲みすぎて酔いつぶれているようにしか見えないが」

「そうとも言います」

ぽたりと学士殿は書籍を閉じた。書はオグデンの『意味の意味』。学士殿の手にある本が、日ごとに難易度を増していく。本当に学問の道を邁進（まいしん）しているということであろう。

「つい先ほどまで、榛名（はるな）姫もいてくれたのです」

「ハルもこの時間まで？」

「今夜は小春姫の寝つきが良かったからと言って、あとから起きてきて、私と男爵の夕食まで用意してくれました。感謝に堪（た）えません」

「お互い様であろう」

私がそう答えたのは、ちゃぶ台の脇に絵本が二冊置いてあったからだ。『もこもこもこ』も『みつけてん』も小春が大好きな絵本である。

小春の寝つきが良かったのは、学士殿がさんざん繰り返し読み聞かせてくれたからであろう。

「苦労が絶えないようですね」

腰をおろした私の前に、杯を置き、慣れた手つきで『七水（しちすい）』の四合瓶を注いでくれる。栃木県は宇都宮の酒で、香と甘みのバランスが秀逸な飲みやすい名品だ。

すでに二人で献酬を重ねたのであろう。底にわずかに残るばかりだ。

「会うたびに、なにか貫禄のようなものがついてきていますよ、ドクトル」

「貫禄？　単なる疲労の蓄積を、そういう深甚な言葉で表現してくれるのは学士殿の優しさだな」

「優しさで気休めを言っているわけではありませんよ。最近のドクトルは、何かとても重いものを背負っている」

「自分より年下の癌患者を診ている。優しい御主人がいて、まだ七歳の子供がいる」

学士殿が軽く眉を上げ、それからうなずく。

「重圧ですね。そういう尋常ならざる重さに日々耐えているから、段々と人が大きくなるのです」

不思議なことを言う。

当方は果てのない大海原を、なんとか息継ぎを挟みながら必死に泳ぎ続けているような毎日だ。水は冷たく、波はいたずらに荒れ、陸地が見える気配もない。ただ途方に暮れながら、それでも手足を動かさなければ沈んでしまうから、懸命にもがき続けている。そういう頼りない私の姿を、しかし数年来の同居人がこのように評してくれることは、なにやら救いがある。

「〝勇気とは重圧の中での気高さである〟」

静かな学士殿の声に、私は苦笑した。

「ヘミングウェイか、よい言葉だ」

「その意味では、ドクトルは十分に勇気のある人ですよ」

さらりと金言を励ましに変えてくれるところは、さすが学士殿だ。

苦笑とともに『七水』を飲み干せば、今度はその隣に置いてあった『田光（たびか）』の瓶を取ってくれた。こちらは最近にわかに名を上げつつある三重の酒である。

「ところで、これだけうまい酒をそろえてまで交わした激論の方は、何か名案でも生み出してくれたのか？」

「打つ手なしです。これまでの作戦ももう続けられそうにありません」

「これまでの作戦？　もともと作戦などあったのか？」

「あったとも。御嶽荘流、〝空蟬（うつせみ）の術〟だ」

にわかに投げ込まれてきた太い声に、私は視線をめぐらせた。

大の字に寝転がっていた男爵が、そのままの姿で不敵な笑みを浮かべている。すべての要素が胡散（うさん）臭い。

「空蟬の術？」

「別名、不在作戦とも言う」

「なんとなく内容が見えてきたぞ」

にやりと笑った男爵は、卓上のグラスを取り上げて、すぐそばの『バルヴェニー』十五年を取り上げて、悠々と注ぎ足した。

「俺も学士殿もできるだけ御嶽荘を留守にして、大家の息子が襲来したときに顔を合わさないようにする。さすれば大家の息子はいつ訪ねても、榛名姫と小春姫のふたりにしか会えず、一向、取り壊しの話を進めることはできない。名付けて御嶽荘流〝空蝉の術〟」

完璧なまでに想定範囲内の作戦である。

私は軽く額に手を当てる。

すかさず学士殿が酒を足してくれる。

「その穴だらけの作戦を、我が栗原家の姫たちは承知しているのか？」

「承知も何も、榛名姫は、あの笑顔ひとつですでに何度も無粋な大家の息子を撃退している圧倒的な実績の持ち主だ。我が作戦に、姫の存在は必要不可欠」

「不可欠も何も、細君の笑顔に頼ってあとは逃げ回っているだけの話ではないのか？」

単刀直入に告げれば、勢いこんでいた男爵が、ぐっとにわかに黙り込む。

その隣で、学士殿は小さくため息をついている。

私は『田光』を一口味わってから一同を見回した。

「要するに、御嶽荘を守る戦いはうまくいっていないわけだ」

「そのとおりだ、ドクトル」

観念したように男爵が大きく息を吐き出した。

卓上ではグラスの中で琥珀の色の液体が揺れている。つまり珍しいことに酒が進んでいない。

「実は近日中に改まって話をしたいから、住人皆が在宅している日時を伝えてもらいたいと、大家の息子から伝言メモが届いた」

「いい加減、不自然な不在が続くことに業を煮やしたようです」

「つまり」と私は酒杯を持ったまま応じる。

「大家さんの息子の的確な一手を受けて、空蟬の術が崩壊し、次善の策もないまま途方にくれていたわけか」

「あまり容赦のないことを言わないでください」

学士殿が困惑顔で苦笑している。

「言っておくがな、ドクトル。どれほど我々が呑気に見えたとしても、それはあくまで誇り高き上級貴族としての矜持がそうさせるのだ。こうして超然と構えているように見えても、胸中には不安と悲哀の嵐が吹き荒れて、今にも涙の津波が理性の大地を襲わんとしているのだぞ」

言いながら、男爵は、卓上に残っていたチーズのかけらをひょいと宙に投げ上げて器用に口中に収めている。言行不一致も甚だしい。

「なによりもだ」と男爵がずいと身を乗り出す。

「貴君らはまだ良い。学士殿は、いざとなれば大学の学生寮という逃げ場があるし、ドクトルとて、家族を連れて出て行く先はいくらでもあるだろう。しかし俺のように世間の荒波も知らぬ無垢な上級貴族は、この屋敷から追い出されても行き場がない。その心細さたるや諸君らの比ではないのだぞ」

突っ込みどころが多すぎて拾いきれないから、私はただ黙然と酒杯を傾ける。男爵も格別の反応を期待しているわけでもないから、平然たる顔で、グラスの中の『バルヴェニー』の香りを嬉しそうに楽しんでいる。

「男爵、僕だって御嶽荘への愛着は、誰にも負けないつもりですよ」

学士殿が目の前の本にそっと手を置きながら告げた。

「御嶽荘は僕にとって、実家以上に実家なんですから」

私と男爵がそっと視線を向ければ、学士殿は、古びた居間をゆったりと眺めまわしている。その目には愛着以上の深い感情が垣間見える。

一度はここを出て行って、のち帰ってきたのが学士殿だ。波乱と紆余と曲折があり、回帰と再起とがここにある。それだけに、淡々としていながらも学士殿の言葉には重みがある。

「そうだな。皆、存外にここが長いからな」

ふいにつぶやいた男爵の言葉は、私の胸中の思いと重なった。

私がこの陋屋（ろうおく）に住み始めてから、まもなく十年が過ぎようとしている。思い返せば、初めてここを訪れたのは、国家試験を終えてまだ合格発表も出ていない医学生のころであった。

あれから九年のうちに、私は研修医から内科医になり、学士殿は流浪の身から学生となり、男爵は相も変わらず超然と絵筆をとり続けている。

「変わらぬものもあれば、変わったものもある。いや、変わったものの方がはるかに多いか」

私が酒杯を持ち上げれば、速やかに学士殿が注いでくれる。

「だとすれば、御嶽荘とて、変わらないままあり続けるというわけにはいかないのかもしれませんね」

男爵が軽く額を揉（も）みながら、

「ましてドクトル一家にとっては、小春姫を育てていくという意味では、ちゃんと一軒家を借りた方がよいのかもしれんな」

「いずれここを出るか出ぬかは別として、あの風変わりな一人娘は、どういうわけか諸君ら二人をいたく気に入っている。少なくとも子育てを理由に出ていくことはあるまい」

私の言に、男爵は微笑した。

「そういう台詞が身に染みて嬉しいと感じるのは、年のせいかな」

「ただの酔っぱらいであろう」

「飲みすぎですね」

学士殿がおもむろに背後の棚からワインボトルとワイングラスを取り出した。

「久しぶりに五一がありますよ」

「お、学士殿の『五一わいん』は、市販の『五一わいん』の三倍はうまい」

「正真正銘ただの市販の『五一わいん』ですよ」

笑って小さなグラス三つに注いでくれた。

『五一わいん』竜眼の白。その淡い琥珀を帯びた液体が、灯りの下で涼やかに揺れる。

「では」と学士殿がグラスをとる。

「変わらぬものと、変わりゆくもののために」と男爵が言う。

私もグラスをとって応じた。

「我らが御嶽荘のために」

言葉とともに琥珀色のワインが揺れ、心地よいグラスの音が鳴り響いた。

早朝四時の病室に、甲高いアラームが鳴り響いていた。

窓外はまだ夜明けの気配もなく闇と静寂が広がっている。向かい合う医局棟の灯りがかすかに滲んで見えるのは、夜半から降り出した雨のためだ。霧のような細雨が音もなく降り注ぎ、夜の闇を一層深くしている。

その静かな夜とは裏腹に、病室の中は、アラームと行きかう看護師とでずいぶんな騒がしさだ。

「夜明け前からすみませんね、栗原先生」

そう言って、ベッドサイドで振り返ったのは、ひょろりと背の高い医師だ。丸い眼鏡をかけて、その奥に人の好さそうな目を光らせているのは、第二班の班長である安田先生である。

北条先生と同期であるからもう中堅以上の位置にいる先生だが、腰が低く、見た目も何か優しげな空気を漂わせて、鬼切とは対極の空気をまとっている。専門は腎臓である。

「当直お疲れ様です」

「お疲れなのはお互い様ですよ。なんとか朝まで待てるかと思ったんですが、結構な出血量でしてね。さすがに担当班の先生を呼ばないわけにはいきませんでした」

安田先生がベッドへ目を向ける。

ベッドの上では、潰瘍性大腸炎の岡さんが苦笑いを向けている。

「いやぁ、痛くもかゆくもないいんだけどね……」

落ち着いた態度も、口にする台詞もいつもと同じだが、顔色は明らかに悪い。頬は白く唇の血色も不良で、一見してこれまでとは異なる出血量だということがわかる。

「夜中になんとなくトイレに行ったら、久しぶりに便器の中が真っ赤(まっか)になるくらい大量の血便が出ましてね……」

岡さんの声を聞きながら、病室に備え付けのトイレを覗き込むと、トイレだけでなく床までえらいことになっている。

「殺人現場みたいでしょう」

岡さんがわずかに苦笑したとたん、ゆるみかけた空気を引き締めるように再びベッドサイドモニターが鳴り響いた。血圧は88の40。完全にショックバイタルだ。看護師が慌てて再検をかけている。

「とりあえずさっき輸血4単位はオーダーしました。そろそろ血液検査も出てくるはずですが……」

「血算が出ました」

ぱたぱたと病室に駆け込んできたのは、研修医のお嬢だ。

「ヘモグロビン６．２です」

ぞっとするような数値に、それでも表面だけは冷静に確認する。

「三日前はたしか10前後あったはずだな」

「えっとたしか……」

お嬢は慌てて白衣のポケットから分厚いメモ帳を取り出す。取り出すと同時に、一緒になって飛び出したＰＨＳやペンがばらばらと床にぶちまけられる。あぁ、と情けない声をあげている間に、看護師の方が「10．５です」と答えた。

「ざっと二リットルばかり出た勘定ですね」

安田先生が穏やかな口調で、穏やかならざることを言う。

それでもさすが安田先生は、あくまで落ち着き払った態度を変えず、ともすれば浮き足立つ病室の空気を無言のうちに鎮（しず）めてくれる。これがベテランの貫禄というものであろう。

私は床に落ちたお嬢のＰＨＳを拾い上げつつ告げた。

「お嬢は、とりあえず奥さんに電話してくれ。すぐ来てもらうようにと」

はい、と飛び出していくお嬢と入れ違いに私服に白衣をまとっただけの利休が駆け込んできた。

「利休は血液センターに連絡。輸血の調達にどれくらい時間がかかるか、確認してくれ」

「遅くなりました！」

私の指示を受けて、そのまま利休も身をひるがえして飛び出していく。

医師たちが具体的に動き出すことによって、看護師たちも落ち着きを取り戻しつつある。血圧の方は安全とは言い難いが、それも今はなんとか下がり止まっている。

「いいチームですね」

ふいに安田先生がつぶやいた。

「北条君不在でよくやってますよ」

「北条先生には、困ったときに泣きついていますから。それよりあとは我々で対応できますので、先生は休んでください」

当直で徹夜をしたからと言って、翌日休みになるわけではないのは、医局員も大学院生も班長も皆同じなのである。

「気遣いはありがたいのだけれど、ちょっと気になることがありましてね」

眼鏡の奥の目がちらりと怜悧（れいり）な光を見せた。

おや、と思うまもなく、安田先生はゆっくりと背を向けて歩き出す。ついて来いということだ。

「さすがにやばいみたいですか、先生」

岡さんの、珍しく弱気なつぶやきが聞こえて、私はとりあえずベッドに顔を向けた。

難病と闘いながらも比較的マイペースに過ごしている岡さんが、今日は確かに顔色が悪い。貧血のせいもあるが、なにより明らかな不安が見える。

こういうとき、必要なのは理屈ではない。

急がぬこと、慌てぬこと、そして少しだけはったりを利かすこと。

「大丈夫です、なんとかしますよ、岡さん」

そう告げると、白い顔のまま岡さんはちらりと私を見て苦笑を浮かべた。

「頼むよ、先生」

いくらか力を取り戻した声を背に、私はすぐに安田先生のあとを追いかけた。


「膵癌？」

静まり返ったステーションに、自分の声が異様なほど響いた。

電子カルテを立ち上げた安田先生は、あくまでも超然たる態度で画像を操作する。

「そう見えませんか？」

安田先生は白い指を伸ばしてモニター上を示した。

「先ほど先生たちが到着する前に緊急で撮影した岡さんのCTです。何度も見直しましたが、膵頭部に約二センチ大の腫瘤があります」

率直に言って私は血の気が引く思いがした。

慌てて画像に目を向けたが、安田先生の指摘に微塵も誤りはない。疑いようもなく膵臓に腫瘤がある。

「岡さんのCTですよね？」

言わずもがなの私の台詞に、安田先生は静かにうなずく。

「潰瘍性大腸炎の岡さんのCTです。それも、ほんの十五分ばかり前に撮影したもの」

「しかし三か月前の当院初診時に撮ったCTには何も映っていなかったはずです……」

そう言われても安田先生としては困るばかりだろう。

ちょうどステーションの前を通り過ぎかけた利休が、こちらに気付いて歩み寄ってきた。

「輸血は最初の2単位だけなら三十分で準備できるそうです。さらに4単位を追加でオーダーしておきました」

告げながらも、私のただならぬ様子を察した利休が、我々の視線に導かれるようにモニターを覗き込み、そしてたっぷり二秒は絶句した。

「岡さんのCT？」

「まちがいはないそうだ」

「しかし入院時には何も……」

当然同じ反応である。

「二木さんと間違えているんじゃありませんよね」

「できればそうあってほしいと思ったが、まぎれもなく岡さんのCTだ」

「潰瘍性大腸炎が悪化している岡さんに、新たに膵癌まで出てきたってことですか？」

単刀直入なその問いに、応じる声は何もない。

重い沈黙が舞い降りた。

私は椅子に座り、改めてCT画像をチェックする。造影剤を用いない単純画像、造影後の早期層、後期層。そのすべてが典型的な膵癌のパターンを示している。

「三班に、二人目の膵癌ということですね」

安田先生が申し訳なさそうに告げる声が聞こえた。

私は沈黙したまま、しばしじっとモニターを睨みつけて動かなかった。

降りしきる細雨は時間とともに徐々に強まり、いつのまにか窓の外はずいぶんな雨になっていた。病棟とは異なり、古い建物である医局棟は、立て付けの悪い窓越しに、気鬱(きうつ)な雨音が大きく医局内まで聞こえてくる。

時計は朝の五時半を示しているから、すでに夜が明けたはずだが、分厚い雨のカーテンが窓外を押し包んで、なお夜のように暗い。医局の蛍光灯まで、窓の外の闇におののくようにときどき小さく瞬き、まことに陰気である。

そんな憂鬱(ゆううつ)な空気の中で、私はただじっと、モニターに呼び出したＣＴ画像を眺めていた。

雨音に交じって、心地よさそうないびきが聞こえるのは、背後のソファで利休が緑茶の入った水筒を胸に抱いたまま眠っているからだ。その向かい側で、つい先ほどまで起きていたお嬢も、座ったまま器用に寝入っている。

私もむろん、眠くないと言えば嘘になる。けれども眼前の画像から目が離せぬまま時だけが過ぎていく。

モニターは二つの画面に区切って、二つのＣＴ画像を呼び出している。

右が岡さんで、左が二木さんだ。

両方の膵臓に、滑稽(こっけい)なほどよく似た大きさの腫瘍(しゅよう)が写っている。

〝なにかの冗談でしょうか〟

利休のそんなつぶやきが、まだ耳の奥に残っている。

岡さんは、もともと別の病院で潰瘍性大腸炎の診断を受け、その後状態が安定しないために大学に紹介になった患者だ。さほど重症ではないのだが、たびたび血便が続いて徐々に貧血が進んでいくという悩ましい経過の中でも、さほどの悲愴感を見せていなかったのは、岡さんの元来持っている飄然とした性格によるものであろう。

大学に来てからは、透析治療が奏功し退院の目途がついていたのだが、数日前から急激にまた血便が悪化し、退院が延期になったばかりであった。その状況下で、今度は唐突に膵臓の腫瘤について話さなければならぬというのは、考えただけでも気の重い話だ。

いや、医療者側の気の重さなど知れている。岡さんにしてみれば、あまりに理不尽な経過と言わざるを得ない。

あれこれと思いをめぐらし、何度目かになる深いため息をついたところで、ふいに医局の扉が開いて、私は首を動かした。

早朝六時前から、どこの若手が呼び出されてきたのかと思えば、驚いたことに入ってきたのは、御家老こと准教授の宇佐美先生であった。

早朝の医局でモニターを睨みつけている変人栗原に気付いた御家老は、濡れた傘をたたんでいた手を止めたが、当方が控え目に黙礼すれば、にこりともせずうなずきかえした。

ちらりと医局をひとわたり見回したのち、勢いよく開けた扉を今度はそっと閉めたのは、ソファで寝ている利休とお嬢に気が付いたためかもしれない。

「雨ですか」

「梅雨だからね。今年は雨が少ないかと思ったが、梅雨明け間近の今になってずいぶん降る」

淡々とそんなことを言いながら、私の隣の端末の前に腰を下ろすと、電子カルテを立ち上げる。

「三班で急変かね？」

「岡さんの血便で呼ばれました」

「それはご苦労なことだが」とちらりと背後に視線を走らせ、

「研修医の鮎川先生まで働いているのか？」

「熱心な研修医がいて助かります」

「熱心は構わないが、研修医の労働管理ガイドラインを聞いていないのかね」

はたと気が付いて私は口をつぐんだ。

現在、医療現場の労働環境の改善は、全国の病院で喫緊（きっきん）の問題として取り上げられつつある。信濃大学でもその流れを汲（く）んで、まずは研修医の環境を守るべく、労働管理ガイドラインなるものが発行されたのだ。それによると、研修医は夜間も土日も一切働かせてはいけないということになっている。

もちろん、研修医が休みになったからといって、患者も一緒になって休んでくれるわけではない。夜だろうと休日だろうと救急外来には患者が来るし、何よりも病棟には入院患者がいる。そういう患者の対応に、研修医を呼び出してはいけないことになった結果、利休のような世代の医師たちの労働環境は、以前に増して過酷になっている。まったく大学病院という場所は、神秘に満ちた空間だ。

「気を付けてもらわなければ困るね」

御家老の冷ややかな声が聞こえた。

「研修医の時間外労働禁止は、教授会で正式に決定された事項だ。四内だけの問題ではない。まして四内だけが研修医の労働が大変だということになれば、来年の入局者が減ることにもなりかねない。君個人の問題ではないのだよ」

固い口調で続ける御家老の言葉は、奇しくも医局の微妙な心情を明確に表している。

新臨床研修制度が始まって以来、四内に限らず各科の教授や准教授たちは、研修医の評判を気にして憚らない。二年間のローテーション研修の間に、科の評判が悪くなれば翌年の入局者の人数が減る。数が減ることは医局の存続そのものにかかわることであるから、各科の重鎮たちは、研修医の機嫌を損ねないよう、腫れ物にでも触るような扱いで、なんとか自分の科に入ってもらうよう涙ぐましい努力をしているのである。

「以後十分に気を付けたまえ」

「気を付けます。しかし夕方の内視鏡カンファや病理カンファも、研修医は出席させないという話は本当なんですか？」

「事実だ。時間外であればやむを得ない」

「それはろくな医者が育ちませんね」

あっさりと危険な言葉がこぼれ出たのは、胸中の疲労も積み重なっていたからであろう。朝の三時半に呼び出された当方は、自覚している以上に疲れているらしい。

取り出したペンの動きをぴたりと止めた准教授に、私は慌てて強引に話題を転じた。

「細かいノートですね。何のノートですか？」

御家老の手元のノートには、意味不明の数値や線が書き込まれ、複雑怪奇な地上絵のようになっている。

「何かの実験データ……というわけでもなさそうですが」

突き刺すような視線を感じつつ、なお強引にノートの話題を持ち上げれば、さすがに御家老は痩せた指を手元に動かした。

「各病棟のベッド数、現在の使用状況、そして入院予定患者に、必要なベッド数だ」

淡々と告げるその内容は、要するに入院ベッド状況の把握内容ということになる。

ベッド管理の宇佐美先生の虎の巻ということであろう。

「手書きなのですか」

「患者の入退院状況は刻々と変化していく。いちいち端末に入力していては間に合わないから、こういう原始的な対応が、もっとも効率がよい」

淡々と言いながらモニター上に次々と情報を呼び出していく。救急入院の数、急変や急な転院依頼など、前日から今朝までにかけての病棟や救急患者の状況を細かく確認してノートに記載していく。

かかる地味な事務仕事を、早朝から医局の重鎮が黙々とこなしている。これもまた大学の神秘のひとつだ。

「相変わらずベッドはぎりぎりで回しているからね」

抑揚（よくよう）のない声が聞こえた。

「三班ももう少し、入院患者の退院に尽力してもらいたいものだね」

「努力はしているつもりですが、先ほど述べた岡さんは、もう少し入院が長引きそうです」

できるだけ控え目に告げた私の言葉に、御家老のペン先は変わらずさらさらとノートの上を走っていく。

「血便が出たくらいで、長引くと決めつけるものではないだろう」

「血便だけではありませんでした」

私は、目の前のモニターに手を添えて御家老に示しつつ、できるだけ平静な口調で付け加えた。

「膵癌が見つかりました」

再び御家老のペン先が止まった。

しばし考えこむように沈黙してから私に目を向ける。

「二木さんの話をしているのかね？」

「岡さんです」

また沈黙。

「今朝血便が出たときに施行したＣＴで確認されました」

「膵癌が？」

「膵癌が、です」

ちらりとモニター上のＣＴに目を向けた御家老は、軽く目を細めた。

「早急に必要な検査を進めつつ、明後日の外科との合同カンファに提出予定ですが、今のところ退院の目途は立ちそうにありません」

私の台詞に対してなおしばしモニターを見つめていた御家老は、やがてため息とともに、手元のノートに目を落とした。

なにやら数値を書き込んでいるのは、退院を見込んでいた岡さんのベッドの数を修正しているのであろうか。願わくば第三班への呪(のろ)いの言葉ではないと思いたい。

そのタイミングでふいにけたたましいＰＨＳの音が鳴り響いたのは、この場合かえって救いの感がある。鳴ったのは私のものではなく利休のＰＨＳで、のそりとソファから身を起こした利休が、寝ぼけ眼で応答してから、うんざりした顔で「先生」と私に呼びかけてきた。

「膵炎の青島さんが発熱だそうです」

隣でもう一度、御家老が深々とため息をつく音が聞こえた。

大学病院という場所は、カンファレンスがまことに多い。

消化器内科医である私が出席するものだけでも、病棟カンファに、内視鏡カンファ、肝臓カンファ、ＥＲＣＰカンファ、これに抄読(しょうどく)会や様々な症例検討会がくわわって、朝と夜は必ずどこかで気難しい顔をしながら椅子に座っている状態だ。

そんな中でももっとも緊張感のあるカンファレンスが、毎週火曜日の夜に開かれる肝胆膵(かんたんすい)カンファレンスである。

外科、内科、放射線科の三科の医師が集まる検討会だが、肝臓、胆管、膵臓領域の腫瘍という専門性が極めて高い領域であるから参加人数自体はさほど多くはない。

場所も大きな会議室などを借りて行うのではなく、放射線科の画像読影室が使われるから、こぢんまりした空間で異様に濃密な議論が交わされることになる。

「こりゃまた厄介な症例だな」

薄暗い部屋でぼそりとつぶやいたのは、隣の席に座っていた巨漢の外科医である。

おりしも正面のスクリーンには岡さんのCT画像が提示され、利休が頬に緊張を浮かべながら経過を述べているところである。

砂山次郎は太い腕を組んだまま、小さくうなっている。

「本当に三か月前には何もなかったのか」

「見ての通りだ。造影CTまで撮ってあるが何も写っていない」

「それが二日前のCTでは二センチの腫瘍か」

再び低くうなり声をあげた。

肝胆膵カンファは、普段はあまり会う機会のない次郎と、週に一度顔を合わせる珍しい機会である。ゆえに普段は、隅の方で席を並べて座れば、無駄話に花を咲かせることが多いのだが、今日はそういうわけにはいかない。外科医の次郎の目から見ても、岡さんの経過は特異なものなのである。

前方では、ぱらぱらと手が上がり質問が始まっている。と同時に、室内の空気がにわかに緊張感を増す。

質問者の多くは、外科の医師たちだ。

「膵癌の発見が遅すぎるのではないか」

「潰瘍性大腸炎も良くなっていないのに、手術などできるのか」

「自己免疫性膵炎のマーカーであるIgG4は測定してあるのか」

無闇な圧迫感とともに、容赦のない質問攻めが始まった。

肝胆膵領域を担当する外科医の集団は、曲者が多いことで知られている。サイボーグと称される間宮教授の専門がこの領域ということもあって、教授の感化を受けた医師たちが、ことごとく愛想や気配りとは無縁のサイボーグ2号、3号、4号となっているのである。

かかるサイボーグ軍団からの集中砲火は、相手がまだ四年目の若手内科医であっても一切の手加減はない。

「血便がある状態では手術は不可能だから必ず大腸炎を治してもらいたい」

「術前にステロイドを使われては、できる手術もできなくなるから今後も使わないでもらいたい」

そんな乱暴な注文まで飛び出して来る。

利休は十分に真摯な応答をしているのだが、いかんせん地位も知識も経験もはったりもまだまだ不足しているから、要領の良い返答ができるわけではない。

肝胆膵カンファが、他のカンファに比べて格別の緊張感があるのは、このサイボーグ軍団のためなのである。

「お前の上司たちはどうしていつもああ威圧的なのだ」

「それぞれの先生たちはそんなに悪い人たちじゃないんだけどな」

困惑顔の次郎が、大きな肩をすくめてため息をつく。

「まあ、気風ってやつなのかな。教授の空気がそのまま医局の空気になってんだよ」

「気風などという得体の知れないもので、大事な我が診療班の後輩を痛めつけられてはたまったものではないな」

私は低く応じると、静かに起立して利休の援護射撃に回った。

潰瘍性大腸炎の治療はすでに強化していること、血中のＩｇＧ４は正常値であったことなど、手短に説明すれば、サイボーグ３号がこちらを振り返って冷ややかな声で告げた。

「柿崎先生は今日のカンファレンスは欠席なのですか？」

唐突な問いである。

唐突ではあるが予期していたことである。

柿崎先生は消化器内科の中でも膵臓のエキスパートである。冷淡そのもののサイボーグ軍団もかの先生にだけは少なからず敬意を払っていて、柿崎先生が発言したときだけは一同大人しくなる。その柿崎先生は、しかしちょうどボストンの膵臓学会で不在であった。

「柿崎先生は、現在国際学会で出かけています。来週には戻る予定です」

応じれば、サイボーグ3号は露骨に残念そうな顔をして、ため息をついた。のみならず、利休も私も無視して2号に目を向け、

「これでは、今日は建設的な結論は出せそうにありませんね」

そんな台詞まで吐いている。

私としては、険しい顔で立っている利休が、暴発しないように目で威嚇(いかく)するので手いっぱいだ。カンファレンスは、症例を検討する場所であって、医師同士が殴り合う場所ではない。

ただ、沈黙したからといって、場の雰囲気が爽やかになるわけではない。息苦しい沈黙は一層深くなり、なにやらいびつな空気が沈滞するばかりだ。

その息苦しい空気を吹き飛ばすような大きな声が、突然室内に響いた。

「俺、この患者の様子を診(み)てきますよ、先生」

腹の底まで響くような太い声でそう言ったのは、誰あろう我が隣席の砂山次郎であった。

のそりと巨体を立ち上がらせると、サイボーグ2号に向かって、

「内科の診療班と連携して、必要な検査を確認します。その方がスムーズに話も進むでしょう」

凍てつくようなカンファの空気を、巨体と大声があっさりと押し流していく。

「わずか二日前に見つかったばかりの膵癌なんです。ここで全部結論を出そうだなんて、贅沢な話ってもんですよ」

単細胞の巨漢が、非の打ちどころのない正論を述べている。

あまりの正論に、沈黙していた放射線科の医師たちからも微笑がもれたくらいだ。

私は改めて隣に立つ旧友に目を向ける。

理不尽と不条理の糸が張り巡らされた空気の中で、腐りもせず、投げ出しもせず、常と変わらず堂々と振る舞うひとりの外科医が立っている。

なぜであろうか。

ただでさえ巨漢の友が、今日はひときわ大きく見えた。

松本城にほど近い古い町並みの中に、一軒の小さな居酒屋がある。

『九兵衛』という名のその店は、筋肉質のマスターが静かに営む酒と肴（さかな）の名店だ。

店の中は広くはない。細長いカウンターのほかは、テーブルがひとつあるだけで、広すぎず狭すぎず、包丁を握るマスターの目が隅々まで届くだけのほどよい広さに収まっている。

木造りを基調とした店は、簡素な構えの中に枯淡の渋みが漂い、壁に無造作に貼られた古い日本酒のラベルさえ、すっかり馴染んで木地に溶け込んでいる。

その心地よい雰囲気の中で、私は『信濃鶴』の一杯をゆっくりと傾けた。

信州は駒ケ根の蔵である。ただでさえ酒の売れないこの時代に、美山錦の純米酒しか作らないという、ほとんど阿呆のような潔い哲学を打ち立てているこの蔵は、まことに美味な酒を醸す。淡麗でも辛口でもない。しっかりと甘く、それでいて重くない。米も水もよほど良いのである。

からりと酒杯を干せば、いつのまにやら筋肉質のマスターが、一升瓶を持って眼前に立っている。

「『泉川』が入っています」

「いただきます」

すかさず差し出した杯に美酒が滔々と注がれる。

好みの酒を間髪を容れず持ち出してくれる阿吽の呼吸が『九兵衛』という店である。

「疲れていますね、栗原さん」

透明な命の水が杯に流れ落ちるとともに、穏やかな声が降ってくる。

「いつもより飲むペースが速い」

私はゆるりと首をめぐらしながら、小雨の降りしきる木格子の窓に目を向ける。

「最近冴えない天気が続きますからね。気圧が低いと片頭痛も悪化します」

「雨ばかりのせいではないでしょう。どんな陰気な天気の日でも榛名さんと飲んでいるときの栗原さんは陽気です」

的確な指摘には返す言葉もない。

黙って『泉川』を口中に運べば、豊かな甘みが心地よい香りとともに喉に染み渡る。かの有名な『飛露喜』ではなく敢えて『泉川』を出して来る辺りが、見事に酒好きの急所を突いている。と、感嘆している間にも、マスターが常になく大きな鰤を載せた刺身の盛り合わせを置いてくれた。

「榛名さんの穴埋めにはとてもなりませんが、少しサービスしておきます」

「敵いませんね、マスターには」

「ただの年の功です」

数年前までは、『九兵衛』に来るときはいつも細君と一緒であった。しかしさすがに小春が生まれてからはそれも叶わない。来店する機会は大きく減り、立ち寄るときも一人である。

少しずつ年齢を重ねるとともに、見える景色や、営む日常は変わっていく。けれどもここで飲む酒の旨さは変わらない。つまらぬことが、妙に愉快に思える夜だ。

眼前に、マスターが見慣れぬ一升瓶を置いた。

「『酔鯨』の雄町が入っていますよ」

変わり種である。

変わり種であるが、たちまち食指が動く。『酔鯨』は私と同じ土佐の生まれで、風変わりでもって知られる我が父のもっとも好む酒のひとつだ。小さな愉快が積み上げられて少しずつ大きな愉快に変じてゆく。

「悩ましいことが多いのです」

私は酒杯にたゆたう『酔鯨』を、陶然と眺めたまま告げた。

「本庄病院ではずいぶん厳しい指導を受けて、それなりに自信もついていたつもりでしたが、どうもあの白い巨塔の中では戸惑うばかり、単純に患者さんを治療するというだけの行為が、一向うまくいきません。入院させればベッドがないと言われ、手術を頼めば冷ややかな態度に直面する。嫌気がさして腐りかけている横で、我が旧友は常と変わらぬ堂々たる態度で振る舞っている。何やら我が身の未熟さが際立って、ため息が出るばかりです」

「旧友の件はわかりませんが」と包丁で鶏肉を切り分けながら、マスターが続ける。

「きっとそれは良いことですよ」

さらりと不思議な言葉が返ってきた。

なみなみと満ちた『酔鯨』を持ったまま、私は当惑顔で見返す。

マスターは手元に視線を落としたまま、手際よく鶏肉に衣をつけてとり天の手順を進めている。

「私も昔、東京の料亭でさんざんに修業をして、自信がついたころに一流ホテルの厨房(ちゅうぼう)に入ったことがありました」

サッと乾いた音がしたのは、鶏が油の中に滑り落ちたからだ。からからと心地よい揚げ物の音が響く。

「驚くほどうまくいきませんでしたよ」

揚げ物の音と同じくらい軽やかな声で、意外な言葉が聞こえた。

「仕込みの流れから、清掃の手順まで、何もかもが違う。最初はよほど自信をなくしかけましたが、そういうことではないんです。自分にとって新しい事柄、学んだ経験のない事柄に挑んでいるから戸惑うんです。環境が変わっても何も困ることがないのなら、最初から変わる意味もありません。戸惑ってこそ、成長があるんですよ」

やがてさらりさらりととり天を掬(すく)い上げて、流れるように塩を振る。

「行って良かったと思う日が来ますよ、必ず」

言葉とともに、揚げたての一皿が目の前へ差し出された。

新鮮な鶏の香と控え目なマスターの心遣いが混然となって、卓上に香り立っている。

「マスターの過去話を聞いたのは初めてです」

「たいした内容じゃありません。揚げたてのとり天の方がよほど元気をくれます」

どうぞ、と短く告げて奥へと去っていった。

心地よい静寂が店の中に広がっていく。

今日は平日ということもあって客の姿が少ない。カウンターの隅に、ときどき訪れる若い夫婦らしきカップルがあるだけだ。眼鏡の男性が標準語で、色白の女性が関西弁という何とも不思議な二人の会話には、柔らかなおかしみがある。

揚げたてのとり天を咀嚼すれば、ほどよい塩味が口中に広がっていく。

なるほど、マスターの言う通り、揚げたてのとり天というものは、ずいぶん元気をくれるらしい。

美酒に酔い、美味に身を任せる。

至福のひとときということだ。

『酔鯨』を空け、さて次は何を飲むかと一考したところで、卓上の携帯電話が小刻みに震えて無粋な呼び出しを伝えてきた。電話を手に取った私が眉を寄せたのは、そこに見慣れぬ数字を確認したからだ。

番号どころか桁数が奇妙なその数の並びが、国外からの発信だと気付くのに数秒が必要であった。

それは、予想もしなかったボストンからの国際電話であった。


「自己免疫性膵炎の2型？」

早朝六時前の医局に、北条先生の戸惑いがちな声が響き渡った。

普段は多くの医師たちが行きかう医局であるが、さすがに早朝六時前に姿は見えない。多くの電子カルテ端末が明滅しているだけの殺風景な空間に、しかし今は、北条先生と利休と私の三人がそろって向き合っていた。

「2型ってなんだ？」

朝から呼び出されたばかりで、まだいくらか眠そうな顔をした北条先生は、コーヒーカップを片手に問うた。

見栄や知ったかぶりとは無縁のあっけらかんとした、まことに自然な態度だ。

その隣では利休が持ち前の生真面目な顔で当方を見返している。

いつもならその隣にいるはずのお嬢は、しかし今朝は不在である。御家老からの指導に従って、あれ以来時間外はお嬢へ連絡せぬことになっている。利休は、経緯を聞いてさっそく御家老への反感を露わにしていたが、当方には、そこまで斟酌している余裕はない。

今の私にとっては、研修医の教育環境より、岡さんの病態の方がはるかに重大な問題なのである。

「自己免疫性膵炎に1型とか2型とかがあるの？　栗ちゃん」

「あるようです」

私は端末に呼び出した岡さんのCT画像を示したまま応じる。

「つまり何か？　岡さんは膵癌じゃなくて、その2型ってやつだってのか？」

「柿崎先生はそうおっしゃっていました。確定ではないが、おそらく癌ではないと」

私の返答がすこぶる曖昧なのは、昨夜聞いたばかりの私自身がまだその新しい情報を十分に咀嚼できていないからだ。

自己免疫性膵炎2型。

その聞いたこともない病名を私に伝えたのは、わざわざ太平洋の向こう側から電話をかけてきてくれた柿崎先生であった。

〝岡さんは2型じゃないか、栗原〟

『九兵衛』の店先で、電話に出たときの柿崎先生の第一声がそれであった。

明朗快活でもってなる先生が、一切の前置きを抜きにしていきなり本題に入ったこと自体、その驚きと興奮を表現していたということであろう。

2型？　と問う私に、膵疾患のエキスパートの声はいくらかの興奮を帯びている。

〝岡さんの画像だよ。こいつは確かに膵癌に似ているが、膵癌じゃない。おそらく自己免疫性膵炎の2型っていう、超特殊な膵炎だ〟

にわかにはその言葉の意味を解しかねて、私は応じる言葉もない。

〝2型は一般的な自己免疫性膵炎と違って、その実態がよくわかってないんだ。欧米じゃ結構話題になることもあるんだが、日本ではまだあまり知られていない。俺も実際の患者に出会うのは初めてだ〟

よほど珍しい疾患ということである。その珍しい疾患を一瞬で鑑別に挙げてくる柿崎先生のすさまじさということであろうか。

遠いアメリカの空から飛んでくる衝撃的な説明をただ私は黙って聞くしかない。

興奮している柿崎先生に対して、しかし当方の当惑はそれ以上のものがある。

〝細かいことは帰国してから説明してやるよ。ただ、こいつはおそらく癌じゃない。焦って手術に持っていくんじゃないぞ〟

柿崎先生は、端的にして明快な指示を残して国際電話を切ったのである。

一連の経過を聞き終えた北条先生は、コーヒーカップに口をつけたまま、肩をすくめてみせた。

「ここにきて、いきなり癌じゃないってか」

私はさらに手短に疾患の概要を説明したが、もちろん付け焼刃の知識にすぎない。すべて昨夜の柿崎先生の電話が終わったあとに、明け方まで必死になって文献を調べた結果である。

「あの、すみません」と利休が控え目に口を開いた。

「放射線科の読影レポートも膵癌と読んでいますし、あのやり手の外科の先生たちも膵癌であることには疑いを挟(はさ)んではいませんでしたが……」

「放射線科や外科の診断の話じゃない。消化器内科の診断について話をしているんだ」

私は冷ややかに告げてからため息をついた。

「と、柿崎先生に言われた」

手厳しい言葉である。

利休もさすがに口をつぐむ。

思い返せば私自身、最初にCT画像を見た時点で、膵の腫瘤を癌だと安易に思い込んでいた点は否定できない。あまりに突然の画像に動揺していたことや、二木さんの所見がオーバーラップしたこともあるだろうが、いくら理由を述べてみたところで、所詮下手な言い訳である。

「でも栗原先生はちゃんと自己免疫性膵炎も鑑別に挙げていました。だからIgG4だって測ってあるじゃありませんか」

「そして異常なしであることも確認した。しかし2型の多くはIgG4が上がらないそうだ」

私の一言に、利休が絶句している。

「IgG4が上がらなくて、しばしば重症の潰瘍性大腸炎と合併する。そういうタイプの自己免疫性膵炎がある」

「それってほんとに自己免疫性膵炎なんですか？」

「我々の知っている自己免疫性膵炎とは別の疾患だという意見もあるらしい」

私は学んだばかりの知識を整理しながらゆっくりと語を継ぐ。

「もちろんまだ2型だと決まったわけではない。だが岡さんの場合、なかなか潰瘍性大腸炎が良くならなかったことや、わずか三か月前のCTでは何も映っていなかったのに、血便の悪化と同じタイミングで膵腫瘤が出てきたことなど、いくつか奇妙だと思われていた事柄が、２型と考えると全て理解できるようになる」

「なるほどね」

と北条先生がうなずきながら、飲み干したコーヒーカップを卓上に戻した。

「要するに岡さんは、潰瘍性大腸炎に偶然膵癌が併発した運の悪い患者ではなく、最初から自己免疫性膵炎の２型っていう単一の疾患だったということか」

くしゃくしゃと茶髪を掻きまわしながら応じた北条先生は、そのまま立ち上がって、二杯目のコーヒーを淹れ始めている。さすがに朝五時半の呼び出し電話はきつかったのだろう。

「すみません。朝まで待って伝えればよいとも思ったのですが、今日の内科カンファの前に、班の中で情報を共有しておく必要があると思いました。まったく予想外の話でしたので」

「心配ないよ。慌てているのは栗ちゃんだけじゃないさ」

大きなマグカップにこぽこぽと熱湯を注ぐ音が、静かな医局に響き渡る。

利休はといえば、書棚にあった膵臓関連の書籍を、慌てて引っ張り出して開き始めている。

「２型、ですか……。柿崎先生はやはりすごい先生なのですね」

利休が書籍をめくりながら告げた。

「ほとんどの医師が癌だと診断した画像を見て、その珍しい疾患を鑑別に挙げてくるんですから」

「もちろんカッキーはすごいだろうけどさ」

と北条先生の浮薄(ふはく)な声が飛ぶ。カッキーというのは、もちろん柿崎先生のことだが、こういう呼び方ができるのは、医局の中でも北条先生くらいだ。

「岡さんの画像を、ちゃんとカッキーに相談している栗ちゃんだってすごいもんだろ。わざわざ相談したってことは、何か疑問を感じたってことなんだし」

「それは違います」

静かな応答に、北条先生と利休が同時に顔を当方へ向けた。私は軽く首を左右に振って続けた。

「私は何もしていません。柿崎先生に連絡をとったのは、私ではなく、宇佐美先生です」

軽く眉を上げたまま、北条先生は沈黙した。

利休の方は、文字通り目を丸くしている。

柿崎先生自身が言ったことだ。

岡さんの画像をどういういきさつで目にしたのか問う私に、柿崎先生が、御家老から相談があったのだと告げたのである。

〝気になる画像だから、一度見てもらいたい〟

そういう連絡が、画像ファイルとともにメールで届いたという。

私の説明に、北条先生はコーヒーカップを片手に沈思している。利休はといえば、あからさまに当惑顔で言葉も出てこない。

宇佐美先生といえば、内科のカンファでもベッドの数に関すること以外はほとんど口も開かず腕を組んだままただ座っているだけの先生なのである。患者の病状には何の興味も示さず、入院ベッドの管理や医局運営だけに骨身を削っている気難しい准教授のイメージが、ここでは容易に一致しない。

「つまり、内科も外科も放射線科も癌だと診断した画像を見て、パン屋……、宇佐美先生だけが別の疾患を念頭に挙げていたということですか」

ほとんど呆然としている利休の声に、北条先生の小さな笑い声が重なった。

「やっぱり大学ってのは刺激的だね」

見れば、班長の目には、常にない鋭利な光が宿っている。先ほどまでの眠たそうな様子が嘘のようだ。

「外科医も放射線科医も診たことのない患者がやってくる。しかもその患者の画像を一目見ただけで、診断をしぼれる医者がいる。いかにも大学ってもんじゃないか、栗ちゃん」

さすがは鬼切というべきか。

これだけ二転三転する波乱の経過を、冷静に楽しむほどの余裕は私にはない。

「落ち込んでるのかい？」

「落ち込んでいないといえば嘘になります。いえ、落ち込む資格など最初からないでしょう。少なくとも2型という疾患を、私は名前すら知りませんでした」

「あんまり自分を責めるもんじゃないさ。ひとりの医者が何もかも全部知っているんなら、大学医局もカンファレンスも必要ない。世の中には、珍しい病気、わからない病気ってのが山ほどある。そういうややこしい疾患を、それぞれの分野のオタクみたいに詳しいドクターたちが頭を突き合わせて答えを出していくのが大学って場所だ。その意味じゃ、大学も、ちゃんと仕事をしているってことだよ」

いつもの浮薄な口調でありながら、告げる言葉には含蓄がある。

ちらりと班長に目を向ければ、不敵な笑みが返ってきた。

「言ったろ。大学ってのはすごい場所なんだって」

北条先生は、そのまま二杯目のコーヒーをゆったりと飲み干し、少しだけ口調を和らげて付け加えた。

「どっちにしても、癌でないなら、岡さんにとっては何よりの朗報じゃないか」

そんな控え目な指摘に、救われる思いがしたことは事実であった。

時刻は朝の七時をようやく過ぎたところであった。

朝六時前から医局に集まっていたから、ひととおりの三班の話し合いが終わっても、まだそんな時間で、カンファレンスが始まる八時まではしばらくの時間がある。仮眠をとるには不十分だが、仕事をするほどの気力もない。そういうひと時になんとなく足を運ぶのにちょうどよい場所が、広大な大学病院の中にはいくつかある。

そのひとつが病棟二階の裏側にある広々とした回廊である。もとはおそらく隣接する医局棟と渡り廊下でつなぐつもりであったのが、何かの理由で工事をやめてしまったために、そのまま行き止まりになった空間だ。

壁の片側はすべて窓ガラスであるから廊下は全体に明るく、ある程度の人通りを予想したためか途中に自販機まで置いてある。今では、この行き止まりの回廊を知っている一部の職員や長期入院の患者が、ときどき一服入れにやってくるような場所だ。

そこでうまくもない缶コーヒーを買い、窓外に目を向ければ、美ヶ原の稜線が、朝日を背負って淡く輝き始めたばかりであった。

昨夜は国際電話を切ったあと御嶽荘に戻って明け方まで、ひたすら文献検索をし、早朝には医局に来ていたため、頭の中は完全なる寝不足である。寝不足でありながら、妙に頭が冴えているのは、疲労と緊張とが微妙な綱引きを続けているからであろう。

　脳裏には、手書きのノートを持ったまま、無関心に岡さんのCTに一瞥を投げかけた宇佐美先生の横顔がある。何を考えているのかわかりもしないが、少なくとも、あのわずかな時間で御家老の脳裏には、自己免疫性膵炎の2型という特殊な鑑別が挙がっていたということであろうか。

　翻って当方はと言えば、膵癌と思い込んで、外科カンファレンスにまで持ち込んでいたのだ。外科も放射線科も癌と読んでいたからといって、それは言い訳にはなるまい。

　要するに、

〝まだまだ未熟〟

　大きな腹をぽんと叩きながらそんなことを言う大狸先生の笑顔が見える気がした。

　私が小さくため息をついたところで、

「おはようございます、栗原先生」

　ふいにそんな明るい声が耳に飛び込んできて、慌てて顔を上げた。

　見れば廊下の先に、水色のパジャマの上にゆるやかにカーディガンを羽織り、白いマスクをした女性が立っている。

「驚かせてすみません」

笑顔でそっと頭をさげたのは、誰あろう二木さんであった。

慌てて会釈をする私に、二木さんはあくまで穏やかに、

「どうしたんですか、朝からこんな場所に先生が来るなんて」

「どうというわけでもありません。ただの気晴らしで……」

言いかけて、むしろそれが私の方の問いであることに気付く。

「二木さんこそどうしたんですか、こんな何もない場所に」

「何もなくはないんです。私にとっては」

落ち着いた笑顔のまま、二木さんは視線を窓の外に向けた。

二階の廊下からは、眼下に手入れの行き届いた芝地が見下ろせる。

病棟と医局棟の間にあるその空間は、ベンチなども据えられてちょっとした憩いの場のようになっており、昼間であれば、患者やその家族の姿を目にすることもあるのだが、朝の七時となるとさすがに人気がない。その静かな芝地で、しかし背の高い男性とショートカットの女の子がキャッチボールをしているのが目に入った。

二木さんの御主人と理沙ちゃんであった。

父親の投げたボールを理沙ちゃんは大きなグローブで器用にキャッチする。投げ返す球はゆるやかな放物線を描いて頼りないが、コントロールはなかなかのもので、父親の手元にすとんと収まって、ちゃんとボールのやり取りが成立している。

「七歳の女の子にしては、立派なキャッチボールですね」

私が並んで立ったところで、ちょうど階下の御主人が気付き、軽く頭をさげた。

「あの人、本当は男の子が欲しかったらしくて、理沙が生まれたときはちょっと落ちこんでいたんです」

夫と娘に白い手を振り返しながら二木さんが言う。

「今はもう女の子だということも関係なく、理沙にああしてキャッチボールとかサッカーとか教えて、二人で外を駆け回っているんです。理沙も喜んでいるのはいいんですが、ときどき男の子と間違えられることもあって困ったものです」

「なるほど」と苦笑しかけた私がそのまま口をつぐんだのは、階下を見下ろす二木さんの横顔に、思いのほかに深い寂寥（せきりょう）が見えたからだ。

二木さんの免疫力は、まだ極めて低い状態が続いている。ちょっとした風邪がたちまち肺炎を引き起こしてしまいかねず、当然外で子供とキャッチボールができる状態では全くない。

病室から少し出るくらいなら良いとしているが、外出はもとより院内でも人混みに近づくのは厳禁である。そういう状況で、理沙ちゃんの元気に遊んでいる姿が見えるこの場所は、二木さんにとってどれほど貴重であるか想像に難くない。

「ここを見つけてくれたのは、主人なんです」

二木さんがそんな言葉を口にした。

「病室に閉じこもりがちな私を少しでも元気づけようと、あの人が病院中を歩き回ってこんな場所を見つけてくれたんです」

「とても優しい方ですね」

「ちょっと頼りないところはありますけど」

二木さんは、私の思考を読み取ったように笑顔でそんなことを言う。

「でも本当に優しい人です。結婚したときも、一人娘だった私の母の希望を入れて、主人が二木家の婿に入ってくれたくらい」

「入り婿なんですか」

二木さんは邪気のない笑顔でうなずく。

「しかも私の実家は代々の古い農家なんですけど、主人はもともと農業とは縁もゆかりもない人でした。それが私と結婚していきなり農家の大黒柱です。本当に大変だったと思いますけど、一度も大変だなんて言いませんでした。いつもにこにこ笑って、慣れないトマトやキュウリや蕎麦の畑を耕して、今では私よりずっと前から農家だったみたい」

ころころと、二木さんの温かい笑い声が廊下に響く。

一見、芯が強くしっかりと自立した妻と、影が薄く頼りない夫という印象の夫婦が、少し話を聞いただけで、まったく異なる立体感を伴ってくる。家族というものは、本当に不思議なものだ。

「また外で理沙と遊んでやれる日は来るんでしょうか？」

ふいに二木さんが口にした問いは、控え目でありながら、どこかに切実なものを伴っていた。

私はすぐに答えた。

「あと数日で骨髄抑制から立ち直ってくるはずです。そうすれば理沙ちゃんとキャッチボールでもバスケットボールでも自由です」

「でもそのあともまたこの薬を使えば外に出られなくなるんですよね？」

淡々としたその答えに、私は思わず口をつぐむ。

「家族がそろって、のんびりと外を歩ける。たったそれだけのことが、こんなに貴重なことだったなんて、ようやく気付かされました。本当に大切なことって、なかなか気付けないものですよね」

眼下ではまたボールがゆるやかな放物線を描いて父親のもとに飛んでいく。

芝地の片隅には真っ白な大きな花を載せた老木が茂っている。その抜けるような白さと七月という暦を思えば、泰山木（たいさんぼく）の花であろうか。早朝の柔らかな光を受けた花弁が、行きかうボールを見下ろしながらそよ風に揺れている。

束の間の沈黙をそっと押しのけるように、二木さんが苦笑をこちらに向けた。

「すみません、なんだか愚痴っぽくなって。先生方にはとても一生懸命診て頂いているのに」

膵癌という恐るべき宿命の中で、それでも他者に対する自然な気遣いを忘れていない。

本当に強い女性なのだ。

「先生たちもがんばってくださっているんです。なんとか癌をやっつけて、そして元気になってから、理沙といっぱい遊んであげますね」

細い腕で小さなガッツポーズまで作ってみせた。

私は何か胸の内に湧きおこるものを感じて、沈黙のままもう一度階下の可愛らしいキャッチボールに目を向けた。

右の球が左に行き、左の球がまた返ってくる。

ときおり吹きすぎる夏風の中で泰山木の花が揺れ、白い花と同じくらいの白いボールがまた弧を描く。昨今雨ばかりであったが、今日は日差しが出てくれている。キャッチボールの時間くらいは、雨も思いとどまってほしいと真剣に願う。

「早く家に帰れるようにします」

唐突な私の応答に、二木さんは少しだけ不思議そうに首を傾ける。

私は眼下のキャッチボールを見つめたまま、もう少し声に力を込めて告げた。

「大丈夫です。八月には、キャッチボールができるようにしますよ。今のうちに肩を温めておいてください」

私の返答を、精一杯のユーモアだと解釈したのだろうか、少し肩を揺らして笑った二木さんは小さくお辞儀をした。

胸中にわだかまっていた鬱々とした空気が、しずかに涼気に吹き払われていく。それはとりもなおさず、二木さんの持っていた真摯な風だろう。病と闘いながら、自分と闘いながら、焦らずたゆまず、歩み続けている人間の風である。

患者の方がこれほど懸命に病と向き合っているというのに、医者が己の未熟さに足をとられてふらついていては笑い話にもならない。

私は二木さんに一礼してから、確然たる足取りで廊下を歩き出した。

病棟中央のエレベーターホールまで戻ってくると、すでに多くの人々が行きかい始めている。大学病院の一日が動きだしていた。


大きな木格子の引き戸を開けると、『九兵衛』の品の良い空気に不似合いな黒い巨漢がひとり、カウンターの前に座っているのが見えた。

片手をあげる巨漢にうなずきつつ、その隣に私も腰を下ろす。

「早かったな、一止。どうだった？」

「持つべきものは心安い友人だ。岡さんの病理の件を双葉に頼んできたが、二つ返事で引き受けてくれた。お前の方はどうだ？」

「昨日撮像したPET画像だが、放射線科の川田先生が目を通してくれた。正式なレポートは四日後に出るが、やはりFDGの分布と濃度からは膵癌より膵炎って読みだ」

旧友の太い声に、私は大きくうなずいた。

先日の肝胆膵カンファレンス以降、腐れ縁の外科医と内科医が手を組み、岡さんの精密検査を集中的に推し進めてきた。MRI、PET、EUS-FNA、矢継ぎ早に検査を行い、どうやら癌ではなく自己免疫性膵炎2型であるというデータがそろいつつある。あとは病理結果の確定がつけば、ステロイド治療を開始できる状態だ。その病理さえ、双葉に頼んで早急に結果を出してもらうように手配してある。

行き詰まることの多かった現場が、何か少しだけ軌道に乗って動き出しつつあった。その過程に、三班の努力があったことはもちろんだが、それ以上に、広い人脈を持つ次郎の活躍が不可欠だったことは間違いない。この男は、そこに立っているだけで、向かい風を追い風に変える特異な能力を持っている。

そんな次郎から、たまには飲みに行こうと珍しく声をかけてきたのであるから、私としては断る理由を持たなかったのである。

「うまいもんだな」

巨漢が大きな手で『呉春』の一杯を勢いよくあおってから息を吐きだした。

感慨深くつぶやきながら「もう一杯」と口にするころには、マスターがごく自然な動作で新たな一升瓶をもってくる。

店内に客が少ないのは、開店したばかりの夕刻であるからだ。ある程度病棟が落ち着いていることを確認した私は早々に仕事を利休に押し付けてきたし、次郎は次郎で手術がない日は存外自由になる時間が多いという。

おかげで、木格子の窓の向こうには、まだ茜の光が差す夕暮れの通りが見える。

「今日は私のおごりだ。好きなだけ飲め、次郎」

おもむろにつぶやけば、次郎が不思議そうな顔をする。

「なんでだ？」

これだけ内科の患者に力を貸してくれたのに、微塵も恩に着せる様子もない。まったくこの男は、昔も今も変わらない。

「なんでもない。理由などいいから飲め。今日はそういう日だ」

無造作に応じつつ、私も『開運』の一杯に手を伸ばす。

首を傾げた次郎だが、もとより深く考え込む性分ではない。すぐに『咲くら』を軽やかに喉に流し込む。

「しかしまあ、自己免疫性膵炎ってのは、相変わらず厄介な相手だな」

ふいにこぼした次郎のつぶやきがひときわ感慨深いのは、過去にも一度この複雑な疾患に足を掬われたことがあるからだ。

本庄病院にいたころの話であるからもう二年が過ぎているが、お互いにとって痛恨の症例となったその出来事の記憶は、薄れるものではない。

「あのときの患者さんも優しい人だったが、岡さんも立派な人だよな。これだけ診断がころころ変われば不安になってもおかしくないはずなのに、俺たち医者なんかよりはるかに度胸が据わってる」

「同感だ。正直、患者に救われた感がある」

二転三転する病状について説明したときの岡さんの表情は落ち着いたものであった。

格別驚くわけでもなく、混乱することもなく、いつもの苦笑で、

〝潰瘍性大腸炎って言われたときだって、よくわからん病気だって言われたんです。いまさら驚きやしませんよ〟

実際に病気と向き合っている者の強さであろうか。

ただ静かに、〝引き続き頼みます〟と応じた苦笑が印象的であった。

人の本性というものは、地位や肩書きで示されるものではない。窮地に陥ったときの振る舞いで見えるものである。そういう意味では医師免許をぶらさげている私や次郎より、ただ穏やかに医者の説明を受け止めている岡さんの方がはるかに立派ということであろう。

「膵臓と言えば」と次郎がふいにこちらに目を向けた。

「二木さんの方はどうなったんだ？　化学療法が行き詰まっていたんだろ？」

「抗がん剤を変更することにした」

さらりと応じれば、次郎がさすがに太い眉を大きく動かす。

「ＦＯＬＦＩＲＩＮＯＸを１クールであきらめるのか？」

「そうだ。ジェム・アブラキサンに変更する。幸い骨髄もかなり戻ってきたから来週頭から開始だ」

「思い切ったことをするもんだな」

次郎のその台詞は、利休や北条先生の反応とも同じであった。

抗がん剤を変更する。

つい先日、その決断を下したばかりだ。

膵癌診療ガイドラインによれば、生存期間がもっとも長いのはＦＯＬＦＩＲＩＮＯＸである。だが、ＦＯＬＦＩＲＩＮＯＸは副作用がきわめて強烈であり、かえって生存期間を短くするという報告もある。要するにガイドラインと一口に言っても、用いる者の解釈次第でいくらでも使い方は変わるということだ。

今はとにかく、二木さんを家に帰れるようにすることが最優先だ。

それが私の出した結論であり、そう説明する私に対して、鬼切の北条も笑ってうなずいただけであった。

「二木さんは癌患者であると同時に、七歳の女の子の母親だ。いつまでも病室に閉じ込めていていいわけがない。癌細胞を叩くことも重要だが、癌を叩くことに夢中になって、母と子の大切な時間まで叩き潰してしまっては笑い話にもならない」

酒杯を持ったままふと私が眉を寄せたのは、隣の黒い巨漢がやたらとにやにや不気味な笑みを浮かべていたからだ。

「なんだ、次郎。気色が悪いぞ」

「いや、良かったと思ってさ」

「なにがだ」

「一止に二木さんをお願いして、正解だったということさ。俺ってやっぱ人を見る目あるわ」

「勝手なことを言っているが、この貸しは小さくはない。覚えておけ」

「了解。ありがとうな、一止」

こういう恥ずかしい台詞を恥ずかしげもなく口に出されては、当方としても嫌味のひとつも言いにくくなる。

舌打ちしつつ『鍋島（なべしま）』を頼むだけだ。

「どうぞ、いらっしゃい」

ふいにマスターのそんな声が聞こえて、私と次郎は顔を上げた。店の大きな木の引き戸が開いて顔を見せた男がいる。

「大学の偉い先生たちを待たせて悪いね」

無駄に爽やかな顔でそう告げたのは、我らが同期の進藤辰也である。糊（のり）のきいた白いワイシャツまで、無意味にまぶしく見える。

「早めに仕事を終わらせたんだけど、帰ろうとした途端に呼び出されてね」

「繁盛しているではないか。蕎麦屋も大変だな」

「血液内科だよ」

微笑を微塵も崩さず、次郎と私が空けた間の席に、辰也は腰を下ろした。

「三人そろうのは久しぶりだね」

邪気のないその声が、我ら三人の心情を如実に示している。

次郎、辰也、私の同期三人は、つい二年半前までは本庄病院でともに働いていた仲だ。

今も同じ松本市内で働いているが、辰也と顔を合わせることはもちろん、同じ学内にいる次郎とでさえ顔を合わせる機会は多くない。のみならず、辰也は相変わらず母親不在で夏菜を育てているし、我が家には小春という新しい家族が増えている。

いつのまにか、それぞれがずいぶんと忙しい身になってきたものだ。

「雨か？」

私がおもむろにつぶやいたのは、辰也がハンカチで軽くジャケットの肩を拭(ふ)いていたからだ。

「先ほどは夕日が見えていたと思ったが」

「にわか雨さ。すぐに上がるんじゃないかな」

声に誘われて木格子の外を眺めれば、いかにも降り出したばかりの雨で、音は聞こえないが向かいの建物が白くけぶっている。それでもどこか明るい様子であるのは、なるほど辰也の言うとおり、驟雨(しゅうう)だからだろう。

私はそれとなく辰也にタオルを渡してくれているマスターに『奥(おく)』の名を告げた。愛知の蔵で、辰也の好きな酒のひとつだ。

「それにしても珍しいね。『九兵衛』に呼び出すなら栗原かと思っていたけど、砂山が声をかけてくるなんて」

辰也の言葉に、私も視線をめぐらして巨漢を見た。

実際、この多忙な外科医がいくら時間があったとはいえ、私を飲みに誘っただけでなく、辰也にまで声をかけるというのは珍しいことであった。

「いやあ、実はな、ちょっと渡したいものがあってさ」

「不気味な笑いだな」

じろりと私がひと睨みをする間に、次郎が胸の内ポケットから取り出したものがある。細長い封筒がふたつ。

「ラブレターかい？」

「気をつけろ、タツ。剃刀でも入っているかもしれん」

同期二人の戯言に対しても、なにやら困ったような、はにかむような摑みどころのない笑みを浮かべたままだ。黒い巨漢のその表情は、気色が悪いことこの上ない。

とりあえず全身で警戒心を露わにしつつ封筒を受け取った私は、しかし、そこから出てきた白い紙片を目にして、たっぷり五秒は絶句することになった。

記された文面を三度読み返し、裏と表を確認し、さらに封筒の中にほかに何もないことを確認しているうちに、隣席の辰也が口を開いた。

「おめでとう、砂山」

「ありがとうな、タツ」

旧友同士の心温まる会話が、耳鳴りのように響いていく。

さらにたっぷり数秒を沈黙してから私は巨漢の旧友を顧みた。

「次郎、これはなにかの冗談か？」

「正真正銘、事実だよ」

「私には、〝結婚式招待状〟と書いてあるように見えるが」

「僕のも同じだよ、栗原」

にこやかな笑顔で、辰也が『奥』を味わっている。

「それでわざわざ『九兵衛』に誘ったわけだね」

「素面で渡せるほど、俺も度胸はなくってさ」

「郵送じゃなくて、わざわざ手渡しっていうのが、砂山らしい」

「陽子にも言われたんだ。大事な友達が近くに住んでいるんだから、ちゃんと直接渡した方がいいってさ」

「いい奥さんになりそうだね、水無さんは」

水無陽子というのは、まぎれもなく次郎の彼女の名前である。

次郎のプライベートに対して微塵の興味もない私がそれを知っているのは、水無さんが本庄病院の看護師であり、ともに働いていた時期があったからだ。明るい性格で、よく気が付く有能な看護師でもあったのだが、唯一の問題は、砂山次郎という黒い怪獣に心を奪われてしまったことであった。

怪獣の呪縛(じゅばく)から少しでも早く解放されて自由の身になってくれることを祈っていたのだが、ついに祈りは通じなかったらしい。

「貴様、水無さんの弱みでも握っているのか？」

「愛の力だよ」

「冥福(めいふく)を祈るばかりだ」

「ちゃんと出席してくれるよな。式は十二月の予定だ」

言葉のキャッチボールはまったく成立しない。しかもこの場合、暴投しているのは私の方である。

「タツ、私ばかりが動揺して、お前がそこまで泰然と落ち着いているのは癪(しゃく)に障る話だ。この人間離れした単細胞の巨漢が、有能にして将来有望な看護師と結婚をするのだぞ。もう少し慌ててもよいのではないか」

「最初は僕もびっくりしたんだけどね」

「最初？」

「先週、病棟で水無さんを見かけたときに気が付いたんだよ」

合鴨(あいがも)の塩焼きに箸(はし)を伸ばしながら、辰也がさらりと続けた。

「多分、半年以内に産休かな？」

かたりと音がしたのは、次郎が持っていた杯を落としかけたからだ。貴重な『呉春』の数滴が卓上にこぼれ落ちた。

慌てて卓を拭いている次郎の妙に赤くなった顔を、私は遠慮なく睨みつけた。

「貴様、順序を誤ったな」

「違う、そういうわけじゃない。本当ならもっと早く結婚式をあげるつもりだったんだ。お互い忙しくて、休みが取れなくてさ。もう去年から結婚しようって話はしていたんだぞ」

「ま、大学の外科医と、市中病院の看護師じゃ、休みが合わないのも仕方がないかな」

辰也がまことにさりげなく援護射撃を放ってきた。

「とにかくおめでとう、砂山」

おう、と嬉しそうな笑顔の次郎は、そのままこちらに目を向け、

「一止、十二月の式には、榛名さんと小春ちゃんの席も用意してあるんだ。ちゃんとみんなで来てくれるよな」

私はすぐには答えず、ふんと鼻を鳴らして酒杯を取り上げ、そのままからりと飲み干してから付けくわえた。

「またひとつ貸しだぞ」

砂山次郎とは、医学部の学生寮以来の腐れ縁で、もう十年以上の付き合いがある。

見た目は悪いが心根はまっすぐで、しばしばおかしなことを口走るが外科医としては間違いなく優秀だ。

波乱の続く大学院生活の中で、久しぶりの心から喜べる朗報であった。

ふいにからからと木戸が開いたのは、新しい来客のためである。

まだいくらか明るい戸の外は、辰也の言ったにわか雨がもうすっかり上がって、濡れた石畳が夕日に赤く輝いている。

「夏の夕立ちって気持ちいいもんだね」

辰也が軽く目を細めて戸外を眺めつつそんなことを言う。

「なにかこう、地にたまったいろいろなものを全部洗い流してくれるみたいでさ」

私は雨が好きではない。雨に恨みはないものの、気圧が下がって片頭痛が悪化するからこれはやむを得ない。

しかし同じ雨でも、この男が表現するとずいぶん印象が変わるから不思議である。

私は黙って戸口を眺めやる。

夕日がさらに傾いて、ひときわ艶(あで)やかな茜色に染まる石畳が美しい。

ふと見れば戸口の脇の一輪挿(ざ)しに可愛らしい白い色彩を散らせているのは、南天の花である。普段はなにもない場所であるから、マスターの配慮というよりは、誰か常連客の届け物であろうか。南天といえば冬の赤い実が象徴的だが、夏にその小さな花を飾るのはなかなか粋な計らいである。
新来の客がそっと戸を閉めた。
白い花が軽やかに揺れる。
まもなく八月である。

第四話　銀化粧

年に一度だけ、松本という町全体が、踊り狂う日がある。

なにかの比喩(ひゆ)ではない。文字通りすさまじい数の人間が市街地に集まり、約三時間にわたってひたすらに踊り狂う。

踊りの参加者だけで二万人を超え、見物客を入れるとその十倍と言うから、控え目に言っても松本の総人口に匹敵(ひってき)する。

毎年八月の第一土曜日に開催される県下最大の夏祭り、松本ぼんぼんである。

夏祭りと言っても、情緒や風情(ふぜい)とは縁がない。伝統や風趣を期待してもいけない。

駅前から城周辺までの交通をことごとく停止して、大音量でテーマ曲を延々とリピートしながら、二万人の人間がひたすらに踊り歩く。

旋律は盆踊りというには存外テンポが速い。歌詞には〝青山さま〟や〝安曇野〟などの郷里を思わせる単語を含んでいるものの、おおむね誰も聞いていない。振り付けは難しいものではないが、優雅な舞いにしばしば唐突な跳躍が入り混じり、なかなか旺然たる運動だ。その活動を二十分程度続けると十分ほどの休憩をはさむ。休憩のたびに年配者は水を、若者は酒を、子供たちは清涼飲料水を飲み干す。健全と不健全が入り混じって、事実はいずれか定かでない。

これを延々と繰り返すだけの祭りであるが、町にあふれる活気は尋常なものではなく、市内外の人々のみならず、今は都心部で働く土地の出身者も多くがこの祭りを楽しみに帰郷してくるほどで、町全体がただひたすらに踊り狂う一日なのである。

そんな狂騒のただ中で、小春はほとんど呆然と立ち尽くしていた。

「小春ちゃん、大丈夫かな」

微笑とともに告げたのは、傍らに立っていた辰也である。

場所は、祭りの中心にあたる四柱神社のすぐ近くの橋の上だ。女鳥羽川沿いには無数の露店が立ち並び、提灯の灯りが揺れる中で、〝ぼんぼん松本ぼんぼんぼん〟、とまことに短絡的な歌声が響き渡っている。人混みも時折リズムとともに揺れて、何やら町そのものが踊っているかのようだ。

それを眺める小春は、丸い目を一層大きく見開いて、圧倒されるように道行く踊り手たちを見つめている。通りすがりの青年がやたらと朗らかな笑顔で手を振っていくのに対しても凍り付いたように直立したままだ。

「我が家の深窓の令嬢には、いささか刺激が強すぎたかもしれないな」

私は小春の小さな頭に手を置きながら、

「しかしさすがは信州生まれの進藤家は、子供の教育が行き届いている」

目を向けた先は、小春の隣に立つ夏菜である。六歳の夏菜は、喧噪に驚いて呆然としている小春の手をしっかり握りながら、ぼんぼんのリズムに合わせて楽しげに右に左に揺れている。

「僕も子供のころから母親に連れられて毎年来ていたからね。三歳まで東京にいた夏菜は、ぼんぼんデビューが遅いくらいだよ」

〝ぼんぼんデビュー〟などという聞きなれない言葉を流しつつ、私は辺りを一望する。

耳鳴りがしそうな音楽がふいに途切れたのは、休憩時間に入ったからだ。

汗を拭きながらビールを飲み干す男性、休憩になっても踊って跳ねている子供たち、持ち出した椅子に腰かけて祭りを眺めながらワンカップを傾ける老人、お好み焼きを焼いている露店の店主の手元をじっと見つめている少年に、しきりに楽しげな笑い声を上げている若者の一群。

誰もが一年間の憂鬱や緊張やその他もろもろの胸の内の痞えを、この一晩で吐き出すのだ。

「わたぐも！」とふいに小春が声を上げたのは、道行く少年が持っていた大きな綿菓子を見たためだ。

「さすが栗原家のご令嬢だね。食い気の前には緊張も吹き飛ぶみたいだ」

思わず私も苦笑する。

どうやら小春は、ぼんぼんデビューと同時に綿菓子デビューまで果たすらしい。川向こうの露店に向けて歩き出せば、青とピンクの袋に包まれた〝わたぐも〟が大量にぶらさがっている店が目に入った。

「夏菜の分もいいかな？」

「いい度胸だ。一般病院で大金を稼ぎだしている血液内科医が、赤貧洗うがごとしの大学院生にたかるのか？」

「幸福円満な家庭の君には、孤独と闘うシングルファミリーを応援してもらいたいね」

「高い貸しになるぞ」

「ありがとう」

苦労の多い旧友は、この程度の揺さぶりでは微塵（みじん）もゆるがない。

一方で小春は、財布の中を確認する父親を気にもかけず、夏菜とともに駆け出していく。

「そういえば榛名さんはいつまで不在なんだい？」

「明日の夜までだ」

「東京に行くのに一泊だけ？」

「私は二泊くらい構わないと言ったのだが、ハルが納得しなかった」

「なるほどね」

辰也の苦笑に重なるように、ふいに歓声があがったのは、近くの射的屋で誰かが大きな景品を手に入れたかららしい。なにやら派手な鐘の音が響いている。

我が細君は、山岳写真集出版の最終調整のために、今日の朝から明日の夜まで東京に出かけているのである。たまにはのんびりしてくればよいという私の言葉に、細君は、一日あれば十分ですとにこやかな返事をして出かけて行った。

小春が生まれて二年。細君のいない一夜というのは初めてで、小春も母を送り出すときには泣き出しそうな顔をしていたが、こうして祭りに連れて来て、夏菜も一緒となれば、たちまち笑顔である。無論そこまで考えてこの日を東京に出かける日程に選んだのは、細君の辣腕というものであろう。

「一日の休みもなく子育てをしてきたのだ。少しくらい休息をと思ったが、ハルの方が気が休まらないのだろうな。まだまだ育児については信用がない」

「信用されていると思うよ」

辰也が笑って応じる。

「信用していなければ、一晩だって出かけてはいかないさ。榛名さんは栗原のことを頼りにしているってことだよ」

「なるほど、家庭が崩壊しかけているタツが言うと説得力があるな」

「復活しかけていると言ってほしいね」

「結果を出してから言いたまえ」

パパ、と夏菜の明るい声が届いて、辰也は振り返った。二人の子供の手には大きな綿菓子のほかに、小さな風車がひとつずつ、くるくると回っている。綿菓子屋の主人がくれたらしい。

「お礼を言いなさい」という辰也の声に、夏菜はくるりと主人を振り返って頭をさげている。それを見て、小春も不思議そうな顔のままお辞儀の真似事をする。小春にとって夏菜は心安き友であると同時に、良き先達となっている。

「父親が不甲斐ないと娘は立派になるものだな」

「ん？」と軽く首を傾げた辰也は、すぐに笑顔で応じる。

「道理で小春ちゃんも落ち着きのある子に育っているわけだ」

そんな軽薄なやり取りの間にも、ふとした通りがかりの老夫婦が辰也に頭をさげて通り過ぎて行った。どうやら普段診療している患者であるらしい。

辰也が本庄病院に勤め始めてすでに三年。その多忙な月日の間に、確実に彼は地域の医療を支える柱となりつつある。一方で、医療の中枢へと身を移した私の方は、かえって患者から遠ざかっているようで、まことに心もとない。

「しかし、多忙を極める本庄病院の血液内科医が、のんびりぼんぼんとは結構な余裕ではないか」

「血液部門は、消化器内科ほど緊急症例が多くはないからね。そういう大学の先生こそ、お忙しいんじゃないのかい？」

「医者だけはたくさんいるのが大学病院だ。特に今夜は、二重三重の防壁を立ててきたから、よほどのことがなければ私の携帯が鳴ることはあるまい」

今夜は一夜だけとはいえ、小春と二人きりである。

万が一呼ばれても小春を背負って出勤するわけにもいかないから、病棟から内視鏡当番、実験の予定からアルバイトの日程に至るまで、微に入り細を穿つ手配をしたのである。

そういう私の周到な準備に気が付いた北条先生が、ここぞとばかりに「栗ちゃん、ぼんぼんの夜、休みじゃん。一緒に夜のお店に行かない？」などとのたまっていたが、子育てですと答えると、毒気を抜かれたような顔をして通り過ぎて行った。

私としても、班長と酒を酌み交わすことに異論はないのだが、優先順位は明らかに班長より小春である。これぱかりは、鬼切の威光も通じない。

「とと」と明るい声が聞こえて足元に目を向ければ、綿菓子で顔じゅうべたべたにした小春が満面の笑みで見上げている。

やれやれと苦笑とともにその顔を拭いている間にも、手元の綿菓子に顔面から突撃を開始している。

「うまいか？」

「うまい」

「子供は〝おいしい〟と言った方がいいな」

「おいし？」

父子(おやこ)の他愛(たわい)もないやり取りの間にも、再びぼんぼんぼんと聞こえ始めて、路上で水分を補給していた人々が、また一斉に舞い始めた。

光が揺れ、音が跳ね、人が舞う。その祭りの饗宴(きょうえん)のただ中で、しかし私は胸中の携帯電話が無粋(ぶすい)な発信音を響かせていることに気付かないわけにはいかなかった。

小春の頭に手を乗せたまま電話を取り出せば、「利休」の名が表示されている。新発田などという愛想(あいそ)のない名ではなく、親しみ深い「利休」の二字が携帯画面上で軽やかに躍っている。

「二重三重の防壁を立ててきたんじゃなかったのかい？」

辰也の苦笑がまことに癪である。

「〝引きの栗原〟を舐めてもらっては困るな」

無意味に堂々と答えつつ、私は通話ボタンを押した。


なかば口を開いた利休が、そのまま言葉もなく立ち尽くしている。

心電図モニターやら透析機器が明滅する救急外来の中央で、そうして佇立している その姿は、なかなか間の抜けたものであるが、しかし無理もない。夜八時の救急部に姿を見せた指導医の背中に、二歳の少女が乗っていれば、利休でなくても唖然とするであろう。

忙しそうに行き過ぎかけた看護師たちまで目を丸くしている。

「あの、先生……」

「気にするな。今日は細君が東京に出かけているのだ」

うたたねをしている小春を、ステーションの隅にある処置用ベッドに寝かせてやる。

困惑顔の看護師が、それでも小さなタオルケットを持ってきてくれるのはありがたい。

「近隣に頼れる親戚もいない。ちょうど同行していた友人に預けようとしたが、泣きに泣かれてどうにもならなかった。だから連れてきた。それだけのことだ」

「それだけって……」

心底心配そうにつぶやいたのは、利休の横にいたお嬢である。

「本当に大丈夫なんですか？」

「気を配ってくれるのはありがたいが、研修医がこんな時間になぜ院内にいる？」

目を細めて見返した相手は、お嬢ではなく利休である。

「研修医の労働時間については、先日話したはずだ。御家老からありがたい指導を受けたばかりだぞ」

「わかっています。しかし本人の希望です」

「本人？」と視線をめぐらせれば、お嬢が控え目にうなずいた。

「患者さんの具合が悪くなって先生たちが呼び出されているのに、研修医だけがお休みなんて、変だと思います」

まことに理路の通った言葉が返ってきた。

「しかし教授会の決定だ。研修医教育プログラムのガイドラインを読んでいないのか？」

「読んでいます。でも、おかしいものはおかしいと思います」

思わぬ強い返答に、当方が戸惑う。

「お子さんとお祭りに出かけている先生が呼び出されているのに、研修医の私が部屋でテレビを見ているなんて、変だと思いませんか?」

「それはそうだが、決めたのは私ではなく教授会だ」

「では教授会が間違っているのだと思います」

おおいに驚いた。ピアス騒動の研修医から、こんな発言が出てくるとは思いもしなかった。おまけに筋も良識も、おおむね研修医の側にある。

巨大な組織の中で、なんとなく見えにくくなっていたことを、こちらが教えられた
ような心地がしてくる。

「物好きなことだな」

私はようやく苦笑した。

「休めと言われている身で、わざわざ夜間の病院に出かけてくるなど物好きにもほど
がある。私なら、ありがたく家に閉じこもって、『草枕』でも耽読(たんどく)しているだろうに」

「だめでしょうか?」

「だめなはずがない。だがひとつだけはっきり言っておくことがある」

お嬢が少しだけ頬(ほお)に緊張を見せた。

「大学内で、〝教授会が間違っている〟などと大きな声で言うものではない。それは
院外でこっそり口にするものだ」

一瞬間をおいてから、お嬢が笑顔とともにハイと返事した。それを合図に、利休が

電子カルテを立ち上げ、歩み寄ったお嬢がすぐに口を開いた。

「患者さんは、二十九歳女性、二木美桜さん、数日前に退院したばかりです」

いくらか緊張のこもった声が救急外来に響いた。


七月末、二木さんの化学療法を四剤併用の強力なFOLFIRINOXから、二剤併用のジェム・アブラキサンに変更した。以後、あの凶悪な骨髄抑制は出現しなくなり、比較的元気な状態が確認できた二木さんは、八月初旬にようやく自宅退院にこぎつけたのである。膵癌そのものの経過は楽観できないとはいえ、まずは自宅で家族とともに過ごせるという喜びから、退院の景色は笑顔にあふれた明るいものであった。

しかしそれから一週間も経たない週末の夜半、二木さんが戻ってきたのである。

「今朝から四十度の発熱だそうです」

カルテでデータを確認したのち、利休の先導で処置室に向かうと、心電図モニターの明滅する光の下で、荒い息をしている二木さんが見えた。モニター上のバイタルサインは危険な数値を示しているが、熱のために頬が紅潮した二木さんは、さほどひどい顔色には見えない。ベッドサイドに立つ御主人の方が血の気のない様子だ。

利休が印刷してきた血液検査結果を私に手渡しながら、

「採血上は、高度の炎症所見を認めるとともに、肝胆道系酵素が跳ね上がってます。CT画像と合わせてステントトラブルと思われます」

「おまけに血圧は100前後まで下がって、プレショック状態というわけか」

二木さんは膵癌による胆管閉塞に対してステントを留置している。そのステントが詰まって胆管炎になり、炎症が急速に進行して敗血症になりかけている。

放置すれば数時間以内に致命的になる可能性があり、ただちに緊急ERCPでステントを入れ替える必要があるのだが、二重三重の防壁をめぐらせていた私が小春を背負ってまで出かけてこなければいけなくなったのは、それが理由ではない。

ステントを交換するだけのERCPなら私でなくともできる医師がいる。

「二木さんが、絶対に、入院は嫌だと……」

利休の抑えた声が、事情の難しさを端的に示していた。

二木さんの高熱に気付いて、救急車を呼んだのは御主人である。搬送中の二木さんはぐったりとしていて何も言わなかったのだが、病院で点滴を開始していくらか意識がはっきりしてきた途端、絶対に入院は嫌だと言い始めたのである。

急性胆管炎から敗血症になりかけていて、救命するためには緊急ERCPが必要な状態である。入院しないわけにはいかない。それでも帰りたいと言い続ける二木さんに、利休も途方に暮れて私に連絡してきたというわけだ。

我々の低い会話が聞こえたようで、二木さんがそっと目を開けてこちらを見上げた。

「こんばんは、栗原先生」

荒い息のまま律儀に挨拶をする。

「せっかく退院させてもらったのに、すぐ戻って来ちゃいました。心配ばかりかけてすみません」

「心配などしていません。ちゃんと戻って来てくれて安心しているくらいです」

二木さんは私の持っていた検査結果の紙に目を向ける。

「血液検査、ひどいことになっているみたいですね」

「モニターで見るとなかなか賑やかですよ。普段は白い画面に黒い数字が並んでいるだけの退屈なデータですが、今日は赤い数値と青い数値が入り乱れて、とてもカラフルです」

あくまで淡々と応じれば、二木さんは硬い表情をようやく和らげて苦笑した。

「やっぱり先生って面白い人ですね」

「世の中面白くないことばかりですから、夜の救急外来くらい愉快にやりたいと思っています」

ふふっと笑った二木さんは、なにやら少女めいた朗らかさを見せている。私は検査データを利休に戻しつつ、

「これから緊急ERCPです」

「いくら先生が面白くても、入院は嫌です」

思いのほかにきっぱりとした応答だ。

黙って見返せば、二木さんも視線をそらさない。強い女性である。だがいくら心の芯(しん)が強くても、体の芯は今にもぽっきりと折れそうになっている。

私は一呼吸置いてから、静かに告げた。

「やらなければ死にます。データ上はすでに敗血症です」

「どうせ膵癌で死ぬんです。病院の中に閉じ込められて死ぬくらいなら、家で主人と子供と一緒にいます」

落ち着いた口調でありながら、思いのほかに激烈な言葉が返ってきて、一瞬ベッドサイドが静まりかえった。

利休とお嬢が息をのんでいる。頭の方でモニターを操作していた看護師も思わず手を止めてこちらを顧(かえり)みた。

普段の物静かな印象からかけ離れた過激な言葉は、四十度を超える高熱ゆえにこぼれ出たものであろう。だがそれは同時に二木さんの本音ということだ。

「美桜」とベッドサイドに立つ御主人が、狼狽する様子には目もくれず、二木さんは続けた。

「ステージⅣの膵癌の平均余命は、半年から一年ですよね」

傍らで利休がかすかに身じろぎをした。しかし私は動じない。少なくとも外面上は動じない。

「ずいぶん勉強熱心ですね」

「今時インターネットを調べればいくらでも手に入る情報です。残された時間が少ないことがはっきりしているのに、病院の中に閉じ込められて、また帰れなくなるなんて嫌です。それとも先生は、私にだけは奇跡が起きて癌がなくなるとでも思っているんですか？」

見上げる目元には、怜悧な知性の光と、高熱による興奮とが入り乱れて、暗い炎が揺れている。気丈に振る舞いながらも、ずっと心の奥底に押し込めていた激情がゆっくりと頭をもたげつつある。

どこかで甲高いアラームが鳴り始めたのは、別のベッドで急変が起こったのかもしれない。背後の廊下を通して慌ただしい気配が伝わってくるが、無論、今の私にとっては、背後の患者より目の前の二木さんだ。

「奇跡が起こるかなど、私にはわかりません」

できるだけ静かに私は語を継いだ。

「医者にもわからないことは山のようにあります。いくら医療が進歩したといっても、人間にできることなどたかが知れていて、我々は万能からは程遠い。どれほど車が進歩しても交通事故はなくならないし、人工衛星まで打ち上げても相変わらず天気予報が当たらないのと同じことです」

「本当に」と二木さんがじっと私を見返したまま言う。

「本当に面白い先生ですね」

微笑が漏れた。

「ですから、あなたの膵癌を魔法のように消し去ることはできません。しかし今の高熱を治すことはできます。奇跡の是非は神様の領分ですが、できることに力を尽くすのは人間の義務だと考えています」

「だから治療を続けなさいと？」

「そうです。これから緊急ＥＲＣＰです」

「それでも入院は嫌なんです」

「では入院なしでいきます」

え、と声を出したのは、背後に立っていた利休である。

何か答えようとした二木さんも沈黙し、傍らの御主人も驚いたように私に目を向ける。

「これから準備ができしだい内視鏡室に移動してステントを交換します。内視鏡が終了して麻酔から覚めたら帰宅です。病棟にも上がりません」

背後の不穏な空気は利休の焦りを伝えるものだ。四十度の高熱でショック状態寸前の胆管炎患者を外来で治療して帰宅させるというのは、控え目に言っても真っ当な判断ではない。

それでも物事には優先順位がある。ＥＲＣＰをやらなければ二木さんはおそらく助からない。

上気した頰のまま、二木さんは少しだけ考えるように間を取ってから続けた。

「終わったら帰れるんですね」

「約束します」

「本当に？」

「本当に」

一呼吸おいて、よろしいですか、と問いかければ、二木さんはしばし私を見つめてから、ゆっくりとうなずいた。

「本当に大丈夫なんですか？」

お嬢が電子カルテに向かって指示を入力している横で、利休が気遣わしげな声を発した。

「血液検査は明らかに敗血症です。ＥＲＣＰが終わってすぐ帰宅だなんて……」

「やむをえまい。入院を強制すれば、二木さんはＥＲＣＰも拒否して帰ると言い出すだろう。だからと言って悠長に説得している暇はない。処置が遅れればそれだけ血圧が下がって危険度が増す」

「もちろんそうですが……」

利休の心配に同調するように、お嬢が振り返って言う。

「内視鏡が終わったら、そのままこっそり入院させてしまいませんか？」

「そして朝になって裏切られたことを知った二木さんは、もう二度と我々を信用しなくなるだろうな」

利休とお嬢が同時に言葉を失う。

「二木さんは、律儀で頭のよい女性だ。たとえ治療のためであっても、嘘や騙し討ちは致命的な不信感を生むだろう。ステントを入れさえすれば二木さんの治療は終わるというわけではないのだぞ」

「それは……そうかもしれませんが、しかし処置が終わってすぐ帰すなど……」

「すぐに帰すとは言っていない。麻酔から覚めたら帰宅だと言ったのだ」

私の微妙な返答に、利休とお嬢は互いに顔を見合わせた。

「通常より静脈麻酔を深くかける。なんとか鎮静状態を引っ張って、明日の午後くらいまで眠らせておけば、その間にかなりの点滴と抗生剤が投与できる。血圧が改善すれば、帰宅も無理ではない。管理はすべて救急部の処置室でやれば、入院させたことにもならない」

利休がさすがに目を丸くする。

「明日の午後まで、敢えて鎮静を長引かせるってことですか？」

「そうだ」

利休が顔を引きつらせるのも無理はない。

無論私に、蜀漢の諸葛孔明のごとき起死回生の秘策でもあれば良いのだが、残念ながら一介の信州の内科医が思いつく策は、この程度が限界だ。

「でも、いつもＥＲＣＰ後、二、三時間で覚める麻酔が、今回に限って一日覚めなければ、二木さんだっておかしいと気付くかもしれませんよ」

「もちろん普通に麻酔をかければ、そんなことにはならない。しかし四年目の若い医者が、緊張のあまり少しばかり多めに鎮静剤を使用してしまうこともあるだろう」

遠まわしな私の提案に、利休がほとんど絶句しつつ、それでも事情を理解して徐々に呆れ顔になっていく。

「薬剤量を、ERCPに慣れた九年目が間違えるというのは不自然だし、何もわからぬ研修医を矢面に立たせるわけにもいかない。お前の立場がちょうどよい」

「ほとんど詐欺じゃないですか」

「詐欺でもペテンでも、二木さんが救命できればそれで良い。それとも二木さんとの約束を破った上で、夜の十時にパン屋に電話して入院ベッドの確保を依頼するかね?」

「やめておきます。だいたいこの前も宇佐美先生と衝突したばかりなんです。ベッドの話なんて聞いてはくれません」

「では異論はあるまい。だいたい半日ばかり時間を稼いだからといって、必ず回復するとは限らない。できることをして、祈るしかない状況なのだ」

深々とため息をつく私を見つめていた利休は、やがてほのかな微笑を浮かべてうなずいた。

「わかりました。やりますよ」

言ってすくりと立ち上がる。

「内視鏡室の鍵を取ってきます。先生は二木さんの様子を見ていてください」

「私が行ってこよう。利休はお嬢のカルテを確認して……」

「もう確認しました。あとは、内視鏡の準備をして、緊張のあまり少しだけ鎮静剤を多めに入れるだけです」

皮肉の利いた返答に、いささか心を痛めつつ後輩を見上げれば、思いのほかに大人びた笑顔が見えた。

「ERCPが終わったら、またおいしいオトギリソウ茶を淹れますよ」

そんな言葉をつけくわえたのは、私が額に手を当てたからだ。言うだけ言って、利休は返事も聞かずに駆け出して行ってしまった。

よくできた後輩である。

いくらか気分が楽になるとはいえ、油断できるものではない。

患者の救命のためとはいえ、ずいぶん無理の多い道のりだ。すでに血圧の下がりかけている患者にERCPをやり、鎮静剤の量を調節しつつ抗生剤を極量まで投与する。その上で明日の午後には熱が下がって、血圧が落ち着いていることが帰宅できる最低の条件なのである。

やれやれともう一度ため息をつきつつ顔をあげれば、お嬢の大きな瞳がまっすぐにこちらを見返していて、さすがにたじろいだ。

「なんだ？」

「なんでもありません」とそっと首を左右に振る。

「なんでもないのに、じっと人の顔を見つめるものではない」

「すいません。でも双葉先生が言っていたことの意味が少しわかったような気がしたんです」

柔らかな微笑を浮かべて、唐突な名前を出してきた。

「双葉の助言となると興味深いな。ブラッドベリでも熟読しろと言われたか？」

「将来、病理医になるつもりでも、ちゃんと臨床を学んでおきなさいと言われました」

「名言だな。患者は顕微鏡の中にいるわけではない。君の目の前にいる」

「そして内科の研修で、栗原先生の下に付いたのは大きなチャンスだから、ちゃんと先生の診療を見ておきなさいって言われたんです。できれば夜でも休日でも、自分の足で出かけて行って、しっかり見ておきなさいって」

思わぬ台詞に、当方は二度ほど瞬きをした。

「大学にも、ちゃんとかっこいい医者がいるから見ておけって」

「そういう台詞は本人がいる前で言ってくれた方がよいと伝えてくれたまえ」

「無理ですよ、双葉先生って基本的にツンデレなんですから」

耳慣れない言葉に眉を寄せつつ、何やら腹の底はこそばゆい。それをお嬢は、いつもののどかな笑顔で見つめている。

「だから、これからもちゃんと呼んでください」

「また御家老の機嫌を損ねることになるな」

「迷惑ですか？」

「心配ない。御家老の嫌味や皮肉なら、利休が喜んで蹴散らしてくれるだろう。子連れの親まで呼び出すような職場なのだ。ひとりでも人手は多い方が良いに決まっている」

笑って答えながら私は席を立つ。そのまま、ステーション隅の処置ベッドに足を運び、小春の様子を覗き込んで面食らった。

小春を寝かせたベッドには、いつのまにかすぐ隣に理沙ちゃんが並んで、ふたり白いタオルケットにくるまって眠っているのである。

思わず知らずそばに歩み寄ると、背後からお嬢の声が追いかけてきた。

「看護師さんが言っていました。さっき先生のお子さんが目を覚ましてぐずついていたとき、理沙ちゃんが遊んでくれたからすぐ静かになったって」

もちろん患者の方に集中していた私の気付かなかったことである。

子供ふたりを黙って寝かせてくれているのは、救急部の看護師たちの無言の気遣いというものであろう。のみならず、風邪をひかぬようにタオルケットをかけて、二人の子供が狭いベッドから落ちないように周りに枕まで並べてくれている。

そっと歩み寄ったお嬢が、ずり落ちかけたタオルケットを優しくかけなおす。

「いい子ですね、理沙ちゃん」

うなずきながら視線をめぐらせると、ちょうど救急部の入り口に、足早に戻ってくる利休の姿が見えた。

「我が子の面倒を見てもらったのだ。恩返しに母親を助けにいくとしようか」

お嬢は大きくうなずいた。

駒草(こまくさ)という小さな花がある。

本州の中部以北に自生する高山植物で、標高の高い砂礫(されき)地にしばしば群生することがあるが、今はきわめて希少な花で、盗掘の影響もあり、地域によっては絶滅危惧種(ぜつめつきぐしゅ)とされている。

その駒草が、御嶽荘の小さな裏庭の片隅に、一株だけひっそりと咲いている。

けして条件のよい土地ではない。隣家の槐(えんじゅ)の枝が生い茂って日当たりは悪く、夏でも薄暗く肌寒い上、砂利(じゃり)と砂とが入り混じった痩(や)せ地であるが、それゆえに他の植物が育たず、細い茎にゆったりとした花を下げた駒草が咲くのである。

気付いたのは細君であり、昨年裏庭の草を引いていたときに発見したらしい。

誰かが植えたのでしょうかと小首をかしげつつも、この貴重な花に出会えたことを心から喜んでいる様子であった。

その心持ちはまだ二歳の我が子にも通じているようで、小春はゆったりと紅の大きな花弁をもたげた駒草の周りを小石で取り囲み、まるでおもちゃ箱の一番奥にしまった宝物のように大事にしている。

日曜日の夕暮れ時、熱が下がった二木さんに帰宅の許可を与えたあと、御嶽荘に帰ってくるなり、小春が最初に向かったのもその裏庭であった。

「コマクチャ」

そんな小さなつぶやきが、陽気に満ちた裏庭に響いて、なにやら自然と笑みがこぼれる。

小春は理沙ちゃんと一緒になって朝まで処置室のベッドで寝ており、二木さんの御主人が付き添っていてくれたおかげで当方は安心であったが、安心だからといって良眠が得られるはずもない。利休ともどもうろうろと救急部を往来し、モニターの血圧変化や熱の上がり下がりに一喜一憂しているうちに夜が明けて、やがて昼過ぎに、二木さんは目を覚ましたのである。

我々の小細工が功を奏したのか、熱はさがり、血圧も改善して歩けるようになっていた。無論、少しばかり鎮静剤を多めに使ったことなど説明しない。内服の抗生剤を御主人に渡し、そのまま救急部から送り出した次第である。

久しぶりに、医療の神様に感謝したくなるような、静かで穏やかな経過であった。

「お、珍しくドクトルが日の当たるうちに御嶽荘に帰ってきたではないか」

そんな悠揚たる声は、もちろん縁側から顔を出した男爵のものだ。

「小春姫と二人かね？」

「細君が東京に出ていてな。夜には帰って来るから、それまでは私が小春の面倒を見ている」

「逆であろう。小春姫に面倒を見てもらっているのではないか？」

わっはっはと笑う男爵を見て私が軽く目を細めたのは、その手に大きな段ボール箱を抱えていたからだ。

男爵は箱を奥の居間へと運んでいく。駒草のもとから戻ってきた小春とともに、誘われるように居間へ行くと、そこには大きな段ボール箱が五つ六つと並んでいる。

「大掃除かね、男爵」

「まあそんなところだ」

「珍しい。『桔梗の間』の溜まりにたまった毒素に、住人自身が耐えられなくなったのか？」

「ほとばしるひらめきと才能が、とうとう狭い室内に収まりきらなくなって溢れ出たのだと言ってもらいたいね」

埒もない妄言を交わすうちにも、小春が面白そうな顔で箱の中を順番に覗き込んでいる。

　中身は、大量の絵筆や絵の具などの画材道具が半分、残り半分が無数のスコッチのボトルで、空になった瓶も少なくない。ひらめきと才能というよりは、怠惰と頽廃の気配が濃い。

「しかしまぁ」と男爵はごく平凡な口調で、

「ろくに掃除もしなかった部屋だ。少し掃き清めて、後腐れがないようにしておこうと思ってな。立つ鳥跡を濁さずと言うだろう」

ん、と私は眉を寄せる。

「立つ鳥？」

「独り言だ」

「ずいぶん聞こえよがしな独り言だ」

　踏み込んで言えば、男爵はいつもの超然たる笑みのまま応じる。

「前にも言ったかもしれんが、俺はドクトルや学士殿と違って、御嶽荘がなくなると、行く当てもなければ、頼る友もない」

　足元の箱からスコッチを一本取り出して眺めつつ、

「急に出て行けと言われて慌てて荷物を整理している最中に、貴重なスコッチのコレクションを傷つけるようなことがあっては後悔してもしきれない。今の内に少し整理をしておこうと思ってな」

涼しげな言葉の裏側に、なにやら淡い寂寥が垣間見えるのは、私の勝手な感傷であろうか。

思えば、御嶽荘取り壊しの件がその後どのようになっているのか、私は一向に関知していない。かかわるほどの時間的余裕も心理的余裕もないまますでに八月である。

「それほど事態が切迫しているのか？」

「切迫などしていないさ。御嶽荘という場所は、つねに多くの人の通過点であって、終着点ではない。これまでもたくさんの人間が通り過ぎて行ったようにな。その意味では、俺だけがずっとここに残っていると思い込む理由もない」

淡々とした口調に、妙に重みがある。

たしかにこの小さな建物を、実に多くの人々が通り過ぎて行った。農学部の学生もいれば、八十一銀行に勤めるＯＬが住んでいたこともあった。

しかし、もっとも長く住んでいたのが男爵で、かの御仁の立ち位置は他の住人たちとは一線を画す重みがある。

「しかし、こんなタイミングで会ったのも何かの縁だ」

おもむろに、新たなボトルを一本取り上げた。

「一杯付き合わないかね？」

『AUCHROISK』という見慣れぬアルファベットが並んでいる。

「オスロスク、と読む」

「貴重なコレクションではないのか?」

「無論貴重だ。しかしスコッチとは、眺めるものではなく飲むものだよ」

男爵の説得力にあふれた勧誘を、遠慮するほど私も無粋ではないのである。


大学病院の業務には、外勤というものがある。

毎週決められた時間に、割り当てられた各地の病院に、外来や内視鏡などを目的に出かけて行く業務で、病院によっては片道二時間以上もかけて行かねばならない僻地(へきち)もある。大学ならではの体制であろう。

私の場合は水曜日の更埴総合病院における内視鏡勤務がそれにあたる。午前中は胃カメラを行い、午後は現場の常勤医師とともにERCPを行う業務だ。

その常勤医師というのが、更埴総合病院内視鏡センター長の牛山先生である。

「今一歩が足りねえんだな、栗原のERCPは」

年季の入った薄暗い内視鏡室に低くしぶい声が響き渡り、私は自然背筋を伸ばした。

牛山先生が、モニターに映った内視鏡画面をボールペンの先でトントンと叩(たた)いている。

〝北信の猛牛〞

第四内科でそう言えば、知らぬ者のいないベテランの消化器内科医だ。

普段は寡黙に診療を進める物静かな人物だが、一度逆鱗に触れるとたとえ相手が院長だろうと凄まじい怒鳴り声をあげて黙らせてしまうらしい。体格は小柄だが、肩幅があり、白い口髭をたくわえた強面で、実際以上に大きく見える。

私自身はまだ牛山先生の怒声を浴びたことはないのだが、この堂々たる迫力を有した人物が、一旦、猛牛に変貌したらどういうことになるか、想像するのも恐ろしい。

「全然ダメとは言わねえ。しかし、技の切り替えが遅い。難しいと思ったら、ひとつの方法に固執せず、どんどん手を変えろ」

内視鏡画面を、ボールペンの先で示しながら告げる。

今日一日のＥＲＣＰ症例を振り返り、その検査の不手際や不足を指摘してくれるフィードバックの時間だ。

「遠望がだめなら近接、ワイヤーガイドでもいいし、先細に変えてもいい。その選択に手間取っていると無駄に時間がかかる。時間がかかれば合併症が増える。つまり患者を苦しめる。もうちょっと切り替えをスムーズにやれば……」

牛山先生はペンを白衣の胸ポケットにしまって、椅子の背もたれに身を倒した。

「あと五分はＥＲＣＰが短くなる」

わずか五分である。

されど五分である。

ＥＲＣＰは内視鏡一本で、膵臓や胆管という深部の重要臓器にアプローチする極めて重要な手技である。膵癌の診断から胆管ステントの留置まで、すべてが胃カメラで施行できるという点で臨床では圧倒的な威力を誇るのだが、同時に、内視鏡処置の中ではずば抜けて危険度が高く、合併症が多い。処置の難易度、適応患者の全身状態や緊急度、合併症が起こったときの重大性など、総合的に考えれば、おそらくあらゆる内視鏡手技の頂点に位置する技術であろう。かかる危険な処置をいかに迅速に、かつ安全に行うか、この一点について牛山先生は微塵の妥協も許さない。

その厳しさを頼って、大学病院からは代々若手の内視鏡医がＥＲＣＰを学びに来ているのである。表面上は一応外勤などと言われているが、診療というより、指導を受けにきているというのが実態であろう。

「だが栗原にもいい部分が二つある」

「二つもありますか？」

生真面目に問えば、猛牛はにこりともせず、あるさ、と応じる。

「患者に優しいことと、看護師に人気があることだ」

一瞬眉を寄せる。

「それは、内視鏡の技術とは関係ないと思いますが……」

「内視鏡の方は今のところ褒めるところがないんだから仕方ねえ」

額に手を当てる私に対して、猛牛は淡々とした口調で続ける。

「心配するな。患者に優しいことも看護師に人気があることも、医師としては大事な資質だ」

「できれば内視鏡の技術の方を高めたく思っています」

「じゃあ修業だな。積み上げるしかねえ」

非の打ちどころのない指摘に、私は黙って頭をさげた。

ひととおりのフィードバックを終えたところで、猛牛が、そういえば、とにわかに話頭を転じた。

「大学に、新発田って医者がいるか？」

一瞬戸惑ったのは、場違いな名前を聞いたからというより、それが利休の本名であると思い出すのにいくらかの時間が必要であったからだ。

「新発田なら、私の第三班の班員ですが、それがなにか？」

「いい医者か？」

なんとも摑みどころのない問いである。

「いささか融通の利かぬところが玉に瑕ですが、生真面目で将来有望な医者です。おまけに茶を淹れさせれば医局一の腕前でしょう」

当方の控え目なユーモアに対して、しかし牛山先生は、口髭を撫でながら思案顔だ。

「融通が利かない医者か。なるほど」

なにがなるほどなのか判然しない。判然しないまま放置するには、気にかかる。

「新発田がどうかしたのですか？」

「来年、飯山に派遣される予定らしいな」

「飯山？」

「飯山高原病院だ」

初耳である。

飯山高原病院は長野県北端に位置する小さな病院だ。そこは県内でも有数の豪雪地帯で、最近は人口減少とともに深刻な医師不足にも悩んでいる。都市部から離れた不便な山中にあるうえ、少ない医師が、多数の高齢者を抱えて医療崩壊の危機に瀕している。要するに、これから新しい知識や技術を身に着けるべき若手の医者が、行きたがる勤務先ではない。

「この前、飯山の院長と長野駅前で飲む機会があってな。そのときに聞いた話だ。前々から内科医の補充を医局に依頼していたのが、なかなか叶わないまま時間が過ぎていたところ、先月になって急に承認されそうだってえらく喜んでいた」

信州は、長野、松本などにある一部の大規模病院を除けば、どこもかしこも医師が足りていない。特に地域医療の根幹を支える内科と外科の医師が決定的に不足している。そういう土地柄において、内科医の補充はたとえ一人であっても小さくない出来事なのである。

「真面目な医者だってんなら、安心だな。ろくでもないのが補充されて現場がかえって掻きまわされるってのは、地方の病院じゃよく聞く話だ」

「その点なら心配はいらないでしょう。飯山にとっては朗報です。しかし……」

私の応答が甚だ曖昧であるのは、唐突な話に当惑が大きいからだ。

「しかし新発田本人にとって朗報かというと……」

「そうだな。元来が、人手不足で縮小傾向の病院だ。やる気のある若手が喜んでいく病院じゃないだろう。そういう場所に飛ばされるってことは、それなりに理由があるんじゃねえか」

淡々とした口調でありながら、猛牛が意味ありげな目を私に向けた。

「融通が利かない医者なんだろ？」

私が沈黙したのは、にわかに見えてきた構図があるからだ。

つい先日、救急外来で利休が苦笑交じりに告げた言葉が脳裏によみがえった。

〝この前も宇佐美先生と衝突したばかりなんです〟

口を開きかけた私の機先を制するように、牛山先生が続けた。

「大学ってのはでかい組織だ。それも、山のような責任と義務とプライドを背負ってひずみや歪(ゆが)みを抱え込んでいる。そういう場所で、あんまり角の立つことばかりする奴は、放り出されることがある」

「たしかに角が立っているかもしれませんが、基本的には正しいことをしている男です」

「正しさなんてものはな、栗原、立場によっていくらでも変わるもんだぜ」

さらりと告げた言葉に、ずしりとした重みがあった。

牛山先生は内視鏡センターの長であるとともに、更埴総合病院の副院長も務めている。上手にERCPができればそれで良いという立場ではない。

「ま、決定事項ってわけじゃない。そういう話を聞いたっていう、酒の肴(さかな)の話さ」

猛牛はそれだけ告げて立ち上がった。

酒の肴の話を、しかも医局人事に関するきわどい話を、わざわざ事前に教えてくれたという牛山先生の気遣いに思い至ったのは、ずいぶんあとのことであった。

毎日が猛烈な勢いで過ぎていく。

八月というのは、医局の医師たちが交代で夏休みをとる時期だが、病院という場所は夏休みだからといって、患者が来なくなるわけではない。誰かが休んだ分の仕事は周りにしわ寄せが行く。当方はただでさえ大学院生という、大学における最下層階級に位置しているから、外来をやって外勤をやって内視鏡をやって土日にアルバイトに出かけつつ実験を進めながら、休んだ医師のしわ寄せを受けるという、ほとんど曲芸のような毎日を消化していくことになるのである。

かかる状況下では牛山先生が口にした医局人事についての情報を集める余力もありはしない。ただただ心を凍らせて仕事を進めていくうちに、いつしか八月も半ばにさしかかっていた。

「もう数日でお盆だねぇ……」

五階の実験室から、夕闇に沈む松本の街並みを眺めつつ、北条先生がそんなことをつぶやいている。

その背後で、私はもくもくと四連ピペットを操り、C型肝炎患者の血清の分注を続けている。すぐ隣では利休とお嬢が電子カルテを操作して翌日の点滴を入力しているから、珍しく三班が全員そろっているわけだ。実験室からでも病棟の指示が出せるのは、電子カルテの恩恵というものであろう。

かたかたとキーボードを叩きながら利休が口を開いた。

「お盆は実家に帰らないんですか、北条先生。先生の実家って麻績村ですよね」

「そうさ、山をひとつふたつ越えればすぐなんだが、しかしこの時期は怖くって近寄れないんだよ」

怖い？　と利休とお嬢が顔を見合わせる。

北条先生はキャスターのついた椅子を、座ったままころころと窓際の方まで移動させながら、

「俺、三年目のときに実家近くの麻績村病院で働いていたんだけどさ。医局の人手不足で医者がずいぶん引き上げられて、崩壊寸前の現場だったんだ。あんまいい思い出がないんだよ」

初めて聞く話である。元来があまり自分の話をしたがらない人なのだ。

利休が手を止めて、不思議そうに口を開く。

「大学病院とは正反対の修羅場にいたってことですか？」

まあね、と北条先生はわざとらしく額に手をかざして窓外を眺めながら、

「俺と、もうひとりの年配の先生と二人で必死に現場を支えていたんだが、その上級医も過労で倒れたもんで、俺んとこに仕事が集中してさ。そんな状況なら、ちゃんと新しい医者を派遣するか、いっそ麻績村病院の内科を閉めて、ほかの病院でちゃんと

患者を受け入れるようにすればいいんだが、医局の方は『しばらくひとりで踏ん張れ』の一点張りで、新しい医者を派遣してくれるまでの半年間、死ぬ思いで働かされた。ひどい有り様だったぜ」

「それは大変だったでしょうが、それならむしろ胸張って帰れる場所じゃないですか。麻績村の医療を支えた先生が、いまじゃ大学の助教にまでなってるんです」

「違うんだよねぇ」とため息混じりのつぶやきが返ってきた。

「一生懸命がんばったって言っても、当時の俺は所詮研修医が終わったばかりの三年目だ。判断が甘かったり処方がぬるかったりして、きっとたくさん死なせたんだと思う」

くしゃくしゃと茶髪を掻きまわしながら、大仰にため息をつく。

「お盆って死んだ人間が家に帰ってくる日だろ。死んだ患者たちも、ぞろぞろ戻ってきてるはずだから、そんなとこに帰ったら、うらめしいうらめしいって声が聞こえて、おちおち昼寝もできやしない。お盆の実家は俺にとって鬼門なのよ」

ああ怖い怖いと言いながら、やおら合掌して、なむあみだぶつと唱えている。

思わぬ話に利休は返答に窮したまま苦笑を浮かべているが、私は笑えぬまま班長の横顔を眺めやった。

おどけた態度は一貫しているが、語る内容は笑って聞き流すにはあまりに重い。つまりはこの先生も、医局制度のひずみの中で辛酸をなめてきたということであろう。

「仮にその話が事実だとしても」と私はできるだけ静かに口を開いた。

「岡さんは元気で日々をすごしています。北条先生にも感謝していると言っていましたよ」

そっと指さしたのは、背後のテーブルの上に置かれた『開運堂』の大きな箱だ。飾り気のない白い箱にぎっしりとどらやきが詰まっている。

今日の外来に来た岡さんが、三班への御礼と言って置いていってくれたのである。

一度は膵癌を疑われたものの、自己免疫性膵炎2型の診断にたどり着いた岡さんは、ボストンから帰ってきた柿崎先生の指導のもとでステロイドの投与が始まり、その後劇的に状態が改善して退院にこぎつけたのだ。

「元気にしてるのかい？」

「一か月前の入院が嘘のように、血便もなく発熱もなく、仕事に復帰したそうです。今は二週間に一回の外来で、ステロイドを漸減中です」

「お見事だね、さすが栗ちゃんだ」

「最初に診断したのは宇佐美先生で、治療方針を立てたのは柿崎先生です」

「それでも治療をしたのは三班で、栗ちゃんはその要だよ」

さらりと鬼切の北条が言う。

「いろんな医者がかかわって、ひとりの大変な患者が元気になる。大学病院の醍醐味ってやつさ」

つと右手を伸ばしてどらやきを取り上げると、さっそく袋を開いて口の中に放り込む。

医局制度のひずみの中でさんざんに苦労をしてきたはずの北条先生が、しかし時折、こうした医局を守るような発言をする。まったく本音の読めない人である。

「お、これ、普通のどらやきじゃないな？」

「りんごどらやきって言うらしいですよ。期間限定です」

「うまいね」

鬼切と利休が気楽な会話を交わしているうちに、隣室に通じる扉が開いて顔を出したのは、いつものジーンズ姿の双葉であった。

「珍しいですね、皆さんがそろってるなんて」

「もうじきお盆だからねぇ」と格別意味のない返答をする北条先生に会釈をしつつ、双葉がお嬢に目を向けた。

「予定の実験が終わったわ。待たせたわね、鮎川先生」

「いえ、大丈夫です」

明るい声で答えてお嬢が立ち上がる。

不思議そうな顔になる男性三人に向かって、双葉は白衣を脱ぎながら答えた。

「今日は病理教室の飲み会があるんです。せっかくの機会だから鮎川先生も誘っていたの。内科の方は大丈夫ですか？」

双葉が問うた相手はお嬢というより、北条先生である。

「仕事は終わっているから構わないけど、お嬢は俺のお気に入りだよ。勝手に病理に連れ出されちゃ困るなぁ」

「どの子にも同じこと言っているんじゃないんですか。この前パルコの前で女性と歩いているところを目撃されていますよ」

予期せぬ痛撃をくらって、珍しく鬼切が沈黙してしまう。

その間に〝では行ってきます〟と頭をさげた女性二人を見送れば、今度はＰＨＳが鳴り響き、利休が病棟に呼び出されていく。

たちまち実験室は北条先生と私だけになった。

どらやきを頬張ったまま、ごろりとソファに転がった班長に、私はそっと目を向ける。

私の視線に気付いた北条先生が何か言うより早く告げた。

「聞きたいことがあります」

「なんだい、改まって」

「来年の医局人事についてです」

にわかに室内の空気が硬くなったように思われた。

飄然たる班長の目が、一瞬見せた怜悧な光は鬼切と言われた男のそれだ。

「嫌な質問だねぇ。新発田が飯山に飛ばされるかもしれないなんて話、俺はなんにも知らないよ」

「私はまだ何も言っていません」

「そいつは失言だ」

よっこらしょと身を起こした北条先生は、二個目のどらやきに手を伸ばす。

「で、栗ちゃんは誰から聞いた、その情報？」

「秘密です」

「じゃ、俺も秘密だ」

やんわりとした口調でありながら、硬質の壁にぶつかるような冷たい手ごたえであった。

沈黙する私の前で、北条先生が平然とりんごどらやきにかぶりついている。

「利休は知っているんですか？」

「知ってるわけないだろ。表向きは教授と准教授だけの話で、俺だって知らないことになってんだ」

それをなぜあなたが知っているのかと問うことは、ここでの主題ではない。

「やる気のある若手の医師を、閉院さえ検討されている田舎の病院に送るというのは、理不尽な話ではありませんか？」

「理不尽なんて、大学の専売特許みたいなもんじゃないか。今更驚くことでもないだろ」

沈黙とともにじっと見つめる私に、しかし鬼切の北条は飄然たる笑みを崩さない。

「まだ決まった話じゃないんだ。先走るもんじゃないさ」

「先走らぬまま見送っているうちに、にわかに決まるのが医局人事というものでしょう」

「嚙みつくなよ。だいたい飯山に行くことが新発田にとって百パーセント不利益だとは限らない。田舎の病院は激務だが経験になる。俺だって麻績でずいぶん鍛えられたんだぜ」

「麻績では〝ひどい目にあった〟と先ほど言っていたはずですが」

「そうだったっけ？」

とぼけてみせる班長を睨みつけたものの、先方はあくまでへらへらと緊張感のない笑顔を崩さない。

一考した私は、にわかに手を伸ばして、先方の手の内にあるどらやきのかけらをつかみ取り、そのまま我が口中に放り込んだ。

一瞬呆気に取られた北条先生は、目の前で悠然と咀嚼している後輩を眺めて呆れ声を漏らした。

「おいおい、一応俺は栗ちゃんの上司だぜ」

「知っています。ですから敬意を払ってこの程度で抑えているのです。そうでなければ、今頃先生の実験データをことごとくシュレッダーにかけているところです」

軽く二度ほどまばたきをした北条先生は、やがてにやりと笑うと、「こわいこわい」とつぶやきながら三個目のどらやきに手を伸ばした。

私も次のどらやきに手を伸ばす。

期間限定の貴重な和菓子が、結構な勢いで消えていく。

固い信頼感で結ばれた班長と副班長は、黙って向かい合ったまま、しばしむしゃむしゃと咀嚼を続けていた。


先生は、神様を信じるかい？

そんなふうに患者さんに問われたことが一度ある。

まだ研修医だったころで、患者さんは六十歳くらいの男性であったろう。病名は胆管癌。最初から手術不可能の進行癌で、一縷の望みをかけて施行した抗がん剤もほとんど効かぬまま、急速に肝不全に陥りつつあった。

ある回診の朝、珍しく穏やかな表情をしたその男性が、前触れもなくそんな問いを発したのである。

なんと答えたか、今となっては覚えていない。その男性が語ってくれた内容も記憶に定かでない。死の現場で神について語るほど、私はまだ十分な経験と時間とを積み上げてはいなかったのであろう。

だが今は少し違う。

世界には、目には見えない不思議な力があり、説明のつかない出来事が起きる。どれほど科学が発達しても、論理や数式では説明がつかず、血液検査やCTでは測定することのできない事柄が確かにある。長年連れ添ってきたおばあさんが亡くなったその日の夜に、そばに付き添っていたおじいさんがほとんど同時に亡くなるという現場に居合わせたこともある。医学的にはどうあっても説明のつかない出来事だ。

それらを引き起こしている存在を神だというのなら、私はおそらく神を信じている。ただし、この神は、人間の生死に頓着しない。懸命に生きる者に慈悲を垂れたり、苦悩にあがく者に癒しを与えたりはしない。ヒトが生きようが死のうが、そんなものには最初から興味がない。人間が蟻や蝿の一生になんの感傷も覚えないように。

そう考えなければ、どうしても納得のいかない出来事が医療現場には存在するのである。

慈悲深い神が存在するのなら、絶対に起こりえない事柄。

たとえば七歳の子供を抱える二十九歳の母親が突然、膵癌になったり、その膵癌に全く抗がん剤が効かないなどというような事柄だ。

「本当に、ダメなのでしょうか？」

外来診察室の中央で、二木さんの御主人はすがるような目を私に向けていた。

私は黙って、御主人から眼前の電子カルテモニターに視線を戻した。

そこにはつい一時間ほど前に撮影した二木さんのCT画像がある。二木さん自身は、ちょうど今、外来化学療法室で抗がん剤投与を受けているところだ。理沙ちゃんもそばにいることだろう。

お盆直前の外来は、思いのほか予約者が少なく、それだけゆっくりと時間をとって話をすることができる。しかし話の内容は、微塵も余裕のあるものではない。

セカンドラインの抗がん剤を開始して半月、治療効果を判定するために撮影したCTでは、膵頭部を占拠した癌病巣は二回り大きくなり、のみならず、肝内に十を超える転移が出現していた。

「先月の画像では認めなかった新たな肝転移を認めます」

私はつい先ほどの説明を繰り返した。

御主人は五分前に説明を聞いたときと同じように、びくりと肩を震わせた。

「それもかなり急激な出現です。抗がん剤が効いていません」

「でも美桜は……、妻は元気にしています」

「血液検査では腫瘍マーカーも先月の五倍に跳ね上がっています。今はまだご本人は落ち着いていても、早晩状況は変わってきます」

淡々と答えつつ、胸中に波立つものを抑えきれない。

膵癌は消化器内科にとってもっとも恐ろしい疾患のひとつだ。見つけることが難しく、見つけたときには進行していることが多く、治療は効果が乏しく、そして進行が早い。それでも二十九歳という年齢に、何かしら無意識の期待があったことは否めない。若い年齢で、体力もある。いくらかでも薬の効果はあるのではないか、と。

脳裏には先刻診察したばかりの二木さんの姿がある。格別変わった様子も見せず穏やかに診察を受けていたが、一見して痩せが目立つようになってきていた。頬の肉が落ち、もともと白い頬はさらに血の気がなくなっている。毎日を一緒に過ごしている御主人の目には大きな変化でなくても、二週間に一回の外来では明確に衰弱していることが把握できた。

「このままではおそらく数週間の単位で具合が悪くなってくると思います」

「もうだめなんですか？」

「だめだと決まったわけではありません。サードラインの抗がん剤に変更します」

私は言葉に力を込めて告げた。

御主人は張りつめた目で当方を見返している。絶望に染まっていたその目に、わずかながら灯った光は希望という名で呼ばれている。

絶望は、生きる力を失わしめる。生きるということはとりもなおさず希望を持つということと同義である。ゆえに私は、「手はない」という言葉の代わりに「サードライン」と告げる。三番手ともなれば、一層効果は期待しがたいという事実は伏せたまま。

そのやり方が絶対的に正しいとは思わない。しかし人には真実よりも希望が必要なときが確かにある。たとえ確実に死が近づいてくるとしても、立ち止まってはいけないときがある。不用意に立ち止まればおそらく家族ともども倒れるだけだ。

私はモニターから御主人に視線を戻して付け加えた。

「できる限りの治療を続けます。それでも残された時間は、思っていたより短いかもしれません」

私の言葉に、目に涙を浮かべた御主人は肩を落としたまま小さくうなずいた。

医療現場にはしばしば説明のつかない出来事が起こる。

ゆえに私は無神論者ではない。

だが慈悲深い神は信じない。

医療に、奇跡は起きない。


黒い巨漢が太い二本の指を突き出して声を張り上げた。

「グリーンカレーを二つ」

昼下がりの、さして広くもない店内に、巨漢の朗々たる声が響いた。

場所は信濃大学の正門から路地を少しばかり西に歩いたカレーの名店『メーサイ』である。時刻は昼過ぎの少し遅い時間で、学生たちでにぎわうピークを越えたころだ。

店の隅に腰かけた単細胞の外科医と、理知的な内科医の二人組に、格別注意を払う客もいない。

「チキンカレーではないのか？」

「たまには一止の好みに合わせてみようかと思ってさ」

『メーサイ』のメニューの中で、次郎の好みはチキンカレーで、私はいつもグリーンカレーだ。学生時代以来、私が鋼鉄の意志でもって阿呆のようにグリーンカレーだけを頼み続けているのに比して、次郎は時に応じてまことに柔軟に注文を変更する。一言で評せば、軟弱な男である。

「二木さんのCTを見た」

次郎が柄にもなく生真面目な顔でメニューを睨みつけたままそんな言葉を吐き出した。

私は旧友の黒い顔を一瞥し、それからカウンターの客から注文を取っている働き者の女将さんに視線を移す。

「あまりにひどい画像にショックを受けて落ち込んだから、少しでも気を晴らすために私をカレーに付き合わせたわけか」

「何言ってんだよ。一番きついのは主治医だろ。俺なりに心配してんだよ」

「気遣いなら見当違いだな。慰める相手は私ではなく二木さんだ」

「じゃ今度二木さんを誘ってみるか？『メーサイ』のチキンカレーを食いに行きませんかって」

「ユーモアのつもりならセンスがないし、実際にやれば警察を呼ばれるのが関の山だ」

おい、と抗議の声をあげる次郎を無視して、私は厨房に目を向ける。奥からカレーを運んできてくれる女将さんを眺めつつ、それに、とつけくわえた。

「誘うなら、グリーンカレーだ」

我ながら歯切れの悪い応答に、次郎も一呼吸おいてからため息をついた。


その日、外来で抗がん剤投与を受けていた二木さんの様子は、思いのほかに明るいものであった。

〝先日は本当にありがとうございました〟

御主人との話が終わったあと姿を見せた私に、点滴中の二木さんはベッドに横になったまま穏やかに会釈した。いくら声は穏やかでも、あきらかに顔色は悪くなっていたが、元気がないよりある方がいいのは当然であるから、私も全力で笑い返した。

「お元気そうで何よりです。入院させずに帰した甲斐(かい)がありました」

「すみません」とさすがにいくらか苦笑する。

その微笑(ほほえ)みには柔らかさがある。

「やはり家がいいんですね。落ち着くのでしょう」

「落ち着くというか、やっぱり主人や理沙といる時間が、何より私に力をくれるんです。まだまだ病気と闘えるって」

ずきりと胸の奥底に痛みが走ったのは、ＣＴの悲惨な画像が脳裏にあるからだ。御主人は丁度理沙ちゃんと昼食を買いに行って不在である。幸いであろう。あの優しい人なら、予期せずとも顔色に変化が出たに違いない。

「少し体力は落ちた気がしますが、気力はあるんです。理沙のためにもがんばります」

「心強いことです。医者がどれほどやる気を出しても、患者が気力を失っていては効く薬も効きません」

自然飛び出す舌先三寸は、もはや職業病であるかもしれない。

ふいに視界の片隅に、化学療法室の扉が開いて、御主人が戻ってくるのが見えた。右手で理沙ちゃんと手をつなぎ、左手にはいつも売店で買ってくるサンドイッチを持っている。化学療法の点滴は準備も入れて三時間。二週間に一回、家族三人がこうして懸命に闘っているのだ。

私に気付いた御主人が軽く一礼する足元で、理沙ちゃんが元気良く手を振っている。私は会釈を返しつつ、短く告げた。

「今はとにかくできることを続けていきます」

「そうですね、でも……」

ふいに二木さんの声が少しだけ低くなって聞こえた。と思ったとたん、静かな言葉が飛び込んできた。

「死ぬときは家で死にたいと思っています」

澄んだ声であった。

揺らぎのない、力のある声であった。

私は外面だけは何の変化も見せず、しかし答える言葉も持たないまま、歩み寄ってくる父と娘を眺めていた。

しばしの沈黙ののち、やがて傍らで二木さんが小さく頭をさげた。

「先生にお願いしたいのは、それだけです」

私は何も答えなかった。

唐突なそれらの言葉が、何を意味しているのか、どれほどの事実を悟っているのか、わかるはずもないし、確認のしようもない。

戸惑ううちに、戻ってきた父と娘の声が部屋を埋めていく。

笑顔に戻った二木さんが、静かな目で私にうなずいた。

私は何も問わず、ただ小さく黙礼しただけであった。

グリーンカレーを掬いあげたスプーンを止めて、次郎がこちらに目を向けた。

「CTの結果はまだ話してないんだろ？」

「本人には、画像は解析中でまた次の外来で説明すると話してある」

そうか、とつぶやきながら、再びスプーンを動かしつつ、

「それでも危ない状況になりつつあるって気付いてるのか、二木さん」

「体調が少しずつ悪くなっている自覚はあるのだろう。いきなり多発の肝転移と説明するには事態が悪すぎるから、今日のところは、無理のない説明をしておいたが、なんとなく良くない風向きは気付いているのかもしれん」

「頭のいい人だものな」

「そうだ。しかも強い人だ。主治医にできることは、せいぜい週一回の訪問看護導入の了解を得ることとくらいだ。ああ、実にうまいな。『メーサイ』のグリーンカレーは」

私は淡々と話しながら、スプーンを口へ運ぶ。

程よい辛味とスパイスの香とが絶妙で、食欲のかけらもないのに次の手が動く。その意味では、今日私をここへ誘った次郎のセンスは、なかなか絶妙なものだと言わざるを得ない。

「死ぬときは家で、か」

皿ごと持ち上げて、残りのカレーを掻きこんだ次郎がつぶやいた。

「家族と一緒にいたいんだな」

「誰しもそうだろう。お前もじきにわかる」

「ん？」

「年末には結婚式であろう」

次郎が面食らったように軽くのけぞる。

「急に話が変わるじゃねぇか」

「気鬱な話ばかりでは滅入るからな。たまには滑稽な笑い話もしたくなるものだ」

「何が滑稽な笑い話だって」

「身も凍るような怪談と言えばよいのか？」

あのなぁと次郎が首を突き出したところで、『メーサイ』の名物女将のよく通る声が響いた。

「先生たち、相変わらず仲いいわねぇ」

私も次郎も学生時代から通っている店であるから、足掛け十五年は超えている。途中、本庄病院に勤めていた間は来店する機会もほとんどなかったが、そういう数年のブランクというものは、ながらくこの店を支えている女主人にとっては些細な起伏にすぎないのであろう。

「もうひとり、仲のいい先生がいたでしょ？」

「辰也なら、今も元気にしていますよ。本庄病院にいます」

答えたのは次郎だ。

まったく女将さんの記憶力の正確さには舌を巻く。

「みんな偉い先生になってきたみたいだね。貫禄が違うよ」

「重圧で気が滅入って、いたずらに難しい顔をしているだけです」

「重圧ね」

うなずきながら、「はいサービス」と手元のボールから追加のごはんを皿にぽんぽんと盛ってくれる。

「重圧があるってことは、それだけ重いものを背負ってるってことさ。誰かを支えて一生懸命に立っている。立派な仕事してるってことなんだから、胸を張ればいいのさ」

さらりと投げかけられた言葉が思いのほかに温かく胸に響いて、思わず顔を上げれば、すでに発言者は厨房の中に戻っていっている。そのまま首をめぐらせば、期せずして同じような感慨を持ったらしき次郎と目が合った。

一瞬の間をおいて、次郎がつぶやくように告げた。

「これだからまた、来たくなるんだよな」

「珍しく意見が一致したな。またいつでも誘うがいい」

二人の間に、地味な苦笑が共鳴した。

小さな女主人が、まことに大きく感じられた昼下がりである。

安曇野は、豊かな緑に包まれていた。

輝く水路に区切られた田園地帯は、風が吹き抜けるたびに青々とした稲がうねるように揺れ、広大な緑の海原のようだ。その海原のところどころには、本棟造りの豪壮な農家の屋根が大海を渡る遣唐使船のように浮かび、鬱蒼と茂る鎮守の森が島のように点在している。広大な夏の海の一角に、ふいに目が覚めるような黄が飛び込んでくるのは、今が盛りの向日葵畑があるからだろう。

空は青く、山は黒々とそびえ、地はまだ若い稲の緑に染められて、それだけでも見事なコントラストだが、そこに向日葵の黄や百日紅の赤がくわわって、切り取られた車窓からの眺めは見事な一幅の絵画である。

そんな景色を見下ろしながら、日産のフィガロが頼りない振動とともにゆるゆると走り続けていた。

私が運転しているのは、北アルプスから南流する高瀬川沿いの堤防道路、俗にオリンピック道路と呼ばれている幅の広い直線道路だ。

松本平から大町へと抜けるこのバイパスは、左に北アルプスの起伏に富んだ稜線と広大な安曇野を眺めつつ、軽やかに三十キロばかり走り続けることができる。

眩い日差しのもと、そんな心地よいドライブコースを走りながら、しかし私の胸中は愉快とも爽快とも無縁であった。

安曇野が悪いわけではない。天気は快晴で、バイパスに渋滞もない。古びたフィガロとて、軽快とは言えないまでも、十分に働いてくれている。

それでも気が滅入っている最大の要因は、助手席に座っている人物によるものだ。

「ずいぶん狭い車だね」

抑揚のない声でそう告げたのは、第四内科の御家老こと宇佐美先生である。

ひときわ長身の御家老は、白い頭が天井に接するほどになっている。

「よく言われます」

答えつつ、右カーブに合わせて、ゆるやかにハンドルを切れば、対向車線をこれみよがしに青いツーシーターが屋根を全開にして走り抜けていく。サングラスをかけた若い男女の嬌声まで聞こえてきそうだ。

「日本の車なのかね？」

「日産のフィガロという車です」

「モーツァルトの歌劇と同じ名だ」

「由来はそこからだそうです」

少し沈黙して、また御家老が口を開く。

「こういうクラシカルな車が好きなのかね？」

「車に格別の興味はありません。医局の先輩から安く譲ってもらった代物です」

「なるほど、乗り心地は良くないね」

「乗り心地を求める車ではないそうです」

「なるほど」

どこまでも上滑りする会話である。

上滑りする会話とともに、私は第四内科の准教授を隣に乗せて、一路バイパスを北へと向かっている。

なぜこのような奇怪な事態に陥っているのか、幾分の説明が必要であろう。

その日は土曜日であった。

お盆真っただ中の休日、世間はすっかり先祖を迎える準備を整え、家屋の軒先では迎え火が焚かれ、ときに灯籠が下がり、なにか少しだけ厳粛で幻想的な空気が漂う時期である。

私が昼前の病棟回診を終えたあと、すぐには帰宅せず、医局で三島由紀夫の『美徳のよろめき』を読みふけっていたのは、節子夫人の艶めかしい火遊びに魅惑されてしまったからではけしてない。二日ほど前に入院したばかりの急性肝炎の患者が、いくらか気になる熱を出していたためだ。

普段であればよほど重症でない限り、利休やお嬢に任せてしまうところだが、日取りが日取りゆえに、利休は盆休みをとって実家に帰っているし、こんな時期に研修医を働かせて、御家老の不興を被るのも面倒だと殊勝なことを考えて、ひとりで病棟患者の様子を見ていたのが運の尽きであった。

午後三時過ぎ、三島の筆がさえわたり、節子と土屋の逢瀬が佳境に入ってきたころ、にわかに医局の戸が開いて、御家老が顔を出したのである。

「ちょうど良いタイミングだね」

私を見るなり御家老がそう言った。

言われた瞬間、私の方は頗る悪いタイミングで居合わせたことを直感した。

「なんでしょうか?」

「白馬病院から患者相談の電話が入ってね」

話が見えない私にかまわず、御家老は続けて言う。

「総胆管結石の七十六歳が、高熱を出しているという連絡だ。緊急ＥＲＣＰが必要になる」

これからですか、と思わずカレンダーに目を走らせるのだが、無論お盆だからといって患者の熱が自然に下がる道理はない。

しかし、と私が眉を寄せたのは、院外からの緊急ＥＲＣＰに応じていたのが、いつも柿崎先生であったことに思い至ったからだ。その疑問を正確に汲み取ったように、宇佐美先生が告げた。

「柿崎先生はお盆休みで不在だ。彼の実家は伊那だったかな」

「はあ」ととりあえず合いの手を入れる私の胸の内に、にわかに不安の雲が立ち込める。

「柿崎君が不在の間は私が対応することになっているから行かねばならないのだが、私は車を持っていない」

車もないのに、柿崎先生の代行を務めようとした無謀さについて、改めて論戦をいどむほどの気力もない。だいたい宇佐美先生がＥＲＣＰをやっていたのはずいぶん昔の話であって、年単位の長いブランクがあるはずである。腕の方は大丈夫なのか、と本気で問うてみたい気になったが、御家老はいつもの冷然たる態度で、じっと怜悧な視線を私に突き刺しているばかりだ。

私はたっぷりと思案する時間をとってから、控え目に問うてみた。

「車を出しましょうか？」

「とても助かるね」

感謝の台詞も冷然たる口調で聞かされては、一向響くものがない。それでも愛想とは無縁な御家老がこういう言葉を口にするのは貴重なことなのであろう。

「車は自宅に置いていますので、取ってこなければいけません。外勤がない日は、いつも歩いてきていますので」

「では待つとしよう」

「ちなみに運転は得意ではありません」

「心配ない。期待していない」

まことに遠慮のない返答であった。


かくして、盆の土曜日午後、私は准教授を助手席に乗せて白馬まで走ることになったのである。

信濃大学から白馬病院まで、片道およそ一時間。

御家老の「よい天気だ」とか「狭い車だ」とかいう独り言に最低限の相槌（あいづち）を打ちながら、オリンピック道路を北上し、白馬病院に到着したのは午後四時過ぎである。

そのまま直接内視鏡室に足を運べば、待ち構えていた外科医から患者のカルテを渡されて簡潔な病状説明が始まる。常日頃から柿崎先生とはこういうやり取りがあるのだろう。まことに速やかな流れだ。

その速やかな流れの中で、御家老はまことに淡々とした口調で私に告げた。

「君がやりなさい」と。

患者は七十六歳の男性で、高熱からすでに血圧が下がり始めている敗血症状態である。しかも胃の三分の二を切る手術を受けた病歴があり、ＥＲＣＰは相当な困難が予測される。

かかるリスクの高い症例を相手に、天下の御家老がどのようなＥＲＣＰを見せるのか。あわよくばその腕前を一目この目に焼き付けておこうと、ひそかに画策していた私としては、不意打ちをくらったわけである。

考えてみれば、この程度の展開を予測できなかったのはこちらの未熟さであろう。相手は第四内科の准教授である。生真面目な大学院生を運転手として使ったあげく、難しい内視鏡処置を押し付けるくらいの芸当は、やりかねない。むしろそのために医局で私を呼び止めたのではないかと思えるくらいだ。

「術後の、しかもＢⅡ再建胃のＥＲＣＰは、まだ数件しか経験していませんが」

さすがに及び腰になる私に、御家老はカルテを眺めたまま平然と答えた。

「最初は皆そういうものだ」

私は、覚悟を決めて立ち上がった。

民家の軒先に盆提灯が揺れている。

普段は街灯の薄明かりばかりの町に、ゆったりと盆提灯が揺れているのは、この時期ならではの景色であろう。

その柔らかな光の中、私は駐車場から一ブロックほど離れた御嶽荘へ、のんびりと歩き出したところである。

結局その日のERCPはなんとか遂行し、事なきを得た。それでも処置時間は一時間以上にわたり、そこから帰路についたために、大学病院で御家老を下ろして戻ってきたのはすっかり日の暮れた夜であったのだ。

往復二時間余りの気づまりなドライブにくわえて、不意打ちのようなERCPのために心身ともに疲労の極にある。振り返ってみれば昼過ぎから夜までいいように御家老に使われた形だが、それでも高熱でもうろうとしていた七十六歳の患者が、術後一時間も経たぬうちに解熱して会話ができるようになってくる様子を眺めれば、これは医者冥利(みょうり)に尽きるというものであろう。

ふとどこからか、風に乗って花火の音が聞こえてきた。

風向きの加減か、ふいに聞こえたかと思うと遠ざかり、また近づいてくる。その深い音の陰影が、お盆の夜をまた少し幻想的なものにしている。

信州では、盆灯籠や盆提灯は主に仏壇の周りを彩るものであって、あまり外には飾らない。迎え火は、明け方にカンバという木の皮を玄関先で燃やして終わらせてしまう。西国生まれの私にとっては、提灯の光の方が親しみやすいが、心の在り方が違うわけではない。多くの人々が、今は亡き家族の束の間の帰宅を静かに迎えているのである。

開け放たれた民家の仏間から、柔らかな灯りが溢れている。どこからか家族の笑い声が響き、またかすかに花火の音が聞こえてくる。

この国の、夏という景色であろう。

そのささやかな雅景の先に見えてくるのが御嶽荘で、盆提灯もカンバも縁がない古びた格子戸の向こうから見慣れた光が漏れていた。

からりと戸をくぐって足を踏み入れた私が、おやと足を止めたのは、聞き慣れた陽気な声の中に、聞き慣れぬ陰気な声を耳にしたからだ。

そっと廊下を進んで居間の襖の隙間から覗き込むと、座卓を囲んでの酒宴の風景である。

「いやあ、まあ、飲んでください」

満面の笑みで『善哉』の四合瓶を傾けているのは、言わずと知れた男爵で、差し向かいにはワイングラスを片手にした学士殿と、卓上のホットプレートで焼き肉を手際よく差配している細君がある。我が子はいずこと視線をめぐらせれば、一同の背後のタオルケットにくるまって心地よげな寝息を立てている。

一方で男爵の四合瓶を受けているのは中年の痩せた男性で、こちらは見知らぬ人物だ。

満面笑みの怪しげな絵描きに対して胡散臭げな顔を向けつつも、黙って杯で受けている。

そっと襖を押し開けば、すぐに気付いた細君が肩越しに明るい声を響かせた。

「おかえりなさい、イチさん」

その一声が胸に届けば、つい先刻まで脳中を埋めていた腹立たしい准教授の顔など吹き飛んで、寛容と謙虚と雅量とが栗原一止に戻ってくる。まことに細君の笑顔は、大輪の花である。

その背後の小さなタオルケットに包まれた、もう一輪の小さな花は、父の帰宅にも我関せずの堂々たる寝姿で身動き一つしない。

「今日はすまなかったな。昼過ぎには帰ってくる予定であったのだが、思わぬ急患にしてやられた」

「いいえ、イチさんこそお疲れ様です」

その笑顔を見れば、御家老を乗せた息苦しい運転まで爽快な夏のドライブであったように思えてくるから不思議である。

隣に腰をおろしながら、何気ない態度をよそおって見慣れぬ中年男性に私は黙礼した。と同時に男爵はすばやく手を伸ばして男性の肩を叩いた。

「以前から、皆が心待ちに待っていた大家さんの御子息殿だ。やたらとすれ違うばかりでなかなかお会いできなかったのだが、本日ついに待ち焦がれていた宴会が叶って、皆大喜びで酌み交わしているところだ」

実情とはずいぶん異なるプレゼンテーションを聞きながら、ちらりと学士殿に目を向ければ、やたらと意味ありげな視線が返ってきた。

すぐ隣で細君が手際よく焼きあがった肉を皿に盛りながら、そっとささやいた。

「普段誰もいない分、お盆の夜ならむしろ誰かいるのではないかと、今日突然いらっしゃったのです」

「それでそのまま宴会に？」

「男爵なりの思惑があるようでしてね」

反対隣の学士殿があくまで外面だけは涼しげな様子でつけくわえた。

道理であまり見慣れぬ『善哉』の四合瓶があるわけだ。『善哉』は、酒蔵が松本の市街地にある。息子さんの突然の襲撃を受けて、慌てて調達してきた一本に違いない。

なるほど、と訳もなくうなずいたところで、酒杯を突き出しながら男爵が大声で告げた。

「大家の大岡さんだ、ドクトル」

「はじめまして、栗原です」と応じると、当の大岡さんは、もうずいぶんと酒を勧められたのか、頬をすっかり赤らめている。それでもいまだ油断ならぬといった様子で当方を窺っているのは、ここに至った紆余曲折があるからであろう。薄くなった頭髪の下に、神経質そうな小さな目が光っている。良く動くその目が、男爵、学士殿、細君、私、私の背後の小春と一巡した。

「まったく色々な人が住んでいると父が言っていましたが、本当にそうなんですね」

たちまち男爵が身を乗り出す。

「お父上はご健康がすぐれぬと聞いていますが、その後いかがで？」

「大丈夫ですよ、年を取っただけです。ただ、そろそろ借家の経営は重荷になってきたと言っていて……」

「それで御子息殿が、経営を引き継ごうと戻って来られたわけですな」

「いや、これだけ古い家ですから、引き継ぐというよりはそろそろ……」

「ご立派です！」

大音声(だいおんじょう)の男爵の声が響き渡る。

小春がぴくっと丸い肩を動かしたが、すぐさままた心地よげな寝息を再開した。

小春以上に大きく肩を動かした大岡さんは、圧倒されて目を見張っている。

男爵は不必要に大きな声でどんと胸を叩いた。

「ここに住む人々は、多種多様ですが、皆が一様に御嶽荘を愛しています。古びた御嶽荘を廃棄してしまうのは容易なことでしょうが、敢えて引き継いで盛り立てて行こうという息子さんは、実にご立派です」

「いや、ですから引き継ぐつもりは……」

「今夜はぜひこの御嶽荘の思い出話をいたしましょう。感動の秘話、仰天の事件、よもやま話からポストモダンな群像劇まで、いくらでもお付き合いしますぞ」

たじたじとなる大岡さんに、私としてはいくらか同情したくなる。しかし酒を片手に猿芝居を始めればもはや男爵を止める手立てはない。

それでも大岡さんが何事かぶつぶつ言いながら立て直しを図ろうとしているのは、住人が一堂に会したこの機会を是が非でも逃すまいとする努力の表れであろう。

「最近、苦情が多くて困っているのです。夜な夜な大声で歌を歌ったり、昼間から酔っぱらったりしている者がいると……」

「だまされてはいけませんぞ、お奉行(ぶぎょう)！」

お奉行？　と眉を動かす私を、細君の静かな目が制する。

そういうことになっているらしい。しかし名前が大岡さんだからといってお奉行になっては、日本中お奉行だらけで堅苦しいことこの上ない。

「この辺りの住宅街は、酔っ払いも多く通ります。歌を歌うような学生だって住んでいる。そういう軽薄な輩（やから）の蛮行がことごとく御嶽荘のせいにされているんです」

「たとえそうであっても、苦情を受ける私の身にもなってください。御嶽荘のこの古びた有り様とあなた方のような素性（すじょう）の知れない住人の存在が、周辺住民の不安を掻きたてているのであれば、それに善処するのが大家としての務めです」

「無実の罪を承知の上で、所払いとは、不当なさばきにもほどがありますぞ、お奉行」

「事実無根の苦情と言い切れないでしょう。火のない所に煙はたたぬと言います」

頼りない風貌でありながら、なかなかどうして理路の整った応答である。

御嶽荘随一のはったりとこけおどしの持ち主が、地味なお奉行の堅実な対応に、微妙に攻めあぐねている感がある。

戦局を少しでも変えようと、男爵が四合瓶を取り上げる。お奉行はお奉行で、こういう立ち回りが身に沁（し）みついているのか、ほとんど条件反射のように酒杯に手を伸ばす。無駄のないその挙動は、いかにも大都会で苦しいサラリーマンを経験してきた苦労人の重みを備えている。

「だいたいですね」とお奉行の口がゆるりと動いた。

「あなた方自身にも問題があるのです。たとえば男爵さん、あなたの職業は絵描きだということですが、いかほどの月給を稼ぎますか？」

ターナー論なら得意の男爵も、月給の話にはまことに弱い。

とりあえずとぼけた顔で四合瓶を眺めやる男爵から、攻撃の的は隣の哲学青年へと展開する。

「それから学士さんと言われましたか。もう三十歳近くになるのにまだ学生さんです。学業が悪いとは言いませんが、信用という点では頼りないことは事実。それに榛名さんだって写真家だとおっしゃるが、子供を抱えて仕事は停止中だと聞きます。そういう人たちが、こういうぼろい家に住んでいると、悪いことをしなくても悪い噂が立つものなんですよ」

やはり理屈はお奉行が正しい。

細君を怪しい者呼ばわりされることは甚だ不快であるが、客観的に見れば、反論の余地がない。

なるほど、と思わず知らず私が深くうなずくと、たちまち男爵と学士殿がじろりと視線を突き刺して来た。

「ところであなた……」

ふいに語気の強い言葉が向けられたのは、私である。

「あなたは何のお仕事をしている方ですか？　お盆の夜にふらふらと帰ってくる様子を見るにろくな生活ではありますまい」

奉行の声に段々と毒が混じってきた。

「絵描きに学生に写真家と来れば、今度は作家か何かですか。あまりヤクザな商売は困ります」

思いのほかに酒癖が悪いのかもしれない。

私はとりあえず、奉行の杯に『善哉』を注ぎながら、

「大学の内科で働いています」

「大学の内科？　通院しているのですか？」

「診療しているのです」

訳のわからないやり取りになっている。

にわかに男爵が、ずいと身を乗り出して告げた。

「お奉行、ドクトル栗原は、お医者さんなのです」

「お医者さん？」

「まぎれもなく医師です」

ここを立て直しの好機と見込んだ男爵が、なお畳み込むように続ける。

「ドクトルは多忙な地域医療に身をささげた、良心と信念の男であります。本日今夜お盆の夜も患者のために縦横無尽、愛しい妻を家に置き、会いたい我が子をあとにして、この御嶽荘を拠点に東奔西走、信州をかけめぐる孤高の医師なのです」

手前勝手な口上が垂れ流しになる中で、細君が絶妙のタイミングで、お奉行の皿にほどよく焼けた肉をよそう。

「しかもただの医師ではありません」

と今度は涼しい顔の学士殿だ。

「大学病院で消化器内科を切り回す少壮辣腕の名医です」

当方、安月給の大学院生なのだが、物事には流れというものがある。とりあえず無意味に鷹揚に酒杯を傾ける。

お奉行が軽くたじろいでいるのは、無数の肩書きと建前の社会を泳ぎ渡ってきた勤め人の習性が身に沁みついているためであろうか。

「大学病院の先生でしたか」

「さようです。医者といっても、そんじょそこらの小病院にいるイモ医者とは違うのです。ドクトル栗原は、大学病院を悠々と取り仕切り、わずかな仕事で多額の給料をせしめている大先生なのです！」

小病院の医者も大学病院の医者も両方敵に回すような暴言を吐いているが、御嶽荘のためには暴論もまた方便である。

「いや、驚きました。こんなボロ屋に、大学病院の先生がいらっしゃるとは」

「そういうことです、世間の評判などいかに当てにならないか、おわかりでしょう」

「なるほど……」

いくらか酩酊（めいてい）ぎみのお奉行はいつのまにか男爵のペースに乗せられつつあり、応答もすこぶる適当になってきた。

再び男爵が『善哉』をお奉行に注げば、あっさりとこれが空く。

私がそっと目を向けると、これを察した細君は静かに居間を出て、戻ってきたときには『信濃鶴（しなのつる）』の純米大吟醸（だいぎんじょう）を手にしていた。名酒を安価に醸（かも）し出す酒蔵が、本気で作った名品だ。

気付いた学士殿がちらりと視線を走らせて微笑する。

「意外に本気の酒を持ってきましたね、ドクトル」

「当然だ」

私は大学病院の先生らしく、無意味に偉そうにうなずいてみせる。

「我々の大事な『家』を守るためには、手段を選んではおられんだろう」

「援護しますよ」

笑った学士殿が、新たな酒杯を取り上げて、お奉行に逸品を注ぎ始めた。

「なるほどなるほど、男爵は、話のわかる人ですなぁ」

いつのまにやら、ずいぶん上機嫌のお奉行の笑い声が聞こえてくる。

「さようです。お奉行さま、榛名姫は普段はこのような所に姿を見せぬのですが、今宵はお奉行さまのためにわざわざここへ」

へっへっへ、と男爵がどういう話の展開なのか、まことに奇態な笑い声をあげている。

「ドクトル栗原。榛名姫は、まだ嫁の貰い手がおらぬと言っていないんだか？」

「ハルなら、まぎれもなく私の細君だ」

「なんと、これは当方のとんだ勘違い」

ぱしりと自分の額をうって、男爵がこれ見よがしに首を左右に振っている。対するお奉行は、それは無念、とこれも存外楽しげに膝（ひざ）を打つ。

三文芝居というなら、これほど出来の悪い小芝居もない。

その小芝居が、不思議と嫌味でなく、明るいおかしみを持っているのが御嶽荘の空気である。愉快と滑稽と当惑と寂寥と、実に様々な空気が、居間を満たしていく。

私が再び純米大吟醸を手に取って細君に示せば、細君は微笑とともにそっと酒杯に手を伸ばす。

この一晩で御嶽荘の行く末が、容易く変わるものではない。その程度のことは、誰もが皆承知の上である。

けれども居間に響く笑い声は心地よいものであって、尺寸の愉快を盤石の心意気で楽しむもののことを人は粋人と言うのである。

「良いお酒ですね」

細君の澄んだ声にうなずきながら、私もまたこの美酒に我が身をゆだねた。


次々と難題が降ってくる。

無論、二木さんの件である。

お盆も終わった暑い盛りの夏の午後。

おりしも更埴で猛牛の指導を受けて大学病院へ戻ってきた私を、利休の気難しい顔とお嬢の困惑顔が待ち構えていた。

「助かりました。今日は意外に早く帰って来られたんですね」

医局の廊下で出会うなり、開口一番それである。

そのまま返事も聞かず、医局の電子カルテ端末まで私を先導する。

「更埴の外勤っていつももっと遅かったですよね。今日はどうしたんですか？」

「盆明けだからな。ERCPの予約が一件しかなかったのだ」

答えつつ医局の時計を見れば、まだ午後二時を過ぎたところだ。

「おかげで昼過ぎには内視鏡が終わって、牛山先生も今日は帰っていいと言ってくれた。せっかく手に入れた自由時間だから、このまま学生食堂にでもしけこんで、読書を楽しもうなどと考えていたところだが、何か用か？」

「すみません。またうまい煎茶(せんちゃ)を淹れます」

利休は私の張った予防線を一言で踏み越えて、お嬢が立ち上げた電子カルテを示した。

以前であればひたすらに恐縮している男であったが、半年近くともに働いていれば、互いの呼吸というものが見えてくるのだろう。心強い後輩である。

「二木さんの件です」

黙ってうなずいてそばの椅子に腰かければ、利休が手短に報告した。

〝二木さんが自宅で高熱を出している〟

「またか」

「またです」

利休の応答は簡潔だ。

「午後一時ころ、御主人から訪問看護ステーションに連絡があったそうです。朝から四十度近い高熱が出ていて下がらないと。ただちに往診した看護師からの連絡では、体温39．6℃、血圧が95の40」

「同じだな。前回と」

利休が神妙な顔でうなずく。

またステントが詰まって胆管炎になり、敗血症になりかけているということだ。珍しいことではない。むしろ膵癌が進行すれば、ステントはより詰まりやすくなる。繰り返す胆管炎で苦労する症例はしばしば遭遇（そうぐう）するが、それにしても二木さんの経過は早い。

できるだけ早期にERCPでステントを洗浄しなければならない。

「いつごろ来院予定だ？」

「それが」と利休が表情を曇（くも）らせ、お嬢と顔を見合わせた。

不穏な空気を感じて眉を寄せれば、お嬢が答えた。

「二木さんは、病院に行きたくないと言っているそうです」

私は天井を振り仰（あお）ぎ、それからゆっくりと額に手を当てた。

「来院拒否？」

実験室に、北条先生の緊張感のない声が響いた。

事態が事態ゆえに、三班全員が集まる必要があると判断し、北条先生のいる実験室に集合したところである。

ひととおりの状況を説明し終えた利休は、手元の水筒を傾けて勢いよく茶を飲んで言う。

「ご本人が来院拒否です」

「しかしステントトラブルで、血圧が下がってるんだろ？　やばいんじゃないのか？」

「やばいと思います」

利休の生真面目な返答を聞きながら、私は白衣のポケットから取り出した頭痛薬を口中に放り込む。茶ばかり飲んでいる四年目と、頭痛薬を常用している九年目を、班長はなかば呆れ顔で眺めている。

訪問看護師には、再三来院するよう説得を試みてもらったようだが、二木さんの返答は全く変わらないらしい。高熱で顔を火照(ほて)らせながら、病院には行きたくないの一点張りで、御主人も困惑しているという。

「放置すれば死んじまうって、ちゃんと言ったのかい？」

足を組んで悠々とコーヒーカップを傾けながら、北条先生が問うた。

「看護師からしっかり説明はしています。ＥＲＣＰをやれば助かる。放置すれば死ぬ、と。しかし、熱のためもあるのか、かなり興奮気味で、このまま死んだほうがいいなどと感情的な言葉を叫んだりして、看護師も困り果てているようです」

まいったね、と北条先生は肩をすくめている。

「救急車を呼んでもらって、そのまま搬送してもらうというのはダメでしょうか」

お嬢の控え目な意見に、水筒の茶を飲み干した利休が、苛立たしげに応じる。

「本人が嫌がっているものを無理やり救急車に乗せることは、救急隊員にも無理だ。だいたい二木さんは精神病があるわけでもないし、周りを傷つけるような危険行動をとっているわけでもない」

「でもこのままでは命にかかわります」

「だから困ってるんだよ」

「そう苛立つものではない」

私は利休の声をできるだけ静かに押しとどめた。

熱心な上に、正義感の強い男である。処置をすればよくなるとわかっているにもかかわらず受診を拒否する二木さんの心情が容易には理解できないに違いない。しかし当方の脳裏には、抗がん剤を始めた当初から、繰り返し、家族とともに過ごしたいと言っていた二木さんの記憶がある。父と子のキャッチボールを見つめていたときも、抗がん剤治療で外来に来たときも、そして先日の緊急ＥＲＣＰのときも。

私は一考し、時計に目を向ける。十五時三十分。

「二木さんの家はどこだ？」

問えば、利休が端末で住所を呼び出して答えた。

「三郷の方ですね。少し距離はありますが、救急車なら三十分くらいでしょうか」

「地図は出せるか？」

「はい、すぐ出せますが……」

言いかけた利休は、同時に何か察したように私を顧みた。

「まさかと思いますが、直接こちらから出かけて行くつもりですか？」

「そんなに驚くようなことではない。放っておけば敗血症で救命できなくなる。背負ってでも連れてくるしかない」

「無茶ですよ。本人が納得しなければどうするんです」

「そのときは、死亡診断書を書くことになる。どちらにしても医者が入り用だ」

なかば唖然と口を開けた利休は、にわかに次の言葉が出てこない。

「栗ちゃんらしい面白い選択だけどさ」

ふいに我らが班長が口を挟んだ。

「そりゃ無理ってもんじゃないかな」

デスクの上に腰を下ろした北条先生が、にやにやと面白そうな笑みを浮かべたまま当方を見返している。

「大学医局の医者が、医局の許可もなく勝手に院外に往診なんて、ずいぶん乱暴な話だよ」

「乱暴は承知しています。しかし規則とルールだらけの大学で、往診の申請をしていたら、許可が下りるのは三日後になります。とりあえず先生にはいつも申し訳ありませんが、御家老への対応をお願いできれば……」

「それは無理だよ、栗ちゃん」

すっぱりと切り落とすような声が応じた。

思わず口をつぐんだのは、そこに常にない冷ややかな響きが混じていたからだ。見れば鬼切が怜悧な瞳を向けている。

「ただでさえ三班はパン屋のブラックリストに載っているんだ。これ以上規律をはずれた行動には協力できないね」

「……新手のユーモアですか？」

「言葉通りの意味さ。あんまりパン屋を怒らせると、新発田だけじゃなくて、栗ちゃんまで飛ばされるぜ」

平然たる口調で、爆弾発言を投げ込んできた。

一瞬間をおいて利休が、「飛ばされる？」と首を傾げている。

「このタイミングで穏やかならざる発言ですよ」

「栗ちゃんほどじゃないさ。俺だって、あんまりパン屋に睨まれたくないんだよ」

にやにや笑っている北条先生の目は、しかし微塵も笑っていない。鬼切と言われた刃物のような鋭利な光がきらめいている。

思わぬところで巨大な壁が立ちふさがった展開だ。

座ったまま私は黙って先方を見返した。どこまでも真意の読み取りにくい先生である。味方であるのか敵であるのか、本当にわからなくなるときがある。見つめられた方の班長は、あくまで悠然と微笑を浮かべたまま、態度を変える様子はかけらもない。

突然の、班長と副班長の緊張感を持った対峙に、利休もお嬢も息をのんでいる。

私は一度目を閉じてから、静かに息を吐きだした。

「では先生にはご迷惑はおかけしません。私個人の判断で行動し、宇佐美先生にはあとで私から事情をお伝えします」

「そういう理屈は通らない。お前たちの勝手な行動は俺の責任になる。なにせ三班の班長は俺だ」

「二木さんの外来主治医は私です」

私は短く、明確に応じた。

北条先生は、かすかに笑みを抑えた。それからしばし沈黙したのち言葉を選ぶようにゆっくりと口を開いた。

「栗ちゃん、前にも言っただろうが、医局には医局のルールがある。そのルールの中で全力を尽くすのが俺たちの役割だ。栗ちゃんは十分に手を尽くしている。これから准教授室に出かけ、パン屋に状況を説明したのち、近くの診療所の先生に医局経由で往診をお願いする。それがルールってもんだ。ボクシングのリングに木刀を持ちこむような奴は退場になるぜ」

「そうやって迂遠な手続きを踏んでいる間にも、二木さんの血圧が下がってくるかもしれません。患者の血圧より規則の方が大事だというのであれば、木刀でも金属バットでも持ちこんで、審判ごとリングをぶち壊してやります」

「熱意は見上げたものだけど、あんまり勝手な行動をとられると、俺みたいに真面目にやってる医者が迷惑するんだよ」

「〝真面目とはね、真剣勝負の意味だよ〟」

私の声に、北条先生が片眉を上げた。

「なんだい、そりゃ」

「夏目漱石の言葉です。先生のそれは、真剣勝負の発言ですか？」

返答はなかった。

鬼切は身じろぎもせず私を見返していた。

その沈黙の中で黙礼し、私はすぐに立ち上がる。と同時に傍らの利休が身を乗り出した。

「僕も行きます」

「阿呆め、話を聞いていなかったのか。これ以上騒ぎを大きくしてどうする。私ひとりで十分だ」

「しかし先生は車の運転が得意ではないと聞いています。案内が必要です」

カーナビに任せればいい、と答えるわけにはいかない。あの年代物の車には、そういう文明の利器がついていない。

「余計なお世話だ。車など動けばなんの問題もない。だいたいお前までついてきたら、誰が病棟を診るんだ」

「それは……」

「では私が行きます」

思わぬ言葉は、お嬢からの発言であった。

「地図くらいは読めますから」

顧みれば、お嬢のまっすぐな視線にぶつかった。

「未来の病理医に無茶をさせて、双葉に怒られるのは私だ」

「双葉先生からは、栗原先生の診療をしっかり見ておくようにと言われています」

私は額に手を当てざるを得ない。この分では、頭痛薬が何錠あっても足りそうにない。

「私個人の責任で動くと言っているのだ。北条先生の立場も考えたまえ」

いささか語気を荒らげつつ、助けを求めるように北条先生に目を向ければ、黙って見ていた鬼切が、ふいににやりと笑って肩をすくめた。

「いいんじゃない。連れて行っても」

「は？」

我ながら間の抜けた声がこぼれ出る。

「何を言っているんですか？」

「ひとり出ていくんなら、二人も三人も同じだよ。熱心な研修医に、漱石先生の往診を見学させてやるといい。パン屋に対する言い訳は、何か適当に考えておいてやるよ」

意外な応答に、すぐには返事が出てこない。

先ほどとは言っていることが正反対だ。

「そういう疑り深い目で先輩を見るもんじゃない。あとはなんとかするって言っているんだよ。熱心な研修医を連れて、さっさと行け」

「ありがたいとは思いますが」と私は、一度口をつぐんでから班長を見返す。

「言うことを聞かない後輩に対する、新手の嫌がらせではないでしょうね？」

眉を寄せて睨みつければ、鬼切は悠々と笑って肩をすくめつつ、

「正解」

といつもの能天気な声で応じた。

大学をすぐに出発できたのは、その日が更埴の外勤帰りで、学内に車を止めていたからだ。お嬢を乗せて大学病院を出た日産の中古車は、松本の市街地を抜け、国道を渡り、やがて縦横に水路の張り巡らされた広大な畑地に入っていく。さしたる目印もない農道をときどき曲がりながら、迷いなく進んでいけたのは、お嬢の案内の賜物（たまもの）であろう。ひとは見かけによらないということである。

ときおり緑鮮やかな稲の揺れる水田や、鮮やかな黄に染められた向日葵畑を横に見ながら、フィガロはやがて、リンゴ畑に向かい合って建つ、大きな本棟造りの日本家屋の前にたどり着いていた。

「大きなおうちですね」

お嬢の声に、車を降りた私もまたうなずいた。

門前の石柱には、まぎれもなく『二木』の二字がある。この一帯でもずいぶんな豪

農であるらしい。その前に止まっている白い軽自動車は、訪問看護ステーションのものだ。

軽の横にフィガロを止めて門をくぐれば、広い玄関にすでに連絡を受けていた訪問看護師が待ちかまえていた。

互いに黙礼をかわせば余計な挨拶はすべて省いて、そのまま奥へ案内となる。

いかにも古式ゆかしいその建物は、中も堂々たる造りで、玄関には見事な格天井(ごうてんじょう)と磨き上げられた式台があり、廊下に面して、細工をこらした透かし彫りの欄間(らんま)まで見える。

中庭に面した廊下を通るとき、二木さんの母親らしき痩せた初老の女性と、竹とんぼを飛ばしている理沙ちゃんの姿が見えた。廊下を足早に進んでいく私に気付いた理沙ちゃんが、はっとしたようにこちらを見たが、再会を喜んでいる余裕はない。

やがてまっすぐな廊下を過ぎて、一番奥の和室にたどり着くと、十畳ほどの広い座敷の中央に、布団の上に体を起こした二木さんの姿があった。

一礼して畳に膝をついた私に対して、二木さんの反応が鈍いものであったのは、目の前の白衣の男が誰であるか、すぐには気付かなかったためであろう。

いくらか熱で浮かされたような視線をさまよわせた二木さんは、しばしの間を置いてから、庭先に入り込んできた熊でも見つけたように大きく目を見開いた。

布団の横に座っている御主人は、私と二木さんの対面を、ただただ祈るような面持ちで見つめている。

背後の障子は、夕焼けの気配を示して薄紅色にうっすらと染まり、庭先に池でもあるのか、きらきらと瞬くような光がちらついている。深い陰影を刻んだ欄間の彫刻とあいまってまことに光の加減が美しい。

その美しい光の下で、驚いた顔のまま何か言いかけた二木さんを、しかし私はそっと手で制した。

そのまま立ち上がり、部屋の奥に見えた仏壇へと足を進める。いくつか並んだ位牌のひとつが、おそらく私が看取ったという二木さんの父のものであろう。名前は無論わからない。ただ黙って線香をあげて手を合わせるだけだ。

短い黙禱を終え、それからゆるりと振り返った。

「お加減はどうですか？」

「本当に……」

一瞬言葉につまってから、二木さんは答えた。

「本当に変わった方ですね、栗原先生は」

「大学でも専らその評価です。真面目なだけであるのに、不本意なことこの上ない」

端然と応じれば、二木さんは肩の力を抜きながら微笑した。

「家まで来られるなんて、考えもしませんでした」

「往診は特別サービスです。誰でも受けられるものではありません。しかし往診料は発生しませんから、安心して病院へ来てください」

「病院へは行きません」

迷いのない声が返ってきた。

すぐ背後でお嬢が身を固くする様子が伝わってきた。

二木さんの声には芯の強さとともに、何か冷え冷えとしたものが備わっていたのだ。額にほとんど血の気はなく、それでいて頬だけが熱のために赤い。一方で布団の上に置かれた手の指先は赤黒くなっている。一見してわかる危険な兆候だ。

付き添う御主人はただ途方に暮れたように妻の横顔を見つめている。

「私はここを離れません。もう病院には行かないのです」

「ここにいては死にます」

敢えて用いた激烈な言葉に、しかし二木さんは揺るがない。

「どうせ死にます。膵癌は悪くなっているのでしょう？」

確信に満ちたその言葉に私は視線を御主人へ転じれば、向けられた方はゆっくりと首を左右に振る。CTの結果を話したわけではない。けれども聡明な二木さんは、御主人の様子から、大方の状況を察してしまったということであろう。

「どうせ助からないのなら、私はずっとここにいます。病院には行きません」

「いっときの入院で熱は下がります。改善すればまた帰ってこれます」

「そんな保証がどこにありますか？　またきっといろいろなトラブルが起こって、退院が延期になっていくんです。そして帰ってくることができなくなります。家族で過ごせるこの家に」

なお反論しようとした私が口をつぐんだのは、二木さんのまっすぐな眼の奥に、突き抜けた静けさを見たからだ。凪いだ海を思わせるような、深い静寂をたたえた瞳であった。

やがて二木さんはゆっくりと首を左右に振り、そのまま十畳の座敷をゆったりと見回す。

「ここは私の家です。私が生まれて育ち、父や母と暮らし、父が逝ったあとは主人が来てくれて、一緒に理沙を育ててきた大切な場所です」

そのまま線香の煙が立ち上る仏壇にそっと目を向けた。

「亡くなった父も、見守ってくれています。私はここを離れません」

部屋に立ち込める静けさの中、いつのまにか庭先にいた理沙ちゃんがそっと部屋に入ってきて、父親のそばに寄り添っていた。少女のまっすぐな目が痛いほど私の頬に突き立っていた。

「あなたの気持ちは理解できます」

私は重くなる沈黙を押しのけるように口を開いた。

「ですが、物事には優先順位というものがある」

「いまは治療が優先だと？」

「その通りです。今の高熱は膵癌そのものによる熱ではなく胆管炎によるものです。胆管炎ならＥＲＣＰで確実に……」

「そんな理屈はもういいんです」

静かでありながら、力のある声が遮った。

その異様な迫力に圧倒されて、私は口をつぐんだ。

「この薬を使えば何パーセント効果があるとか、どんな副作用があるとか、どれくらい生きられるとか、そんな理屈はもういいんです。そんな話を聞くくらいなら、どうしてこんな病気になってしまったのかを教えてください」

静まり返っていた瞳の奥から、暗い感情が津波のように押し寄せつつあった。

だがふいに、激しい感情の起伏に堪えられなくなったように、二木さんは額に右手を当て、もう一方の手を布団の上に突いていた。血圧を測ろうとそばに寄った看護師の白い手を、二木さんの色の悪い手が振り払う。

「……結婚して……子供にも恵まれて、一生懸命ここまで生きてきたのに、どうして膵癌になったのかを教えてください」

声だけが際立った明瞭さで座敷に響き渡る。

「私はまだ二十九歳です。理沙はまだ七歳なんです。どうしてこんなことになってしまったんですか？　何がいけなかったんですか？　抗がん剤とか胆管炎のことより、そのことを教えてください」

言葉のひとつひとつが悲鳴であった。

胸の奥底から溢れ出た悲痛な叫びであった。

「病院に閉じ込められて、家族にも会えないまま弱っていくくらいなら、私はここにいます。怖いことはなにもありません。父だって、向こうで待っていてくれるんです……」

ふいに声が途切れたのは、二木さんがゆらりと身を傾けて倒れかかったからだ。慌てて手を伸ばした御主人の腕の中に力が抜けたように横たわった。

再び静寂が戻ってきた。

締め切った部屋の空気がどこまでも逼塞した圧力をもって圧し掛かってくる。エアコンは利いているはずだが、自分の額にまでかすかな汗が浮かんでいることが自覚できる。暑いのではない。息のつまるような重い空気の中で、身じろぎができないのだ。

「窓を……あけましょう」

ふいに御主人はそう告げると、二木さんを寝かせてからそっと立ち上がった。

この緊迫した空気の中でも、御主人は精いっぱいに気を配ってくれているのだ。

縁側に連なる障子を両側にそっと開く。開くとともに風が流れたのは、縁先の窓が開いていたからだろう。思いのほかの涼風が吹きすぎていくと同時に眩い光が部屋の中にこぼれてきて、私は思わず外に目を向けた。

そして息をのんでいた。

西向きの窓からは、夕日の柔らかな日を背にした常念岳がよく見えた。だが私を驚かせたのは、勇壮な三角錐の山稜でも、朱に染まり始めた美しい晩夏の空でもない。すぐ眼前に広がる美しい光であった。

二木家の農地なのであろう。縁先から、はるか向こうの林の近くまで悠々と広がっている。一瞬、畑地全体が輝いているのかと見えたそこには、一面に真っ白な花が咲き満ちていたのだ。

小ぶりな花びらを集めたまことに愛らしい白い花。一輪ではとても花というほどの存在感もないそれが、見渡す限り視界を埋めていた。風が流れれば、白いさざ波がかなたからこなたへ、ゆるやかに寄せてくる。

白い花は、夕刻の日をうけて色彩を和らげ、それらが風を受けて銀白に輝いて見える。さわさわと音がなり、きらきらと光が舞う。池でもあるのかと思っていた瞬く光の正体は、この花のきらめきであった。

それは一面の銀化粧であった。

「蕎麦(そば)の花……ですか……」

思わず知らず問いかければ、御主人はそっとうなずく。

私はただ言葉もなく銀色の畑地を見渡していた。

私の驚きはお嬢や看護師たちにとっても同じであったのだろう。誰もが窓の外に目を向けたまま声もない。

「今年も、満開……」

再び聞こえた二木さんの声に、私はようやく我に返った。顧みれば、二木さんの視線が、ゆったりと蕎麦畑を揺蕩(たゆた)っている。懐かしげに、楽しげに。

「この花が散れば、実を集め、石うすですりつぶしてそば粉ができます。本当に世界で一番おいしい蕎麦のもと……。ここが私の育った家、そして最後に過ごす場所です」

先刻まで声にこもっていた悲痛な響きが遠のき、まるで安心しきったような平穏な口調にかわりつつあった。

この家は、二木さんにとって本当に心が休まる唯一の場所なのだ。

「帰って来ましょう、この家へ」

にわかに告げた私の言葉に、二木さんは静かな目をこちらに向けただけだ。

反応は淡い。

「入院して、それから帰ってきて、今年もご主人の蕎麦をいただきましょう。なんなら蕎麦打ちは私が連れてきてもよい。世界一のそば粉を世界一の蕎麦にしてくれる、蕎麦打ちの名人が知り合いにいます」

「私は病院へは行きません。先生には感謝をしていますが……」

「感謝など不要です。今は時間がありません」

「私はここを離れるつもりはないんです、先生」

「それでも行くんです」

「私は……」

「必ず帰ってくると言っているんです！」

ほとんど怒鳴りつけるような私の声に、さすがに二木さんは目を見開いた。

二木さんのみならず、御主人も驚いたように顔をあげ、訪問の看護師も、その隣のお嬢まで呆気に取られてこちらに目を向けた。

重症患者に向かって怒声を上げるなど医者にあるべからざる行為だ。しかし構うことはない。今は遠慮や礼儀の出番ではない。気合いでも気迫でも、怒声でも罵声(ばせい)でも、あらゆるものを動員して、二木さんを連れ出すときだ。

「あなたにあとどれほどの時間が残されているのか、それは私にもわかりません。けれどもあと三か月の命なら意味がないと思いますか。一か月しか生きられないなら死んだほうがマシですか。そんなことはないはずだ」

脳裏に浮かぶ言葉を懸命につむぐ。

それを二木さんの、不思議なほど澄んだ目がじっと見つめている。

ともすれば四散しそうになる思考を懸命に整えて、言葉を選ぶ。今ここで踏み間違えば、おそらく二木さんは死ぬことになる。その厳然たる事実だけははっきりと見えている。その強烈な事実に背中を押されるように、私は言葉を積み上げる。

「あなたの父がどういう方であったのか、私は覚えていません。けれどもきっと、ご自身の病と力を尽くして闘った方でしょう。だからこそ私も懸命に足を運んだのだと思います。だとしたら、あなたも父に倣(なら)うべきだ。父に倣って、生きている人間の義務を尽くすべきです」

「義務……」

「義務です。生きることは権利ではない。義務です」

一息に述べ立てて、言葉を切り、私は大きく息を吐き出してから付け加えた。

「出発します。帰ってくるために」

さわりとまた風が流れた。

縁先できらきらと蕎麦の花の銀化粧が揺れているのがわかる。まるで水面を映すように和室の天井に光が揺れている。

しばしの沈黙の間、誰も動く者はいない。人も大気も風も花も、布団の上の膵癌患者と、座して動かぬ内科医をじっと見守っている。

「本当に先生は、一生懸命なんですね」

二木さんがふいにつぶやくように言った。

「約束があるのです」

約束？　と不思議そうに問う二木さんから視線をめぐらし、背後の御主人に目を向けた。いや、御主人の隣でその手をじっと握って座っている少女に目を向けた。そうして語を継いだ。

「できることには全力を尽くす。理沙ちゃんと約束をしました。破るわけにはいきません」

父のそばで微動だにしなかった少女の髪がかすかに揺れた。と同時に二木さんが、はっと頬を震わせた様子が感じられた。

そのまま言葉もなく、じっと私を見つめている。

その重い沈黙の中で私は祈るように目を閉じた。

静かであった。

狭い部屋にたくさんの人がいるにもかかわらず、聞こえてくるのは風の音だけであった。その風にのって、柔らかな声が聞こえた。

「本当においしいんですよ」

目を開けると、二木さんが、痩せた頬に微笑を浮かべていた。

「主人の蕎麦です。一緒に食べてくれますか？」

一拍を置いて、私は大きくうなずいた。

すぐ背後で、御主人がそっと目元に手を当てる様子が見えた。父親のそばでは、理沙ちゃんが正座のままじっとこちらに顔を向けている。

私はもう一度二木さんに向かってうなずいてから、すぐに訪問看護師を顧みた。

「すぐに救急車を」

はじかれたように飛び出していくその背を見送って、今度はお嬢を顧みる。

「利休に直接電話をして伝えてくれ。三十分後にはＥＲＣＰを開始するから準備をしておけと。それから腎臓の安田先生にもアポイントをとってＰＭＸをスタンバイ。なにがなんでも救命する」

お嬢が携帯を取り出して部屋を駆け出していく。

にわかに空気が動き出した。

忙しなく立ち上がった御主人が、部屋を出ていったのは支度のためであろう。隣にいた理沙ちゃんがそっと母親のそばへ膝を寄せると、二木さんは土気色の手を伸ばして娘の短い髪をそっと撫でた。

言葉はない。ただ親子はかすかに微笑みあい、それから二人そろって庭先の蕎麦畑に目を向ける。

風と光と色彩とが優しく躍る晩夏の夕暮れだ。

さしたる時間もかからぬうちに、かすかに遠方から救急車のサイレンが聞こえてくる。まったくこの国の救急隊の勤勉さは格別のものである。

徐々に近づいてくるサイレンの中で、私はそっと口を開いた。

「蕎麦は私の好物です。楽しみにしています」

振り返った二木さんは、ほのかに笑い、それからゆっくりとうなずいた。

第五話　黄落

多くの部屋が並ぶ第四内科の医局の中でも、皆ができるだけ避けて通る場所がひとつある。

宇佐美先生のいる准教授室である。

医局の薄暗い廊下の両側にずらりと並んだ部屋は、階段に近い方に医局員や大学院生らの机が押し込められた狭い部屋があり、奥に向かって、助教、講師、准教授、教授と順にヒエラルキーのピラミッドを登っていく仕掛けになっている。当然のこと、登るにしたがって、一部屋あたりの机の数が減って、部屋は広くなる。

中でももっとも奥の広い部屋に迂闊に近づく者もいないのだが、雲の上に君臨する教授となると、かえって医局員たちは接点がない。その点、ベッド管理から医局の庶務に至るまでを一手に取り仕切る准教授の部屋は、日常的に接するその冷ややかな外貌とあいまって、露骨に皆が避けたがる鬼門となっている。

　そんな医局の鬼門に私が呼び出されたのは、九月に入ったばかりのある午後であった。

「なぜ呼ばれたか、わかっているかね」

　入室一番にそう告げたのは、机の向こうで静かに手を組んで待っていた御家老本人だ。

　八畳ほどの准教授室は、四方の壁ことごとくが書棚で埋まり、明かり取りの窓さえ書籍に塞がれて、息の詰まるような圧迫感がある。おまけに棚も机も見事に整頓が行き届いていることが、弥が上にも緊張感を高めて、いたずらに息苦しい。

　そんな逼塞した空間のただ中で、「なぜ呼ばれたか」などと仰々しく問われるまでもない。

　ほんの数日前、勝手に研修医を連れて院外に往診に出かけ、そのまま患者を救急車に乗せて連れて帰り、緊急ERCPまでやって入院させた四内の変人医師の存在は、それなりに医局の内外を賑わせている。状況が状況であるだけに、必ずしも批判や非難ばかりではないのだが、ルールとガイドラインで武装した四内の御意見番にとっては、賑やかな噂話になっているというだけで、当事者を呼び出す理由としては十分なのである。

「申し訳ありませんでした」

とにもかくにも深々と私は頭をさげた。

当方としては、二木さんの救命という最大の目的を無事達成した以上、その他の事柄はすべて余事にすぎない。寝ぐせだらけの頭をさげてそれで済むなら、格別のこだわりもない。

かかる謙虚な一大学院生に対して、しかし御家老はまことに冷ややかなまなざしのままである。

「謝る前に事実を確認したい。私のもとには色々な噂が届いていてね。あまり突飛な噂が広がっては医局としても面目が立たない」

「噂なら、気にすることはありません。人の噂も七十五日、たとえ、教授の耳がロバの耳だと言われても、三月もあれば静まります」

私が投げかけた起死回生のユーモアは、しかし御家老の発する凍てつくオーラの前に音もなく砕け散っていく。

「君がユニークなドクターだということは知っている。しかしユニークも、度が過ぎれば異端になる」

御家老は、おもむろに卓上の手を組み替えながら、

「医局という場所は、ただ大きな組織であるだけでなく、とても大きな責任を背負っ

ている。ささやかな規律の乱れが大きな混乱につながる可能性があるということだ。君が診療に熱心であることは結構だが、あまりに逸脱した行動は見過ごすわけにはいかない」

こういう型にはまった道理を述べさせれば、御家老の貫禄（かんろく）は非の打ち所がない。

「いくら患者のためとはいえ、医局の許可も得ずに勝手に院外に往診というのは看過（かんか）できることではない」

「反省しています」

殊勝（しゅしょう）な言葉を重ねて、また一礼する。言いたいことがなくはないが、下手な釈明よりは一途の忍耐である。本日の目的は穏便に収めることであって、御家老と斬（き）りあうことではない。

「なぜそれほど医局のルールが大事か、と問いたいようだね」

少なからずどきりとした私を、射貫（いぬ）くような御家老の目が見据えている。

さすが准教授。人の心の奥底までよく見ている。

「君はまだ信州における大学医局というものの重要性を理解していない」

またゆっくりと卓上に置いた手を組み替えながら、御家老が語を継いだ。

「ここが大病院の乱立する東京近郊の大都市であるならいざ知らず、無数の医療過疎地を抱えた信州だ。医局がその強権をもって支えなければ、たちまち医療崩壊をきたす町が無数にある。誰も行きたがらないような過酷な地方病院に医師を派遣することはもちろん、ときには遠方の緊急症例にさえ対応する。君も私とともに白馬に出かけたくらいだから、少しはわかるはずだ」

沈黙したままの私の脳裏に、フィガロを駆ってオリンピック道路を走った日のことが思い出された。窓外には、優美な安曇野の夏景色が広がっていたはずだが、覚えているのは助手席の御家老の、無闇な威圧感ばかりである。

「あの総胆管結石の患者は、緊急にＥＲＣＰを施行しなければ助からなかった。だが白馬にＥＲＣＰができる内視鏡医はおらず、さりとて一時間以上もかけて救急車で搬送するには危険すぎる患者だ。かかる状況で、患者を救命できたのは、個々の病院の枠を越えて活動できる大学医局であればこそだ。むろん医局という巨大な組織は多くの問題を抱えている。だが問題や矛盾があるからこそ、ルールというものが必要になる。ルールが守られなくなれば、医局は崩壊し、それはすなわち医局が支える地域の医療までが崩れることを意味する」

ゆっくりと細くとがった顎を撫でながら、怜悧な瞳に一層の鋭さを加えて御家老は告げた。

「過酷な地域医療を支えているのは、医師個人の努力や善意などではない。大学医局という強力な組織なのだよ」

口調は静かだが、過激な発言であった。

過激なだけでなく、ある種の核心を突いていた。

大学医局という組織の複雑な立ち位置を、御家老の言葉は的確に描き出していた。

今さら言うまでもないことだが、御家老とて趣味や道楽で四内の御意見番をやっているわけではないのである。

しばし沈黙したまま立ち尽くす私に、御家老の落ち着き払った声が続いた。

「ゆえに医局のルールから逸脱した行為を野放しにしておくことはできない。他科に対する四内の立場としても、けじめというものが必要だ」

いったん言葉を切り、それから速やかに宣告した。

「栗原先生は、三か月間のアルバイト中止」

私は思わず目をつむる。

兵糧攻めである。まことに的確な一手である。

ただでさえ薄給から授業料を差し引かれている生活で、アルバイトが止まると文字通り干上がることになる。医者の生活苦など、落語のお題にもならぬ滑稽な話だが、残念ながらオチもヤマもない現実の出来事だ。

いっそのこと、このまま〝ふざけんじゃねえ〟と奇声を発しながら、目の前の白い机をひっくり返してやろうか、などと愉快な妄想に逃げ込んでいるうちに、ふいに軽いノックの音が聞こえた。

「宇佐美先生、ちょっと良いですか」

そんな言葉を軽やかな口調で告げながら入ってきたのは、第一班の班長柿崎先生であった。

ぽん、と私の肩を叩きながら横に並んだ柿崎先生が、涼しい顔で告げる。

「失礼します、准教授」

「柿崎先生、君を呼んだ覚えはないが」

「呼ばれた覚えもないんですが」と柿崎先生は右手に持っていた書類ごと部屋の壁を指さして、

「なにせ医局の壁ってひどく薄いうえに、僕の部屋は隣なものですから、いろいろ会話が聞こえてくるんですよ」

御家老を相手に、これだけ気軽な発言ができるのも、柿崎先生のすごさであろう。

もちろん柿崎先生とて四内の重鎮であるが、それ以上に、この人物の持つ不思議な朗らかさというものがある。

「勝手に口を挟むのもなんですが、もう少し軽い処分にした方がいいんじゃないですか」

「私も別に好きで厳格な対応をしているわけではない。しかし責任の所在を考えれば医局としてのけじめが必要だろう」

「責任というなら、今回の件、我々四内の医局にはなんの責任もありませんよ」

重鎮の突飛な発言に、さすがに御家老は眉を寄せる。

「説明してくれるかね」

「簡単なことです。栗原先生は四内で仕事をしているとはいえ、身分は大学院生、つまり学生です。責任は、信濃大学医学部の事務局にあって我々にはない」

ぬけぬけとそんなことを言う。

驚いて偉大な先輩を見上げれば、柿崎先生はどこまでも涼しい顔である。

明らかに暴論である。暴論であるが、理屈は通っている。書類上、私は病院に勤務しているのではなく信濃大学の大学院に通学している。どれほど外来と病棟と内視鏡検査に駆け回っていても、私の立場は、病院の医師ではなく一介の学生なのである。

さすがに御家老は小さくため息をついた。

「それは屁理屈というのではないかね」

「屁がついても理屈は理屈です。逃げ道にはなるでしょう。少なくとも、患者のために少しばかり暴走した若い医師を無闇と圧迫するよりは、屁理屈重ねてうやむやにしてしまう方が親心ってもんじゃないですか？」

それに、と柿崎先生は軽く肩をすくめて続けた。

「栗原を厳しく罰するとなると、当然、一緒に往診に出た研修医もお咎めなしというわけにはいかなくなります」

思わぬ指摘に、御家老が動きを止める。

「それはそうでしょう。往診に出た二人のうち栗原にだけ厳しい罰を与えて、研修医には何もないというのはあまりに不平等ってものです」

しかし、と柿崎先生は意味ありげな笑みを爽やかにちらつかせて続ける。

「研修医を罰するとなると、四内の評判にも響いて、来年度の入局者数に影響するんじゃないですか？」

さらりと吐き出された指摘に、御家老は微動だにしなかった。しかし返す言葉も出てこなかった。その沈黙が、すなわち柿崎先生の一撃が有効に働いている証左であった。

研修医からの評判は、御家老がもっとも留意する点である。

四内医局を管理する御家老にとって、毎年何人の研修医が入局してくれるかは、最大の関心事だ。大学医局の力の源は所属する医師の数である。人数を多く抱えていればそれだけ各地の病院に医師を派遣できることになり、影響力も増す。一方、入局者が少なくなれば、医者の数も減り、医療体制を維持できなくなる。

その意味で、研修医の評判が悪くなることは、なにをおいても避けなければいけない。

御家老はわずかに視線を落とし、黙考する。

ほとんど数秒の静寂ののち、静かに顔をあげると、冷ややかな声で告げた。

「では、アルバイト一か月間の停止だ」

傍らで柿崎先生が軽く片目をつぶってみせた。

私はそっと黙礼する。

御家老からの絨毯爆撃を受けて、無傷というわけにはいかない。しかし大破轟沈を免れたことは事実であった。

小さなステージ上に上った利休が、マイクを片手に顔を真っ赤にして熱唱している。大きなテレビ画面には、クリスタルキング『大都会』の文字。

ずいぶん古い曲である。しかもそれを生真面目一辺倒の利休が歌っているというのは、奇観である。すでに重ねたビールのおかげで顔は真っ赤であるが、歌唱力はなかなかのものだ。その向かいでは、お嬢が楽しげにタンバリンを叩き、お嬢の隣では、すでに消化器内科を去ったはずの番長が上半身裸で踊りながら一緒に歌っている。一同から少し離れた部屋の片隅でインターホンを片手になにやら注文しているのは、いつものジーンズ姿の双葉佐季子だ。

なかなか混沌とした有り様である。

「どうだい、たまにはいいだろ。こういう馬鹿騒ぎも」

陽気な声でそう告げたのは、私の隣でレモンハイをあおっていた北条先生だ。

卓上のフライドポテトを取り上げて、ひょいと口中に放り込む。

「栗ちゃんは歌ってくれないの?」

「歌より酒をいただきます」

「いいね、じゃ、もう一度、乾杯だ」

北条先生はレモンハイのジョッキを持ち上げ、私の日本酒の入ったグラスに当ててみせた。

その日の夕刻、北条先生が長く実験データを積み上げてきた論文が無事、国際ジャーナルにアクセプトされたことが医局内に発表された。

『Hepatology』という名のそのジャーナルは、肝臓研究の世界では一流に属する。そこに論文が採用されるということは、研究内容が一流だと認められたということで、北条先生にとっては極めて大きな実績となる。と同時に四内医局内でも存在感が増すことになるのである。

さっそくその夕方、回診が終わったところで、〝論文おめでとう飲み会しようぜ〟

と、投稿者本人が提言し、三班一同は町に繰り出してきたしだいだ。

「それにしてもすごいですよね。いつのまに、あれだけの論文を仕上げていたのですか？」

真っ赤な顔で問う利休に、

「やだなぁ、運が良かっただけだよ。栗ちゃんがいっぱい実験手伝ってくれたしさ」

などと緊張感のない応答をしている。

もちろん『Hepatology』への掲載は、運の良し悪しで左右されるレベルのものではない。運と努力を山ほどつぎ込んでも容易に越えられないのが、一流ジャーナルのハードルである。

「これもみんなが臨床を支えてくれているおかげだよ。今日は俺のおごりだからたっぷり飲んでよ」

世界レベルで活躍する切れ者のイメージからは程遠い明るい声がカラオケルームに響き渡る。たちまち利休と番長が歓声をあげて喜んでいる。

三班の飲み会に、すでに泌尿器科の研修に移った番長を呼んだのは、北条先生自身だ。

〝番長を呼ぶと新発田も調子が出てくるからな〟

そういう台詞を口にするということは、臨床にあまり出てこない北条先生が意外に班員の様子をよく見ているということだ。一方で実験の陰の立役者である双葉にもきっちり声をかけてくるあたりは、さすがと言わざるを得ない。杜撰に見えて、驚くほど細やかに目を配っているところは、さすが鬼切の北条ということであろうか。

「准教授室でのやり取りはだいたい聞いたよ」

ふいに北条先生が、指先でレモンハイの氷をからりとかき混ぜながら、面白そうな視線を向けてきた。

「ろくな話ではないでしょう」

「熱血栗ちゃんが、パン屋相手に血しぶき舞い散る大乱闘の一時間だったとか」

「ただただ十分ばかり黙って頭をさげ続けただけです」

「そらご苦労さん」と笑いながらくいっとレモンハイを空けると、絶妙のタイミングで扉が開いて店員が次のレモンハイを持ってきた。彼女の采配の妙は、実験室の中ばかりではないらしい。

「なんにしてもうまく難を逃れたらしいじゃないか。アルバイト一か月中止だけなんだろ」

「ありがたいことです。大乱闘のさなかに飛び込んできてくれた、柿崎先生のおかげです」

「結構結構」

「それはつまり、柿崎先生に手を回してくれた先生のおかげです」

私の淡々とした指摘に、鬼切の北条がいくらか赤くなった目を軽く細めた。

私はさしてうまくもない日本酒のグラスに口をつけつつ、

「柿崎先生に聞きました。院生の責任は医局ではなく学部にあるとか、研修医の印象が悪くなるのは避けた方がいいとか、そういう理屈を考え出したのは自分ではなく北条先生だと」

准教授室を出たあとに、柿崎先生がそっと告げてくれたことだ。

〝ああいう屁理屈を考えさせれば北条に敵う奴はいない。ほとんどペテンだよな〟

そんなペテンまがいの屁理屈を柿崎先生に伝え、准教授室の張りつめた空気を丸く収めてきてほしいと言ったのは北条先生だったということだ。

「カッキーも口が軽いよなぁ。俺の名は伏せておいてくれって言っておいたのに」

鮮やかな茶髪をくしゃくしゃと掻きまわしながらそんなことを言う。

「こういう事態まで想定して、あのとき、お嬢を連れて行けと言ったのですか？」

「ん？」

「私がひとりで往診に行けば御家老は遠慮なく厳罰に処すことができる。しかしお嬢を連れて行けば、研修医の評判の問題もあるから、御家老は私に対して厳しい態度に出にくくなる。だからあのときお嬢を連れて行けと？」

「どうかなぁ。栗ちゃんの運が良かっただけじゃないの？」

どこまでも飄々たる態度の鬼切の横顔を、私は黙って見守るしかない。

もとより北条先生の制止を振り切って、強引に往診に出かけたのは私である。あのときの会話を思い出せば、放置されてもおかしくなかったはずだが、陰で手を回して厳罰を回避してくれたのも北条先生である。

ただ当惑の念を抱きながら沈黙している私に、鬼切は静かな目を壇上の後輩たちに向けたままつぶやくように告げた。

「ここにいるとさ、医療ってなんでこんなにわかりにくくなったんだって思うよな」

意外な言葉に、私は黙って相手を見返す。

双葉が淡々と歌い始めたテレサ・テンをバックミュージックに、鬼切が静かに語を継ぐ。

「医局ってのは大きな組織だ。豊富な人材がいて、権力も能力もある。それなのに、なんだかんだといろんな都合がからみあって、その力を十分に発揮できないまま、身もだえしている。ただ患者を助けるだけの医療が、ここにいるとまったくわかりにくい」

いつになく戯れのない口調で告げながら、響き渡るテレサ・テンに聞き惚れるように目を閉じた。

「それでもさ、俺は医局ってすげえ組織だと思ってるんだ」

二転三転する話に、私は黙って耳を澄ます。

「俺が麻績で死ぬ思いで働いていた時期があったことは話しただろ。そのときは半年間も医者を派遣してくれなかった医局を本気で恨んだものさ。だけどさ、よく考えてみろ。俺が大変だからって別の病院に移ったら、あの小さな村の患者たちはどうなる。歩くのもやっとの年寄りたちに山ひとつ越えて更埴や松本の病院まで行けってのは無茶な話だ。そうかと言って、あんなど田舎の病院、普通に医者を募集したって二年や三年は誰も来てくれるはずもない。それをわずか半年で医局は解決したんだ」

鬼切がそっと目を開いて苦笑した。

「崩壊しそうな麻績の医療を守り抜いたのは、泣き言をわめいていた俺じゃない。そういう俺を無理やり働かせて、なんとか半年以内に医者を補充してくれた医局だ。矛盾だらけの大学医局の力なんだよ」

テレサ・テンが佳境に入り、双葉の声が室内に心地よく響いている。

私は返す言葉を持たない。

錯綜する思考の中で、北条先生の言葉に御家老の言葉が重なる心地がする。長く大学医局を支えてきたからこそ見えてくる景色というものであろうか。

「だがな」と、ふいに鬼切がにやりと笑った。

「今の医局には無理や無駄が多すぎるってことも事実だ。俺はそれを変えたいと思っている」

思わぬ鋭い笑みに、私の方がひやりとする。

「そして医局を変えるためには力を持たなきゃならない。今の俺の力じゃどうにもならないから、山のように論文を書いて実績を積み上げて、そして医局の上にのし上がって、医局を変える。それが俺の野望さ」

低く落ち着いた口調であったが、思いもよらぬ異様な気迫がこもっていた。鞘に収まっていた名刀が鯉口を切られて、にわかにギラリと白刃を閃かせたようであった。

息をのんで驚いているうちに、しかし鬼切は閃かせた鋭い笑みを、たちまちいつもの軽薄な笑顔に戻して続けた。

「だけど、それまでは医局の偉い先生たちの目に留まるような目立つことはしたくないんだよ。だから栗ちゃんも、あんまり派手なことしないでくれ。穏便に収めるのも結構骨が折れるんだぜ」

「気楽に言ってますが、かなり過激なことを言っていませんか？」

「その通り。だから明日には全部忘れてくれよ」

よっこらしょと体を起こした北条先生は、卓上からレモンハイを取り上げて、またさらりと飲み干した。

壇上ではテレサ・テンが終わり、利休と番長が肩を組みながら、軽快なポップソングを歌い始めたところだ。

一連の過激な話にまだ考えのまとまらない私に対して、突然の切れ味を見せた鬼切の方は、まるで何事もなかったように双葉に向かって、レモンハイお願い、などと叫んでいる。レモンハイばかり、いったい何杯飲むつもりなのか。

「まあとにかくさ」

またソファにどかりともたれかかって、北条先生が言う。

「パン屋に睨まれるような行動は得策じゃないぜ。来年度、新発田がいなくなるだけでも寂しいのに、栗ちゃんまで飛ばされたら、俺泣いちゃうよ」

鬼切の投げ込んできた二発目の爆弾は、他の班員には聞こえぬ小さな音で爆発した。

一瞬遅れて私は軽く目を見張る。

「利休の異動は確定なのですか？」

「確定だね」

北条先生は次のドリンクを注文するくらいの軽い口調でさらりと答える。

「例の飯山の話だよ。もともとあそこの内科医がひとり体調不良でリタイアしかかってるんだ。誰かを送らなけりゃいけない状態だったんだが、なにせ県内でも随一の豪雪地帯で、誰も行きたがる奴はいない。そんなときに御家老のブラックリストに載ったのが運の尽きだな」

「利休はその件を？」

「知っているわけないだろ。人事の如何は医局のトップシークレットなんだ」

トップシークレットがカラオケボックスで垂れ流しになっている。

壇上の後輩に気付かれぬように、そっと目つきだけ険しくすれば、北条先生は苦笑した。

「怖い顔するなよ、栗ちゃん。前にも言ったが、あいつはまだ若い。どんな病院に行っても、必ずいい経験になる」

「しかしそれも様々な経験のひとつとしての話です。何年も飯山に閉じ込められるようなことになれば……」

「そうはならないさ」

思いのほかに強い返答が返ってきた。

見れば、北条先生の目に怜悧な光が宿っている。

「あいつはいい医者になる。アドリブが利かないのが玉に瑕だがな。だから数年のうちに必ず俺が呼び戻す」

「呼び戻す？」

当惑する私に向けて、にやりと凄みのある笑みを浮かべた。

「言っただろ。俺は医局で偉くなるんだって」

にわかに爆音のような音楽が飛び込んできて、視線をめぐらせると、壇上では話の渦中(かちゅう)の利休が、番長とお嬢を背後に従え、どこかで聞いたことのある古いロックナンバーを熱唱している。

激走するリズムの中で、続く言葉はない。

まるで何事もなかったように鬼切は、レモンハイを置いて拳(こぶし)を振り上げ、掛け声まで上げ始めた。

これ以上、ここで話すことはないということだ。

ギター、ベース、ドラム、錯綜する音と歌のただ中で、私は日本酒のグラスを片手にしばらく言葉も出てこない。ただしばしの間を置いて、ため息を吐き出していた。

「先生が、そこまで壮大な野心家だとは思いませんでした」

「それは違うよ、栗ちゃん」

北条先生は壇上を見上げたまま笑う。

「俺はただのロマンチストさ」

そう言ってまた、レモンハイを手に取った。

「血圧、96の40です」

ガラガラとストレッチャーの移動する音に重なるように、お嬢の緊張感に満ちた声が響いた。

病棟から検査棟へと続く長い廊下である。日曜日の昼間であるから人通りは稀(まれ)で、その分だけ音や声がやたらと響き渡る。

ストレッチャーは、段差が来るたびにガタンと大きな音を立て、点滴が揺れ、ベッド柵(さく)にぶらさがった血圧計が不気味な数値をちらつかせている。

ストレッチャーを押す私が、私服の上に白衣を羽織っただけであるのは、突然の予想外の呼び出しで慌てていたからだ。今日は早朝から再び東京に赴(おもむ)く細君(さいくん)を、始発のあずさで送り出し、あとは一日のんびり小春と昼寝でもしようかと考えていた最中の、唐突なコールであった。

さすがに一度ならず二度までも小春を背負って病院に行くことに躊躇(ちゅうちょ)していたところ、学士殿が遊び相手を務めてくれると申し出てくれたおかげで、身一つで駆けつけることができた。近隣に親戚(しんせき)のひとりとていない栗原家にとって、日頃(ひごろ)から家族のように小春に絵本を読んでくれている御嶽荘の友の存在は、まことに心強い。

「大丈夫ですか？」

私はストレッチャー上で黙って目を閉じている二木さんを見下ろしながら問うた。

そっと目を開けた二木さんは、いつも以上に青白い顔をしているが、口元には落ち着いた笑みがある。

「お休みの日なのに、大変ですね、先生たちも」

「四十度の熱を出していながら、他人の休日に配慮できる態度には脱帽です。日頃から愚痴ばかりこぼしている自分が恥ずかしくなりますよ」

外面だけは余裕の会話を試みているが、心中は慌ただしく波立っている。先日入院して以来、熱も下がり食事も再開し、ようやく全身状態が落ち着き始めた矢先の高熱である。

「またステントが詰まったということですか？」

「間違いないでしょう。採血もＣＴもそういうデータでした。先週金属ステントの中を掃除したばかりですが、やむをえません。今日は、プラスチックステントを追加します」

「また内視鏡なんですね」

「断っても強行します。のんびり禅問答を楽しんでいる余裕はありません」

「ひどい主治医ですね。患者の意思とか、全然聞かないんですもの」

ふふっと白い顔の二木さんが揺れるストレッチャーの上で笑う。

立派なものである。

往診したときには、今にも弾け飛んでしまいそうなほどの痛ましい空気を漂わせていた二木さんは、ここ数日、不思議な穏やかさをまとうようになっている。過酷な環境が人を変えていくということであろうか。

ストレッチャーをエレベーターに乗せて『閉』のボタンを押すと、腹立たしいほどゆっくりと扉が閉まっていく。

「やっぱり先生の言うことなど聞かないで家にいれば良かったです。今頃きっと蕎麦の実の収穫も見ていられたのに」

「憎まれ口はいくらでも聞きますが、今は諦めてください。あなたの主治医は、患者の意思より、理沙ちゃんとの約束を優先するようなろくでなしということです」

敢えて冷淡に応じれば、二木さんは笑ったままうなずいた。

やがてエレベーターを降りると、腹立たしいほど広く長い廊下を足早に進む。CT室を通り過ぎ救急部の先にあるのが内視鏡センターで、その入り口に立つ利休が見えた。

「ERCPの準備はできています」

生真面目な利休の声が妙に心強く聞こえるのは、私自身に焦りがあるからであろう。

二木さんの経過は想定していた以上に悪い。

今回の入院時のCTでは、明らかに膵病巣の増大と、肝転移の悪化が認められた。

できるだけ早急な治療再開を検討していたが、解熱後も肝機能が改善せず、じりじりと時間が過ぎていく中で、再びステントトラブルだ。

治療は再開できず、退院もできず、今日は緊急内視鏡。

貴重な時間が、確実に削られていく。

その緊迫した空気の中で、利休は無駄のない動きで内視鏡準備を進めている。透視システムを立ち上げ、ガイドワイヤーやステントを確認し、鎮静剤の準備にも余念がない。そばにいるお嬢にも細かく指示を出し、後輩への指導まで目が届いている。

その姿が頼もしく見えるのは、どうやら私の気持ちの問題だけではないようだ。

「準備できました」

駆け戻ってきた利休に対して、私はうなずいて応じた。

「内視鏡は利休が持て」

え、と利休が目を見張る。

「側視鏡の挿入は安定してきているし、ステンティングだけなら、もう何回も見てきただろう」

「でも」とさすがに戸惑いを見せるのは、初めてＥＲＣＰの術者に指名されたからだけではない。二木さんがいかに危険な状態であるかを、利休がしっかりと理解しているということである。

「お前も、いつひとりでＥＲＣＰをやらねばならなくなるかわからない身だ。後ろに誰かがいるうちに、場数を踏んでおいた方がいい」

私の意味ありげな言葉に、利休が軽く目を見開いた。

どんな医者にもいつまでも上級医がついていてくれるわけではない。まして地方の病院に出れば、ひとりで困難な症例に向き合わなければいけないときが必ずやってくる。そして利休にはその時期が思いのほか早く近づきつつある。

「術中の血圧管理はこちらでやる。やりたまえ」

私の言葉に、利休は頰(ほお)に緊張をみなぎらせたまま、大きくうなずいた。

かろやかなチャイムが二度鳴ったあと、院内放送が聞こえてきた。

『消化器内科の栗原先生、病院正面玄関にお越しください』

同じ内容が二度繰り返される。聞き間違いではない。

二木さんのＥＲＣＰが無事終わってひと息ついた直後であった。

内視鏡室ではトラブルなく処置を完遂(かんすい)した利休が、汗びっしょりで頰を上気させたまま、二木さんを迎えにきた病棟看護師に申し送りをしている。その背後でお嬢が覚えたばかりの内視鏡の片付けをしているさなかに、突然頭上の館内スピーカーからそうい声が降ってきたのである。

申し送りを終えた利休が、不思議そうな顔で言う。

「ＰＨＳを鳴らさずに、わざわざスピーカーの呼び出しなんて、珍しいですね」

そうだなとうなずきながら、白衣のポケットに手を突っ込んでみれば、あるはずの院内ＰＨＳがそこにない。昼間、呼び出されたときに、慌てて駆けつけたため、医局の机に置き忘れてきたのだと気が付いた。

「それにしても、病院玄関に呼び出しなんて、何かやらかしたんですか、先生？」

不本意きわまる発言をする利休をひと睨みしつつ、私は立ち上がる。

ストレッチャーで眠る二木さんの顔色は、ステント留置に成功したとたん急速に改善しつつある。ＥＲＣＰの威力というものであろう。

「術後の管理は任せられるか？」

「大丈夫です。点滴、尿量その他、確認しておきます」

速やかに応じる利休は、初めてのＥＲＣＰを完遂させて何やら急にひと回り大きくなった感がある。

私はモニター上の頼もしい血圧を確認してから、すぐに内視鏡室をあとにした。

大学病院はとにかく組織も建物も巨大である。病棟から内視鏡センターのある検査棟まで二木さんを運ぶにも、大きな渡り廊下を伝って行かねばならないが、検査棟から正面玄関のある外来棟へ行くにも長い廊下が横たわる。

心当たりのない呼び出しに足早に歩いて病院玄関までやってきた私は、思わぬ待ち人に驚いた。

総合案内のカウンター前で、所在なげに待っていたのは、小春の手を引いた学士殿であったのだ。

「すみません。どうしても心配になってしまって」

苦笑交じりに学士殿がそう告げた。

手を引かれた小春は、額に熱さましのシートを貼り付けて、頬を赤くしている。

「ドクトルが出かけたあと妙に顔が赤いので熱を測ってみたら三十八度でした。小春ちゃん自身はとても元気なんですが……」

控え目にそう告げる学士殿の言葉通り、小春は赤い顔で鼻水をすすりながらも、いつものにこにこ笑顔で「ととちゃん、白い服！」と私の白衣を指さしている。

「風邪かな？」

「だと思うのですが、二歳の女の子の三十八度という熱を、見守るだけでよいのかどうかもわからず……」

子供というのは熱を出す生き物である。三十八度だろうと三十九度だろうと本人が元気であればまず慌てることはない。などと偉そうなことを言っているが、私とてこの二年のうちに何度冷や汗をかいたか知れない。ただでさえ普段からこども病院に通っているような我が子が、熱だ下痢だと何かあれば、大慌てをするのが親というもので、ましてにわかにその子を預かることになった学士殿の不安は当然のことであろう。

「いや、半日でも預かってもらって助かった」

「病院の方はどうですか？」

「処置も終わって問題ない。そろそろ帰るところだったのだ」

私はしゃがんで小春の頭にぽんと手を置いた。

「ちょうど良いところに来たな。昼ご飯でも食べに行こうか？」

「ととちゃんと？」

「学士殿も入れて、三人でだ」

わーいと明るい声が広い病院玄関に響き渡って、通りかかった見舞客らしい若いカップルや老婦人に笑顔の輪を広げていった。

大学病院の北側に広大な信濃大学のキャンパスがある。

外来正面から小道を北へ登り、基礎研究棟の脇（わき）を抜け、医学部の講義棟前を横切った先にあるのが、大学生協と学生食堂だ。

生協の二階にある学生食堂は、多数の学部の学生を受け入れるためにかなり広々と作られていて、人の出入りも制限がない。日曜日であるから食堂そのものは開いていないが、すぐ横にある売店で軽食くらいは食べられるようになっているのである。

「相変わらず忙しい日々ですね。お医者さんというのは、悠々（ゆうゆう）自適の高給取りかと思っていたのですが……」

大きな机の上に買ってきたサンドイッチを広げながら、学士殿が気遣うような微笑を見せた。

「私もそう思っていたのだがな。今のところ、悠々自適も高給取りもともに縁がない」

私は握り飯を頬張りながら、肩をすくめて応じた。隣では小春が、二つに割った紅（べに）鮭（じゃけ）のおにぎりを左右の手に持って交互にかぶりついている。いつのまにかいくらか熱がさがったのか、頬の赤みは取れて結構な食欲だ。

「学士殿こそ学業は？」

「順調です」

サンドイッチを一口かじってから苦笑した。

「というわけにはいきません。まあなんとか進めていますよ。とりあえず院への進学はなんとかなりそうです」

「ニーチェかね？」

「今のメインテーマはヒュームです」

「ヒューム？」

「デイビッド・ヒューム。イギリスの思想家です」

優しげに小春を見守る学士殿の目に、理知的な光がくわわる。

「哲学史上は懐疑主義の首魁（しゅかい）のように言われていますが、研究してみれば意外なほど現実的な思想家です。神秘主義には陥（おちい）らず、人間中心主義からもほどよい距離を取っている。神にも人にも謙虚な哲学者、と言ったところでしょうか。なぜか、とても親しみの湧（わ）く人物なのですよ」

淡々とした口調で、含蓄（がんちく）に富んだ論述をする。

もともと頭の切れる学士殿であったが、以前はなにか抜き身の日本刀のような危（あや）うさがあった。それが昨今徐々に角（かど）が取れ、枯淡（こたん）の拵（こしら）えに収まった名刀の趣（おもむき）をまといつつある。

「確実に前に進んでいるようだな」

いくらかの羨望（せんぼう）を込めてそう告げれば、ゆるりと首を左右にする。

「牛歩ですよ。それを言うならドクトルこそ診療だけでなく、研究もやっているし、榛名姫だって小春ちゃんを育てながら新しい写真集を出そうとしている。皆、見事なものです」

「男爵はどうかな？」

「奔走していますよ。御嶽荘を守るために」

「そうだった」

私も静かに笑いかえした。

いつもスコッチのボトルを片手に悠揚たる日常を送っている男爵が、最近ではしばしば居間で真剣な思案顔をしている様子を見かけている。なにやら御嶽荘の主のような趣すら漂わせている。

「先日のお奉行を囲む宴会から、何か進展があったのか？」

「例の供出金の話でなんとか決着がつきそうです。さすが男爵ですよ」

「供出金？」

小春がぽろぽろとご飯の塊を机の上に落としている。それを見越して卓上にはハンカチを敷いてある。私はハンカチの上にこぼれたおにぎりのかけらを拾って食べながら、学士殿に問うように目を向けた。

学士殿の方が戸惑い顔をする。

「聞いていませんかドクトルは。お奉行様からの御沙汰(ごさた)ですよ。もしどうしても御嶽荘を残したいのであれば、ご近所からの不信を少しでも払拭(ふっしょく)するために、その佇(たたず)まいだけでも清潔なものにしようと、大岡さんが提案していたのです。屋根や塀、壁の一部や水回りなどを修繕するという話なのですが、そのための費用の一部を僕たち住人が積み立てて供出するという話でした」

初めて聞く話である。

薄給の大学院生にとって金銭の話は耳が痛い。細君は気を配って何も告げずにいてくれているのかもしれないが、当方、ただでさえ収入が低いところにアルバイト禁止令を受けている最中である。笑って聞き流すには問題が隠やかでない。試みに供出金の金額を聞いてみれば、小さなものではないから、なんとなく血の気が引いてくる。

「その話は確定なのか？」

「男爵の活躍のおかげですよ。当初は御嶽荘おとりつぶしが、ほとんど既成事実のようになっていましたからね。あの日の宴会が意外に好印象を与えたのかもしれません」

小春の小さな手から、大きなかけらがぽろりと落ちる。ひょいと手を伸ばしてそれを口中に運ぶ私を、学士殿は笑顔で見守りつつ、

「最近榛名姫が頻繁に東京に出かけているのも、そのあたりの工面(くめん)をするために出版

を急いでいるのだと思っていましたが」

「なるほど……」とまことに間の抜けたつぶやきがこぼれた。

ここの所、たしかに細君は以前より活発に仕事に力を注いでいる。細君なりの気晴らしや気分転換かと勝手に合点していたのだが、どうやらそういう気楽な話ではない様子だ。

「なにかまずいことを言いましたか？」

さすがに学士殿が案ずるように問う。

いや、と答えつつもそれに続く言葉がない。もぐもぐと盛んに口を動かしている小春を眺めつつ、思わずため息がこぼれていた。

「不甲斐（ふがい）ない父親ではないか……」

我知らず吐き出した一言に、小春が口の中をご飯でいっぱいにしたまま、不思議そうな顔を向ける。

「なーに？　ととちゃん」

口からご飯をこぼしながら問う娘に、私は苦笑とともに応じた。

「なんでもない。アイスクリームも食べるか？」

予想だにしなかった提案だったのだろう。小春は丸い目を一層大きくして、満面の笑みでうなずいた。

「注意力が落ちてるんじゃないか、栗原」

低く太い牛山先生の声が、古びた内視鏡室に響いて、私は頭をさげた。さげただけで何も答えなかったのは、当方にその自覚があったからだ。

水曜日、例によって更埴総合病院に来ているが、ＥＲＣＰをやっていてもどこか集中力を欠いていて、ひとつひとつのステップがスムーズに進まない。大きなトラブルは起きていないが、トラブルが起きないことは大前提であって、ゴールではない。

「悩み事か？」

どっかりと椅子(いす)に座り、モニターに今日の患者の画像を呼び出しながら、猛牛がそんなことを言う。その静かな目は、膵管、胆管の中だけでなく若僧(わかぞう)の心理状態まであまさず見通してしまうらしい。

「たいしたことではないのですが……」

「たいした悩みでもないのに腕がにぶるなら、ＥＲＣＰなんぞやめてしまえ。お前に命を任せる患者がかわいそうだ」

一言もない。

観念して私は胸中の泥沼を吐き出した。

「金？」

猛牛が、一旦モニターから視線を外して、太い眉をいくらか動かす。

「たしかに大学院生の生活は過酷だからな。独り身ならいざ知らず家族持ちにはきつい」

「その状況で一か月間のアルバイト禁止令を受けました」

「パン屋の宇佐美を怒らせた話は聞いている。冷静に見える栗原が、なかなか派手な騒動を起こしたもんじゃないか」

牛山先生はしぶい笑みをこぼして応じた。

更埴総合病院には私以外にも大学から色々な部署に外勤が来ている。変人栗原の往診事件は、たっぷりの尾ひれと背びれをつけられて、長野県中を泳ぎ回っているに違いない。

「下宿で金が入用になったタイミングで、土日のアルバイトが禁止です。黙って金策に尽力してくれている細君には、とても言えません」

「お前とお前の嫁さんはどっちが賢いんだ？」

思わぬ問いに、は？　と間の抜けた声が出る。しかし牛山先生はマウスを動かしながら「どっちだ？」と問いを繰り返す。

「控え目に言っても、細君の方が賢明だと思います」

「じゃあちゃんと話して任せるべきだな」

画面上に今日のＥＲＣＰ画像を並べつつ続ける。

「馬鹿な嫁なら金の話をしても意味がない。頭がいい嫁なら、お前がひとりで悩むだけ時間の無駄だ。早々に相談して任せればいい。それが、賢い嫁を見つけた旦那の特権だ」

実に明快な論理である。

胆管と膵管の位置を説明する口調と微塵も変わるところがない。

「俺も大学院にいたからな。金の苦労はよくわかる」

牛山先生はふと思い出したように目を細めた。

「あのころは今よりひどかった。なにせ俺が大学院にいたころは一円の給料もなかったんだからな」

「一円の？」

「驚くことはない。ほんの数年前までの話だ。お前の指導医の北条や、膵臓の柿崎なんかは、無給時代の経験者だろう」

初めて聞く話である。

「幸いうちも、俺より嫁の方が賢かったから、全部任して無事に切り抜けた。お前のところにも賢い嫁がいるのなら、なんとかするだろう」

だからな、と言いながら、ゆっくりと回転椅子を動かして、当方を顧みる。

「今はＥＲＣＰに集中しろ」

猛牛の目から笑みが消えている。

「お前のうちの家計が赤字だろうが黒字だろうが、患者には関係ない。気持ちの切り替えができないような医者に、側視鏡を持つ資格はない。それがＥＲＣＰって手技だ」

さして大きな声ではない。しかし太く重量感がある。

数々の修羅場を見てきた人物であるからこそ、こういう言葉が揺るぎなく響くのであろう。私に医師としての基本姿勢のすべてを叩きこんでくれた大狸先生と、どこか共通する空気がある。

猛牛がゆるりと立ち上がった。

けして背は高くなくても、ゆったりと歩き出すその背中は大きい。

「次の患者だ。始めるぜ」

低い声に、私は慌てて立ち上がったのである。

常念の緑がわずかに深みを増したようであった。

秋という季節である。

わざわざ暦を見る必要はない。信州では、四方を囲む山を見れば、四季がそのまま描かれている。八月が終わり、九月に入る。すると少しだけ透明度を増した空の下、山の緑が不思議な鎮まりを見せてくる。

農人が雲を読むように、船乗りが星を測るように、この地の人々は山の姿から実に多くを読み取るのである。

私は生まれも育ちもはるか西国であるが、信濃大学に入って以来すでに十五年近くが過ぎている。存外この土地になじんできたのか、ふとしたときに山を眺める癖が身についてきているようで、小春の手を引いて、こども病院の玄関を出てきたところで、知らず知らずのうちに、西に延びる山稜（さんりょう）に目を向けていた。

三角錐（さんかくすい）の常念から、ゆっくりと視線を右手へとめぐらせれば、いくつかの稜線の重なりを越えたはるか北に、鹿島槍（かしまやり）、五竜（ごりゅう）、白馬三山の名峰までが、かすかに眺められる。足下の安曇野はなお明るい緑に包まれて、濃厚な夏の名残り（なごり）の中に漂って（ただよって）いるのだが、山は静かに厳しい季節の支度を始めている気配がある。

「もう秋ですね」

あとから追いかけてきた細君が、並んで立ってそう告げた。

声がいつも以上に明るい響きを帯びているのは、今日の小春の診察も問題がなかったからだ。まもなく装具がはずれて一年、走るのは苦手ながら、普通に遊んでいる姿を見れば格別の問題もない。

「おハナ！」とふいに声を張り上げて、小春が駆け出した先は、手入れの行き届いた花壇のパンジーではなく、駐車場の隣の野原を埋めるコスモス畑だ。ほっそりとした茎の先に薄紫の艶やかな花を開いた秋の桜が、一面に地を埋めて、風が吹くたびに紫色のさざ波が立っている。

美しい秋の中に、小さな春が突撃していく。

まことに心地よい景色だ。

「写真集の方はうまくいっているのか？」

「小春と同じく順調です。あと一度東京に行ければ、ほぼ目途が立ちます」

「そうか、しかしあまり無理をしてはいけない。もちろん無理をしなければいけないときもあるだろうが……」

言いかけた私が言葉を途切れさせたのは、見上げる細君が薄い唇に人差し指を当てたからだ。

「お金の話は心配いらないと言ったはずです」

安曇野を吹き渡る秋風よりも爽やかな声が聞こえた。

御嶽荘救済供出金について、改めて今朝細君に聞いたばかりだ。と同時に、アルバイトが一か月中止になった件も伝えた。

細君は端然として驚かず、わかりました、と答えた。それから静かに、大丈夫ですと付け加えただけであった。

気がかりが消えたわけでは無論ない。ともすれば、何かの機会にふと心配にもなる。けれども賢明なる細君が了解したものを不器用な夫君が掻きまわすものではないだろう。牛山先生の言う〝賢い嫁を見つけた旦那の特権〟という奴を、黙って行使するばかりだ。

「ろくな給金もよこさぬ職場だが」と私はおもむろに口を開いた。

「このまま病院に戻るつもりでいる」

並んで立つ細君がゆっくりとうなずいた。

「あの、若い患者さんですね」

私もまたうなずき返す。

細君が額に手をかざして常念を眺めやり、私もまたその視線を追いかけて、北アルプスの名峰に目を向ける。

「ハルには苦労ばかりかける」

「それはお互いさまです」

明るい日差しに目を細めながら、静かに続ける。

「イチさんはどんなに忙しくても、小春の通院の日は、必ず一緒に来てくれます。きっと病院が大変なときもあるだろうに、いつも必ず何も言わずに一緒に来てくれます。本当にそれが心強いことです」

にっこり笑ってそう告げられれば、当意即妙に答える言葉もなく、なにやら視線を泳がせてコスモス畑の小春の方を眺めやる。

小春は、蝶かカマキリでも見つけたのか、コスモスの花一輪をじっと睨みつけている。

〝こども病院の通院には必ずついていく〟

それはあの日、全身装具に包まれた小さな命を胸に抱いたまま、途方に暮れて立ち尽くしていた細君を見たときに、私が心に決めたことであった。

私は小児科医ではない。まして乳幼児の先天的な疾患に助言も名案もありはしない。しかしそれは問題ではない。

人はつながるだけで力を得ることがある。

絶望も諦観（ていかん）も、孤独の沼からあふれ出してくる。二人が手を取り合うだけで、にわかに歩む道先が見えてくることがある。理屈も知恵も哲学も、皆あとからついてくる。細君がしばしば私の背中を押してくれるように、私はただ細君の手を引いて歩めばよい。

連れ添って生きるということは、とりもなおさずそういうことなのであろう。

「次の通院も必ず一緒に行く」

「無理はいけませんよ」

「当然だ。無理なら無理とはっきり言う。それくらいは信頼したまえ」

「ではイチさんも信頼してください」

「私も？」

「本当にお金に困ったときは、ちゃんと言います。だから今は……」

ぽん、と細君が胸を叩いて笑って言った。

「私のことを信頼したまえ」

一瞬間を置いてから、私は破顔した。

夏が終わり、秋が来て、もうすぐ冬がやってくる。

しかし細君がいれば、いつでもそこには春がある。


黄疸の増悪、貧血の進行、腫瘍マーカーの上昇。

二木さんの状況は、悪化の一途をたどり続けていた。

先日の緊急ＥＲＣＰで、解熱は得られたものの、治療再開の目途は立たず、食事の摂取量は減り、ゆっくりと体力は低下しつつあった。

その息苦しい経過の中で、唯一変わらなかったのは二木さん自身の静けさであったと言える。

入院直前にはあれほど強く抵抗し、激しい言葉を口にしていた二木さんは、しかしそののち不思議な静寂に包まれるようになっていた。心を閉ざしてしまったというわけではない。むしろ初めて外来で出会って以来、一度も感じさせたことのない穏やかな空気をまとい、笑顔さえ見せるようになっていた。

「調子はどうですか？」

私は二木さんの車椅子を押してエレベーターに乗りながら、控え目に問いかけた。

火曜日の午後である。

午前中の内視鏡検査が終わり、病室を訪れた私に二木さんが「散歩に行きたい」と告げたのだ。午後は幸い大きな処置の予定はなく、その分実験室にこもる予定ではあったのだが、肝炎ウィルスのシークエンスなど、二木さんからの散歩の誘いに比べれば、気の抜けたビールほどの価値もない。

私は黙ってうなずいて車椅子を持ち出してきたのである。

「調子、悪そうに見えますか？」

どこかいたずらっぽい笑みを浮かべたその問いに、私は大仰に首をかしげながら、

「悪そうには見えません。むしろあまりに落ち着いて見えるのでいささか戸惑っています」

言い終えると同時にエレベーターの扉が開いた。私はゆっくりと車椅子を押し出し、病棟二階のエレベーターホールを横切って歩き出した。

そこはＩＣＵや手術室などが集中する場所であるから、行きかう人の数は多い。足早に歩きすぎていく外科医の一団や、ＰＨＳに向かって何か怒鳴りながら走っていく年配の医師、心細そうな顔でＩＣＵのインターホンを押している老婦人や、じっと窓の外を見つめたまま動かないスーツ姿の紳士など、悲喜こもごもの物語が錯綜している。

その中を、柔らかな笑顔の女性を車椅子に乗せた冴えない内科医がゆっくりと進んでいく。

「あなたを安曇野の自宅から引きずりだし、病院に放り込んでもう二週間を越えました。そろそろ家に帰る帰らぬの大騒ぎを起こして、誠実な主治医を困惑させるころではないかと思っていたのですが、何もおっしゃらない」

「患者の言うことを全然聞いてくれない主治医が怖くて、率直な意見が言えなくなってしまったんです」

私は機先を制された形で、思わず反論の機を逸してしまう。

車椅子の中で、二木さんがすっかり痩せた肩を揺らしてくすりと笑った。

私は車椅子をゆっくりと左手に向けていく。壁沿いに進んでいけば、病棟のはずれに行き着き、美ヶ原を見上げる広々とした回廊に出ることになる。

いつか、二木さんが早朝に、理沙ちゃんと御主人のキャッチボールを眺めていた場所だ。

あのときは早朝ということで誰もいなかったが、今は缶コーヒーを片手に黙々とスマートホンを操作している女性医師や、隅のソファに転がって居眠りをしている青年医師もいる。

「以前にここで先生にお会いしたときは、まだ夏のただ中でしたね」

「もうずいぶん経ったような気がしますが、驚いたことにほんの二か月前です」

「本当に……」

二木さんは細い腕をまぶしそうに額の上にかざしながら、午後の美ヶ原に目を向けた。

「ずいぶん経った気がします」

あのころは、二木さんは普通に窓際に立って眼下の芝地を見下ろしていたのだが、今は手すりにつかまって立ち上がるのもやっとの状態である。わずかな時の流れのうちに、病魔は確実に勢いを増し、ひとつの命を飲み込もうとしている。

大学病院の英知も、山ほどの抗がん剤も、一内科医の闇雲(やみくも)な熱意も、この凶悪な腫瘍の前に手も足も出ない。

「最近、あまり理沙ちゃんを見かけませんね」

「夏休みも終わって、小学校です。毎日元気に登校しているみたい。足し算、引き算に、カタカナ、漢字。覚えることが山ほどあって、病院に来ても、泣き言ばかりです」

「なによりです。キャッチボールができる上に、算数と国語まで得意になっては、食うことしか能のない我が子の立場がなくなります」

仏頂面で応じれば、二木さんは本当に楽しそうに笑う。

「でも学校の勉強だけじゃなくて、あの子に教えてあげたいことはたくさんあるんです。あやとりに、編み物、料理に花札」

「花札？」

場違いな単語に、思わず聞き返す。

「私のおばあちゃんが好きだったんです。蕎麦畑の見えるあの縁側でずっと対戦していました。猪鹿蝶(いのしかちょう)！　って」

「それはまた……」

楽しそうな、と言えばよいのか、大人びていると言えばよいのか。

ただ、あの由緒ある旧家の縁側で祖母と孫娘が花札をやっている景色というのは、なかなか絵になるのではないかと思う。

「先生は花札得意ですか？」

「得意なのは将棋です。矢倉も穴熊も組めない花札では、赤タン青タンで地味に攻めて嫌がられるのが関の山です」

楽しそうに笑いながら、二木さんが首をめぐらして私を見上げる。

「じゃあ、私が無事に家に帰ったときは、昔おばあちゃんとしたように、縁側で花札にお付き合いくださいね」

そう言って、また肩を揺らして笑う二木さんを私は黙って見つめるのみだ。

その視線に気付いた二木さんが、少し笑みを抑えて私を見上げた。

「変ですか？」

「変というより……不思議に思っています」

私は一考し、それからゆっくりと続ける。

「こうして普通に話しているあなたを見ていると、二週間前の押し問答が嘘のようです。あれ以来、帰りたいとも何も言わない。何か悟りでも開いたように落ち着いている」

「悟りなんてありません。ただ、決めたんです」

二木さんはそっと視線をめぐらして、眼下の芝地に目を向ける。あのころ白い花を咲かせていた泰山木は、今は悠揚たる枝葉をめぐらし、冬に備えるように濃緑色の力強い葉を四方に広げている。

「先生を信じると、決めたんです」

意外な言葉が、思わぬ明るさを持って廊下に響いた。

「先生は言いました。一か月しか生きられないなら意味のない命なのか。そんなことはないはずだ、と。目の前の癌のために、すべてを捨て去ろうとしていた私に、先生はとても大切なことを気付かせてくれたんです。私はひとりでいるわけじゃない。主人や理沙がいて、そのために一日でも力を尽くして生きなければいけない。そのことを教えてくれた先生を信じようと決めたんです」

私は静かにうなずいた。

二木さんは生きることを諦めたわけではない。生きることとの意味を見つめているのだ。

がむしゃらに自宅にしがみつくことをやめたと同時に、治療に向けて猪突する様子もない。厳しく過酷な現実の中で、毎日を真摯に生きようとしている。

なるほど、ヘミングウェイの言う通りだ。

〝勇気とは重圧の中での気高さである〟

今の二木さんは、まちがいなく勇気ある人に違いない。

「先生の責任は重いですよ」

「そのようですね」

微笑を浮かべた二木さんに、私は苦笑とともにうなずいた。

「すみません、なんて言いません。先生も重荷を背負ってください。先生は私の主治医なんですから」

強い声ではなかった。しかし、不思議な朗らかさがあった。その朗らかさに励まされるように私ももう一度うなずき返した。

ふと二木さんが首を動かしたのは、窓の外に、二、三歳くらいの小さな子供と母親の姿が見えたからだ。まだ足元のおぼつかない幼児の手を引いた若い母親が、ゆっくりと芝地を横切っていく。

「私、家に帰れますか？」

「帰れますよ」

ごく自然に、私は答えていた。

「通常ならもう少し食事がとれるようになってからの退院を考えますが、今は目をつむります。現在、新発田ドクターが、訪問看護師や、ケアマネージャーたちと退院カンファレンスを進めていますが、介護ベッドの搬入の日取りも目途が立ったようです。

その他の準備が整い次第、退院です」

「抗がん剤治療はしないのですか？」

「やれば帰れなくなります」

短い返答に、しかし二木さんは揺るがなかった。ただ小さくうなずいただけである。

すでに覚悟が違うのだ。

当方とて、治療を中止するという方針に逡巡（しゅんじゅん）がなかったわけではない。だが二木さんのもとに足を運び、診察し、対話を重ねていくうちにゆっくりと迷いは消えていく。効果は見えず、体力ばかりを低下させる抗がん剤に、これ以上固執すべきではない。

「家に帰ったら、理沙ちゃんにあやとりや料理を教えてあげてください」

「ありがとうございます。でも先に先生と花札をしたいですね」

「それは困ります」

私はゆるやかに首を振って付け加えた。

「まずは蕎麦をいただく約束ですから」

広い回廊に、明るい笑い声がこだました。

思惑通りには進まない。

それが医療というものだ。

二木さんと話をした夜、外科医や放射線科医との肝胆膵カンファレンスの最中にPHSが鳴り響いたのは、利休からの呼び出しがあったためだ。そのまま席を立って廊下に出てきた私を、利休とお嬢の二人が待ち受けていた。

「どういう意味だ？」

利休の告げた言葉に、我ながら険のある声がこぼれた。

その声は、思いのほか大きく響いたようで、背後の半分開いた扉の向こうで若い放射線科医が不思議そうにこちらを振り返る。

私は二人を連れてその場を離れながら問いなおした。

「すまない。もう一度言ってくれたまえ」

「二木さんの退院の手配が難しいことになっているんです」

「難しいものをなんとかするのが我々の仕事だ。もたもたしているうちにまたステントが詰まれば、ERCPになる。そんなことをしているうちに本当に帰れなくなってしまう」

「わかっているのですが……」

なにやら困り果てた顔の利休に代わって、隣のお嬢が口を開く。

「先週もそうだったんですが、今日の退院カンファレンスもうまく進んでいないんです」

退院カンファレンスは、病状や生活環境の安定しない患者の退院に向けて、関係部署のスタッフが集まる会議である。

二木さんの場合は、全身状態が不安定な状況での退院であるため、三班の医師のほかに、病棟看護師はもちろん、訪問看護ステーションスタッフや、メディカルソーシャルワーカー、ケアマネージャーまで多岐（たき）にわたる関係者が集まる形になっている。

そのカンファレンスが、先週と今週の二回にわたって開催されているのだが、先週は更埴の外勤が遅くなって間に合わず、本日も肝胆膵カンファと重なったために、利休に任せたままになっていたのだ。

「二木さんの病状を説明して、各部署の協力をあおげばそれで話は進むかと思っていたのですが、とくに訪問看護師からの反発が強くて……」

「反発？」

利休の言葉を思わず反復してしまう。

「食事摂取も不十分な今の状況で本当に退院にして大丈夫なのかと」

「大丈夫かどうかの問題ではないだろう。急変を覚悟で退院にするのだ」

「そうなんですが、前回の緊急入院時の騒ぎが相当引っかかっているようで、いくら本人の希望だからといって、このまま退院というのは性急すぎるのではないかと」

前回の騒ぎというのは言うまでもなく私とお嬢が直接家まで出かけて行った日のことを言っているのだ。

「来週には退院を、と思っていたのですが、厳しいかもしれません」

つぶやくように言う利休の表情に、常にない疲労がある。生真面目をモットーとする四年目が、こういう表情をするのは珍しい。何が起こっているのか定かでないが、退院カンファは、よほど難しいことになっているのかもしれない。

軽くため息をついたところで、白衣のPHSが鳴り響き、慌ててすぐに応じると、今まさに肝胆膵カンファの司会をしている柿崎先生からの連絡だ。

「先生のプレゼンテーションの番ですか？」

「そうだ。岡さんの報告だ」

膵癌疑いで大騒ぎしたあげくに自己免疫性膵炎の2型に落ち着いた岡さんの経過は、外科も放射線科も興味を持っている。今日は、肝胆膵カンファの最後に経過報告をする予定なのである。

「二木さんの、次の退院カンファレンスはいつだ？」

PHSをしまいながら問う私に、利休がすぐに答えた。

「来週の頭です」

「遅いな。明日か、明後日の夕方までに再セッティングしたまえ」

我ながら冷ややかな物言いと自覚はあるものの、利休もお嬢も反論しなかった。

二木さんには時間がない。そのことを一番よく知っているのは、訪問看護師でもソーシャルワーカーでもなく我が三班である。

すぐにPHSを片手に連絡を取り始める利休の背を見送りながら、私もそのまま身をひるがえした。

夜中の十二時に、四内の実験室と隣の病理の実験室の両方の灯りがついている。

北条先生がそういう時間まで実験をしているのは珍しいことではないが、例によって昨日から東京に出かけているし、隣室の双葉は、よほど特別な追い込みの時期でもない限り、深夜にまで実験が及ぶような乱暴なプランを立てることはない。

当方は、肝胆膵カンファが終わったあとに、偶然病棟で二班の患者の急変に行きあって、思いのほかに帰宅が遅くなっていたところだ。基礎研究棟の前を通りかかったら灯りがついていることに気が付いて、足を止めたのである。

不思議に思って五階に上り、実験室の扉を開けると、

「よお、お疲れさん、一止」

黒い巨漢の大きな背中が目に入ると同時に、気楽な声が降ってきた。

旧友の外科医が、ソファに座って肩越しにこちらを振り返っている。

「こんな時間に、ひとの実験室に入り込んでなにをやっている」

「待っていたんだよ、一止を」

待っていた？　と口にするより先に、次郎の様子がいくらか妙だと気が付いた。つい数時間前に肝胆膵カンファで会ったときの黒い顔が、なにやら微妙に赤らんでいる。もともと緊張感のない顔にいっそう締まりのない笑みを浮かべ、なんとなく視線の先が定まらない。

「飲んでいるのか？」

「私が付き合ってもらっているんです」

さらりと答えたのは、巨漢の向かい側に座っていた双葉である。

「お疲れ様です、栗原先生」

いつものジーンズ姿の双葉が、手に持った検尿コップをくいと傾け中身を飲み干して、吐息を漏(も)らした。こちらはこちらで、一見すると顔色に変化はないが、常には見ない色気めいた微妙な空気が漂っている。

卓上に目を向ければ、琥珀(こはく)色の液体の入った優美な形状のボトルが一本。

「カリラの十二年か。いいものがある」

「栗原先生も飲みますか？」

返事も聞かず、双葉が実験机の上から新しい検尿コップを取り出して、片手でスコッチを注ぎだす。

「ありがたい申し出だが、今はそういう気分ではない」

「だとしても飲んでください。砂山先生は付き合ってくれました」

口調はいつもと同じ淡々としたもので、挙動にも微塵も乱れは見えないが、言葉に遠慮がない。のみならず、検尿コップを卓上に置いた白い腕が、するりと伸びて、ほとんど引きずり下ろすように私を次郎の隣に腰かけさせた。

要するに、どうやら双葉も酔っている。

「どういう事態だ？」

耳打ちすれば、次郎がゆらゆら揺れながら口を開いた。

「俺はただ、二木さんのその後がどうなってるか、様子を聞きたくて一止を待ってただけなんだよ」

「待ってただけの男がなぜ、酩酊している」

「だってよぉ。落ち込んでる双葉ちゃんに酒を誘われたら、断れないだろ」

「落ち込んでる？」

「落ち込んでなどいません。少し気が滅入っていただけです」

双葉の長い手が伸びて、傍らの実験机の上の数枚の紙を取り上げると、ボトルを置いた卓上に遠慮なく撒き散らした。

「二年かけた論文がリジェクトされて、少しばかり気が滅入っていたので付き合ってもらいました。明日になれば素面で研究再開です」

リジェクトとは字義通り、投稿先のジャーナルから採用を拒否されたということである。

研究者にとってはどんな論文を書こうと〝アクセプト〟されなければただの紙屑である。まして臨床の片手間で実験に足を突っ込んでいる私とは異なり、双葉は研究を本道として歩いている。リジェクトの衝撃は小さなものではない。

「いけると思ったんですけどね。残念です」

軽く肩をすくめて、またさらりとカリラを飲み干している。

私は一考してから、眼前の検尿コップを手に取り、心地よいアイラモルトの香に身をゆだねつつ、ゆっくりと嚥下した。

「やっぱり律儀ですね、栗原先生は」

飲めと言っておきながら、双葉が勝手に感心している。

「そういうところに鮎川先生も惹かれたのかしら」

唐突なお嬢の登場に軽く眉を寄せると、双葉が呆れ顔をする。

「その様子じゃまだ何も知らないみたいですね」

「なんの話だ？」

「鮎川先生、病理希望から内科希望に変更するかもしれないんです」

驚いて口を開いている私に、

「やっぱり何も気付いていないんですね。現に、鮎川先生、第四内科の研修期間を二週間延ばしてもらっているんですよ。今受け持っている膵癌患者さんの診療を、できるだけしっかり見たいって研修センターに伝えたらしいですけど、こんなことなら、先生の診療をしっかり見とけなんて、言わなきゃよかった」

くいっとまた検尿コップをあおる。

珍しいことだが、これは相当に酔っている。こういう双葉は見たことがない。

「論文はリジェクトされる。研修医には逃げられる。今年は厄年だわ」

私はとりあえず、カリラのボトルを手に取り、精一杯の同情を込めて双葉のコップに注ぎこむ。

どーも、と受けた双葉は、ゆったりと香りをかぎながら肩をすくめた。

「ま、こうして好きな酒を好きな男に注いでもらえるだけ、今夜は役得ってことかしら」

そのまま、くいとまた一息に飲み干した。

そうか、とうなずきながらボトルを卓上に戻し、一拍置いてから、驚いて双葉を顧みれば、当人は何事もなかったような顔でハル・クレメントを開いている。

直前の双葉らしからざる発言が、空耳であったのか、聞き間違いであったのか、いずれでもなかったのか、第三者に確認すべく隣席に目を向ければ、黒い巨漢の旧友はいつのまにやら酔いつぶれて、すーすーと心地よげな寝息まで立てている。相変わらず肝腎なときに役に立たない。

とりあえず落ち着かぬ視線を戻せば、向かい側では双葉が、長い足を組み、片手で開いたSF小説を読み始めている。

しばしそのまま眺めていると、視線に気付いた双葉が、ハル・クレメントから目を上げた。

「まだ飲みます?」

片手で持ち上げたカリラを、返事も聞かずコップに注いでくれる。また一段と心地よい香りが広がって、なにやら陶然となってきた。そのまま視線をコップの中に落とし、ゆらゆら揺れる琥珀色の液体をじっと見つめる。束の間微動だにせずそのままでいると、双葉の声が聞こえた。

「どうかしたんですか?」

「いや、検尿コップにこの色の液体が入っていると、まるっきり尿に見えるな」

一拍置いてから、深いため息がこぼれた。

「最低」

静かな実験室に、そんな一言が響いた。

木曜日の夕方が、三回目の退院カンファレンスであった。

さして広くもないカンファレンスルームに、私と利休とお嬢の三人のほか、病棟の木月看護師、訪問看護ステーションの訪問看護師がおり、さらにソーシャルワーカーとケアマネージャーまで集まって、総勢七人というなかなかの大所帯だ。

私の参加は初めてで、今日までの進行はすべて利休に任せてきたから、いきなり偉そうに顔を出すわけにもいかない。紙コップ七つを並べ、ペットボトルの水を注いでまめまめしく準備を整えたあとは、部屋の隅から突撃隊長たる利休の活躍を見守る算段でいたのだが、カンファレンスは最初からいびつな空気を醸し出していた。

「現状での二木さんの退院はやはり難しいというのが、私たちの結論です」

口火を切ってきたのは、年配の訪問看護師である。看護ステーション「希望」の川山という名刺を先刻受け取ったところだ。物腰の柔らかい態度で、ほのかな笑みさえ浮かべていて、相応のベテランであるらしい。

「もちろん患者様ご自身の意思はわかりますが、二十九歳という年齢で、いつ急変するかもわからないとなると、訪問看護の負担は非常に大きなものになります。現状での退院は延期もしくは中止としていただいた方が良いと思います」

「それについては先日も話し合ったはずです」

利休がいつもの生真面目な声で応じている。

「近くの開業医の先生を窓口に確実に対応できるようにします。僕らだって何かあればすぐに対応します」

「往診をしてくれる開業医についても、何軒か当たりましたが、二十九歳と聞いて二の足を踏んでいる先生が多いことも事実です。一方で、大学の業務がある先生方も、そう気軽に駆けつけられる立場ではないでしょう。先日はたしかに往診してくださいましたが、正直あのような大騒ぎになったこと自体が、私たちには大きな不安になっているのです」

なかなか弁の立つ人物である。

年の功というべきであろうか。物腰は丁重だが、内容は簡潔にして遠慮がない。

そんな年配の看護師ひとりでも厄介であるのに、その隣に座る若いメディカルソーシャルワーカーの女性は、生真面目な顔で淡々と外堀を埋めてくる。

「私も川山さんの意見に賛成です。今回の最大の問題は、第一介助者の不安が強すぎるという点にあります」

第一介助者？　と私が眉を寄せれば、痩せたワーカーは軽く眉を寄せながら、

「退院後の負担を一手に引き受ける方のことで、今回の症例では、患者の御主人のことです。御主人は患者を連れて帰る自信がないと言っています。一般的に、第一介助者の不安が十分に払拭されない限り、安全な退院はできないとされています」

眉間の皺をさらに深くしてそんなことを言う。

利休の視線が力なく泳いで、助けを求めるようにその隣の、白髪交じりのケアマネージャーに止まったが、先方は力なく首を左右に振って言う。

「私も訪問看護師さんやソーシャルワーカーさんの心配はもっともだと……」

年齢的には初老のケアマネージャーが一番年配に見えるのだが、多くは発言しない。訪問看護師もソーシャルワーカーも大学病院の職員だが、ケアマネージャーは院外の施設や市の福祉課から派遣されてくる。大学に所属する医療スタッフに対して、なんとなく遠慮があるのかもしれない。

利休は眉を寄せつつも、しかしじっと耐えて諄々と説明を重ねている。

二木さんに遺された時間が少ないこと。

今のまだ動けるうちに、御主人や娘の理沙ちゃんと自宅で過ごせる時間を少しでもつくってあげるべきだということ。

何かあればできる限り三班の医師が対応するということ。

まことに見上げた忍耐であるが、相手に響いた感触は微塵もない。訪問の川山看護師は、紙コップを両手で包むようにしながら、水を飲むわけでもなく微笑を浮かべているだけで、ソーシャルワーカーは手元の書類に目を落としたまま動かない。

こういうことを過去二回も続けてきたのだとすれば、利休が苦しい顔をしていた理由もわかるというものだ。

やがて川山看護師が、紙コップから手を放して口を開いた。

「先生の熱心さはわかりますが、今回の退院については、当看護ステーションにおける退院ガイドライン上も、推奨しないという結論になっています。医師の熱意で変わるものではありません」

「退院ガイドラインですか？」

勢いをそがれたような顔で問う利休に、川山看護師はほとんど同情を向けるような微笑とともに続けた。

「複雑な症例に対応する場合、その退院が推奨すべきかどうか判断するための基準です。そのガイドラインによれば、今回の症例は二つの大きな問題を抱えています。第一に、患者が強く退院を希望している場合でも、その意思が冷静な判断に基づいているかどうかを十分に考察すべきこと。第二に、第一介助者が十分に安心して行動できる環境が整っているかどうかを検討すべきこと。残念ながら、二木さんは以前にも感情的に入院を拒否した経緯があり、冷静な判断力があるか微妙です。また、御主人が大きな不安を抱えている事態も無視できません。ガイドライン上は、〝準備不十分〟です」

滔々とした弁舌で見事に論理を組み上げる。

一見非の打ちどころのない堅固な言葉の城だ。

これは格の違いというべきか、利休ひとりで落とせる城ではない。

かといって、ケアマネージャーは当てにできないし、病棟看護師の木月さんも討議をパソコンに打ち込む手を止めたまま、困惑顔を見せるばかりだ。病棟看護師と訪問看護師では、同じ看護師でも、所属する部署から携わる業務まで全く異なる。ましてこれだけ年齢差があると、意見は言いにくいということであろうか。

さっそく行き詰まりかけたカンファレンスを、再び動かしたのは、研修医のお嬢であった。

「でも退院できないからといって、いつまでも大学に入院させておくことはできないはずです。なにか治療をしているのなら別ですが、二木さんは抗がん剤も中止しています。治療もしていない人を長く入院させておくことは、大学病院としても望ましくはないと思いますが、その点はどうなのですか？」

思わぬ援護射撃に私の方が驚いた。

しかも告げる内容は、感情に訴えるものではなく、理路を示して退院を正当化するという、利休とは異なる道行だ。

大学病院の融通の利かない環境を逆手にとった、なかなか利口な攻め手と言える。

「治療中止からすでに二週間の入院が続いています。このまま漫然と病院に置いておくくらいなら、二木さんの希望を入れて、無理にでも帰らせてあげれば、ベッド状況の改善にも貢献できます」

コミュニケーション能力に自信がないと言っていた研修医が、わずかな期間でずいぶん立派になったものだ。思わぬところに思わぬ花が咲くものである。

しかしそこまで予期していたかのように川山看護師が、隣のソーシャルワーカーの女性に落ち着いた目を向けた。うなずいたソーシャルワーカーが抑揚のない声で応じる。

「先生のおっしゃる通り、地域連携室としても入院期間を短くすることには全力を尽くすように言われています。ですから今回、退院ではなく転院という方向を検討中です」

転院？　とさすがに利休とお嬢が同時に戸惑いの声をあげた。

ソーシャルワーカーが痩せた手で卓上の書類を開きながら、

「二木さんのご自宅の近くには梓川（あずさがわ）病院があります。比較的長く入院ができる病院ですから、あちらのベッドを確保して転院にすれば、御主人の不安は少なくなります。場合によってはそのまま梓川病院で看取ってもらう。そういう方向はいかがでしょうか」

利休とお嬢は、にわかに返答できなかった。

これは私でさえ予想もしなかった展開だ。なかなか明確な結論は見えなくても、過去二度のカンファレンスを通じて、少しずつは退院に向けて前進していると、利休もお嬢も思っていたに違いない。しかし二木さんを乗せた船はあらぬ方向に舵を切り、予想もしなかった港に寄港しようとしている。いや、寄港ではあるまい。これは座礁である。

「それはつまり……、退院を諦めるということですか？」

「現時点での結論ではそういうことになります。幸い梓川病院は看取りに対しては比較的積極的に対応してくれる病院です。今回のケースではもっとも現実的な選択肢と思います」

まことに整然たる返答が戻ってくる。

利休は呆然として声なく、お嬢もしきりに瞬きばかりしている。

私は静観したまま、改めて室内を見回した。

医師、看護師、ソーシャルワーカー、ケアマネージャー、これだけたくさんの人間が集まって話し合っていながら、なぜかかる奇怪な結論が導き出されるのか。

もちろん先方の言っていることがすべて間違っているとは言わない。

しかしなにか基本的な誤りがある。

その誤りは、巧妙な論理や、場馴れした韜晦術、そして退院ガイドラインとやらによって隠されて、本質はよりいっそうつかめなくなっている。結果、当たり前のように帰るべき二木さんの未来が、近くの病院への転院などというよくわからない言葉によって置き換えられていく。

唐突な沈黙が舞い降りてきた。

誰も卓上の紙コップに手を伸ばす者もいない。七つのコップはなみなみと水をたたえたまま途方に暮れたように佇んでいる。

束の間の沈黙をどのように解釈したのか、ソーシャルワーカーがおもむろに口を開いた。

「いかがでしょうか。先生方の了解さえ得られれば、こちらから梓川病院に連絡をとってベッドの空き状況を確認するようにしますが」

「待ってください」

利休がたまらず身を乗り出していた。

「本当に自宅退院の道はないのですか？　二木さんは御主人やお子さんたちと家で過

ごしたいと言っているんです」

「検討結果については、今お話ししたばかりです。二木さんを家に帰すには、準備が不十分という結論です」

「準備と言ったって二木さんは……」

「まずは、患者様ご本人に冷静になっていただきましょう」

悠然と利休を遮ったのは、川山看護師だ。

「今帰りたいという思いは慣れない環境の中での不安のせいかもしれません。時間が経てば落ち着くこともあるでしょう。それに、御主人の不安の問題もあります。〝がんばって奥さんを連れて帰る〟と、自信を持って言える状況であればよいですが、私たちが面談した限りでは難しいようでした。転院して様子を見ている間に、もし状況が変わるようであれば、改めてあちらの病院で退院を検討してもらえば良いかと思います」

「そんな悠長なことを言っていられないから、焦っているんです。二木さんには時間がないんですよ」

「先生のお気持ちはわかりますが、患者様の安全が第一です。その上でできることをやるのが私たちの務めではありませんか？」

「そういう話をしているんじゃないんです。ここまで来て突然転院だなんて、そんな無茶な話、二木さんはどんな気持ちになると思っているんですか」

「思い通りにいかないことはあります。もし先生方から話しにくいようでしたら、私の方からお伝えしても構いません。今日は忙しいですので、また後日ということになりますが……」

「あなたたちはバカなんですか……」

利休がほとんど悲鳴をあげるようにつぶやいていた。

たいして大きな声ではなかったが、狭い部屋の同室者の耳に届くのには十分な大きさであった。と同時に、十分に過激な言葉であった。

気が付けば、カンファレンスルームは、水を打ったように静まり返っていた。

おい、と私が声を発するより一瞬早く、川山看護師が探るように問う。

「何とおっしゃいましたか、新発田先生」

「あなたたちはバカじゃないかと言ったんです」

利休！　と制止する暇もない。

立ち上がりかけた利休を、引きずり戻すうちにも次の言葉が飛び出す。

「二木さんは帰りたいと言っているんです。それがなぜ転院で看取りだなんて話になるんですか」

「暴言ですよ、先生」

川山看護師が、いつのまにか微笑を消していた。

「診療が自分の思い通りに進まないからといって、そういう乱暴な発言をするのはよろしいことではありません。今回の結論は、私たちだけで一方的に決めたものではなく、多職種間で十分に話し合い、ガイドラインにも即したものです」

「ガイドラインより二木さんを見てください。見れば僕の言っていることがすぐにわかります」

「見ています。見た上でガイドラインに則して判断をしているのです。患者さんへの感情移入は結構ですが、冷静な判断力があるかどうかもわからない患者の意見に振り回されすぎていることに、気付いていらっしゃらないようですね」

「そういう態度だからバカ野郎だと……」

パシャッと突然、乾いた音が響き渡るのと、誰かの短い悲鳴があがるのが同時であった。

直後には、時が止まったような静寂があった。

その静寂の中で、頭も顔も水浸しになった利休が、口を半開きにしたまま呆然と立ち尽くしていた。ほかでもない。私が卓上の紙コップの水を浴びせかけたのだ。

顎から水をしたたらせたまま、呆気にとられた利休がこちらを振り返る。

「先生……？」

「すまんな、手が滑った」

　私は謙虚に詫びを入れてから、空になったコップを卓上に戻すとペットボトルを手に取って新たに注ぐ。

「あまりでかい声を張り上げているから、水でも飲ませてやろうかと思ったのだ。大丈夫か？」

　問えば、我が愛すべき後輩の顔にみるみる血が上る。

「大丈夫なわけがありません！」

「そうか、まあ飲め」

「結構です！」

「遠慮することはない。茶ばかり飲んでいないでたまには北アルプスの天然水を……」

「いい加減にしてください！　先生だって少しは頭に来ているはずです。いつも宥める側にばかり回っていないで僕の……」

　再びパシャッと冷たい音が響き渡ったのは、私が注ぎなおしたばかりの二杯目を速やかに追加したためである。

　今度は悲鳴も上がらなかった。

　室内にいる全員が阿呆のように口を半開きにして見守っていた。

　その中で私は、ずぶ濡れになった利休を、正面から睨みつけて低い声で告げた。

「いいから飲め」

目の前にペットボトルごと突き出せば、利休がようやく我に返ったように目を見張る。そのままペットボトルを受け取った利休を、お嬢がそっと手を引いて椅子に座らせ、ハンカチでしたたる水を拭いてやっている。

敢えて利休に言われるまでもない。

少しどころか、ずいぶん私も頭に来ている。ここが居酒屋なら、よくぞ言ったと肩を叩いて褒めてやっても良いくらいだ。しかしここは居酒屋でもなければカラオケボックスでもない。大学病院の公式のカンファレンスの場である。医師が看護師をバカ呼ばわりするのは、さすがに穏やかではない。

「今日のカンファレンスは終了した方がよさそうですね」

川山看護師の冷ややかな声が聞こえた。わざとらしく、とんとんと卓上の書類をまとめ始めている。それを合図に、ソーシャルワーカーも机の下の鞄に手を伸ばしている。

背後ではケアマネージャーが魂が抜けたような顔で悄然としており、木月さんの方はほとんど呆れ顔を私たちに向けている。

川山看護師はそのまま立ち上がりながら、一段と低くなった声を響かせた。

「患者様のためですから引き続き検討は続けていきますが、今回の暴言の件については、それなりの対処をさせていただきますよ」

「待ちたまえ」

静かに私が呼び止めれば、さすがに足を止めて振り返る。

「暴言の件は撤回する。若気の至りという奴だ」

「撤回は当然です。その上で公式に謝罪もしていただく必要があります」

「それも異論はない。いくら相手がバカでも、面と向かって言って良い言葉ではない」

私の投げた変化球に、川山看護師は一瞬怪訝な顔をしてから、すぐに頬を引きつらせた。

かまわず私は声に力を込める。

「だがこちらが発言を撤回する以上、そちらの暴言も撤回してもらう必要がある」

頬を引きつらせたままの川山看護師は、暴言？　と当惑を見せる。

私は空の紙コップを卓上に置いてから、静かに相手を見据えた。

「患者は二十九歳の若い母親だ。三か月前に発見された膵癌で命を落とそうとしている。手元にはまだ七歳の娘がいて、父親は気持ちの優しい人物だが、頼りない一面がぬぐえない」

「改めてプレゼンテーションされなくてもわかっています」

「わかっているなら聞きたまえ。この状況で、二木さんは懸命に自分の命と向き合っている。感情的にもなれば、絶望的にもなる。それでも懸命に生きているのだ。そんな彼女に向かってもう少し冷静になれなどと、それこそ君の言う暴言というものではないのかね」

川山看護師は頬を引きつらせたまま返事をしなかった。

泡立っていた空気が急速に鎮静化しつつあった。

丸刈り頭から水をしたたらせた利休が、黙って私を見上げている。

なおも動かない訪問看護師に代わって、隣のソーシャルワーカーが、冷然たる口調で分け入ってきた。

「先生の指摘は検討に値しますが、だからといって退院が現実的になるわけではありません。第一介助者が多大な不安を抱えている状態で退院など不可能だという事実を……」

「それもまた等しく暴言だ」

私の返答に、さすがに先方は眉を寄せる。

「おっしゃる意味がよくわかりませんが……」

「御主人が不安なのは当たり前だ。きっと毎日、不安で不安で気が狂いそうになっているに違いない。これから何が起こるのか、妻はどれほど苦しむことになるのか、娘は大丈夫なのか、生活はどうなるのか。その無数の不安を、なくす方法があるなどと本気で思っているのかね」

それは、と言いかけて口ごもり、あとは言葉が続かない。

「御主人の不安は、なくなるものではない。我々のなすべきことは、不安がなくなるまで漫然と待つことではなく、不安を抱える御主人に向かって、〝それでも大丈夫なのだ〟と告げることだ。どれほど不安でも、〝我々が全力で支えるから心配するな〟と」

私は一度言葉を切り、ゆっくりと一同を見回して付け加えた。

「我々の暴言は撤回する。だから諸君も撤回したまえ」

返事はなかった。

部屋の中が静まり返っていた。

立ち上がったままの訪問看護師も、鞄を手にしたソーシャルワーカーも答えなかった。

ハンカチを握りしめた利休が、じっと身じろぎもせず座っている。

大きな目を一層見開いて、こちらを見つめているお嬢がいる。

その張りつめた静けさの中で、ずっと沈黙していた初老のケアマネージャーが恐るという様子で身じろぎした。

「でも私……、そんなことを言う自信がありません。私自身がとても心配なんです。あんなに若い癌の患者さんを自宅で見守るのに、大丈夫だなんてとても……」

「同感です」

超然たる私の返答にケアマネージャーは困惑したようにこちらを見返す。

「それなら……」

「しかし」と私は遮った。

「それが我々の仕事です」

ここは生と死の現場である。

その現場で、自分になしうることに尽力するのが医療者の務めである。

人が死ぬというのに、不安でない人間などいるはずもない。名医であれば自信に満ちて人を看取れるようになると思うのは幻想である。百人の人間が百通りの形で死んでいく。そのすべてに振り回されながら懸命に寄り添っていくのが医療者である。

複雑怪奇な医療現場の中で、ガイドラインが必要であることは間違いない。ルールや規則も、それがなければよりいっそうの混乱をきたすことは疑いない。けれどもそれらはあくまで道具である。ただの道具が、いつのまにやら我が物顔で病院中を闊歩(かっぽ)している。積み上げた道具があまりに多すぎて、道具の向こう側が見えなくなっているのではなかろうか。

二木さんは冷静ではないかもしれない。

御主人は不安に駆られているに違いない。

だから退院できないのではない。

それでも退院にするのである。


がらん、と甲高い金属音が響いて、私は背後を振り返った。

片面がガラス張りになった長い廊下の向こうから、利休が歩いてくるのが見える。

先刻の音は、ちょうどすぐ横の自動販売機で缶コーヒーでも買ったのだろう。

そこは病棟二階にある、行き止まりの回廊だ。私が二木さんを車椅子で連れてきたあの場所である。

「やっぱりここにいるんじゃないかと思いました」

歩み寄ってきた利休が、缶コーヒーを手渡してから、いきなり深く頭をさげた。

「すみませんでした」

広い人気のない回廊に、張りのある声が反響した。

一瞥を投げれば、利休の顔には、殊勝な発言のわりに妙に晴れ晴れとした空気がある。

私はため息をつきながら、缶コーヒーを開栓した。

「お嬢は大丈夫だったか？」

「遅い時間ですから帰しましたよ。水をぶっかけられた四年目より、二年目の方が心配なんですか？」

「せっかく病理をやめて内科に希望を変えようとしている有望な研修医の前で、バカだアホだと大騒ぎしたあげく、品のない水遊びまで見せつけたのだ。心配するのも当然だろう」

「水遊びは、先生がやったことですよ」

「誰のせいだと思っている」

「すみません」

並んで立った利休が、力みのない声でそう告げた。

そのまま横に並ぶと、闇を見つめたまま缶コーヒーを持ち上げる。一口飲んで、今度は落ち着いた声で告げた。

「ありがとうございました。栗原先生」

「あれだけひどい目にあって礼を言うとは見上げた根性だ。なんなら今度はペットボトルごとお見舞いしてやろう」

「勘弁してください。本気で感謝しているんです。ありがとうございます」

利休は笑って私を見る。

「もちろん取り乱した僕を止めてくれたことも感謝していますが、そんなことより言いたいことを言ってくれた先生に感謝しているんです。先生って、いつも淡々と仕事をしていて、僕がどんなに怒っていたっていつも宥める側だったのに、今日は、僕の言いたいことを全部先生が言ってくれた気がします」

「勘違いだ。私はお前ほど下品な言葉は使わない」

「そうですね。でも先生も結構危ないこと言っていませんでしたか？」

「わざわざ指摘されるまでもない。己の軽率さに嫌気がさしていたところだ」

「でも僕は嬉しかったですよ」

邪気のないまっすぐな言葉に、迷惑そうな顔をしてみたものの、先方の笑顔は揺るがない。それに、と続ける。

「冷静に怒ってる先生は、結構カッコ良かったです」

「やめたまえ、コーヒーがまずくなる」

言って缶コーヒーを傾ければ、利休がまたおかしそうに笑った。

こんなに笑う男だったかと、こちらが意外に思うくらいだ。

「気楽なことを言っているが、事態が好転したわけではない。それどころか、かつてないほど救いがたい状態だ」

「そうですね。あの様子じゃ、第四回の退院カンファレンスは簡単には開けそうにありませんし……」

その通りであるし、開いたところで建設的な話し合いになるとは思えない。

なによりあのときの訪問看護師の様子から考えれば、この騒動はじきに院内に広まることになる。謝罪も釈明も構わないが、業務が滞って、二木さんの診療が進まなくなることはなんとしても避けなければいけない。

「僕も軽率でした。いくら頭に来たからって、言いすぎました」

私の胸中を察したように、少し肩を落とした利休が告げた。

「ここの所、うまくいかないことが多くて、苛々していたんだと思います」

そうであろう。同情の余地は十分にある。生真面目なこの後輩は、実際よく働いている。実験やアルバイトでしばしば私が不在のときも、変わらず病棟を支えているのは利休なのである。

「二木さん、本当に帰れなくなるんでしょうか？」

「それは困るな。必ず帰すと約束したのだ」

「けど、しばらくは地域連携室だけでなく、いろんな部署との連携がうまくいかなくなるかもしれません。退院の手配となると、どうしたらいいか見当もつきません」

「見当ならついている」

一拍置いて、利休が驚いた顔をこちらに向ける。

「お前の言うとおり、我々は大学内で動きにくくなるかもしれない。しかしあくまで大学という小さな世界の話だ」

淡々と応じれば、さすがに利休も当惑顔だ。

「どうするんですか？」

「うまくいくかはわからんが……」

私は手元の缶コーヒーに目を落とした。

「とりあえず、頼んでみるさ」

告げてから残りのコーヒーを一気に飲み干した。


『乾(いぬい)診療所』

そういう小さな診療所が、松本市街地近郊の県道沿いにある。

駅前からは少し離れているものの、比較的住宅の立て込んだ一帯であるから、医療機関の必要性が高い絶妙な立地と言ってよい。

恰幅(かっぷく)のよい大阪生まれの乾院長は、本庄病院では副院長まで務めたことのある重鎮で、私の研修医時代の面倒を見てくれた偉大な指導医のひとりである。大きな腹に色黒の肌、悠々と歩いて突然関西弁でがなり立てることのあるこの特異な人物を、我が恩師大狸先生は、平然と外科の河馬親父(かばおやじ)などと呼称していたが、さすがに私は口に出しては言えない。こっそり胸の内で呼ぶだけにしている。

その河馬親父先生が、トレードマークのロングピースをくわえながら、呆れ顔を私に向けていた。

「またえらい騒動をかましたもんやなぁ、栗ちゃん」

ぷはっと白い煙を吐き出して天井に巻き上げる。

時はカンファレンスで大騒動をやった日の二日後、土曜日の昼過ぎだ。実験をすべて放置して乾診療所を訪れた私は、二木さんに関する病歴その他の情報を簡潔に説明したところである。

「煙草(タバコ)、やめるんじゃなかったんですか、乾先生」

「やめるやめる。じきやめる」

そう言いながら、すでに次の一本に手を伸ばしている。

「ほんで、大暴れした栗ちゃんは、もう大学の訪問看護には頼めんから、うちに泣き付いてきたっちゅうことやな」

「恥も外聞もありませんが、その通りです」

乾診療所は、開院からすでに十年が経過した地域の中核診療所である。

たくさんの患者を抱えながら、外来だけでなく往診も行っており、診療所の隣には、訪問看護ステーションも併設している。訪問看護ステーション「乾」という、ひねりも何もないネーミングはいかにも河馬親父先生ならではのものだ。

「しかし大学の医者が大学の訪問看護と喧嘩した挙句、院外の施設に救援を求めて大丈夫なんか？」

「大丈夫かどうかは、私の興味の範囲外です。今の私にとっては、患者さんを無事退院させることが最大の関心ごとです。乾の訪問看護と先生の往診がなんとかなれば、ほかはすべて些末な問題です」

「栗ちゃんらしいな。大学行って、だいぶ大人しくやっとるっちゅう話も聞いとったが、栗原節は、変わってないみたいやな」

成長がないと言われているようで不本意だが、今はそのあたりを突き詰めるときではない。

「本庄病院を頼ってみるという手も考えましたが、勉強してこいと送り出してくれた先生方に、こんなことで迷惑はかけたくないと思っています」

「それは正しい判断やな。本庄かて大学との連携の中で動いとる。医者だけの話やなくて、いろんな部署がからむ今回みたいな話やと、それなりにハードルが高くなるやろう」

ちょうどがちゃりと院長室の扉があいて入ってきたスタッフに、河馬親父先生がしわがれた声を投げかけた。

「しゃーないな。ひとつここは力になってやるか、外村」

入ってきたのは、すらりと背の高い看護師だ。若手とは言い難いがさりとて老輩というには不思議な活力をまとっている。

「元気そうね、栗原先生」

告げたのは、もと本庄病院救急部師長であった外村さんである。研修医のころからさんざん私がお世話になったベテラン看護師のひとりだ。昨年本庄病院を退職し、乾診療所の看護師長になっている。

外村さんは院長机の上に、コーヒーカップをふたつ並べながら、昔と変わらぬ爽やかな笑みを閃かせた。

「外村さんこそ、お元気そうで何よりです。乾診療所に移って、のびのびとやっていらっしゃるようですね」

「のびのびどころか、乾先生のだみ声に圧倒されて、すっかり萎縮しきっているわ」

まことに伸びやかな声でそんなことを言う。

「乾の訪問看護ステーションは、外村さんが責任者だと聞きました」

「そうよ、ひたすら軽自動車に乗って田舎のお年寄りをぐるぐる回る地味な仕事」

「その地味な仕事の協力が必要になりました」

「協力？」と首をかしげた外村さんに、河馬親父先生がにやりと笑って言う。

「栗ちゃん、大学の訪問と大喧嘩をしたらしい」

「あら素敵じゃない。いいわよ、引き受けてあげる」

さして興味もなさそうな顔をしていた外村さんが、にわかに目を輝かせる。この人も昔から変わらない。

「なんの前情報もなくそんなことを言っていいんですか？」

「引きの栗原が困ってここまでやってくるような症例でしょ。引き受ける理由としてはそれだけで十分よ」

まことに風通しの良い声で外村さんは答えた。

椅子に座った河馬親父先生が、くわえ煙草のままうんうんと楽しげにうなずいている。

まったくこの人たちは、どこまでも気持ちの良い空気を持っている。それは、私が大学に行って以来、長い間触れていなかった懐かしい空気だ。

私は二人に向かって深々と頭をさげた。

さげてのち、外村さんに顔を向けて問うてみた。

「いつのまに、名前が変わったのですか？」

唐突な問いに、元救急部師長はわずかに戸惑ってから、軽く眉を寄せた。

「相変わらず、そういうところにしっかり目が届くのね、栗原先生は」

言いながら外村さんがわざわざ腕を組んだのは、胸元の名札を隠すためであるのは明らかだ。が当方すでに、新しい名札に「外村」ではなく、「後藤（ごとう）」という名を確認している。

「おめでとうございます、後藤看護師長」

「やめなさい、外村でいいわ」

「式に呼んでいただけなかったのが残念ですが……」

「この年齢で、結婚式なんてやるわけないでしょ」

こぼれる照れをふんと鼻で笑い飛ばすと、外村さんは、「とりあえず情報提供書送っておいてよ」と軽やかに言って院長室を出ていった。

その背中を見送ったところで、ふいに背後から少し低めた声が聞こえた。

「どっかに飛ばされるかもしれへんな、栗ちゃん」

ゆっくりと振り返れば、河馬親父先生が悠々と白い煙を吐き出している。

大きな革張りの椅子にゆったりともたれ、片肘をつきながら煙草を吹かしている姿は、医者というよりマフィアのドンである。

「こんだけ大学医局の中で派手に暴れとると、じき、田舎に飛ばされるかもしれへんで」

「残念ながら、今度ばかりはその可能性は否定できません」

あくまで淡々と応じる私に、河馬親父先生の太い眉が少しだけ動いた。

「しかしそれも今は些末な問題です。患者が無事に退院できたら、あとで考えます」

「なるほどな、ここまで来たっちゅうことは、覚悟の上か」

新たなロングピースに火をつけながら、河馬親父先生がにやりと笑って告げた。

「ほんまに行くあてがなくなったら、いつでも来い。栗ちゃんやったら雇うたるで」

「乱暴な話です。先生は外科で、私は内科ですよ」

「阿呆」と野太い声で笑う。

「外科も内科も関係あるかい。困っとる患者がいたら手を貸してやる。何科の医者かて、やることは同じや」

思わず知らず、はっとする。

忘れかけていた何かを思い出させてもらったようで、私はしばし戸惑ってのち、乾先生に向かって深く頭をさげていた。

北アルプスの一角に、ラクダのこぶのような柔らかな稜線を持つ山が見える。

標高三〇二六メートルの剣ヶ峰を主峰とする乗鞍岳だ。

松本平側からはかなり奥地にあるため、重なり合う山並みの切れ目にわずかに見える程度だが、居並ぶ名峰の中でもいち早く雪に染まることから、冬の到来を里に伝えてくれる山のひとつとして知られている。

街中からはなかなか目にすることのできない山だが、ヘリポートに登ればさすがにそれがよく見える。雲さえでていなければ、開けた眺望のかなたに、優美な曲線を目にすることができるのだ。

悠揚たる山並みのはるか奥にゆったりと鎮座するその名峰は、常念や奥穂の武骨な稜線とは異なる優しげな姿で多くの人々を魅了している。まだ雪は見えないものの、淡く霞んだその姿は、かつて霊峰としてあがめられた歴史を十分に実感させる美しさだ。

「今日はまた山が綺麗ですね」

穏やかな声は、隣に立つ救急部の今川先生の発したものだ。

ゆったりと白衣を着こなした救急部の弥勒様が、白く長い指を稜線をなぞるように動かしている。

「夏場は霞が出て遠くの山はあまり見えませんが、夏の終わりとともに空気が澄んできます。乗鞍も槍ヶ岳も見えますね」

その槍ヶ岳の山小屋から、大量吐血の患者がまもなく救急ヘリでやってくる。引きの栗原は今日も健在というわけだ。

「相変わらず忙しいですね、栗原先生は」

「ひどい話です。医療の疫病神はよほど私を気に入っているのか、医局中の不幸が第三班に集まっているかのようですよ」

「禍は福の倚る所、福は禍の伏す所」

なにか高僧の読経のごとく、弥勒様がつぶやいた。

顧みた私に、弥勒様の穏やかな笑みが応じる。

「老子の言葉です。不運のそばに幸運があり、幸運の陰に不運がある。人に与えられた運と不運は平等だと言います。日々の苦労は、きっと報われます。人生はつじつまが合うようにできているものですよ」

ありがたい言葉である。

「では今後を楽しみに頑張ります。疫病神に向かって恨み言を並べるより、患者の出血を止める方がやりがいがあることも事実です」

弥勒様は慈悲にあふれた微笑とともにうなずきつつ、

「栗原先生は、医師になって良かったと思いますか？」

唐突な問いかけに、さすがに私は戸惑った。

「きつい仕事です。やりがいばかりとは言えないでしょう？」

「もちろんそうですが……」

戸惑いながらも苦笑とともに応じる。

「しかし、なりたくてなった医者です。『草枕』を暗唱するくらいしか能のない自分が、誰かの力になれるというのは、医師免許のおかげです。泣き言は言いますが、投げ出したりはしないつもりです」

柄にもなく率直な応答をしてしまったのは、弥勒様の後光によるものであろうか。

当の弥勒様は、しばし私を見つめてからゆっくりとうなずいた。

「安心しました」

怪訝な顔をする私に、真摯な声が続く。

「あなた方、四内の医師たちが、スタッフに対して何か暴言を吐いたという噂を聞きましてね。忙しすぎる毎日に神経をすり減らして、人が変わってしまったのではないかと案じていたのです。でもどうやら、大丈夫そうですね」

例の退院カンファレンスでの騒ぎは、もうこんなところまで聞こえているらしい。

あれ以来、私の周りの何かが変わったというわけではない。病棟看護師が一様に敵に回ったわけでもない。微妙に私から距離を置く者もいるが、二木さんを知る者の中には、木月さんのように控え目な理解を示してくれる者もいる。一方で、訪問看護ステーションや地域連携室から公式の抗議が医局に届いていることも事実のようで、四内の第三班が大きく株を下げたことは間違いのないことであった。

「先生にまで心配をかけているとは思いませんでした。すみません」

「事情を知らない私が、あれこれ口を挟むものではないでしょうが、でも、人に向かって〝バカ〟はいけません」

虚飾のないまっすぐな言葉が、揺るがぬ微笑とともに届く。

弥勒様に面と向かって諭（さと）されては、俗界の凡夫は返す言葉もない。

「反省しています」

「でも」と優しい声が続いた。

「帰れると良いですね、その患者さん」

ヘリだ！　という声が、背後から聞こえた。

北の空に、赤い点がかすかに見えた。

ヘリポートの各所に立っていたスタッフたちがそれぞれの持ち場に動き出す。皆、周りがやってくれるから、私は弥勒様と並んで、黙って立っていればよい。

私はゆっくりと大きくなってくる赤い点をじっと見つめる。

何が正しいかは私にはわからない。

医療には答えのない世界がある。

難病の診断、最先端の治療、最高の抗がん剤治療、そういったものについては膨大な知識と手段を有する医療は、しかし「死」を前にしたときにわかに沈黙する。

いつ治療をやめるべきなのか、どこで看取るべきなのか、家族の不安をどうやって支えるべきなのか、「死」をめぐる問題に直面したとき、常日頃はあれほど饒舌(じょうぜつ)であったはずの、技術も知識もガイドラインも、一斉に口を閉ざしてしまう。その息の詰まるような沈黙の中を、医師はただ、己の信じる道を進んでいくのである。

そんな孤独な道の中、弥勒様の優しい言葉は、確かな勇気を与えてくれる。

「患者バイタルです、血圧85の50！」

ヘリからの無線連絡を受けた利休の声が、背後から飛び込んできた。

と同時にヘリの音がかすかに届き始め、ヘリポート上の空気がゆるやかに流れ始める。

「始めましょうか、栗原先生」

弥勒様がゆっくりと歩き出す。

私もまた静かに足を踏み出した。

訪問看護ステーション「乾」が一旦動き出すと、何もかもが驚くほど速くなった。

その活動力のすごさは、ひとえに外村さんの辣腕ぶりと言って良い。

第三回の退院カンファレンスが崩壊のまま終わったのが、木曜日の夕方。その二日後の土曜日に乾診療所を訪問したのだが、翌週の月曜日には外村さんの精力的な活動が始まっていた。

外村さん自ら、不慣れなはずの大学病院に足を運び、二木さんや御主人との頻繁な面談を重ね、近隣の施設に掛け合ってケアマネージャーをフットワークの軽い人物に変更、ソーシャルワーカーも自前のスタッフを連れてきて、訪問看護の日程から、緊急時の対応策に至るまで、驚くべき速度で展開させたその手際は、まさに本庄の救急部を取り仕切っていたころを彷彿とさせるものであった。

病棟で行き会ったとき、率直に感謝と感嘆の念を伝えれば、外村さんは超然たる態度で応じたものである。

〝馬鹿ね、あの全身状態じゃ一日だって貴重でしょ。準備に一週間もかかることが歯がゆいくらいだわ〟

どことなく病棟に沈滞していたいびつな空気を一息に吹き払い、ステーションの中にいた看護師たちまではっとさせるような、爽やかな声であった。

もちろん三班の評判や、外村さんの辣腕ぶりを、誰もが問題なく受け入れたわけではない。

反発も抵抗も水面下では存在したであろう。けれども幸か不幸か、日ごとに明らかに顔色が悪くなっていく二木さんの姿が、〝時間がない〟ということを、何よりも痛切に現場のスタッフたちに理解させ、事態は急速に風向きを変えて行ったのである。

とにかく二木さんを家に帰す。

その揺るぎない目標に向かって、私の意地と、利休の根気と、外村さんの辣腕とが物事を推し進め、やがて九月半ばの週末に、二木さんの退院の日が決定した。

乾診療所を訪れて、わずか八日後のことであった。

ふと気が付けば、冬の足音がかすかに聞こえ始めていた。

それを教えてくれたのも山であった。

つい先日まで真夏の照りつける日差しのもとで、青々とした緑を輝かせていた山が、いまゆっくりとその色彩をかえつつある。広葉樹は赤や黄に染まり、針葉樹はその緑を深め、山全体が稜線からふもとへ向けて静かに秋色をまとっていく。自然の描き出す多様な色彩の重なりは、やがて訪れる真っ白な季節の先触れなのである。

松本駅のアルプス口側三階のコンコースからは、そんな北アルプスの移ろいが一望のもとに見える。

　週末日曜日ということもあって、駅舎の中は多くの往来があり、ガラス張りのコンコース越しに見える山の姿に足を止める旅人も多い。上高地は、まもなく紅葉の最盛期ということもあって、行きかう旅人の多くが山支度だ。

「ととちゃん！」

　待ちに待った明るい声が聞こえて、私は背後を振り返った。

　特急あずさが到着したのであろう。駅の中央改札から多くのスーツケースを引いたりリュックサックをかついだ旅行者が排出されてくるのに混じって、我が家の天使が駆け出して来るのが見えた。

　数歩遅れて、紺のリュックを背負った細君の姿も見える。

「おかえり、ととちゃん」

「こういうときは〝ただいま〟だ、小春」

「たらいま！」

　飛びつく小春をそのまま抱えて、私は大きく頭上に持ち上げた。

　一つひとつの言葉や動きが、ことごとく笑顔を誘う。子供というのはそういうものであろう。あとから追いついてきた細君が笑顔で少し頭をさげた。

「すみません、あずさが五分ほど遅れて」

「あずさの遅延まで謝っていては、ハルは頭を上げる暇がなくなるな」

ふふっと笑った細君とともに、駅のお城口に向けて歩き出した。

時は日曜日。細君が、写真集の最後の仕上げのために東京に一泊で出かけてきた帰りであった。いつも通り小春の面倒を見ると言う私に、細君は今回は一緒に連れていきますと答えたのだ。

気を遣う必要はないと言う私の言葉に、「でもあの患者さんの退院日なのでしょう」と細君に言われては、私も多く反論することができなかったのである。

歩きながら細君が、少し首をかしげて問うた。

「無事、退院できましたか？」

「ああ、今朝、病院から送り出してきた。もう歩けなくなってはいたが、元気に手を振ってくれた」

しみじみとそう告げれば、細君も大きくうなずいた。

二木さんの退院は、つい一時間ほど前のことであった。


明るい日差しの差し込む病棟廊下を、利休の押す車椅子に乗って、二木さんはゆっくりとエレベーターホールへ向かっていた。その顔色は黄疸と貧血のためにお世辞にも良いとは言い難いが、表情はけして暗くない。

そばに御主人が付き添い、小さなリュックサックを背負った理沙ちゃんが車椅子の周りをさかんに行き来していたのは、喜びが抑えきれないからだ。

患者の退院など、病棟にとっては日常の出来事だが、今回ばかりはかなり非日常の退院である。

二十九歳の膵癌患者、治療中止のまま自宅退院。それだけでも十分に緊張をはらんでいるが、退院までに第三班の引き起こした騒動の噂がそこに加わって、衆人の耳目を集めるのに十分な経過となっていた。だからと言って二木さんの退院をわざわざ見物に来るような無粋な医局員はいないのだが、行きかう医師やステーション内の看護師たちがなんとなく落ち着かない様子であったことは確かである。

「本当にありがとうございました」

車椅子から少し遅れて歩いていた御主人が、エレベーターホールの入り口で足を止めて、私に深々と頭をさげた。

私もまた立ち止まって一礼する。

「心配はいりません。往診してくれる乾先生は、まちがいなく信頼のおける先生です。のみならず、何かあれば必ず我々が責任をもって対応します」

「栗原先生、正直に申し上げて不安がないと言えば嘘になります」

御主人は頼りない声でそう告げた。

一瞬すぐ隣にいたお嬢が身を固くする様子がうかがえたが、私は素知らぬ顔で見守る。

「今でも美桜が危ない状態になってきているということが、よく理解できていない気がします。毎日ほとんど眠れませんし、眠れてもひどい夢を見ます」

私は静かにうなずく。

「でも」とつぶやいた御主人は、エレベーターの前にいる車椅子の妻と、その周りを駆け回る娘にまぶしそうな目を向けた。

「でも、きっとこれでいいんだと思います。これしかないのだと思うんです」

私もまた二木さん母子(おやこ)の方に目を向けた。

そこには久しぶりに見る朗らかな笑顔が花開いている。なにより理沙ちゃんの、沸き立つ喜びを抑えきれず、ただ意味もなく行ったり来たりしている様子は、それだけで笑みを誘うものだ。車椅子を押している利休までなにやら無邪気な笑顔になっている。

私の視線に気付いた二木さんが、車椅子の上でゆっくりと頭をさげた。言葉はない。言葉だけなら、お互いに十分すぎるほど交わしてきた。あとは見送るだけである。

「大丈夫です」

私は告げた。

振り返る御主人に向かって、

「大丈夫でないことはたくさんあると思いますが、それも含めて大丈夫です」

ほのかな苦笑を浮かべて御主人が頭をさげた。

「本当にありがとうございました」

ここに至るまでの二転三転した複雑な経緯を、私は二木さんにも御主人にも一切告げていない。告げる必要のないことである。だがだからといって御主人が何も察していないと思うのは浮薄な判断だ。担当者の急な変更や、病棟の微妙な空気を察しているからこそ、率直な言葉を投げかけてくれるのであろう。

ふいに「せんせー！」と澄んだ声を響かせて、リュックを揺らした理沙ちゃんが駆け寄ってくるのが見えた。

「いつまで待つの、もう行くよ！」

「いつのまにか、おじさんから先生に格上げか？」

「ママにちゃんと先生って呼びなさいって言われたの」

朗らかにそう言う理沙ちゃんの前に、私は膝をついて目線を合わせた。

「約束どおり、私はここまで全力を尽くしてきた。心配すべきことはもちろんあるが、それでも全力を投じてきた」

なにか少しだけ、真面目な気配を感じたのか、理沙ちゃんが表情を改めた。実に心根のよい少女である。

「今度は君が私と約束をする番だ」

「約束？」

「どんなに大変なことがあっても、ママの前ではできる限り笑顔でいなさい」

一瞬、小さな空白が生まれた。

理沙ちゃんの目が、少しだけ大人びた光を帯びた。まだ七歳とはいえ、これまでの経過を見ていれば、けして事態が良くないということくらい察しているであろう。いや、母親の顔色や痩せ方を見て、もっと多くのことを理解しているかもしれない。その不穏な空気を笑顔で染め上げて、二木夫婦の光となっている。そういう少女なのだ。

束の間を置いてから、理沙ちゃんはゆっくりとうなずいた。

「約束する」

「結構だ」

私がそっと拳を前に突き出せば、理沙ちゃんもまたしっかり握りしめた小さな拳をそこにぶつけて応えたのである。

「本当にお疲れ様でした」

細君の声に私は大きくうなずき返した。

うなずきながら駅舎から出れば、空は見事な秋晴れである。

真夏の熱気はすでに去り、吹き抜ける風には涼気がある。この町にとっては、貴重な秋が急速に過ぎていく。今頃この空の下を二木さんたちは安曇野の自宅に向けて帰っているに違いない。

「不安……ですか」

そっとつぶやいた細君のその言葉に私は苦笑する。

「不安は不安だが、正直何が不安なのか判然としないほど、問題が多い」

二木さんの残りの時間がどのような形になるのか、すべて想定できているわけではない。一週間後を外来受診の予定にはしてあるものの、いつ何が起こるかはわからない状態だ。

一方で利休の暴言騒動も何も片付いていない。利休自身の責任はもちろん、同席していた上司も必ずしも模範的な対処をしたわけではないから、そうそう穏便に収まるとは思えない。

班長の北条先生が、何やらあちこち火消しに駆け回ってくれているという噂も耳にしたが、互いにゆっくりと話をする機会を持てていないのが現状である。

そんな五里霧中のような事態の最中、今朝方、さらに揺さぶりをかけるように御家老から一通のメールが届いていた。

「ハル、ひとつ伝えておかねばならないことがある」

駅前の広場の真ん中で足を止めて、私は抱えていた小春をそっと地におろした。

細君は、落ち着いた笑みのまま私を見守っている。

「週明けの月曜日、宇佐美先生から准教授室に来るように呼び出しを受けた」

細君が少しだけ笑みを抑えた。足元では小春が、石畳の上をぴょんぴょんと飛び跳ねている。

「用件はなにも書いていなかったが、おそらくは今回の騒動の件だろう。複数の抗議文が医局にも届いているらしいことを考えれば、御家老が愉快な雑談を求めているわけではないことは明らかだ」

わあっと急な笑い声が聞こえたのは、高校生らしき女生徒の集団が駅前広場に集まっているからだ。見慣れぬ制服ということは修学旅行かもしれない。

「なにか大きな問題になるのでしょうか？」

「まだわからない。しかし来年度の人事に影響の出る話になるかもしれない」

三班の責任者とはいえ、助教の北条先生がいきなり大学から外に出されることはない。一方で利休はすでに来年度、飯山高原病院に出ることがほぼ確定している。

問題は私の行く末だ。

具体的なものは何も見えてこないが、御家老のブラックリストに載ったことは疑いない。だとすれば、

「松本を出ることになるかもしれない」

静かに告げた言葉に対して、細君は沈黙を守ったままだ。

私は秋の空を見上げて続けた。

「まだ学位も取れていない大学院の途中だが、大学から出てどこか遠くの土地に行かねばならなくなるかもしれない」

「遠くの病院に行くのは、大変なことなんですか？」

「私は構わない。医者である以上どこの病院に出かけてもやるべきことは変わらない。大学院の研究も、今年中に実験を終わらせておけば、あとはひたすらデータ解析と文献整理になるから、月に一度くらい大学に出かければなんとか形にできるはずだ」

それよりも、と言いかけて私は小さく吐息した。

「私についてくるハルの方が大変だ。長野県は広い。鉄道も高速道路もない土地もある。とても不便な土地もあるし、本当に遠方となると、こども病院の通院についていくことも困難になる」

再び沈黙に落ちる中、そっと細君に視線を戻せば、意外なほど落ち着いた笑顔が待

っていた。

さすがに私も困惑する。

「そんなことなら心配いりません」

明るい返事であった。

戸惑う私と対照的に、落ち着いた細君の声が応じる。

「もちろん大変なことはあります。こども病院の通院だって少しは心配です。でも大変で心配なことなら、これまでだって山のようにありました。でも、全部イチさんと二人で乗り越えて来られたんです」

一度軽く目を伏せた細君は、「だから」と静かな声で続けた。

「大丈夫でないことも、全部含めてきっと大丈夫です」

不思議な言葉であった。

不思議なことに、それは、つい先ほど私が二木さんの御主人に告げた言葉でもあった。

思いは巡るものである。

人が人を思いやる心は、巡り巡って戻ってくる。そうして支えられた人は、また他者を支える温かい言葉を口にできる。過酷な医療現場で私が患者やその家族を思いやることができるとすれば、それはとりもなおさず、この聡明な細君の支えがあるからであろう。

「御嶽荘の皆さんには伝えたのですか？」

細君のふいの問いに、私は慌てて首を振る。

「いや、まだ決定事項ではないからな。何も言っていないが」

「もし御嶽荘を出ることになったら、寂しがるかもしれませんね。でもそれだって会えなくなるわけではありません。きっと学士さんも男爵さんも、山の中だって谷の底だって遊びに来てくれると思いますよ」

澄んだ声が、駅前の喧噪の中に溶けていく。

胸中に鬱々と沈滞していた重いものが、ゆっくりと霧が晴れるように押し流されていく。

もはや私には何も言う言葉がない。

ヘリポートで弥勒様に言われたとおりだ。人生というものはつじつまが合うようにできている。医療の現場では疫病神の不運にとり付かれている私だが、一歩院外に出れば天下第一の果報者だ。眼前にこれほどの幸運がある。

少し先の石畳の上では、黒いブロックだけをぴょんぴょんと飛び跳ねていた小春が、今度は白いブロックだけを選んで飛び跳ねている。そのまま見上げれば、青い秋の空を風に乗って雲が流れ、私の些末な悩みまですべて運び去ってしまうかのようだ。

私は見上げたままの姿勢で、ゆっくりと額に手をかざす。

ふいに、とことこと足元に駆け戻ってきた小春が、何を思ったか、横に並んで私と同じように額の上に丸い手を乗せ、空を見上げた。

「何か見えるか、小春」

「うん」と明るい声が応じる。

「ととが見える！」

思わず笑った私の横で、細君もまた秋の空をまぶしげに見上げていた。


月曜日の夜八時。

それが、准教授が私に指定した呼び出し時間である。

朝からいつも通りの外来をこなし、午後には内視鏡検査を進め、夕方には利休とお嬢をつれて病棟を回診する。一通りの院内業務を終わらせてのち、実験データの整理を一時間ばかりやれば、指定の時間である。

医局の八時というのは、けして人気のない時間ではない。

学会の準備のために必死にスライドを作っている者、黙々と英論文を読みふけっている者、当直明けなのか、机の上に足を投げ出していびきをかいている者もいれば、数人でモニターを取り囲んで何やら症例を検討している医師たちもいる。

廊下を歩くと、左右の開いた扉の向こうに、そういう悲喜こもごもの景色が見える。それらを眺めつつ薄暗い廊下を歩いて行った先にあるのが、准教授室だ。

その目的地のすぐ手前で私が足を止めたのは、壁にもたれて立っていた人影を見つけたからである。

「こんなところで何をしているんですか、先生」

問えば、にやりと笑って身を起こしたのは、班長の北条先生であった。

「いやなに、偶然通りかかっただけさ」

無茶な応答である。

准教授室の先にあるのは教授室だけで、偶然医局員が通りかかるような場所ではない。

「宇佐美先生からの呼び出しだろ？」

「メールに記載されただけの個人情報を、なぜ先生がご存知なんですか？」

「なんとなくさ。天のお告げかな」

「だとすれば、医局内にはお告げが溢れていますね。柿崎先生や安田先生からも意味深な言葉を投げかけられました」

本日の呼び出しについて、私は誰にも公言していない。

班長の北条先生はもちろん、利休やお嬢にも伝えていない。にもかかわらず、夕方、内視鏡室を出るときには柿崎先生がいつもの曇りのない笑顔で、「ま、がんばれよ」と手を振り、透析室の前を通れば安田先生が、まるで出陣する武士を見送るごとく「ご武運を」と一礼した。

「医局内の情報が、笊のように漏れていますよ」

「みんな栗ちゃんのことを心配してるんだよ。万が一、栗ちゃんが准教授を〝バカ〟呼ばわりしたらと思うと、俺も気が気じゃないんだ」

痛いところを突いてくる。

利休の若気の至りはまだしも、自身の軽率さは釈明のしようがない。

「先生にまで飛び火があったと思います。おまけにあちこち火消しまでしていただいたという噂も耳にしました。申し訳ありませんでした」

「謝る必要はないさ。これも班長の仕事のひとつだ。ただ感謝してくれるんならひとつ俺の頼みを聞いてくれるか？」

「頼みですか？」

「パン屋相手には戦うなってことさ」

思わぬ言葉に、私は口をつぐむ。

構わず北条先生が続ける。

「パン屋は色々言うだろう。栗ちゃんには言いたいことは山ほどあるだろう。だけどとにかく穏やかに終わらせることが栗ちゃんの今日の仕事だ。そして俺の頼みだ」

「もとよりそのつもりです。いたずらに大騒ぎをして追い出されるのは、本意ではありません」

「わかっているんならいい。それで充分だ」

満足げにうなずく北条先生に、私の方が問い返す。

「そのためだけにここへ？」

「そのためだけさ」

さらりと応じる。

そう言われても釈然としないものがある。

もとより北条先生の意図というものが奈辺（なへん）にあるのか、なかなかわかりにくい。扱いにくい副班長に対して、相応のストレスがあるはずで、実際衝突したこともあるが、振り返ってみると結局この班長に助けられている。

慈悲や情けだけで動く人物とも思えない。

鬼切の思惑がどのあたりにあるのか、問うように目を向ければ、まるで汲（く）み取ったように北条先生は立ち去りかけた足を止めて私を見た。

わずかの沈黙ののち、はっきりと告げる。

「俺は、もっと力をつけて上に登り、必ず大学医局を変えてみせる」

「准教授室のすぐそばですよ、先生」

できるだけ控え目に忠告したが、鬼切は意に介さない。

「俺の有り余る才能と実力とを以ってすればそれができる。そうは思わないか？」

医局の名刀が、にわかにぎらりと怪しい光を閃かせた。

この人は、おそらく修羅場を見てきた人だ。浮薄な外見とは裏腹に、地域医療の底辺で辛酸をなめ、一方で、医療の頂点である大学医局の矛盾と理不尽も知り尽くしている。その上で浅薄な医局批判に陥らず、理想と希望も投げ出さず、今の結論に至った洞察と胆力は尋常なものではない。

大学医局という白い巨塔は、時代遅れの遺物ではない。地域医療を支える要である。どれほど多くの歪みを抱えていても、これはおそらく間違いのない事実だ。だからこそ北条先生は、凄まじい切れ味の名刀を諧謔と韜晦の鞘に収めて、雌伏の時を過ごしているのである。

「先生ならできると思います。お世辞じゃありません」

ゆっくりとうなずいた鬼切は、いくらか笑みを和らげて続ける。

「だけどさ、俺ひとりで全部をやるのは骨が折れるんだ。そういうとき、栗ちゃんみたいな医者がいてくれると、心強いと思ってる」

意外な言葉に軽く目を見張る。

「そんな顔をするもんじゃない。もともと俺は栗ちゃんを高く評価してるんだ。だから栗ちゃんが大学からおっぽり出されないように、あれこれ世話を焼いてきただろ」

「恐縮するばかりです。しかし私はまだまだ半人前ですが……」

「知ってるさ。知識や技術はカッキーに遠く及ばず、その他はすべて俺の足元にも及ばない。退院カンファごときで失言するなんて、未熟もいいところだ」

あっさりと遠慮のない論評が返ってくる。

実際、鬼切の舌は、日本刀よりよく切れる。

「だけど栗ちゃんは稀に見るほど真面目な医者だ。その真面目さが、今の大学には必要だ」

再び意外な言葉である。

「真面目、ですか……」

「もちろんこの場合の真面目ってのは、ルールやガイドラインを一生懸命守ることじゃない」

にやりと笑った鬼切がつけくわえた。

「真剣勝負って意味だぜ」

うまいタイミングで持ってくるものである。

一拍置いてかすかに苦笑した私に向かって、鬼切は、じゃあなと手を上げた。

その背を見送ってのちＰＨＳを見ると、八時ちょうどであった。


御家老は机の上で両手を組んだまま、抑揚（よくよう）のない声で私を迎えた。

「なぜ呼ばれたか、わかっているかね」

その台詞（せりふ）は以前にここを訪れたときとまったく同じである。

案外御家老にとっては、こんにちは程度の意味であるかもしれない。よって私は何も答えず、それを見越したように、御家老が卓上に置いた数枚の書類を示した。

「この一週間、私のもとに届いた文書だ」

書類を、右手のペンでとんと叩いて続ける。

「読んでみるかね？」

「大丈夫です。内容はおよそ見当がつきます」

「念のため言っておくが、君たちの患者に対する熱意を褒めたたえる内容は一行もない」

低い声が静かな威圧感を伴って響く。

訪問看護ステーションや地域連携室から公式に抗議文が来ているという話はすでに

聞いている。さぞかし厳しい文章が並んでいることであろう。

「チームを統括するはずの医師がスタッフに向かって暴言を吐いたこと、チーム医療を無視する独断的行動、臨床医としても不適合だという指摘、医局としては見過ごすこともできない厳しい内容だ。もちろん当事者の新発田先生には改めて謝罪文を提出してもらうが、彼の指導医であり、かつ彼の失言時に同席していた君の責任は看過できない」

「申し訳ありませんでした」

改めて深々と頭をさげる。

謝罪の一手である。基本方針に変更はない。

「ここは大学病院だ。職種も能力も人格も実に多様な人々が働いている。そういう人々と建設的な話し合いの場を持ち、よりよい結論を導き出していくのも医師に必要な役割だが、君や君の班員にはそれが不足していると言わざるを得ない」

御家老の言っていることは道理であって、反論の余地はない。抗議文はまっとうな対応であるし、スタッフに向かってバカと怒鳴った医者に何の圧力もない職場よりは、よほどまともな環境であろう。

御家老の冷然たる演説が続く。

「熱心でさえあれば良いのは、医学生の間だけだ。君たちは患者を診るだけでなく、組織のルールを知り、他の職種に対しても、良識にのっとった行動を示さなければいけない立場にある」

それだけでなく、後輩を指導し、実験をやって、論文を書いて、アルバイトに行かなければいけない。安い給料でずいぶん扱き使うものである。

「スタッフと意見が一致しない場合は、じっくりと腰を据えて対応する。医師が良質な主導権を発揮すれば、話し合いは質の高いものになり、より良い解決策に到達することが可能になる」

そうしてじっくり時間をかけている間に、二木さんの残された時間は確実に浪費されていく。あげく、退院どころか、他院への転院などという意味不明な結論さえ提示されてくる。冗談ではない。

「限られたパンの話は君にもしただろう。すべての患者に全力を尽くそうとすることは悪いことではない。だが大学病院は限られたパンなのだ。すべての患者に与えられるほど豊富なパンを持っているわけではない。与えられる患者の数は限られている。その限られた選択をより確かなものにするために、ルールを厳守し、チームワークを円滑にして……」

「そんな話は、もういいですよ、先生」

思わず知らず言葉がこぼれ落ちていた。

格別考え込んだ末の発言ではない。ただ自然に口をついて出た言葉であった。

遮られた御家老が、わずかに眉を寄せて私を見上げた。

見返す私の胸の内には、なにか静かな風が吹いている。

その風に巻かれて、良識や常識や穏便といった文字がさらさらと吹き上げられていく。入念に心の奥底につなぎとめておいたはずの大事な言葉たちが、まことに軽やかに舞い上がっていく。風に吹かれる変人栗原は、格別慌てるわけでもなく、ただ超然とそれらを見上げて佇んでいる。

いや、わかりにくい言い方はやめよう。

そろそろ忍耐の限界なのである。

「本当にすみません」

私は、肩の力を抜いて苦笑し、それから頭をさげた。

「ルールも規律もよくわかっています。先生の話は理解しているつもりです。けれども、パンの数が足りないなんて、嘘ですよ、宇佐美先生」

今度こそ、はっきりとした声で応じた。

「二年半、大学に勤めてよくわかりました。大学は、貴重なパンを限られた患者にだけ配る苛酷な組織などではありません。ここには山のようにパンがあるんです」

たかだか九年目の内科医の唐突な発言に、しかし言われた方の准教授は、さすが大物の貫禄で身じろぎもしない。

当方とて、はるか目上の先生に対してずいぶん乱暴な態度を取っている自覚はある。緊張もある。そうでありながら、いざ一歩を踏み出してしまえば、存外足取りは重くない。

「無礼な若僧の暴論だと思って聞いていただいて構いません。しかし、きっとこのまま何時間立っていても、たどり着けないと思うから言わせてください。大学には、ベッドも、医者も、スタッフも、設備もしっかりあるんです。有り余っているとは言いません。けれどもあるべき場所にはたくさんのパンが確保されているんです。そのたくさんのパンを患者に配らずに、後生大事に抱えたまま倉庫に隠し持っているのが大学という場所です。パンの配り方の規則やルールだけは山のように作って、かえって誰もががんじがらめに縛られて身動きが取れなくなっている。大事なパンは、倉庫の中でカビが生えて腐っているんじゃないですか？」

御家老はなお動かない。

凍てつくような沈黙の中で、私は静かに部屋の中を見回す。

いつ訪れても、見事なまでに整理の行き届いた無機質な准教授室のそこかしこに、実は無造作にパンが積み上げられている。必要とする患者のもとに届けられることもなく、ただ漫然と積まれた貴重なパンの山が、私の目には見える心地がする。

私は一巡させた視線を、ゆっくりと御家老に戻した。

「先生のおっしゃる通り、ここは特別な病院です。山のように医者がいて、最新の設備がそろっている。医者だけではありません。あらゆる職種の専門家が集まって特別な治療ができる特別な場所です」

そのことは、私が市中の病院から来たからこそ、よりはっきりとわかる。

ここは普通の病院ではない。

誰も知らない疾患を一目で鑑別に挙げる医者がいる。世界的なジャーナルに悠々と論文を載せる医者がいて、当たり前のように太平洋の向こう側で学会発表をする医者もいる。そうした場所だからこそ、岡さんのような困難な症例も、治療に結び付けることができる。

知識も技術も、そして人も、ここでは尋常でない密度を保ち、特別な体制を維持している。

「しかし」と私は静かに続けた。

「しかし、これだけの人と物が集まって、たったひとりの膵癌患者を退院させることさえ容易ではないんです。何かがおかしいとは思いませんか」

微動だにしなかった御家老が、かすかに目を細めた。

「大学の医療が貴重なパンだという話はわかります。そのためのルールや規則も必要でしょう。けれどもルールや規則ばかりが押し出されて、いつのまにかパンを配ること自体が忘れられかけていると思うのです」

脳中には、二木さんの笑顔がある。

娘のキャッチボールを楽しげに見つめていた横顔。しばらくして車椅子に乗せて散歩に出かけたときの落ち着いた微笑。そしてエレベーターホールでゆっくりと頭をさげたときの穏やかな顔。不思議なことに、あれほど苦しい経過でありながら、思い出されるのは笑顔ばかりだ。

「ガイドラインは大事です。しかし、最後の時間を家で過ごしたいと願う若い母親に転院を勧めるようなガイドラインなら、そんなものは破って捨てて病室に足を運ぶべきです。カンファレンスが不要だとは言いません。しかし、じっくり腰を据えて議論をしている時間がない患者がいるんです。それでも懸命に議論をしたあげくに、患者が冷静になるまで待てばいいなどと結論されれば、品のない暴言が飛び出してしまうときもあるかもしれません。怒鳴りつけることが正しいとは思いませんが、怒鳴り声を上げざるを得なかった四年目の気持ちを少しくらいは汲んでやってもいいのではありませんか」

滔々たる長広舌は、我ながら柄でもないとわかっている。

それでも言葉が止まらないのは、記憶が記憶を引きだして、なお収まらない思いがあるからだ。

「何がおかしいのか、どうしたら良いのか、今のところ私にはわかりません。ただ、わかっていることがひとつあります。貴重なパンや複雑なルールの話を、どれほど繰り返してもきっと解決しない問題だということです。私はパンの話をしているのではないのです。私は……」

言葉を切って息をつき、それからはっきりとあとを続けた。

「私は患者の話をしているのです」

言葉が途切れるとともに、今度こそ静寂が舞い降りた。

机に肘をついた准教授がじっと私を見上げている。

書類の一枚が、何の拍子かはらりと卓上から床に落ちたが、身じろぎもしない。

そういうことなのだ。

何かがおかしいと思っていた。これほど多くの人がいて、複雑怪奇な議論を交わしていながら、何かに違和感を覚えていた。それは、しばしばそこに一番大切なことが欠落していたからだ。

私も、そしてバカじゃないかと叫んだ利休も、難しいことは何も言っていない。ずっとただ患者の話をしていただけなのである。

机の向こうを見返せば、感情の読めない透徹した目が見上げている。

さらなる沈黙ののち、やがてその血の気の薄い唇が動いた。

「言いたいことはすべて言ったかね？」

「そのようです。ありがとうございました」

私は改めて深く頭をさげた。その頭上に抑揚のない声が降ってくる。

「君の言葉は留意しておこう」

顔をあげればすぐに、だが、と御家老が語を継ぐ。

「医局というのは、君の思うようにはいかない場所だ」

その声には、ある種の宣告のような響きがあった。

「君は医局には馴染まない人間だね」

その通りであろう。

ようやく御家老との意見が一致したというわけだ。

前方には、微塵も表情の変わらぬ御家老がいる。

やがて軽く首を左右にした御家老は、おもむろに床に落ちた書類を拾い上げてから、私に目を向けた。

「退室したまえ」

面談は終了ということだ。

当方としても、言うべきことはことごとく口にして、もはや付け加えることは何もない。

よって一礼し、ただちに身を翻した。

廊下に出ると、時計は八時半を示している。ずいぶん長い時間を過ごしたようで、わずかな対峙であったのだ。

静かな廊下を歩き出しつつ、左右の部屋に目を向ければ、相変わらずスライドを作っていたり、論文を読み続けている医師たちがいる。

遅い時間である。疲労もあるだろう、家族も待っているだろう。けれども、少なくない医師たちが残って研鑽を積む姿がある。

どれほど多くの矛盾や理不尽を抱えていても、ここには患者に向き合う人々の医療の原点ともいえる景色が確かにある。多くの人々が規則と雑務に追い立てられている昼間とは、ずいぶん異なる風景だ。

私は隅の階段まで足を進めたところで振り返り、廊下に向かい合ういくつもの灯りのついた扉に向かって静かに頭をさげた。

雄町という酒米がある。

一般的に酒米というと山田錦であるのだが、これとは異なり芳醇な香りと濃厚な甘みが特徴的だ。そういうとなにか強烈に癖のある酒のようだが、その深みは尋常のものではなく、一度その洗礼を受けると、また雄町が飲みたくなる。

酒米の値段から言えば、かなり高価な米ゆえに酒一杯の値段にも跳ね返ってくる部分はあるのだが、私の雄町好みを知る『九兵衛』のマスターは、新しい銘柄が入るとひと声かけてくれるのである。

「『而今』の雄町です」

そう言って差し出された一杯を、しかし私はただ黙って眺め続けている。一滴も飲まず、ただじっと見つめ続けている。

准教授室でひと暴れをやらかしてから数日が過ぎていた。

医局の御家老に向かって反論を唱えたからといって、突然私がクビになって、仕事を取り上げられたあげく、のんびりとした自宅での謹慎生活が待っているわけではない。そうあってほしいくらいだが、微塵もない。

外来、病棟に内視鏡。外勤、実験に研修医指導。

土日のアルバイトも再開されて、また多忙な日々に逆戻りだ。

実験室では双葉が、論文リジェクトのショックも、酩酊状態の爆弾発言も、まるですっかり嘘のように、淡々とピペットを動かし、遠心機を回し、ときおり私の手伝いをしてくれる。

病棟では、お嬢が三班を去り、また新たな研修医が回ってきて、利休が生真面目に指導を続けている。

そうして日々を過ごすうちに、乾先生から一度、外村さんから二度、二木さんの経過に関する電話を受け取った。

ときおり出現する高熱、食事はほとんど取れず横になって蕎麦畑を眺める日々、一日ごと、いや半日ごとに悪化していく時間の中で、二木さんは、それでも毎朝理沙ちゃんとあやとりで遊び、夕方には食卓まで車椅子で移動し、寝る前には花札を教えつつ楽しんでいるのだと言う。

〝もうそろそろ、座っているのも難しいみたい〟

昨日そう伝えてくれた電話の向こうの外村さんの声にも、少なからず疲労の色が見える。

苦しい患者に付き添う看護師も苦しい。

患者の年齢や家庭を考えれば、その重圧は尋常なものではない。今さらながら、退院に反対した大学の訪問看護師の気持ちがわからなくもないが、外村さんは弱音の一つも口にせず、淡々と仕事を進めてくれている。

今さらお礼を言うのも無粋である。ただ、乾診療所にお願いをして本当に良かったと一言告げれば、〝ばかね〟と苦笑が返ってくるばかりであった。

そうして今日の夕刻、外村さんから三度目の連絡がきた。

病棟で回診を終えたばかりの六時過ぎだ。

〝血圧がさがってきたわ〟

常にない緊迫感を持った外村さんの声は、特別な事態が来ていることを示していた。

何か答えようとする私の機先を制するように外村さんは続けた。

〝今日は乾先生も時間があるから何も心配はいらないわ〟

駆けつけるなんて馬鹿なことは言うな、と言っているのである。大学での騒ぎについては、外村さんも知っている。よしんば駆けつけたところで、できることなど何もないことは言うまでもない。

〝まだ家族と話はできているのですか？〟

〝話は無理だけど、言っていることは伝わるわ。血圧は80をきっているのに、介護ベッドを起こして、じっと理沙ちゃんのあやとりを見つめてる〟

〝明後日が、私の外来受診日です〟

〝知ってるわ〟

一拍置いて続けた。

〝でもきっと朝まで保(も)たない。このまま看取ることになる〟

じっと沈黙を保つ私の心情を汲み取ったように、外村さんは言う。

〝駆けつけたい気持ちはわかるけど、今から先生が来ても、最後の大切な時間をかき乱すだけになるわ。家族だけの最後の時間よ〟

〝わかっています〟

〝わかっているなら……〟

外村さんは一瞬間をおいてから言った。

〝お酒でも飲んで今夜は寝なさい。あとは私たちの仕事〟

私は短く礼を言い、携帯を置いてのち、『九兵衛』に足を運んだのである。

カウンターに座れば、マスターが雄町を届けてくれた。目の前に『而今』の一杯が届いてすでにかなりの時間が過ぎている。

しかしそこに手が伸びない。

素面のまま、居酒屋のカウンターでじっと目の前の杯を睨みつけている客ほど気持ちの悪いものはない。

けれどもマスターは何も言わない。

ふと壁の掛け時計が目に入ると、十時を回っているから、二時間以上座り続けていることになるが、話しかけられることもない。

まことに有難い静けさの中で、さらにどれほど時間が過ぎたであろうか。

客もいなくなった静かな店内に、かすかな呼び出し音がひとつ鳴り、携帯電話がメールの着信を告げた。

確認すれば、短いメッセージがある。

『23時55分、おつかれさま』

外村さんらしい、簡潔な文面であった。

つまりはそれが、旅立ちの時間であった。

静かであった。

頭の中には何もなかった。

そのなにもない頭の中に、一つずつ記憶を呼び起こしてみる。

初めて外来に来たときの二木さんの堅い表情がある。

〝勝手なお願いを受けてくださってありがとうございます〟

そう告げたのはほんの三か月前だ。

抗がん剤の説明をしたときの御主人の困惑しきった顔。実験室で双葉と理沙ちゃんと三人でカントリーマアムを食べたひととき。古い大きな日本家屋の奥には、父親の仏壇があり、縁先には夢のようにきらめく銀化粧。

一ページずつ小さな古書をめくるように流れていく風景は、そのまま大きな弧を描いて中空に消えていく。

人の死が哀しいのは、それが日常を揺るがす大事件であるからではない。あっけないほど簡単に命が消えていくから哀しいのである。

ドラマも奇跡もそこにはない。

死は、過ぎていく景色に過ぎない。

あの古い民家の縁側で二木さんと花札をかわすことも、御主人の持ってきてくれた世界一の蕎麦を味わうことも、所詮(しょせん)はかなわぬ幻想である。

最初からわかっていたことであった。

わかりきっていたそのことが、一通のメールによって確定され、確定された事実がまるで何事もなかったように目の前を通り過ぎている。

心中は滑稽なほど静かで、凪(なぎ)の水面のように動かない。

私はしばし動かぬままじっと携帯電話を握りしめ、やがてゆっくりと卓上に手を伸ばして、杯を傾けた。

雄町を用いた名品が、水のように流れていく。

涙はこぼれなかった。

患者の死に涙するには、少しだけ年齢と経験を重ね過ぎていた。

ただ静けさだけがあり、音も光も風もない。

私は酒杯を置いたまま、しばし動かなかった。

動くことができなかった。

信濃大学の構内が、黄一色に染まっていた。

校内のいたるところにある銀杏が、ことごとく見事な黄に染まり、頭上を埋めるだけでなく、地に舞い落ちた葉が足下をも染めている。

そんな一面の秋色の中、私は正門を抜けて医局棟へと向かう道を歩いていた。

時は十月。

二木さんが亡くなって一か月が過ぎ、北アルプスの山稜がゆっくりと雪に染まり始め、もう冬の足音が間近に聞こえてくる時候である。

御家老に呼び出されてのちも、日常の業務に格別の変化もなく、外来、病棟、内視鏡検査に、外勤、実験とまことに賑やかなメニューが目白押しだ。

変人栗原は相も変わらず変人で、引きの栗原も揺るぎなく引き続けている。その後訪問看護ステーションや地域連携室とかかわる仕事がまったくないわけではないのだが、さすがに先方もプロフェッショナルであるからか、業務に影響は感じない。いずれ栗原が飛ばされる日を楽しみに待っているだけなのかもしれないが、心なしか患者の退院が以前より速やかになった印象を受けるのは、単なる気の迷いであろうか。

そうした静かな秋の終わりのある土曜日の朝、私は今年三度目になる御家老からの呼び出しを受けたのである。

土曜日はもちろん休日ではあるのだが、勤勉なる御家老に休みはない。もとより土日といえど患者は入院してくるからベッド管理を行う御家老には厳密な意味で休みはないのである。

ゆえに土曜日の呼び出しは格別驚くものではなかったのだが、私が戸惑ったのは、呼び出された先が准教授室ではなく、教授室であったからだ。

第四内科の水島教授は、四内の責任者とはいえ、一介の大学院生にとってはほとんど関わり合いのない人物だ。

いつでも満面笑みで悠々と廊下を歩き、大黒様などとあだ名されているが、学内における実力は並みのものではないらしい。四内のみならず大学病院全体に対して隠然たる力を持つ人物だというもっぱらの噂である。

そういう教授室に呼び出されるということは、御家老の目的が、単なる嫌がらせや皮肉でないのは確かであった。

「なぜ呼ばれたかわかるかね」

教授室に入った私を迎えたのは、いつもながらの御家老の冷ややかな決まり文句であった。

いつもと違ったのは、見える景色が広々とした教授室であることと、机の向こうに満面笑みの大黒様が腰かけていたことだ。御家老はそのそばに、冷然たる態度で佇立（ちょりつ）している。

大黒様と御家老。あまりに印象が対極的であるが、この二人は思いのほかに相性が良いらしい。歯車の凹と凸とが見事にかみ合って、四内という大きな組織を滞りなく運転しているのである。

「来年度の人事の件だ」

御家老が、単刀直入に用件を明示する。

いつもの回りくどい言い回しがないのは、教授に気を遣っているからかもしれない。教授の方はあくまでにこやかな笑顔のまま小さくうなずいている。何を言うわけでもなく、穏やかに相槌を打つばかり。その徹底した摑みどころのなさこそが、四内教授の凄みというものだ。

とりあえず神妙な顔をする私に対して、白髪長身の准教授が語を継いだ。

「人事に変更がある場合は、教授とともに事前に本人にできるだけ伝えるようにしている。そのための呼び出しだ」

改めて言われるまでもない。メールを見た時点で見当はついていた。

とうとう来たかという印象だ。

この半年間、散々大暴れをした自覚がある以上、今さらじたばたしても始まらない。利休の飯山行きは、公式の発表はまだとはいえ、公然の秘密となっている。当の利休本人は、医療の最前線に出られることを存外楽しみにしている節さえある。私としてもここまでくれば、木曾の谷間でも阿南(あなん)の山中でも、行けと言われたところに行って、自分の道を積み上げていくだけである。

眼前では、パン屋がいたずらにゆっくりと手元の書類を開いている。開くまでもなく明らかであるのに、わざわざこうして威圧感を演出してくるのは、かの人物の常套(じょうとう)手段である。

やがてゆっくりと御家老が顔をあげた。

「栗原先生、来年度、君を診療班第一班の班長に任ずる」

冷ややかな声が響き、そして消えていく。

なにか予感していたものと異なる内容で、私はしばし沈黙し、それから床を見下ろし、天井を見上げてから、御家老に視線を戻した。

要領を得ない顔をしている私に、御家老は例の淡々とした口調で続ける。

「現班長の柿崎先生は、来年度拡充される内視鏡センターのセンター長の役職につく。立場としては准教授と同等だ。それに伴う人事異動だと思ってくれれば良い」

はあ、と間抜けな声をあげる私に、冷ややかな目を向けつつ、

「来年度は、例年より多くの入局者が得られる予定だ。四内の規模が少しずつ大きくなりつつある。君が指導してくれた鮎川先生も四内入局の希望を出してくれている。この点については、私も教授も君の仕事を評価している」

准教授らしからぬねぎらいの声が、うつろに響く。

「聞こえているかね、栗原先生」

まだ呆然としている私に、御家老の冷たい声が届いた。

慌てて黙礼したものの、さすがに首をかしげて御家老を見返した。

「なにかね？」

「いえ、なにというほどのことはありませんが……」

「では用件は終わりだ。退室しなさい」

退室と言われて、あっさり出ていくには衝撃的すぎる内容である。慌てて私は口を開いた。

「私が一班の班長ですか？」

「そうだ」

「つまり来年も大学に残るということで？」

「そうだ」

冷然たる宣告に、しかしなお理解が届かない。

「各部署からの抗議があった件は良いのですか？」

「良くはない」

鋭く御家老が遮って言う。

「良くはないが、その件と人事は別問題だ。医局の人事を決めるのは、他部署の評判ではなく、水島教授だ。混同するものではない」

ぴしゃりと反論を封じるような厳しい口調だ。

驚くべき展開である。

当方、つい先月に医局に馴染まぬ医者だと言われたばかりである。一連の経過で大学を追い出されることに反論は山ほどあるが、それもやむなしと覚悟を決めて来た身である。

ところが第一班の班長？

「栗原先生」

ふいに柔らかな声が降ってきた。

聞きなれた冷ややかな声ではなく、あまり耳にすることのない深みのある声だ。

見返せば、机の向こうに座る第四内科の長が、にこやかな目を向けている。

「意外かな？」

「それは」と言いかけて言葉は続かない。続かないことを見越したように、大黒様が語を継ぐ。

「ここには実に様々な考え方をする医者たちが集まっている。個々の性格から、倫理観、信念、能力、野心……、実に多彩な人々の集団だ。裏を返せば、なかなかまとまりきれない集団でね」

穏やかな声で摑みどころのない言葉が流れていく。

たしかに、パン屋の御家老を筆頭に、鬼切の北条や、膵臓の柿崎先生と、重鎮たちの名を並べるだけでも一筋縄ではいかない人々の集団だ。

「しかし私は、ひとつの哲学のもとに一丸となった医局であるより、様々な医者を抱えたいびつな集団である方が、より優れた医療を提供できると信じている。多彩な医者による、ゆるやかなチームワーク。それこそが第四内科の最大の武器だ」

不思議な言葉であった。

「だから私は君を歓迎する」

驚いて見返せば、教授はその笑みを一層深いものにして告げた。

「これからも、〝患者の話〟をする医者でいなさい」

戸惑う私を、大黒様の揺るがぬ笑顔が見守っていた。

そのまま御家老の方に目を向けたが、相も変わらず怜悧な視線にぶつかるだけだ。何の思惑も読み取れない。容易(たやす)く読み取れるくらいの人物であれば、こんな場所には立っていない。

私はしばし佇立し、それから沈思し、黙考し、熟考する。

そんな私を、大黒様は満面の笑みで眺めている。先ほどは退室しなさいと告げた御家老でさえ何も言わず黙然と見つめている。

――良いだろう。

やがて私は胸中でうなずいた。

行けと言うならどこへでも行く覚悟で来たのだ。

残れと言うならそれも良い。

第四内科の魅力の是非はいざ知らず、当方すでに自身の哲学は口にした。ずいぶん無礼を押し通したが、できる限りに明示した。そんな私に残れと言うなら、望み通りに居残って、退かずたゆまず我が道を進むまでだ。

「了解しました」

私は短く告げて一礼した。

一礼して顔をあげれば、一歩進み出た御家老が右手に小さな葉書を差し出していた。

「昨日医局に届いたものだ。おそらく君に渡すのが妥当なのだろう」

受け取って、私は軽く目を見張った。

二木さんの御主人からの葉書であったのだ。

教授の穏やかな声が沈黙を埋めるように告げる。

「今回の診療に対する感謝の言葉が述べてある。第四内科の、とくに第三班の先生方に感謝するとのことだ。よい仕事をしてくれたようだね」

教授の言葉通り、短い葉書の文面の中に感謝の言葉が並んでいる。そして、お世話になったのにお礼の挨拶(あいさつ)にも行けず申し訳ないという文言まである。若い奥さんを亡くしたばかりで大変であろうに、本当に心の優しい御主人なのだ。

私は葉書をゆっくりと読み進め、そして最後の差出人のところに、御主人の名と並んでもうひとつ名前があることに気が付いた。

御主人の几帳面な文字とは違うつたない筆跡で「りさ」と二文字が記されている。

わずか二字。

その少し傾いたような二つの文字を目にした途端、胸の奥深くに堰(せ)き止められていた何かがゆっくりと流れ出したような心地がした。

自分の行動が正しいという確信などどこにもない。生と死のはざまを見つめて、胸中いつも不安や焦慮(しょうりょ)ばかりである。

けれども今は少しだけ、思うことができる。

これで良かったのだと。

葉書を見つめたままかすかに息をつけば、ふいに脳裏に美しい景色が去来した。

流れる晩夏の風と、揺れる蕎麦の花。

あの日、縁先に見た眩(まばゆ)いばかりの銀化粧。

耳の奥底でかすかに風の音が聞こえた。そんな気がした途端、にわかに葉書の上の「りさ」の二文字が、淡く滲(にじ)んで揺れた。

驚いた。

こういうタイミングで来るものか。

一瞬の間を置いて、私はそっと目もとに手を当てる。

二木さんが亡くなったあの夜、私は涙のひとつも流さなかった。からっぽの心で静かに酒を飲んだだけであった。年の功か、現場の慣れか、我が身の薄情か、いずれにしても静かすぎるくらいの葬送であった。

それが今になって、ずいぶん遅れてやってくるものである。

私はわざとらしく二度ほど咳ばらいをして、あくまで外面だけは淡々と、葉書を白衣のポケットにしまいこんだ。そして「ありがとうございました」と一礼し、教授と准教授に背を向けた。向けた途端に、

「御苦労だった」

短い一言が聞こえた。

教授の声ではなかった。

さんざん聞きなれた冷ややかな声であった。

意外の感を得て振り返れば、わずかに滲んだままの視界の先に、御家老が超然と立っていた。

「御苦労だった」

再び聞こえたその言葉に、私は姿勢を正して、もう一度一礼した。


医局棟を出ると、晴れやかな日差しが降り注いでいた。

鮮やかな黄色に染まった銀杏並木の下を、学生たちが忙しなく往来している。

土曜日だというのに人が多く、どこからともなくジャズの演奏まで聞こえてくるのは、今日が信濃大学の大学祭であるからだ。

十月の終わりに開かれる銀嶺（ぎんれい）祭という名のその祭りが、ちょうど今日、大学のキャンパスで開かれているのである。

医局棟を出て、基礎研究棟の間を抜け、医学部講義棟を横目に小道を北へ進んでいくと、にわかに往来がにぎやかになり、喧噪に包まれてくる。

行きかう者は、学生、地域の住民、その他もろもろ、老若男女（ろうにゃくなんにょ）様々だ。

教養学部前の広場まで来れば、銀杏並木の大通りの左右に露店が立ち並び、客引きの声もかまびすしい。生協前の舞台では粋なサックスが鳴り響くジャズバンドの演奏が注目を集めている。昼前であるのにすでに酩酊状態で芝生に寝転んでいる学生もいれば、杖をついて楽しげに銀杏を見上げている老人もある。

そんな学園祭のただ中を、大学の正門に続く大通りまで来たところで、私は目当ての人影を見つけて大きく手を挙げた。

正門の脇に立つひときわ大きな銀杏の根本に、細君と我が子の姿がある。

今日の教授室への呼び出しは、そう長く時間はかかるまいと踏んで、大学正門近くで待ち合わせをしていたのである。

「ととちゃん！」

と心地よい声が響いて私は足を止める。

とことこと駆け寄ってくる我が家の天使は、ずいぶんと走るのがうまくなった。同じ世代の子供たちに比べればまだまだ拙いが、そんなことは問題ではない。とにかく小春は小春のできる範囲で今日も元気に走っている。

そのまま駆け寄る我が子を抱きかかえれば、秋風が吹きぬけて、木々がざわめき、盛大に木の葉が舞い上がる。あとから歩み寄る細君が、銀杏色の風の向こうから澄んだ声を響かせた。

「お疲れ様でした」

「待たせたか？」

「今来たところです」

にっこり微笑(ほほえ)む細君は、そのまま白い右手を伸ばして、通りの先の露店を示す。

「小春が林檎飴(りんごあめ)を食べたいそうです」

「さっそくか」

苦笑が漏れる。

「林檎飴が終わったら、お好み焼きと言っています」

「おこのみやきとやきそば！」

食うことに、いつでも真剣勝負の小春である。

そのままゆっくりと歩き出せば、揺れる枝葉の間から、心地よい日差しがきらきらと降ってくる。

明るい日の光の下で、並んで歩む細君は何も問わない。

「何も聞かないのか？」

今日の呼び出しが、来年の医局人事にかかわる内容であろうことは、すでに細君に話してある。その結果が、最大の関心ごとかと思えば、隣を歩く細君は格別問いただす様子もない。

「聞いてもよいですが、慌てて尋ねるほどのことではありません」

「どこへ行くか心配ではないのか？」

「興味はありますが、心配はありません」

ふいに歓声があがったのは、通りの向こうで何やら大道芸をやっている学生がいるからだ。群衆の頭上を軽々とジャグリングのクラブが舞っている。

賑やかな群衆の声にかき消されそうになりながら、細君の明るい声が届いた。

「皆が一緒であれば、どこへでも行きますよ」

再び歓声があがって、細君の優しい声を飲み込んでいく。

腕の中で暴れ始めた小春を地面におろせば、たちまち無闇と駆け出して、細君が慌ててあとを追いかける。まことに心地よい家族の景色を見送りながら、私は思わず知らずそっと目を閉じた。

露店の呼び声が響く。歌を歌う声がある。かすかに太鼓の音が届いてくるのは、どこの出し物であろうか。どんどんと大気を震わす太い音が響いてくる。

そんな喧噪をものともせず、小春の元気な声が飛び越えてくる。

誘われるように目を開けた。

地は黄に染まり、空はどこまでも青い。

見渡せば、天も地も、秋であった。

エピローグ

冬であった。

それは信州にとって、もっとも厳しい季節の名であるとともに、ひときわ美しい景色の到来を意味している。

玲瓏たる大気の中、雪化粧をまとった北アルプスの大山嶺は翼を広げるように悠揚と左右に連なり、神聖なまでの空気をまとって横臥している。

中でも常念岳は格別だ。

春は杳然たる霞をまとい、夏は眩い新緑に包まれ、秋は枯淡の茜色に染まるこの祈りの山は、その整った三角錐の立ち姿から、四季を通じて特異な存在感を保っているのだが、冬の美しさは破格である。

澄み渡った冬空のもと、天を支えるように突き出た白い名峰は、悠々と足下の安曇野を睥睨しつつ、超然たる品格さえ漂わせている。木も沢も、風も雲も、ことごとくがこの山の威に打たれたごとく鎮まり、見上げる人もまた自分が雄大な自然の一片にすぎぬことを知らされるのだ。

自然の営みの中では、厳しさと美しさは表裏一体であるのかもしれない。

そんな初冬の週末に、私は松本駅からほど近いホテルのエントランスに立っていた。

奇しくも、スペイン語で〝美しい景色〟を意味する名を持つそのホテルは、研究会ではしばしば使われることから私も足を運ぶことがよくあるのだが、今日は膵癌研究会でもなければピロリ勉強会でもない。

私は首の白いネクタイをいくらか緩めつつ、広々としたエントランスの一角に置かれた大きな縦看板を眺めやった。

『砂山家、水無家、結婚式会場』

何度読み返しても、そんな文字が躍っている。

「こんな日がくるとは思わなかったな。天変地異の前触れであろうか」

「憎まれ口はいけません。おめでたい日ですよ、イチさん」

傍らの細君がほのかに笑ってそう告げる。

似合いもしない黒スーツの私の隣には、華やかな松本紬に身を包んだ我が細君が、日本人形のように楚々として立っている。

足元でうろうろ動き回っている小さな赤いワンピースは、言わずと知れた我が家のプリンセスだ。

「式までもう少しです」

細君の声に誘われながら、エントランスの奥へと足を進める。

週末の吉日である。ほかにも結婚式があるのか、黒いスーツの男性と華やかな衣装の女性とが愉快げな笑声をあげながら行き交っている。

「今日の披露宴は、百人規模だそうだ」

事前に次郎から聞いたことである。

式はごく親しい者たちしか呼ばれていないようだが、そのあとの披露宴はホテルでももっとも大きなホールを借り切るかなり大規模なものらしい。

「次郎さんって、不思議な魅力がありますものね。きっといろんな方が来るんでしょう」

「大学からは、サイボーグ間宮をはじめとするサイボーグ軍団がそろってやってくるらしい。祝いの席のど真ん中で、サイボーグたちが黙って酒を飲む姿は、ほとんどホラーだな」

「本庄病院の先生たちも呼ばれているのでしょう?」

細君は私の毒舌をやんわりと押し流す。

「外科の甘利先生はもちろん、我らが内科の板垣先生もお呼びがかかっているという。水無さんが病棟の看護師たちを呼び集めてくるとしたら、大変な数の医療者が一堂に会する勘定だ」

「すごいですね」

「すごいのは結構だが、今日具合が悪くなった患者は災難だろうな。松本中の医者がここに集まっているのだから病院に行くよりもホテルに来た方が処置が早い」

「きっと救急車が来たときは、新郎自ら式を中断して飛び出していくんじゃありませんか」

細君の穏やかな指摘は、いかにも次郎の本質を言い当てている。まさしくあれは、そういうことをやりかねない男だ。

受付を済ませ、細長い廊下を抜けて西側のガラス戸から外に出ると、明るい日差しの下、清楚なチャペルが佇んでいるのが見えた。

三々五々集まっている人たちのほとんどは、親族、親戚であろう。

予定されている大規模な披露宴とは対照的に、結婚式の方は、本当にこぢんまりと挙行されるらしい。

芝地の上に出てきた私たちに、さっそく新郎新婦の両親らしき年配の人々が歩み寄ってきて、挨拶の言葉をかけてくれた。無論、面識のある人はひとりもいない。いなくても、一見して新郎新婦、いずれの親族か明らかであるのは、一方の人々が皆明らかに次郎のように長身であったからだ。もっとも、あの巨漢の外科医と似ているのはあくまで身長だけであって、立ち居振る舞いは謙虚で温和、節度と礼儀にかなっていて、粗暴な外科医とは対極にある。

要するに、

「気持ちの良い方たちですね」

という細君の言葉が全てを語っている。

初冬の澄み渡った風が吹き、チャペルの入り口で赤い色彩が揺れるのが見えた。手入れの行き届いたポインセチアの鉢植(はちう)えが、白い石段の両側を艶(あで)やかに彩っている。色彩の少ないこの季節に、目を楽しませてくれる冬の代表花である。

そんな鮮やかなポインセチアには見向きもせずに、ふいに小春が「なっちゃん！」と叫(さけ)んで駆けだしたのは、進藤家の夏菜ちゃんの姿が見えたからだ。小春にとっては刎頸(ふんけい)の友である少女は、空色のドレスを上手に着こなして、参列者の注目をおおいに集めている。

「小春ちゃん」と叫んで両手を振ってくれる心優しいその姿は、毒ばかり吐いている自分を反省したくなるほどの微笑(ほほえ)ましさだ。

私は夏菜とともに姿を見せた旧友の姿に片手を上げ、歩み寄ろうとしてにわかに足を止めた。

ふいに腕を動かして肩を痛めたからではないし、ドラえもんが並んだ辰也のネクタイの趣味の悪さに心を痛めたからでもない。父と子が並ぶ見慣れた景色にもうひとり、見慣れぬ人影がくわわっていることに気付いたからだ。

苦労性の血液内科医のすぐ後ろに続いて、ほっそりと痩せた女性が姿を見せていた。結婚式の出席者としてはやや控え目な装いの女性は、小春を追いかけていった細君に丁寧に頭をさげて二言三言挨拶をすると、そのままひとり、辰也のそばを離れてこちらに歩み寄ってきた。

まるで他人事のように眺めていた私のもとにやってきた女性は、目の前まで来て、唐突に深々と頭をさげた。

「お久しぶりです、栗原先輩」

黙然として佇立している私に向けて、女性は遠慮がちに語を継いだ。

「心配をおかけしてすみませんでした」

「謝る相手を間違えている」

私は敢えて超然と応じた。

また風が吹いて、木犀の香が流れる。嫌いではないのだが、いささか香のきつい花だ。

「格別縁もゆかりもない将棋部の先輩に頭をさげている暇があったら、不器用でも懸命に夏菜ちゃんを育てていた旦那（だんな）にまずは謝るべきだ」

私の言葉に、進藤辰也の妻、進藤千夏はかすかに眉を上げた。それから緊張していた頬（ほお）に、ほっとしたような苦笑を浮かべて答えた。

「もう、いっぱい謝りました」

私は黙ってうなずいた。

かつて学生時代、テニス部で活躍して真っ黒に日に焼けていたエースは、今はもう屋敷の奥深くに何年も閉じ込められていた深窓の令嬢のごとく白くなっている。よほど苦労してきたのか、頬の肉は落ちずいぶん痩せてしまったが、しかしその目元にはまだ、あのころの明るい光のかけらが見える。

「いつ戻ってきたのだ？」

「昨日、東京から。最近は二週間に一回は週末こちらに戻ってきていたんです」

そうか、とつぶやきながら、辰也の方を眺めると、格別こちらの方を気にした様子もなく、細君と和（なご）やかに言葉を交わしている。まったく大した夫である。

「如月（きさらぎ）」と私が呼んだのは、結局今も、彼女が私にとっては将棋部の後輩、如月千夏であるからだろう。

「念のため言っておくが、辰也はずいぶん苦労をしていた」

「わかっています。本当にありがとうございました」

「ありがとう？」

怪訝な顔をする私に、如月は控え目な視線を向けて言う。

「たっちゃんが言っていました。松本に戻ってきて、栗原一止に助けられたんだって」

「何かの勘違いであろう。さんざん嫌がらせはしてやったが、助力をした記憶は微塵もない」

「それでもたっちゃんは言っていました。先輩と先輩の奥さんの榛名さんにとても助けられたんだって。きっと先輩たちがいなければ、今の自分はなかっただろうって」

「言葉だけでは実感が湧かんな。次はぜひ態度で示してくれと伝えてくれ」

いたずらに不機嫌顔で応じれば、如月は小さく微笑を浮かべた。

「変わってませんね、先輩は」

短い言葉に、様々な感慨が含まれていた。

容易に聞き流してしまうには、重いもの、深いもの、苦しいもの、それらを抱えたまま、どうやら如月は懸命に立っている。

視線の向こうでは、小春と夏菜とが芝地の上を駆け回り、それを辰也と細君が穏やかに見守っている。

そんな夫の姿を見つめつつ、如月は静かな口調で告げた。

来年の三月で東京の病院を退職すること、そのあとは松本の辰也のもとに戻ってくること、それを辰也が心から喜んでくれていること。

語るとともに、声に力がこもってくる。

それは誰でもなく自分自身に向けられた言葉ということであろう。

私は声が途切れたところを見計らって、口を開いた。

「いくら私が変人の栗原であっても、人様の家庭事情に安易に踏み込むほど間抜けではないつもりだ」

一旦言葉を切ってから、しかし、と続ける。

「辰也は私にとって貴重な友人だ。あまり困らせるものではない」

告げれば如月は、ふいに目元に手を添えて沈黙し、少し間をおいてから顔を上げて大きく息を吐き出した。

「もう、大丈夫です」

大きくはなくても、芯のある声であった。

私にとってはそれで充分であった。

ただ静かにうなずけば、軽く頭をさげた如月はそのまま辰也のもとに戻っていく。

「ママ」と叫ぶ夏菜の声が、不思議なほどに明るく響いて、思わず知らず私は目を細めた。芝地の先に見えるのは、小さな家族が、今ゆっくりと立ち直りつつある姿だ。

それぞれの家族にそれぞれの物語がある。

辰也の一家は、崩壊の危機に瀕しながら、ゆっくりと原点に立ち戻りつつある。

我が家は我が家で、小春の通院に一喜一憂しながらも、お互いだけを頼りとしてなんとか日々を積み上げている。

理不尽な病に侵されながら、最後まで闘い抜いた二木さんたちのような家族もある。

確かなことは、ひとりで歩むには過酷な道も、誰かとともに手を取り合えば進むことができるということだろう。

その先にあるものが、希望か絶望かは定かでない。愉快か苦悩かもわからない。わからないから投げ出すというのは短慮というもので、わからぬままそれでも力を尽くして前へ進むということが生きるということである。

だとすれば、手を取り合う人に出会えただけで、人生はまことに豊かになると言えるのではなかろうか。

ふいに甲高い鐘の音が鳴り響いて、私は顔を上げた。

チャペルの塔の大きなベルがゆったりと揺れている。

そういえば、ここにもまたひとつ、新しい家族が生まれようとしている。

謎と不思議に満ちた二人だが、祝福することに異存はない。

どこからか式の始まりを告げるアナウンスの声が聞こえてきて、一同がゆっくりと動き出した。

私は人の流れを眺め、その先のチャペルに目を細め、それから額(ひたい)に手をかざして頭上を見上げる。

あの二人の門出にふさわしい、雲一つない青空だ。

着物姿の細君が、そっと静かに隣に並んだ。小春は夏菜のあとを追いかけていく。

未来はわからない。

けれども少なくとも今は、目の前に進むべき道がある。

「行こうか」

告げた私に細君がにこりと笑う。

そうして二人、冬の澄んだ光の中をゆっくりと歩き出した。

特別編　Birthday

なんたる理不尽か……私は慨嘆した。

とにかく絶望的に理不尽なのである。

時刻は土曜日の早朝六時。

場所は、泣く子も黙る『信濃大学医学部付属病院』の救急外来である。

広々とした処置室を見渡せば、壁には埋め込み型の液晶モニターが複数並び、頭上には巨大な無影灯がぶらさがり、あらゆる科の処置具が整然と収納された棚の前を、看護師、医学生、研修医たちが盛んに往来している。

その騒がしい処置室の中央で、私はPHSを片手に佇立していた。

「ですから、宇佐美先生」

私は握りしめたPHSに向かって、できるだけ穏当な声音を用いて続けた。

「入院が必要な患者なのです。ベッドの確保をお願いします」

〝事情はわかっているつもりだよ、栗原先生〟

当方の切羽詰まった依頼に対し、しかし、PHS越しに応じる声はまことに淡々として感情の起伏がない。

〝だが外来に事情があるのと同じように、病棟にも事情がある。週明けにはすでに入院患者を二人も予定している以上、土曜日にそのベッドを埋めてしまうわけにはいかない〟

冷ややかな声で、非の打ちどころのない理屈が返ってくる。

相手は第四内科の准教授である宇佐美先生だ。私から見れば雲の上の先生であるから、そのいちいちに反論しようとは思わない。しかし私にとって重要なのは、ベッドであって理屈ではない。

眼前に目を向ければ、ストレッチャー上では、青白い顔の中年男性が、冷や汗を浮かべて横たわっている。

四十六歳、男性、砥石辰雄さん。

早朝突然の大量血便があって、外来を受診した患者だ。

患者の頭上のモニターでは真っ赤な数字がアラームとともに点滅し、血圧82の55という刺激的な数値を知らせている。壁際の電子カルテには先ほど撮影したばかりの腹部造影CT画像があり、血管に注射した造影剤が大腸内に漏れ出している様子が映し出されている。

診断は大腸憩室出血。

一般には聞き慣れない病名かもしれないが、珍しい疾患ではない。

憩室という大腸粘膜の弱い部分から突然出血する疾患で、患者は前触れもなく真っ赤な血便が出て驚いて来院することが多い。出血量によって軽症から重症まで様々だが、今回は疑いなく重症である。

「外来で安静にしてどうにかなる状態ではありません。現在輸血の準備をしていますが、血圧が落ち着き次第、緊急内視鏡です」

憩室出血は、自然に止まることもあるが、止まらない場合は、内視鏡で止血が必要になるし、それでだめなら、血管内治療や外科手術まで考慮しなければいけない。

「ですからベッドの確保が喫緊の問題だと……」

〝栗原先生〟と、冷然たる声が遮った。

〝こちらも可能な限り対応するつもりだが、君も忘れてはいけない。ここは本庄病院ではない。大学病院だよ〟

宣告のような言葉とともに、ＰＨＳは切れていた。

にわかに沈黙した私に対し、点滴を吊り下げていた看護師が、怪訝な顔を向けている。ストレッチャー上には、青白い顔の砥石さんが横たわり、ベッドサイドモニターが、非力な主治医を責め立てるように赤いランプを明滅させている。

「別に痛くもかゆくもないんですがね……」

ふいの独り言のような声は、眼前の砥石さんのものだ。かすかな苦笑いを浮かべながら、私を見上げている。

「朝トイレに行ったら、いきなり真っ赤な血が出てきてびっくりしました」

「そういう病気です。大量出血することがありますから、早めに病院に来て正解でした」

「なんとかなりますか、先生」

「なりますよ」

私は自然、即答していた。

気休めではない。治療はなんとかなる。

なんともならないのはベッドの方だ。

「大丈夫です。心配はいりません」

まるで自分に言い聞かせるように力強く答えた私は、外面だけは平然と点滴追加を指示しつつ、そっと額に手を当てた。

いつもの片頭痛の気配である。


私こと栗原一止は、信濃大学を卒業して七年目になる内科医である。

卒後六年間を、松本駅前にある本庄病院で働き、ほんの一か月前に大学病院に移ってきたばかりだ。

大学とは何のかかわりもなく六年間を過ごしてきた私が、にわかに大学医局への入局を選んだことには、複雑怪奇な事情があり、悲喜こもごものドラマがあり、胸躍る波乱と、感動と奇跡と、出会いと別れと、その他もろもろの愚にもつかない日常の景色があったのだが、それらはことごとくほかで述べたから、ここでは触れない。

要するに私は大学病院にやってきた。

時候は、桜も散った五月初旬。つまり大学へ来てまだわずかな期間しか過ごしていないのだが、我が胸中を占めている思いは冒頭の一文に尽きる。

〝なんたる理不尽か〟と。

額に手を当てて慨嘆したところで、しかし、入院ベッドが降ってくるわけではないし、患者の出血が止まるわけでもない。ただただいつもの片頭痛が悪化するばかりなのである。

「患者の点滴も大事だけど、自分に頭痛薬を処方した方がいいんじゃない、栗ちゃん」

ふいに聞こえた声に振り返れば、髪を茶に染めた白衣の男が浮薄な笑みを浮かべながら処置室に入ってくるのが見えた。消化器内科第三班の班長にして、私の上司である北条(ほうじょう)先生である。

「痛み止め、いる？」

「結構です、いつものことです」

「頭痛持ちは辛いねえ。同情するよ」

「頭痛は辛くはありません。やたらと頭痛が頻発せざるを得ない理不尽な環境が辛いのです」

「また難しいこと言っちゃって」

我が上司は苦笑まじりに茶髪を掻きまわしながら、壁際の電子カルテでＣＴ画像を確認している。

「結構重症？」

「昨日まで特に何事もなく生活していた方です。早朝から突然の大量血便とめまいで来院しました。血圧は80前後で、先ほど出たヘモグロビンは８．５です」

「良くないね」

「控えめに言ってその通りです」

北条先生は、ＣＴ画像に視線を移しながら、

「で、すぐに入院させて処置しようってときに、パン屋がベッドをよこさなくて怒っているわけだ」

パン屋というのは宇佐美先生のあだ名であり、私が今まさに電話をしていた相手で

ある。

「怒っているというよりは、驚いていると言った方がよいかもしれません。患者は目の前にいるのに、ベッドがないという」

「栗ちゃんは大学病院で働くのは初めて？」

「そうですが……」

唐突な問いに視線を向ければ、北条先生はいつもの飄然たる笑みを浮かべたままだ。その横顔の向こうに見える小窓には、鬱蒼たる葉桜がのどかな早朝の日差しの下で揺れている。

かのヒガンザクラの老木は、私がここを初めて訪れたときは見事な薄紅色に染まっていたものだ。それからわずか一か月あまり。短い日々は当惑と混乱の連続で、もう何年もこの不可解な迷宮に閉じ込められているような気がしてくる。

「研修医時代も大学じゃないんだよね？」

「医学部卒業と同時に本庄病院に就職しましたから、大学は全く初めてです」

「じゃあ戸惑うのも無理はない。ここは複雑な場所なんだよ」

「理屈の通らぬ複雑さです。理解に苦しみます」

「そりゃそうだ。もう何年もいる俺でさえ、びっくりすることばかりなんだから」

現場に漂う緊張も不安もどこ吹く風と、あくまで能天気な発言が返ってくる。

「だけど大学でうまくやっていくためにひとつ大事な忠告をしておこう。准教授である宇佐美ちゃんを絶対に敵に回さないことだ。パン屋に目をつけられたら、ベッドが余っていたって患者を入院させられなくなる」

無茶な話である。

その無茶な話を、班長は平然と述べ立てている。

茶髪に笑顔の班長は、そこに立っているだけで場違いであるのに発言内容まで突飛であるから、私としてはもはや応じる言葉もない。

なかば途方に暮れている私を、面白そうに眺めていた北条先生は、「ちなみに」と語を継いだ。

「パン屋がなんて言ったか当ててやろうか？」

「週明けには予定の入院患者がいて、ベッドは空けられないという返事でした」

「それだけ？」

「本当に入院が必要か、班内で再検討すべきだ、という内容です」

「それだけじゃないだろ」

笑った北条先生は、私の肩をポンと叩いて続けた。

「パン屋はこう言ったんだ。〝ここは本庄病院じゃない。大学病院だ〟ってさ」

眉を寄せた私の横で、北条先生は愉快げに笑う。

我が班長は、思考も哲学も容易に読み取れない謎の人物だ。

噂ではよほどの切れ者で、第四内科の中だけでなく、他科の教授や学外の研究者たちからも一目置かれた存在であるらしいのだが、今のところそれを実感する機会は微塵もない。

眉を寄せたまま沈黙している私の前で、北条先生は、悠々とＰＨＳを取り出して耳に当てた。そのまま何者かと穏やかな口調で言葉を交わしていたが、やがて通話を終えて私に向き直った。

「東七階にベッドひとつ、用意したよ」

は？　と間の抜けた声を上げる私にかまわず、看護師に向けて入院の準備を指示している。

「どういうことですか？」

「どうもこうもないさ。我らが四内の宇佐美先生に、礼儀正しく理路を示してお願いしたら、ベッドをおひとつどうぞってさ」

呆然としている私に、いつものごとくにやりと笑みをひらめかせて班長はつけくわえた。

「言ったろ、大学は複雑なんだ。本庄病院とは違うんだよ」

私はしばし絶句し、それから嘆息し、最後に壁の小窓に視線を戻した。

土曜日の早朝は、見事な快晴の予感に溢れ、緑も鮮やかな葉桜がまばゆい陽光にきらめいている。

無意味に威圧的な准教授……。

何を考えているかわからぬ茶髪の班長。

そして脳中を好き勝手に闊歩する片頭痛と、いたずらに晴れ渡る春の朝空。

……なんたる理不尽か……。

胸中、改めて慨嘆した。

そのまましばし立ち尽くしていたが、ただ呆然と立っていたところで患者の血圧が上がってくるわけではない。

私はとりあえず、ポケットから取り出した鎮痛剤を口中に放り込んだのである。


今が盛りの花水木が、心地よげに風に揺れている。

朝八時の病棟前広場である。

広場は、病院正面玄関のある外来棟とは丁度正反対の位置にあるため、もともと玄関ほど人通りの多い場所ではない。それでも平日の、しかも朝であれば多くの病院職員たちが出勤してくる場所なのだが、土曜日となるとその往来もない。

見舞いの訪問客が来るにもいささか早すぎる時間であるから、広々とした芝地はどこか森閑とした静けさに包まれ、ゆったりと散歩をする病衣の婦人がひとり見えるくらいだ。

広場のベンチに腰を下ろせば、ゆるやかに起伏した濃緑色の芝と艶やかな花水木の色彩が見渡せる。その狭間をゆったりと移動していく水色の病衣は、なにか不思議の森の中を漂うひとひらの胡蝶のようで、剣呑な心持ちもいくらかは慰められるというものである。

「さすが一止だよ。大学に来ても、相変わらずの〝引きの栗原〟ってわけだ」

せっかくの穏やかな心持ちをぶち壊すように、野太い声が聞こえた。

ベンチに座ったまま、じろりと傍らの発言者に目を向ければ、視界に入ったのは、穏やかさとは無縁の白衣を着た黒い巨漢である。爽やかな春の朝日の下、場違いな大男が両手に『梅』と『昆布』の握り飯を持って交互に食らいついている。一言で言えば奇観である。

奇観の主は、我が旧友、外科医の砂山次郎であるのだが、旧友とわかっていても奇観であることに変わりはない。願わくば、散歩の婦人が、この巨漢を見て驚きのあまり卒倒しないことを祈るばかりだ。

「今日も朝から憩室出血だって？　よくやるよ」

「好きでやっているわけではない。当直が終わるまぎわの早朝に、患者の方が勝手に飛び込んできたのだ」

本庄病院から大学に移って、一か月余り。すでにして〝引きの栗原〟の名は各部署に浸透しつつある。多年の義理も恩も投げ捨て、六年間お世話になった病院に別れを告げてきたというのに、医療の厄病神だけはしっかり私についてきたらしい。

「で、大丈夫なのか、その出血の患者」

「大丈夫かどうかは今後の経過しだいだ。とりあえず点滴で血圧は維持できているから、輸血の準備ができしだい内視鏡になる」

「朝から大変だなぁ」

「のん気なことを言っているが、お前こそ休日の朝から何をしている？」

私は左手の缶コーヒーを開栓しながら、強引に話頭を転じた。

つい先刻、開店直後の売店で大量のおにぎりを買い込んでいたこの男を見つけたところなのである。

「昨日の肝切除の患者の血圧が落ち着かなくてさ。ドレーンからも結構出血してんだ」

「……止まりそうなのか？」

「多分大丈夫だと思うんだけどさ。さすがにドレーンの排液が真っ赤なうちは目が離せないんだよ」

　つまり次郎もまた、私と同様、昨日から働き続けているということだ。いや、明け方まで仮眠をとっていた私に比べれば、術直後のドレーン管理をしていた次郎の方が、寝ていないであろう。

　全身体力の塊（かたまり）のようなこの男は、徹夜明けでもまことに涼しい顔をしている。

「一止も食べるか？」

　次郎がベンチに置いたビニール袋の中のおにぎりを示した。すでに二つを食してなおそこに、『鮭（さけ）』と『明太子（めんたいこ）』と『ツナマヨネーズ』と『葱味噌（ねぎみそ）』の四つがある。一日の食費がどうなっているのか、一度聞いてみたいものである。

「遠慮しておこう。お前と違って私の胃袋は繊細だからな。処置前の緊張でふるえているところに、いきなり握り飯を放り込まれたら悲鳴をあげる」

「本庄で走り回ってきた一止が、憩室出血くらいで何言ってんだよ」

　豪快に笑いながら次郎が『葱味噌』を取り上げた。

「おまけに、四内の宇佐美先生と朝からやりあったんだろ。たいした度胸じゃないか」

「やりあってなどいない。ベッドを頼んだらあっさり断られただけだ。だいたい救急部の片隅での些細（ささい）な電話の内容を、なぜお前が知っている？」

「ちょっと噂を耳にしただけさ。七年目から入局してきた〝四内の漱石先生〟の話は、結構注目されてるんだよ」

注目の真偽については知らないが、次郎が情報通であることは確かである。

六年間地域の病院にいた私と違い、次郎は研修医の二年間を大学で過ごしている。ゆえに院内の各部署に知己がいて、しかもそれらの人々から存外に慕われているという奇矯な事実がある。おかげでこの男は、当方が驚くほど耳が早い。

「それにしても、徹夜明けでよく食う男だな」

またたくまに『葱味噌』を平らげて『鮭』に手を出す次郎に、私は呆れ顔を向ける。

「徹夜明けだからこそ食うんだよ。一止こそ、よくそれで持つな。朝飯が、ロキソニンと缶コーヒーなんて、榛名さんが知ったら心配するぜ」

榛名というのは我が細君の名である。

ここで登場するには、どう考えても文脈がおかしい。

「どういう流れでそういう話に……」

「予定日、もうすぐだったろ？」

予想外の奇襲を受けて、思わず飲みかけのコーヒーを吹き出しかけた。

見れば、巨漢の怪人があまり見たこともないような無邪気な笑みを浮かべている。

「榛名さんの予定日、五月の頭だって言ってたじゃないか」

「単細胞の外科医が、細かいことを覚えているものだな」

「そりゃそうだ。一止に子供が産まれるなんて、こんなに楽しみなこと滅多にないんだから」

当方が当惑するようなことを、まことに朗らかに告げる。

まったくこの男はいつも言動が読めない。読めないことを言われても、しかし不快ではない。

脳裏に浮かぶのは、すっかり大きくなったお腹を抱えながら、ゆっくりと御嶽荘の廊下を往復している細君の姿だ。外を出歩くことが減った上、軽い貧血もあるのか、いつも以上に色の白くなった細君は、それでもにこやかな笑顔でゆったりとした日常を営んでいる。

縁側の椅子に腰かけながら大事そうにお腹を撫でている様子を見て、

〝御嶽荘の天使が二人に増えるのか〟

と嬉しそうにつぶやいたのは『桔梗の間』の男爵であるが、同居人の脈絡のないつぶやきにそのときばかりは私も黙ってうなずいたものである。

私はしばし沈黙し、それから観念して応じた。

「予定日は来週だ。だが少し早く産まれるかもしれんということでな。今日の通院は付き添うつもりでいる」

「通院？　何時だよ」

「午後二時半の予約だ」

仕事柄、普段から、細君の通院に同行できているわけではない。しかし大きなお腹を抱えて歩くのも大変になってきている細君を見て、今日くらいは一緒に行こうと告げたのは私の方であった。土曜日の、しかも当直明けなら付き添えるだろうと踏んでいたのだが、朝からすでに不穏な空気が漂っている。

「大丈夫、間に合うさ」

まるで我が心中を汲み取ったかのように次郎が言う。

「気楽なことを言うやつだ」

「だってまだ朝だぜ。夜までずっと内視鏡やるつもりじゃないだろ」

「当たり前だ。しかしすべては患者の出血量と血圧しだいだ。どうなるかわからん」

「一止にしては弱気なこと言うじゃないか」

「弱気なものか」

私は左手の缶コーヒーに口をつけながら即答した。

「と断言するほどの自信はないな。不甲斐ないことだ」

まことに不甲斐ない。

ただでさえ細君の身が案じられる日々である。

そんな中で、大学という馴染めぬ環境で、急患に対応し、緊急内視鏡を行い、経過によってはさらに追加の処置も検討しなければいけない。朝の宇佐美先生との電話を思い返せば、少しくらい弱気にもなろうというものだ。

我知らずため息が漏れたところで、

「心配ないぜ、一止」

次郎の太い声が響いた。

「ここは、割に合わないことが多いけどさ。でも場所がどこに変わったって、俺たちのやることが変わるわけじゃない」

大きな声ではない。なのに、胸の奥底まで届くような深い声だ。

巨漢の外科医は、『鮭』おにぎりを握りしめたまま、晴れた空に突き刺さる九階建ての病棟を見上げる。

「急患が来れば駆けつける。声をかけて、血圧を測って、点滴をする。そういう医者の仕事が別のものになるわけじゃない。もちろん内科で手におえないことが起これば……」

大きな口で、右手のおにぎりにかぶりつきながら続けた。

「俺たち外科がなんとかするさ」

底抜けに明朗な声であった。

私は缶コーヒーを握りしめたまま、広々とした芝地を通り過ぎていく水色の病衣を眺めやった。

ここは大学病院である。

患者がいても容易にベッドが見つからないのと同様に、次郎が言うほど物事が風通しよく進むとは思えない。しかしそういう息苦しい場所で、息苦しさを微塵も漂わせず悠々と握り飯を頬張る(ほおば)のが砂山次郎という人間なのである。

ふいに風が流れて、花水木の薄紅色がさわりと揺れた。風に躍る色彩の下で、病棟に戻りかけた病衣の婦人が、なにか珍種の花でも見つけたように不思議そうに我々に目を留め、やがて丁寧に会釈してくれる。

「ひとつよこせ」

私は問答無用で袋から『明太子』を取り上げた。

「お、少しは食べる気になったのか?」

「細君に心配をかけるのは本意ではないからな」

ついでに、と続けて、

「朝食の礼がわりに、ドレーンからの出血が止まることを祈っておいてやろう」

「じゃあ俺も、緊急内視鏡がうまくいくことを祈ってるし……」

言いながら次郎は残った『ツナマヨネーズ』に手を伸ばす。

「元気な赤ちゃんが産まれてくることを、心から祈ってるぜ」

力強い声で告げて、五個目のおにぎりに食らいついた。

実直の内科医と、巨漢の外科医が朝から並んで握り飯を頬張っている。

視界の隅でかすかに揺れるものがあり、つと見れば、生垣の躑躅（つつじ）の上を愛らしいモンシロチョウが舞っている。

信州の春は長くない。

冬から夏へ、急ぎ足で季節は変わっていく。

その短くも豊かな春の大気を、私はゆっくりと吸い込んだ。


午前十時。

緊急の大腸カメラが終わって、医局に戻ってきた時間である。

戻ってくると同時に、

「無事終わったかね？」

冷ややかな声が出迎えて、私は思わずぎょっとした。

声の主は、言わずと知れた四内の御家老（ごかろう）こと宇佐美先生である。

電子カルテの前で、古びたノートを開いて、なにかさらさらとペンを動かしている。

早朝も院内にいた御家老が、この時間も医局にいるということは、延々とベッドの勘定でもしているのか。いずれにしても、瘦身白髪のただでさえ近づきがたい准教授に、私としては背筋を伸ばして応答するしかない。

「大腸カメラでは、活動性の出血は確認できませんでした。自然止血と判断し、とりあえず絶食で数日経過を見る方針です」

「結構」

短く応じて、御家老は手元のノートに視線を落とした。

会話をしても、沈黙していても、いたずらに威圧感のある重鎮である。

私は黙って二つばかり離れたカルテ端末の席に腰かけて、カルテの記録を始めた。

大腸憩室出血はいったん出血すれば大量に出るわりに、いざ内視鏡で見に行くと自然に止まっているということが珍しくない。止まってしまうと、無数にある憩室の中から出血点を見つけることは困難になる。

出血は止まるに越したことはない。しかし止まってしまうと、治療ができなくなる。そういう治療のジレンマについては、患者の砥石さんに説明してきたところだが、とりあえずは血圧が安定してきたこともあり、砥石さん本人は落ち着いた笑顔で「ありがとうございました」と答えてくれたのである。

胸中小さく吐息をついたところで、「そういえば」と御家老の抑揚のない声が届いた。

私はすぐにカルテの手を止めて肩越しに振り返る。

「北条先生が君を探していた」

「北条先生が？」

「今日は時間があるから、例のC型肝炎ウィルスのPCRを進めたいと言っていた。カルテが済んだら実験室に行きなさい」

なかば無意識のうちに、壁の掛け時計に目が泳ぐ。

時間は午前十時をゆるやかに過ぎたところ。

「栗原先生」

我が胸中の動揺を見透かしたように、御家老の冷たい声が追いかけてきた。

「君は大学院生だ。患者を診るだけが仕事ではないのだよ」

言うだけ言って、御家老は何事もなかったように背を向けた。

ずいぶん理不尽な話である。

敢えて繰り返すまでもなく、当方今日は当直明けである。明けではあるが、早朝に患者が来たからやむなく全力で対応している。そうやってさんざん医者として扱き使っておきながら、患者が途切れたとたんに今度は学生としての心構えを説法されれば、そうそう素直に得心できるものではない。おまけにまだ時間があるとはいえ、今日は我が家で細君が待っているのである。

そろそろ大声を上げて暴れだしたい衝動を覚えつつも、今朝北条先生から、〝敵に回さないように〟と有難い忠告を受けたことを思い出した。

神出鬼没(しんしゅつきぼつ)でしばしば連絡が取れなくなる班長だが、臨床から研究に至るまで、まだ未熟な私の面倒を見てくれていることも確かである。

私はつかの間沈黙し、本日三錠目の頭痛薬をそっと口中に放り込み、愚痴(ぐち)も舌打ちも忍耐の麻袋に詰め込んで、一礼とともに立ち上がった。

十二時である。

十二時というのは、細君と出かける予定の、二時間前である。

その微妙な時間に私がいた場所は、御嶽荘の細君のそばではなく『メーサイ』という小さなカレーの店であった。

信濃大学キャンパスの正門からわずかの距離にある小さなこの店は、普段から多くの学生でにぎわう場所で、私自身も学生時代に多く足を運んだ記憶がある。しかしいくら行き慣れた店でも、こういうタイミングで出かけたのは、好物のグリーンカレーがどうしても食べたくなったからではないし、当直明けで細君との約束を忘れてしまったからでもない。実験が一区切りついたところで、北条先生がなかば強引に私を連れて来たのである。

「ずいぶん浮かない顔してるけど、なんか用事でもあるの？」

真向かいに座る北条先生が、『メーサイ』名物のインド風チキンカレーを口に運びながら問うてきた。

「用事はあります。しかしまだ間に合いますので、ご心配は無用です」

私はとりあえず、なけなしの謙虚さを発揮してそう答えた。

北条先生に対して気を遣ったのではない。目の前にいるのが班長ひとりだけであれば、卓上のグリーンカレーをひと飲みに飲み干して、細君のもとに駆けつけること間違いない。

しかし今日は、班長の隣に、もうひとり見慣れぬ同伴者がいたのである。

「双葉(ふたば)先生って言うんだ、よろしく」

北条先生は、五つ星の辛さを誇るカレーのチキンを悠々と咀嚼(そしゃく)しながら、ごくあっさりと隣席の人物を紹介した。黒ぶち眼鏡に青いトレーナーとジーンズ姿の、まことに飾り気のない女性である。

つい先ほど北条先生が、隣の実験室から引っ張り出してきた人物だ。

「これから大変な大学院生活が始まる前に、ぜひ一度栗ちゃんに引き合わせておきたくてね」

「双葉佐季子(さきこ)です、よろしく」

短い言葉は淡々としてあまり起伏がない。

そのシンプルな装いとあいまっていかにも取っつきにくい印象だが、こんな場所にも読み古したハヤカワ文庫を携帯してくる態度が、私にとっては大変に好印象だ。本が好きな人間に、悪人はいない。

「病理の六年目の先生でね。つまり栗ちゃんの一年下になるわけだ」

スプーンをくわえたまま北条先生が語を継いだ。

「医者としては栗ちゃんの後輩だけど、佐季ちゃんはずっと研究畑を歩いてきたから、実験、論文については栗ちゃんよりはるかにエキスパートなわけ。実験室も隣だし、きっと何かと助けてくれると思うんだよ」

要するに、私の先行きを案じて北条先生が引き合わせてくれたということである。

研究の世界は、私にとって全くの未知である。電気泳動はもとより、ビーカーもピペットもスポイトも、大学時代の冗談のような物理実験が最後であるのに、いきなり肝炎ウィルスのＰＣＲと言われても意味も過程も五里霧中だ。

そういう状況であるから、身近に相談相手ができることは、何にもまして心強い。

こうなると、グリーンカレーを飲み干して、細君のもとへ飛び出していくのも憚(はばか)られるから、私はできるだけ穏やかに口を開いた。

「助かります。おそらく色々助力をあおぐことになります」

「あまり期待はしないでください。基本的な質問なら答えられると思いますが、私も自分の実験がありますので」

どこか突き放すような言葉が返ってくる。

口調は優しさとは無縁で、愛想や会釈もない。

軽く頭を下げた当方に対しても、さして興味を持った様子もなく、あくまで淡々と目の前のドライカレーを口に運んでいる。必要最低限のことを告げればあとはもう話すことはないと言わんばかりだ。

好印象というのは、いくらか訂正しなければいけないかもしれない。

「ちょっと変わり者なんだけどさ」

北条先生が声を低めて言う。

「でも頼りにはなると思うよ」

そうなのかもしれないが、そうでない雰囲気が満載である。

すでにして、私と北条先生の会話の横で、双葉先生はおもむろに手元の文庫本を開いて読み始めている。私の存在は別として、四内の切れ者として名高い北条先生を前に、黙々と文庫本を読みながらスプーンを動かしているのだから、なかなか刺激的な景色である。

「ハル・クレメントが好きですか？」

本の表紙を読み取った私が告げると、相手は文庫本越しにこちらに一瞥を投げてきた。

「クレメントだけでなく、スコルジーもエリスンも好きですけど、夏目漱石は読みません」

〝四内の漱石先生〟という私のあだ名が、研究棟にまで届いているのであろう。もちろんそういう益体もない話を広めているのが北条先生であることは疑いない。

「漱石を読まないのは、もったいないことです」

「暗くて嫌いなんです」

「暗い？」

「中学校のときに読んだ『こころ』が最悪でした。漱石の代表作でしょう？」

なるほど、とうなずいた私は軽く首を傾げてから、

「私も『宇宙の戦士』を読んで、ハインラインが苦手になりました」

唐突な応酬に、双葉先生は、本から顔を上げて私に目を向ける。

「凶暴な異星人を、主人公が最新兵器を操って片っ端からやっつける。いかにもわかりやすい戦争小説でしょう。たしかあの作品はハインラインの代表作のひとつ

で……」

「ハインラインは」とふいに強い語調が遮ってきた。

いつのまにやら相手の目に、冷たい光がある。

「ハインラインはSF界の巨匠とされる人です。『宇宙の戦士』の是非はともかく、その一冊で彼の世界を短絡的に判断するのは軽薄だと思います。彼を理解しようと思うなら、ほかの作品も読むべきですし、そうでないならありきたりな批評は控えた方が……」

勢いのある口調で語っていた双葉先生は、にわかに何かに気づいたように語尾を弱めていく。

私はグリーンカレーをすくいあげながら、

「そう思って、『銀河市民』や『自由未来』や『異星の客』を読んでおおいに驚きました。すさまじい作家です。まさしく巨匠と言われるにふさわしい」

双葉先生はわずかに眉を寄せて沈黙し、やがて小さく息をつくように問うた。

「漱石も同じだと？」

「漱石は日本を代表する作家です。文豪と巨匠とどちらが上になるのかは知りませんが、少なくとも『こころ』一冊で何かを語ってよい人ではないと思います」

私はスプーンを置いて相手を見返した。

「もしよければ、今度『三四郎』をお届けしますよ」

再び沈黙が訪れた。

先刻の息苦しいような沈黙とは少し質の違う静けさだった。

隣では、北条先生が、奇妙な二人の奇妙な会話を面白そうに見守っている。

やがて双葉先生は、ハル・クレメントを閉じて、机の上でそっと両手を組んだ。私がいくらか戸惑ったのは、その頬にかすかな微笑が浮かんでいたからだ。

ほんのわずかな表情だが、本日初めて見る笑顔であった。

「お勧めは『三四郎』？」

「『草枕（くさまくら）』でも『坊っちゃん』でも」

「ハインラインより面白いんですか？」

「何を面白く感じるかは人それぞれです。ただ私は、巨匠も文豪も、ともに愛読していますよ」

双葉先生は、しばしじっと私を見つめていたが、やがて組んだ手を離してそっと右手を差し出した。

「改めてよろしくお願いします、栗原先生」

思わぬ動作に慌てて応じれば、握った乾いた手は思いのほかに温かで、こちらが戸惑うくらいだ。

「困ったらいつでも隣の部屋へどうぞ」

先ほどとは、ずいぶん印象の異なる声が響いた。

傍らで見守っていた北条先生は、ひとり満足げにうなずいている。

物事、何がどう転じるかわからないが、少なくともこの対談は我が上司を安心させるだけの成果を産んだらしい。なにやら胸中ほっと息をついた途端、いきなり呼び出し音が響いて、私はすぐに携帯電話を取り出した。見れば病棟からの連絡である。

「なんか、嫌な予感がするんだけど」

軽く眉を上げてつぶやいたのは北条先生だ。

私は通話ボタンを押しながら答えた。

「同感です」


東七階病棟デイルームの掛け時計は、午後二時を示していた。

その大きな時計の真下で、私は携帯電話を片手に佇立していた。

「すまない、ハル」

〝大丈夫ですよ、イチさん〟

私の頼りない声に応じる細君の声には、いつもと変わらぬ明るさがある。

聞いているだけで、肩の力が抜けていく。

午後二時。

そんな時間に病棟にいれば、当然細君の付き添いには間に合わない。間に合わなくなった理由を今しがた説明したばかりだ。

〝それより患者さんは大丈夫なんですか?〟

「大丈夫……のはずだが、まだどうなるかわからない」

患者というのは、無論、憩室出血の砥石さんのことだ。

今朝、緊急内視鏡を施行し、そのときは出血が止まっていたというのに、午後になって突然また大量の血便が出たのである。

『メーサイ』で呼び出しを受けた私が、残りのグリーンカレーに別れを告げて病棟に駆け戻ると、ベッドのシーツが半分近く真っ赤になるという、凄惨な景色に直面することとなった。

「輸血をしながら、これからもう一度内視鏡になる。それで出血点がはっきりしないようなら、放射線科か外科の出番だ」

〝つまり、まだどのくらい時間がかかるかわからないということですね〟

「そのとおりだ」という言葉を喉の奥で飲み込んだが、沈黙したところで事実が変わるわけではない。

「すまない、ハル。あれほど一緒に行くと言っていたのに」

〝大丈夫ですよ、いつも通院はひとりなんです。今日だって、なにがなんでもイチさんが行かないといけない理由はありません〟

それもそのとおりだが、ここ数日、細君がしばしばお腹の張りを気にして、居間のソファにいる時間が長くなっていることには気が付いている。自然な経過であるから心配すべきことではないのだが、こういう時期にできるだけそばにいるのが夫の務めであるはずだ。そういう心構えだけは十分なのだが、現実は歯がゆいくらい思い通りに進まない。

「お腹の様子は？」

〝大丈夫です。元気にお腹を蹴っているのがわかります〟

細君の春の日和のような温かな声が伝わってくる。

〝通院はひとりで大丈夫ですし、最近は、学士さんや男爵さんも御嶽荘にいてくれる時間が多いですから、いつでも困ったときに相談することができます〟

何よりも心強い言葉である。

学士殿も男爵も、数年来ともにひとつ屋根の下で過ごしてきた盟友だ。家族と言ってよい。家を空けて大学で走り回っている夫より、はるかに頼りになる存在であろう。

「できるだけ早く帰る。何かあったらいつでも電話をするのだぞ」

〝そのつもりです〟

歯切れのよい返答に続けて、すぐに細君が言葉を重ねた。

〝イチさんこそ、いつも通りに、ですよ〟

「いつも通り？」

〝急がず、焦らず、投げ出さず。大変なときは、いつもそうやって乗り越えてきたんですから〟

落ち着きのある声に、私はそっと背中を押される思いがした。

急がず、焦らず、投げ出さず。

なるほど良い言葉だと得心して、私は大きくうなずいたのである。

午後四時。

砥石さんは、内視鏡室から、放射線科の血管造影室に移動となった。

緊急内視鏡では、結局出血を止められなかったのだ。

内視鏡で大腸内に入ってみれば、中は真っ赤な濁流と化しており、出血点をさがすどころか、奥へ進むことさえ容易でなかった。午前中、出血が止まっていたことが何かの間違いであったかのような出血量だったのである。

内視鏡が困難となれば、今度はカテーテルを血管内にいれて、血管そのものを詰めてくるしかない。それが放射線科による血管内治療だ。

「久しぶりだよな、ここまでの大出血は」

いつになく渋い顔でつぶやいたのは、隣に立つ巨漢の外科医であった。

狭い透視室の中で、巨漢の旧友はひときわ目立つが、今はそんなことを気にする者もいない。我々二人の周りはもとより、ガラス窓を挟んだ向こう側の血管造影室にも、白衣の医師たちが溢れている。多くが放射線科の医師たちだが、研修医や学生の姿もあり、いかにも大学らしい風景といったところだ。

しばしば行方不明になる神出鬼没の北条先生も、今回ばかりは部屋の片隅で、透視モニターを見つめている。

「出血したと思って見に行けば、止まっている。もう大丈夫だと安心したところに、突然大出血をする……」

私は腕を組んだまま低くつぶやいた。

頭上のモニターでは、おりしもカテーテルが足の血管から大動脈内に挿入されたところだ。

「憩室出血とはそういう病気だ」

「そうだが、よりによってこんな日に出なくてもいいだろうにな」

「こんな日」というのは、「細君の通院日」ということであって、今となってはつまり「細君の通院に付き添えなかった日」ということになる。だが間違っても「細君に付き添えなかった上に、患者を救命できなかった日」にするわけにはいかない。

今はとにかくカテーテルが無事、出血源の血管に到達できることを祈るしかない。

「次郎、お前の朝の祈りは通じなかったのだ。せめて血管内治療がうまくいくように祈っておけ」

「すまんなぁ、一止。朝だって一生懸命祈ったつもりだったんだが……」

「バカ正直に謝るやつがあるか、ただの八つ当たりだ」

くだらない妄言を交わしている間にも、モニター上では、するすると血管内をカテーテルが進んでいく。まるでカテの先端に目がついているかのようだ。

術者である放射線科の川田(かわだ)先生は、私や次郎よりわずかに年配なだけだが、血管内治療においては、間違いなく大学病院トップクラスの達人だ。すぐ目の前に座っていた放射線技師が、素直に感嘆のため息をついている。

「どうやら、俺たちの出番はなさそうだな」

つまりは緊急の外科手術という最悪の事態は避けられそうだということだ。この場合は、一番の朗報である。

そういえば、と私はモニターを見上げたまま続けた。

「お前の術後患者の、ドレーンからの出血は止まったのか？」

ふいの私の問いかけに、次郎の方は軽く頭を掻いてから笑って応じた。

「そっちは一止の祈りが通じたらしい。順調だ」

「なによりだ」

ふいに室内で、小さな歓声があがった。

大動脈から上腸間膜動脈という枝の血管に入ったカテーテルが、またたくまにそのさらに深部に到達し、出血源を特定したのだ。

場所がわかればコイルを詰めることができる。

つまり、止血できるということだ。

「なによりだ」

私は目を細めたまま、もう一度小さくつぶやいた。


気が付けば、夕方の六時を過ぎていた。

五月の六時であるから窓外は十分にまだ明るい。

日はいくらかの茜色をまといつつ、空は深い青に染められて、徐々に昼から夜へと色も風も移ろっていく。

まことに静かなその夕刻を、私は医局の椅子で飲みかけの缶コーヒーを片手に眺めていた。

砥石さんの血管内治療が終わり、患者は東七階病棟に戻ったばかりだ。

治療は成功であった。出血は止まり、血圧も安定しつつあることを確認して、医局に戻ってきた私は、先ほど細君に連絡したばかりである。

診察の結果はと問えば、「きわめて順調」で「いつ産まれてもおかしくない」状態であるらしい。こういう時期には、安心と緊張はいつでも手をつないでやってくるものなのであろう。

いずれにしても時刻は午後の六時。朝、急患に呼ばれてからちょうど十二時間が経過した勘定だ。ずいぶんひどい十二時間であったが、ひどい目にあったのは主治医である私以上に患者の砥石さんであろう。

早朝の血便から、二度の内視鏡と血管内治療で散々な目にあってきたはずだが、透視室から出てきたときに、私の顔を見て告げた砥石さんの言葉は印象的であった。

「先生も一日中お疲れ様ですね」と。

人間の器というものは、こういうときに出てくるものであろうか。

病を背負った人間は、普通、我が身の心配で精一杯となり、他者を気遣う余裕などないものである。それは当然のことであり、治療を受けている最中に、医者の疲労を斟酌(しんしゃく)する砥石さんの心の在り方の方が普通ではない。

「なかなか気の休まらない一日でしたが、今の一言で疲れも吹き飛びました」

苦笑とともに応じれば、砥石さんはまだ血の気の薄い頬に笑みを浮かべながら、

「私ひとりに、こんなに大勢のお医者さんたちが集まってくれると、あの真っ赤な出血もすぐに止まってくれる気がします」

「気がするだけではありません。ちゃんと止まったんですよ」

私の言葉に、砥石さんは今度は小さく声を上げて笑ったものであった。

心和むひと時ではあったが、これで治療は終わりではない。

血管内治療の難しさは、血管を詰めれば出血は止まるが、その結果、血流の途絶えた腸管そのものが壊死(えし)を起こす可能性があるという点にある。軽い炎症で済めばよいが、腸管壊死から緊急手術になることもあり、要するに、安心するにはまだ早い状況であった。

それでもひと山越えたことは事実であり、次郎は外科の仮眠室へと消えて行ったし、北条先生に至ってはいつのまにか姿を消してしまい、その後ＰＨＳにかけても応じる様子はない。日常に戻ったということである。

窓外を見上げながら一息つけば、数羽の鳥が夕空を横切っていく。ねぐらに帰っていくムクドリであろうか。再び缶コーヒーを傾ければ、ふいに背後で医局の戸が開く

音が聞こえて、私は何気なく首を巡らせた。

そのまま思わず身を固くしたのは、入ってきたのが宇佐美先生だったからだ。先方も一瞬動きを止めたのは、この時間の医局で誰かに出くわすことを想定していなかったためであろう。

慌てて体を向けて黙礼すると、御家老はいつもの無表情で小さくうなずいただけだ。そのまますぐそばの電子カルテ端末に腰を下ろし、いつものノートを開いてまるで何事もなかったように事務仕事を開始する。

相変わらず思考も行動も、まったく読めない人物である。

こういうとき新米の院生としては、気を使って当たり障りのない日常会話に力を尽くすべきなのかもしれないが、しかし氷のような目をした御家老に向かって、「いい日和ですね」とか「日曜日のご予定は？」などと話しかけることが、場を和ませるとはとても思えない。

どうすべきか逡巡(しゅんじゅん)しながら、とりあえず缶コーヒーに口をつけたところで、

「まだ働いているのかね、栗原先生」

ふいに向こうから言葉が降ってきた。

御家老がこちらを振り返ったわけではない。手元のノートにさらさらとペンを走らせながら、背中を向けたまま声を発している。

私は缶コーヒーを置いて応じる。

「朝の憩室出血の患者が、午後に再出血をしました。先ほどコイリングが終わったところです」

「それはご苦労だった」

ねぎらいの言葉が冷ややかな声で響く。やりにくいことこの上ない。とりあえず「ありがとうございます」などと無意味な返答をしているうちに、ふいに聞き慣れぬ呼び出し音が鳴り響いた。私の院内ＰＨＳでも携帯電話でもない。御家老の携帯だ。

静かに応じた御家老が、淡々と言葉を重ねていく。

「問題ない」「ベッドは確保できた」「急ぎなさい」

見事なまでに抑揚のない声が響いてのち、再び医局は沈黙に帰した。

思わず知らず私の方が問いかける。

「また入院ですか？」

「そうだ」

あくまでノートに視線を落としたまま、

「白馬病院に出ている柿崎君からの連絡でね。あちらで対応の難しい重症膵炎がいるらしい。じきに運ばれてくる。またベッドがひとつ入り用だ」

そのベッドの手配のために、こうして医局に座っているということだ。

考えてみれば、朝はＰＨＳ越しにベッド確保を断られ、昼間には学生の心構えについて説教をされ、夕方にはこうして上滑りする会話をしているのだから、御家老もまた一日中院内にいたということになる。その態度や方法論には色々と引っかかるところはあるものの、この人物が、怠惰や無精とは無縁であるという点については私も反論の余地がない。

再びさらさらとペンの音が響く中で、私はそっと立ち上がり、午前と同じ端末に腰を下ろした。奇しくも八時間前と同じ景色であって、異なる点は、東から差し込んでいた日差しが、茜色の西日にかわったことくらいだろう。

静かな医局で、私は本日の経過を記録すべく、カタカタとキーボードを叩く。

二つ離れた端末で、御家老がさらさらとノートにペンを走らせる。

カタカタとさらさらが、しばらく続いてのち、ふいに声が聞こえた。

「少しは慣れたかね？」

私は思わずカルテから顔を上げて御家老に目を向けた。向けられた方の御家老は、しかし当方には一瞥も投げず作業を続けている。

「医局に来て二か月目だ。少しは慣れたかね」

「残念ながら、まだまだわからぬことばかりです」

その最たるものが御家老の存在なのだが、無論口には出さない。

「大学は医療の根幹を支える特別な組織だ」

御家老の声が続く。

「一般診療をこなすだけでなく、若い医師を教育し、難病患者を受け入れ、基礎研究も進めなければいけない。慣れるのは容易ではないだろう」

教育も研究も覚悟の上だが、ベッドの手配にくたびれるのは想定外である。だが、たかが七年目の医者の想定など、あってないようなものであろう。世界はまことに広く複雑で、しばしば理不尽で不条理で非合理で出鱈目でべらぼうで、真面目で実直な青年医師を鼻であしらいながら翻弄するものなのである。

「急ぐことはない」

再び御家老の声が届いた。

「ここは本庄病院ではない。大学病院なのだから」

皮肉のつもりか、嫌味であるのか、それとも単に厳然たる事実を告げているだけなのか、語調からは判別のしようがない。しかし先方が答えを求めているわけではないことも明らかであるから、とりあえず殊勝な顔で黙礼した。と同時に、ふいに今度は私の携帯電話が着信を告げた。

見れば病棟でも外来でもなく、細君からの電話である。

不思議に思って応じると、電話の向こうから飛び込んできたのは、いつもの聞き慣れた穏やかな声ではなかった。御嶽荘の盟友である男爵の、動揺に満ちた大声であった。

一瞬、頭の中が真っ白になりかけたのは、男爵の言葉が、予想外の内容であったからだ。

いや、予想していなかったわけではない。

必ず来るとわかっていながら、なんとなく実感を持っていなかった事態……。

私はほとんど無意識のうちに立ち上がっていた。

「もう一度言ってくれたまえ、男爵」

ようやく口を開いた私の耳に、今度こそ男爵の声が響いた。

〝産まれそうなんだよ！　ドクトル〟

聞き間違えようのない声が、今度こそ事実を確定した。

思考のまとまらない頭の中を落ち着かせるように一度目を閉じ、大きくひとつ呼吸をする。そのまま目を開ければ、眼前には止血したばかりの患者の電子カルテだ。

モニターの片隅のデジタル時計に目を走らせれば、18：30。血管内治療を終えて、まだ一時間しか過ぎていない。合併症を考えれば、今しばらくは慎重に経過を見る必要がある。

私はとりあえず、電話の向こうの男爵に「すぐかけなおす」と告げて携帯をポケットに戻し、そのまま右手を額に当てた。

いまだかつてないほど、目まぐるしく思考する。

患者は目が離せない。

頼れるはずの北条先生は、連絡が取れない。

代わりの内科医を見つけて代診を頼むしかないが、相応の時間がかかることは間違いない。

辺りに視線を巡らせ、雑然たる書棚、少し傾いたカレンダー、夕日に染まる窓外と順に眺めていったのは、単なる動揺の表れであって他意はない。医局の中をいくら見回したところで、現状の打開策が記されているはずもない。

いや……。

私はもう一度ぐるりと周囲を見回して、ノートを片手に超然と座している御家老に目を留めた。当の御家老は、寡黙な七年目が佇立している姿に一瞥を投げかけただけで、もう手元のノートに視線を戻している。

解決策がひらめいていた。

北条先生が耳にすれば頭を抱えて嘆くような解決策だが、しかしほかに妙案はない。

私は御家老の白髪を見据え、一度カルテに視線を戻し、それからもう一度御家老に向き直ってから、大きく息を吐きだした。

「宇佐美先生」

ふいの呼びかけに、御家老はちらりと視線を投げてきただけだ。

「なにかね？」

「先生のお力をお借りしたいことがあります」

唐突な言葉にさすがに御家老がペンを止め、こちらを顧(かえり)みた。そのタイミングで私はすぐに語を継いだ。

「憩室出血患者の、術後管理をお願いしたいのです」

一息に告げてから、そのまま深く頭を下げた。

たっぷり三秒を数えて顔を上げれば、常と変わらぬ無表情の御家老がじっと当方を見つめている。

新米の大学院生の唐突かつ無茶な依頼に、しかしさすがは医局の御家老、眉ひとつ動かさない。あくまで静かに口を開いた。

「ほかに急患でも来たのかね？」

「違います。完全なる私用です」

御家老の冷たい目が、そっと冷徹さを増したように見えた。

「しかし私にとっては、とても大切な……」

「君の事情の如何(いかん)にかかわらず」と御家老は冷ややかに遮った。

「治療を終えたばかりの患者を放置していくほどの用事があるとは思えない」

「放置はしません。放置するくらいなら残ります。しかし先生にお願いできれば、患者を放置せずに行くことができます」

敢えて声に力を込めたのは、御家老の発する無言の圧迫感に飲まれそうになったからだ。

無茶な話であることは十分に承知している。

ほとんど暴挙のたぐいであるという自覚がある。

なにせ当方は一年目の大学院生で、先方は医局の准教授だ。

立場の違いと言うのなら、エジプトのファラオと、石運びの奴隷くらいの落差がある。選び抜かれた純米大吟醸と、工業用エタノールくらいの格差がある。その無限の隔たりを飛び越えて、奴隷がファラオに患者を押し付けようとしているのだから、無謀もここに極まれりだ。

しかし一方で、急性期の出血患者となると安易に人には頼めないが、偶然にも御家老なら、朝からの経過もすべて把握している。どれほど無茶だと笑われても、私にとっては天祐と言うしかない。

「あまりいい解決策とは思えないね」

つかの間の沈黙を置いて、御家老が再び口を開いた。

「君の提案は、いくつかの問題を抱えている」

「わかっているつもりです」

「わかっているなら、あまり突飛なことは言わない方がいい。君のやり方は色々と問題を起こす可能性がある。何度も言っているように、ここは本庄病院ではなく大学病院だ」

「たとえ病院が変わっても、人間が変わるわけではありません」

何か深く考えて発した言葉ではなかった。

ただ心の底に押し込めていたものが、ふいに顔を出しただけであった。

わずかに目を細めた御家老に向かって、私はできるだけゆっくりと言葉を積み上げた。

「急がず、焦らず、投げ出さず。そういう私の心持ちは、本庄病院でも大学病院でも同じです」

環境が変われば、人も変わらねばならぬ点は確かにある。けれども、ただカメレオンのごとく色を合わせることは迎合というのである。変わらなければいけないことと同じくらい、変わってはいけないこともあるはずだ。

気が付けば、いつのまにか御家老はノートを閉じ、ペンを置いて、こちらに向き直っていた。

しばしの静寂はどれほどの時間であったろうか。おそらくは数秒程度であったと思うが、ひどく長い静寂に感じられた。

なお身じろぎもせず座っていた御家老は、やがていつもと変わらぬ淡々とした声で告げた。

「君の理屈によると、私に患者を預けるという選択は、現場を投げ出すということではないわけだね」

「もちろんです」

「しかし色々と、リスクのある選択だ」

「それも承知の上です」

「ならば患者は見ておこう」

結論は唐突であった。

すぐには思考が追いつかなかった。

「行きなさい」

静かな言葉が届くと同時に、ほとんど反射的に私は一礼し、身を翻していた。

開いていた患者の電子カルテを閉じ、白衣を脱ぎ棄て、コーヒーの缶をゴミ箱に放り込む。一連の動作をほとんど同時進行で行い、最後に机の上の『草枕』一冊が入っているだけの鞄（かばん）を手に取った。

「試みに、聞いてみてもいいかね？」

背後から聞こえてきた声に、私は鞄を肩にかけながら振り返る。

「君の私用についてだ」

「産まれるそうです」

即答すれば、御家老が珍しく怪訝そうな表情を見せた。

「細君が急に産気づいて、今にも産まれそうだと、友人が連絡をくれたのです」

一度だけ瞬き（まばた）をした御家老は、わずかに語調を早めて答えた。

「早く行きなさい」

私はもう一度一礼して、准教授に背を向けた。


医局を飛び出した私は、携帯電話の発信ボタンを押しながら、廊下を抜け、四内医局のある五階から一階に向けて一気に階段を駆け下りた。

一段飛ばしで階段を下りる私の耳に男爵の声が届く。

〝心配するな、大丈夫だ〟

いくらか落ち着きを取り戻した男爵が、無意味に悠々と告げる。簡潔に語るその言葉によれば、とりあえず細君をタクシーに乗せて、いつもの産科に向かっているという話だ。つまり直接クリニックに向かえばよいと言う。持つべきものは信頼できる同居人であろう。

〝ひとつ大事なことを言っておくぞ、ドクトル〟

男爵のもったいぶった声が聞こえた。

〝こういう状況で男にできることは何もない。敢えてあるとすれば、二つだけだ〟

「念のため聞いておこう」

〝ひとつは、慌てず落ち着いて駆けつけること。そしてもうひとつは〟

わざわざ大仰に、少し間を取って、

〝産まれてくる子供の名前を考えることだ〟

「後者の方なら心配ない」

私は息を切らせながら、短く応じた。

「名前ならもう考えてある」

〝ならばドクトル、貴君のやるべきことはひとつだけだな〟

つまりは、慌てず落ち着いて駆けつけること。

一階まで駆け下りた私は、携帯を懐に仕舞って、そのまま医局棟から外に飛び出した。

生い茂る葉桜の下を抜け、のんびりとキャッチボールをしている数人の学生たちの間を駆け抜ける。ふと視界に入った常念岳（じょうねんだけ）は、茜の空を背景にまだわずかに雪を残した泰然たる佇（たたず）まいだ。

冬と夏とをつなぐ、短い季節がもうすぐ終わる。

それは、厳しい寒さの中で白一色に凍（い）てついていた信州が、にわかに多くの芽吹きに彩（いろど）られる艶やかなひとときだ。この貴重な季節のただ中に産まれ来る我が子の名は、もうずいぶん前から胸にある。

芝地を走り抜け、駐車場に駆け込み、古びた愛車に飛び乗ってエンジンをかけた。

並木の花水木が揺れている。

生け垣の躑躅の朱が目に躍る。

鈴蘭（すずらん）が、海棠（かいどう）が、桜桃（おうとう）が、そこかしこの花壇や道端を彩っている。

わずかな時の流れの中に、限りない豊かさを含んだ季節だ。

アクセルを踏み込んだ。

日産フィガロは、小さな春のただ中を、細君のもとに向けて走り出した。

解説

乾石智子

のっけから大変申し訳ないのだが、わたしは医者をあまり信用していない。医者を、そして現代医療を、信用していない。何せ不定愁訴でうん十年悩み、脳のCT、内臓のCTも撮り（この二回とも救急車で運ばれて撮ってもらった）、胃痛にのたうちまわって何度か胃カメラを吞み、結果として「どこも悪くない」「自律神経失調症」「機能性ディスペプシア」と診断され、必ず効くとわたされた薬を飲み、副作用でクラゲさながらに浮遊する有様なのだから。結局、「治った」わけではなく、「コントロールしている」状態で、それでもありがたいと感謝しているからには、やはりお医者さんの判断のおかげだと思ってはいるのだろう。信用するのと感謝するのは別物であるがゆえ。最終的に効いたのは漢方だった、というオチもある。

医療は万能ではない。

主人公・栗原一止は、そのことをはじめから感じているように思う。不愛想な毒舌変人で通っているが、どうも彼は物事の本質を直感でとらえる力を持っているようなのだ。他人がどう評そうとも、生真面目で真摯で美に鋭敏、人の気持ちをおしはかることのできる青年で、何より運命に対して謙虚なところがそう思わせる。研修医として松本の本庄病院でスタートした彼の心意気は、「二四時間三六五日、手を差し伸べる」という医療の基本によって裏打ちされている。それゆえ、大学病院で研鑽を積まないかと誘われたとき、「高度医療とやらを学んでいる間にも、そんなものを必要としない患者たちがひとりぼっちで死んでいる」実際を経験し、「日進月歩の医療の世界で立ち止まったままでやっていく」ことを決意する。（シリーズ第一作『神様のカルテ』）

さわやかに雄々しく巻を閉じたわけだが、わたしは「それは違いますよ、一止さん」と余計なお世話を焼きたくなった。このところ、医療はただならぬ進歩を遂げてきている。医師の知識は日々ぬりかえられている。検査器械や手術のアプローチの仕方もびっくりするほど改善されている。だって奥さん、知っていましたか？　今どきの胃カメラにはあなた、照射すると癌が赤く見えるというスペシウム光線が備えられているのですよ。「どこも何ともない」と言われた患者にしてみれば、「本当にそうですか？　こんなに痛いのに、そんなわけないでしょ。何か見落としていませんか。ちゃんと見てくれたのですか？」と確認したくもなる。そこへ、このスペシウム光線が保証してくれるのであれば、納得もするというもので。

筆者もそれを感じたのだろう。「一瞬でも気を抜けば、たちまち自分の医療は時代遅れになるわ。それはつまり、患者にとって最善の医療を施せない、ということじゃないかしら」（シリーズ第三作『神様のカルテ3』）と小幡医師に言わしめ、一止に大学病院への道をひらいたのだった。

一昔前は、とっても高い地位にあり、厳格で、ある程度年を取った医師を崇拝する傾向があったが、今のわたしは、一か月のたうちまわっていた胃痛を、身体に合った漢方の処方で三日で改善してくれた若い町医者に軍配をあげたい。この先生も某大学病院で切磋琢磨してきたばかりの医師である。こちらの話をちゃんと聞いて、しっかりおなかを触る。苦しい時にはこうしたことが涙が出るほどありがたい。新しい知識、技能、そして患者によりそう姿勢があれば頼りがいがあると感じる。ちょっと前まではね、患者の身体に触れもしない医者ばかりがいたのですよ、信じられないことに。もう今はね、しっかりと患者に対する姿勢まで教育された高い技能と柔らかい頭を持つ青年医師が一番なのよ、奥様。

……あれ？　最初に、信用しないと大上段に振りかぶった刃、どこに振りおろそうか。

話を戻しましょう。大学病院に勤務して二年。町の病院では経験しえなかった大規模組織の中に、日々奮闘する一止の姿がある。大きな組織に勤めたことのある人なら、病院ではなくても、大規模ゆえの歪みや風通しの悪さを感じたことはあると思う。創意工夫の余地はなく、規則の外枠にふれぬよう、見ざる聞かざる言わざるを貫かなければ、組織そのものに押しつぶされ、はじき出されてしまう。一止は軋む歯車の中で良心と矜持を曲げずに働いているが、ある日、砂山ブレンドの作り手の親友・砂山医師から――不思議なこともあるものだ。知り合いに、彼と同じようにコーヒーを作る人がいる。マグカップ半分まで粉コーヒーを入れ、しかるのち粉クリームと砂糖で縁まで満たし、お湯を注ぐ。七〇をすぎたお爺さんがそれを飲むのだ。わたしたちは「毒コーヒー」と呼んでいる。彼は今もすこぶる元気である。それはさておき――二九歳の進行膵癌の患者の診療を任せられる。難しい病気に対しては、それぞれのエキスパートが知恵を出しあって治療法を確立していく大学病院の連携力に刮目しながらも、末期癌患者一人の自宅退院が許されない組織の在り方に一止は大きな疑問を持つ。

「なにか基本的な誤りがある」

患者本人の望みは、残された時間を自宅に戻って家族とともにすごしたい、ただそれだけなのに、なぜかそれが許されない。組織のうちたてる鉄壁の規則に対して、一止は医療の基本に立ちかえり、看護師たちを説得しようとするのだが――はいそうですか、とならないところが大組織の怖いところだ。死期近い二九歳の患者は家に帰れるのか、一止と組織の軋轢ははたして解決に向かって動いていくのか、そして信念を貫こうとした青年医師の未来はあるのか。

医者を、現代医療をあまり信用しない、と書いたが、その底辺には大狸先生が述懐した真実をわたしも常に感じているからだと思う。（シリーズ第四作『神様のカルテ0』）

「人ってのは、生きるときは生きる。死ぬときは死ぬ。（中略）神様が書いたカルテってのが、もともとあるんだよ。そいつを書き換えることは、人間にはできないんだ」
「医者にできることなんざ、限られている。俺たちは無力な存在なんだ」

大狸先生は達観しているのでも投げやりになっているのでもない。あきらめているわけでもなく、自嘲しているわけでもない。人間の手の届かないところに何かがあり、その前ではみな等しく謙虚に首を垂れざるをえないということを語っているのだ。たくさんの生と死を見つめてきた人だからこそ言える言葉だが、わたしたちはみな最初からそれを心の底で知っているのではないだろうか。

医療は万能ではない。治療をつづけても完治しない病は山ほどある。また、たとえ身体を治しても、患者の心によりそうことができなければ、真に治したことにはならない。『新章　神様のカルテ』は、医療の本質を問いつづけていくのだろう。

昨年、兵庫県姫路市を野暮用で訪れた。姫路城の荘厳な白さを仰ぎ見、内部も見学したのちに、居酒屋に腰を据えたのだが、そのときに口にした酒がある。すっきりした辛口の、「酔鯨（すいげい）」であった。栗原先生の故郷のお酒であると知って、親近感を一方的に持った次第。ああ、もう一度あのお酒、呑みたいなあ。

コロナ禍で、世界は身をすくめ、遠出も遠慮しなければならないようになった。酒を呑みたい、などと呑気（のんき）なことを言っている自分に罪悪感を抱く次第である。すみません。この時節、毎日寝る時間もなく、必死に奮闘しているすべての医療従事者に、心から感謝と激励を送ります。この日々が、一日も早く終わりを迎えますように。

「神様のカルテ」に「終息」の文字が記載されていることをひとえに願っている。

二〇二〇年　八月　蔵王（ざおう）連峰の東麓にて

（いぬいし・ともこ／作家）

※この作品はフィクションであり、登場する人物・団体・事件等は、すべて架空のものです。

小学館文庫
好評既刊

神様のカルテ2

夏川草介

ISBN978-4-09-408786-4

栗原一止は、夏目漱石を敬愛する信州の内科医だ。「二十四時間、三百六十五日対応」を掲げる本庄病院で連日連夜不眠不休の診療を続けている。四月、東京の大病院から新任の医師・進藤辰也がやってくる。一止と信濃大学の同級生だった進藤は、かつて〝医学部の良心〟と呼ばれたほどの男である。だが着任後の進藤に、病棟内で信じがたい悪評が立つ。失意する一止をさらなる試練が襲う。副部長先生の突然の発病――この病院で、再び奇蹟は起きるのか？　史上初、シリーズ二年連続本屋大賞ノミネートの大ヒット作が映画化と共に待望の文庫化！　解説は田中芳樹さん。

小学館文庫
好評既刊

神様のカルテ0

夏川草介

ISBN978-4-09-406470-4

人は、神様が書いたカルテをそれぞれ持っている。それを書き換えることは、人間にはできない――。信州松本平にある本庄病院は、なぜ「二十四時間、三百六十五日対応」の看板を掲げるようになったのか？（「彼岸過ぎまで」）。夏目漱石を敬愛し、悲しむことの苦手な内科医・栗原一止の学生時代（「有明」）と研修医時代（「神様のカルテ」）、その妻となる榛名の常念岳山行（「冬山記」）を描いた、「神様のカルテ」シリーズ初の短編集。二度の映画化と二度の本屋大賞ノミネートを経て、物語は原点へ。日本中を温かい心にする大ベストセラー番外編！解説は小川一水さん。

―本書のプロフィール―

本書は、二〇一九年二月に小学館より単行本として
刊行された作品を加筆改稿し文庫化したものです。

小学館文庫

新章　神様のカルテ

著者　夏川草介

二〇二〇年十二月十三日　初版第一刷発行
二〇二四年八月十二日　第四刷発行

発行人　庄野　樹
発行所　株式会社　小学館
〒一〇一-八〇〇一
東京都千代田区一ツ橋二-三-一
電話　編集〇三-三二三〇-五九五九
販売〇三-五二八一-三五五五
印刷所 ―――― 大日本印刷株式会社

ISBN978-4-09-406851-1